```
U I G V N E Y M C H V A T X V G O M L R M N V A A
V C V T X H N X I Q D V E E S I B A H O S C F E Z
A E N C H U V A Y A H S T U P A M Z H C T Y H E L
G Z I T D Q M V D S P Z J I A J B I O J L A W N O
O M R L H A C L J S M J M X K V T I Q T V X N M L
F R C K W U H U I F L I N P N P U A N J L Z L E L
N K R I O M U J C C D A U X H E C K D E D A A O V
N R C V C A V H R V A D M J R A A H C R A M J N L
V G B D E N A L I V R I R T T R M O U U W G R A L
S P U Y B A J L M A K M R I E U A M C V O A M O L
R A C C A W M A L J S M S C U R V G I S A H M E L
F S D A R K S I D E B O O K S F J Q O Z K A E G L
U E F R C L N E P R R E S L V E S G G A H I F M L
G R K R L A A S Q M V D S P Z J Q M V D S P Z J L
B S Q W E R G M T R M O I U M A A R G P I M A E L
D G T Y U I O J O C H U V A W J S A E P A H M E L
W I Z F G N M L P V S V M Z A M G M N S D T U K L
O O J M X K V P I V S A S W K P E X S R Y U U A L
E H U U Q M V D S P Z J I A J I G U Y G X M J D L
S C A V E I R A G R A A E O M R A F U T V A B A L
S S V G O P M A O V F L A Q G A R O A G X A V Y L
X A A H K A K I Z A A V Y C S N I T U M Y B N H L
B N K Z D V E E S I B A R A E E A S T A R U B B L
M M A R T M C H U V A Z B O W N S N A E E O L J L
K N I U A W R A E F L L R T Y U J J F U X I Z B L
V X E D R G A S A M R J E E V S G P T A A E C M L
C G A M L E E A E V F L U L H A C L J S M A H H L
H H E K I G I R A G A R G S A L Q E E T H E I K L
U L A E E R B J I N I L K Q U I I L K N Z J V I L
V E N T W E Q E T U U R S A R E U T E M P O R A L
```

```
B V M Q Q M V D S P Z J Q M V D S P M A I A J A
V N I Y M L M A K T R I E W R G A C H U V A M G
S T E Z A Z G R J C Q E T L J A N P J R A W R U
G U A C C O W M A L J T M A N J M Q A W P E A A
S L C H U V B Z C H X G A H I U N W O P L N V C
I W Q R X C V A A T O P I U Y G X M J G R R E E
P E X J R G I R N H I E S A Y U G S T V S E G I
R T O P L V A D M J R D U O C U H V A Y V L L R
Q M V D S P Z J I A J C H A V E I G M Y T R A O
E N T W J I N I A L A W N G E U P A A R G S A L
O V F L A N P N P K A E E R M W E U X Z P M V C
Y N E G R C H U V I S C O K A M O O N T G W N H
Y T J A N E G F R C Y N G R O C H A V C H U T U
J P K R L B M M I R T M S D G D D P W E R T P V
P L U M A E E R B U U A Q T Y W T L P I U T L A
E W U Y G X M J W B B D E W O I R M Q W R U W G
I E I S W A W R A M A V U H C G Z S S Z D M E R
U T T R M O A U K D D Y O O I G X V L A X Z T E
M A K T G I S F E B T Z W P Z H C H U W A C M E
V N R I N J I N I R L A S S E J M A B N N Z N A
N P W P W P N O U Y B A J T P U R N L L L O P R
T K A L U L S H J K I U A A Y U T P B B Z P L T
P X Q E S I O P A A C H U V A R N M E E I O X Y
L B R C O O L N H A R T A W M S A C S F P S S F
W M W H I R A G S A Q I O U S D A S F G G E N M
E A P U Y B G Z A S P O P U Z G G E K R T R A O
T A I V G R A N I Z O I M G B R E W S I U E O P
M T T A U U D V E E S A B A S S E G Y O A N L Z
N I I Z U Y G X M J M J N H E R T I R G G O A L
O P V Z Z R A A E T R E I I M W R G P D R K H A
```

DARKLOVE.

FIFTY WORDS FOR RAIN
Copyright © Asha Lemmie, 2020
Todos os direitos reservados.

Os personagens e as situações desta obra são reais apenas no universo da ficção; não se referem a pessoas e fatos concretos, e não emitem opinião sobre eles.

Design de capa: Kaitlin Kall
Imagens do Miolo: © Dreamstime, © Retina78

Tradução para a língua portuguesa
© Nina Rizzi, 2023

Diretor Editorial
Christiano Menezes

Diretor Comercial
Chico de Assis

Diretor de Mkt e Operações
Mike Ribera

Diretora de Estratégia Editorial
Raquel Moritz

Gerente Comercial
Fernando Madeira

Coordenadora de Supply Chain
Janaina Ferreira

Gerente de Marca
Arthur Moraes

Gerente Editorial
Marcia Heloisa

Editora
Nilsen Silva

Adap. de Capa e Proj. Gráfico
Retina 78

Coordenador de Arte
Eldon Oliveira

Coordenador de Diagramação
Sergio Chaves

Designer Assistente
Jefferson Cortinove

Finalização
Sandro Tagliamento

Preparação
Ana Cecilia Agua de Melo

Revisão
Francylene Silva
Jade Medeiros
Victoria Amorim

Impressão e Acabamento
Gráfica Geográfica

DADOS INTERNACIONAIS DE CATALOGAÇÃO NA PUBLICAÇÃO (CIP)
Jéssica de Oliveira Molinari - CRB-8/9852

Lemmie, Asha
  Palavras que aprendi com a chuva / Asha Lemmie; tradução de Nina Rizzi. — Rio de Janeiro : DarkSide Books, 2023.
  368 p.

  ISBN: 978-65-5598-251-0
  Título original: Fifty Words for Rain

  1. Ficção norte-americana I. Título II. Rizzi, Nina

23-1331   CDD 813

          Índices para catálogo sistemático:
              1. Ficção norte-americana

[2023]
Todos os direitos desta edição reservados à
DarkSide® *Entretenimento LTDA.*
Rua General Roca, 935/504 — Tijuca
20521-071 — Rio de Janeiro — RJ — Brasil
www.darksidebooks.com

ASHA LEMMIE

PALAVRAS
QUE APRENDI
COM A CHUVA

tradução
Nina Rizzi

DARKSIDE

*Para Hannah, com amor,
e para todos os rejeitados,
um brinde ao futuro.*

PRELÚDIO

Prefeitura de Quioto, Japão
Verão de 1948

A primeira memória de Nori foi a da chegada naquela casa. Por muitos anos ela tentaria expandir ainda mais os limites de sua mente, para o que veio antes daquele dia. Inúmeras vezes, ela se deitava de costas, na quietude da noite, e tentava se lembrar. Em algumas delas, surgia um vislumbre em sua cabeça de um minúsculo apartamento com paredes amarelo-escuras. Mas a imagem desaparecia tão rápido quanto surgia, sem deixar satisfação nenhuma em seu rastro. Então, se você perguntasse a ela, Nori diria que sua vida tinha começado oficialmente no dia em que pôs os olhos na propriedade imponente que descansava serena entre o cume de duas colinas verdes. Era um lugar deslumbrante, não havia como negar. Mas, apesar de tamanha beleza, Nori sentiu um aperto no estômago e as entranhas se agitarem ao vê-lo. Sua mãe raramente a levava a qualquer lugar e, de alguma forma, ela sabia que algo a esperava lá, algo desagradável.

O automóvel azul desbotado derrapou até parar na rua em frente à propriedade. Ela era no estilo Meiji, cercada por altas paredes brancas. O primeiro conjunto de portões estava aberto, permitindo uma visão completa do pátio, meticulosamente organizado, até o horizonte. Mas os portões internos da casa estavam lacrados. Havia palavras no topo do portão principal, gravadas em letras douradas para que todos pudessem ver. Mas Nori não conseguia lê-las. Ela sabia ler e escrever seu nome — *No-ri-ko* —, mas nada além disso. Naquele momento, ela desejou poder ler cada palavra já escrita, em todas as línguas, de um mar a outro. Não ser capaz de compreender aquelas letras a frustrava de uma forma que ela não entendia. Ela se virou para a mãe.

"Okasan, o que essas letras dizem?"

A mulher sentada ao seu lado deixou escapar um suspiro abafado de frustração. Era óbvio que ela tinha sido de grande beleza em sua época. Ainda era linda, mas seu rosto jovem estava começando a refletir o preço que a vida havia cobrado dela. O cabelo escuro e espesso estava preso atrás da cabeça em uma trança que tentava se desemaranhar. Os suaves olhos cinzentos estavam voltados para baixo. Ela não iria encontrar o olhar da filha.

"*Kamiza*", ela enfim respondeu. "Está escrito *Kamiza*."

"Mas esse é o nosso nome, não é?", Nori pipilou, a curiosidade de imediato aguçada.

Sua mãe soltou uma risadinha estrangulada que fez os cabelos da nuca de Nori se arrepiarem. O motorista do carro, um homem que ela nunca tinha visto até aquela manhã, lançou-lhes um olhar assustado pelo retrovisor.

"Sim", ela respondeu suavemente, com um olhar luminoso e estranho que o vocabulário limitado de Nori não conseguia nomear.

"Esse é o nosso sobrenome. É aqui que moram minha mãe e meu pai, criança. Seus avós."

Nori sentiu o coração acelerar. Sua mãe nunca havia feito qualquer menção a parentes ou família. Na verdade, as duas haviam vagado na solidão por tanto tempo que parecia estranho para Nori que elas pudessem realmente ser ancoradas em um lugar tangível.

"Você já morou aqui, Okasan?"

"Já", sua mãe disse, seca. "Antes de você nascer. Há muito tempo."

Nori fez uma careta. "Por que você foi embora?"

"Já chega de perguntas, Noriko. Pegue suas coisas. Venha."

Nori obedeceu, mordendo o lábio para não fazer mais perguntas. Sua mãe não gostava delas. Cada vez que a menina perguntava algo, era recebida com um olhar de desaprovação. Era melhor não perguntar. Nas raras ocasiões em que Nori conseguia agradar à mãe, ganhava um meio sorriso seco em troca. Às vezes, se ela fosse especialmente boa, era recompensada com alguns doces ou uma fita nova. Até agora, em oito anos de vida, Nori tinha uma coleção de doze fitas, uma para cada vez que fora capaz de fazer a mãe feliz.

"É bom para uma mulher aprender o silêncio", sua mãe sempre dizia. "Se uma mulher souber apenas uma coisa, ela deve saber como ficar em silêncio."

Nori pisou na calçada, verificando se estava com todas as suas coisas. Carregava uma pequena mala marrom, com as correias se desfazendo, e um lenço de seda roxa amarrado na alça. Também levava uma mochila azul com o fecho de prata que ganhara no último aniversário. E isso era tudo que tinha. Não que achasse que precisava de muito mais do que isso.

Pela primeira vez desde que fora acordada na madrugada daquela manhã, Nori percebeu que a mãe não estava carregando nenhuma bolsa. A mulher ficou parada como se os chinelos de cetim rosa-claro estivessem enraizados na calçada anormalmente branca. Os olhos brilhantes fixos em um ponto que Nori não podia seguir.

A menina notou o que a mãe vestia: um vestido azul-bebê de manga curta na altura do joelho. Meias castanhas. Em volta do pescoço, uma pequena cruz de prata com um exíguo diamante no centro. Ela estava com as mãos cruzadas na frente do peito, com tanta força que minúsculas veias azuis se tornaram visíveis sob a pele delicada.

Nori estendeu a mão hesitante para tocar o braço de sua mãe. "Okasan..."

Ela piscou depressa e soltou as mãos, os braços caíram balançando frouxos. Os olhos, entretanto, não se moveram do ponto onde estavam fixos.

"Noriko", disse ela, com tal afeto incomum sobrepondo seu tom habitual, que deixou Nori incrédula. "Quero que me faça uma promessa."

Nori piscou para a mãe, fazendo o seu melhor para parecer bonita, obediente e tudo mais que sua mãe gostaria que fosse. Ela não iria estragar o momento com sua língua desajeitada.

"Sim, Okasan?"

"Prometa que vai obedecer."

O pedido a pegou desprevenida. Não porque fosse diferente de algo que a mãe diria, mas porque Nori nunca a desobedecera. Não parecia algo que precisava ser solicitado. Sua confusão deve ter sido evidente, pois sua mãe se virou e se ajoelhou de forma que elas ficassem quase olho no olho.

"Noriko", ela disse com uma urgência que Nori nunca tinha ouvido antes. "Me prometa. Me prometa que será obediente. Não questione. Não lute. Não resista. Não pense que o pensamento vai levá-la a algum lugar onde você não deveria estar. Apenas sorria e faça o que lhe é dito. Sua vida é a única coisa mais importante do que sua obediência. Apenas o ar que você respira. Me prometa isso."

Nori pensou consigo mesma que essa conversa era muito estranha. Mil perguntas queimavam sua língua. Ela as engoliu de volta.

"Sim, Okasan. *Yakusoku shimasu*. Eu prometo."

A mãe soltou um suspiro áspero, preso em algum lugar entre o alívio e o desespero.

"Agora escute. Você vai entrar por este portão, Nori. Seus avós perguntarão seu nome. O que você vai dizer a eles?"

"Noriko, Okasan. Noriko Kamiza."

"Sim. E eles vão perguntar quantos anos você tem. E o que você vai responder?"

"Eu tenho oito anos, Okasan."

"Eles vão perguntar para onde eu fui. E você vai dizer que eu não te disse. Isso você não sabe. Entendeu?"

Nori sentiu a boca começar a ficar seca. E o coração palpitou contra o peito, tal como um passarinho tentando escapar de uma gaiola. "Okasan, para onde você está indo? Você não vem comigo?"

A mãe não respondeu. Levantou-se, enfiou a mão no bolso e tirou um envelope amarelo grosso.

"Pegue isso", ela insistiu, pressionando na palma da mão suada de Nori. "Dê a eles quando fizerem perguntas."

O pânico cresceu na voz de Nori. "Okasan, para onde você está indo?"

Sua mãe desviou o olhar.

"Nori, silêncio. Não chore. Pare de chorar agora!"

Ela sentiu que as lágrimas começaram a recuar bem dentro de suas órbitas em uma velocidade assustadora. Parecia que também deveriam obedecer.

"Noriko", a mulher continuou, em um tom mais suave, quase um sussurro. "Você é uma boa menina. Faça o que lhe é dito, e tudo ficará bem. Não chore agora. Você não tem motivo para chorar."

"Sim, Okasan."

A mãe hesitou, procurando as palavras por um longo momento. Até que decidiu que não havia nenhuma e se contentou em dar dois tapinhas na cabeça da filha.

"Vou ficar olhando você ir. Vai. Pegue suas coisas."

Noriko pegou seus pertences e seguiu devagar em direção ao portão, que parecia enorme diante dela. Seus passos ficavam cada vez menores conforme se aproximava.

A cada poucos passos, ela olhava para trás para se certificar de que a mãe ainda estava olhando. Ela estava. Noriko engoliu em seco.

Quando finalmente alcançou o portão, fez uma pausa, sem saber como proceder. Estava aberto, mas ela tinha certeza de que não deveria entrar. Esperou que sua mãe a instruísse, mas ela permaneceu na calçada, observando em silêncio.

Passo a passo, Nori avançou aos poucos pela passarela. Quando estava no meio do caminho, parou, incapaz de continuar. Ela se virou desesperada para a mãe, que agora já voltava para o carro.

"Okasan!", Nori choramingou, a calma anterior deixando-a em um momento aterrorizante. Ela queria correr de volta para sua mãe, mas algo a manteve presa ao local.

Esse algo a segurou lá, implacável e impiedoso. Não a deixou se mover, nem respirar, nem gritar ao ver a mãe lhe dar um último olhar, estranhamente brilhante, antes de entrar no carro e fechar a porta atrás de si. Tampouco conseguia piscar enquanto observava o carro acelerar na rua, dobrar a esquina e sumir de vista.

Nori não tinha certeza de quanto tempo ficou paralisada. O sol estava alto no céu quando ela retomou sua lenta marcha pela passarela através do pátio. Ainda em transe, ergueu a mãozinha para bater de leve nos portões que obscureciam a casa, deixando apenas os andares superiores e o telhado pairando à vista. Ninguém respondeu. Ela empurrou, meio que esperando que não abrissem. Não abriram e eram muito pesados para ela fazer outra tentativa.

Ela se sentou e esperou. Pelo quê, exatamente, não tinha certeza.

Alguns momentos depois, os portões se abriram, movidos por uma força invisível. Dois homens grandes de terno emergiram, olhando para ela com desdém.

"Vá embora, garotinha", disse o primeiro. "Nada de mendigos."

"Eu não sou mendiga", Nori protestou, tentando se equilibrar. "Eu sou Noriko."

Ambos a olharam fixamente. Com a mão trêmula, Nori estendeu o envelope que sua mãe lhe dera.

"*Kamiza Noriko desu.*"

Os dois trocaram um olhar indecifrável. Então, sem dizer mais nada, desapareceram atrás do portão.

Nori esperou. A cabeça estava girando, mas ela se obrigou a permanecer de pé.

Depois de outro longo momento, o primeiro dos homens voltou.

Ele a chamou com o dedo. "Venha."

O homem pegou os pertences dela e saiu pisando duro, restando a Noriko correr nos calcanhares dele. A casa era linda, mais um palácio do que uma casa, mas a atenção de Nori rapidamente se concentrou na figura de pé na frente dela.

Uma mulher idosa, com os olhos de sua mãe e mechas prateadas no cabelo bem penteado, encarou-a de cima em total descrença.

Como não havia mais nada a fazer, Nori fez o que lhe foi dito. "*Konbanwa, Obaasama.* Meu nome é Nori."

PALAVRAS QUE APRENDI
COM A CHUVA

CANÇÃO DA ÁGUA
CAPÍTULO UM

Quioto, Japão
Verão de 1950

A dor veio rápido. Chegou com um alarde surpreendente. Nada poderia detê-la, uma vez que tivesse estabelecido seu caminho mórbido.

A dor veio depressa. Foi a sua partida que levou mais tempo.

Nori quase deu as boas-vindas ao início da dor, sabendo que era o melhor do que estava por vir. Primeiro foi o formigamento, como uma leve pena roçando em sua pele. Em seguida, a queimadura lenta. Um por um, todos os nervos de seu corpo começaram a gritar até que berraram em uníssono, formando um coro de protesto. Depois vieram as lágrimas. Nori tinha aprendido em seus primeiros anos a não lutar contra as lágrimas, pois isso só as tornava piores.

A luta a levaria a ofegar, sugando-o pelo nariz em jatos irregulares e sentindo a caixa torácica apertar com força. O catarro escorria de seu nariz e se misturava com as lágrimas, formando uma poção nauseante que muitas vezes pingava em sua boca aberta.

Era melhor aceitar as lágrimas, com tanta graça e dignidade quanto possível. Elas escorreriam silenciosamente por suas bochechas, constantes e frias como um riacho a correr.

Era uma atitude de respeito, pelo menos.

"Terminamos por hoje, Noriko-sama."

Nori forçou os olhos ardentes a se concentrarem em quem lhe falava: uma empregada de trinta e poucos anos, com um rosto redondo e alegre e um sorriso caloroso.

"Obrigada, Akiko-san."

A empregada gentilmente ajudou Nori a se levantar da banheira de porcelana, oferecendo um braço para a menina de dez anos se apoiar enquanto se levantava.

A forte rajada de ar em seu corpo nu a fez soltar um pequeno grito, e seus joelhos se dobraram. Akiko a impediu de cair e, com uma força surpreendente para seu corpo miúdo, levantou a menina da banheira e colocou-a em uma cadeira.

Nori começou a balançar rápido para a frente e para trás, desejando que o movimento constante a estabilizasse de alguma forma. Depois de algum tempo, a dor diminuiu apenas o suficiente para que pudesse abrir os olhos. Ela observou enquanto Akiko jogava a mistura de água morna, alvejante e manchas escuras de pele — sua pele — pelo ralo.

"Acha que está funcionando?", ela perguntou, ressentida com a ansiedade que transparecia em sua voz. "Akiko, acha que está funcionando?"

Akiko se virou para olhar para a criança que havia sido deixada aos seus cuidados. Nori não conseguia ler a expressão em seu rosto. Mas ela ofereceu um pequeno sorriso, e a menina foi inundada de alívio.

"Sim, senhorinha, eu acho que sim. Sua avó ficará satisfeita."

"Você acha que terei um vestido novo?"

"Talvez. Se ela me der dinheiro para o tecido, farei um yukata de verão para você. O seu antigo quase não te cabe mais."

"Eu gostaria de um azul. É uma cor nobre, não é?"

Akiko baixou os olhos e voltou a vestir Nori com uma camisola fresca de algodão. "Azul ficaria muito bonito em você, senhorinha."

"É a cor favorita de Obasama."

"Sim. Agora vá. Trarei sua refeição em uma hora."

Nori forçou suas pernas a se moverem, ignorando o baque de dor. Eles estavam funcionando, ela sabia que estavam, os banhos diários. A avó tinha mandado buscar em Tóquio o melhor sabonete mágico que o dinheiro podia comprar. Nori suportava a dor de boa vontade, pois sabia que, com o tempo, os resultados valeriam qualquer sofrimento. Ela ficaria no banho o dia todo se Akiko deixasse, mas sua pele era propensa a queimaduras, então ela só podia ficar vinte minutos por vez. A perna esquerda tinha uma mancha roxa de queimadura que teve que esconder com saias extralongas, mas ela não se importava muito porque a pele ao redor da queimadura era maravilhosamente clara e brilhante.

Ela queria que toda a sua pele fosse assim.

Caminhou pelo corredor, tomando cuidado para não fazer barulho porque era de tarde e sua avó preferia dormir àquela hora. Principalmente no inverno, quando o frio impossibilitava visitas sociais e o sol se punha cedo.

Ela correu em direção às escadas para o sótão, evitando contato visual com os empregados, que pareciam encará-la sempre que cruzava seus caminhos. Mesmo depois de dois anos morando naquela casa, eles ainda estavam claramente incomodados com sua presença.

Akiko lhe garantira que não era por não gostarem dela; apenas não estavam acostumados a ter crianças por perto.

De qualquer forma, Nori ficou aliviada por morar no sótão, longe de tudo e de todos. Quando ela chegara para ficar ali, a avó dera ordens para que o lugar fosse limpo e convertido em aposentos.

O sótão era muito espaçoso e repleto de coisas, mais coisas do que Nori já tivera antes. Ela tinha uma cama, uma mesa de jantar e três cadeiras, uma estante de livros, uma cesta cheia de materiais de tricô e costura, um pequeno altar para suas orações, uma lareira para os meses de inverno e um armário para guardar suas roupas. Tinha uma pequena penteadeira com banquinho que, segundo Akiko, pertencera à sua mãe. Ela ainda estava com a mala marrom com a fita de seda roxa amarrada na alça. E também com a mochila azul-claro com o pequeno fecho de prata. Mantinha essas duas coisas em um canto distante do quarto para que soubesse onde encontrá-las a qualquer momento.

Mas sua coisa favorita, de longe, era a janela em forma de meia-lua acima de sua cama, que dava para o quintal. Quando se levantava na cama (o que não deveria fazer, mas que fazia de todo modo), podia ver o quintal cercado com grama verde e velhos pessegueiros crescidos. Podia ver a lagoa artificial com os peixes koi nadando e espirrando água. Podia ver o contorno tênue dos telhados vizinhos. Até onde Nori sabia, podia ver o mundo inteiro.

Quantas vezes ela havia passado a noite toda com a cabeça encostada no vidro úmido e frio? Com certeza muitas, e se considerava muito afortunada por nunca ter sido pega. Isso teria sido uma surra garantida.

Ela não tivera permissão para sair de casa desde o dia em que chegara. Mas não foi um sacrifício terrível, não mesmo, porque raramente tivera permissão para deixar o apartamento que dividia com sua mãe também.

Ainda assim, havia regras, muitas regras, para viver naquela casa.

A principal era simples: fique fora de vista, a menos que seja convocada. Permaneça no sótão. Não faça nenhum barulho. A comida chegava a ela em intervalos definidos, três vezes ao dia; Akiko levava Nori escada abaixo para o banheiro. Durante o passeio do meio-dia, ela tomava banho.

Três vezes por semana, um velho com as costas curvadas e visão fraca ia ao sótão e ensinava-lhe leitura, escrita, números e história. Esta não parecia uma regra: Nori gostava das aulas. Na verdade, era muito talentosa. Estava sempre pedindo a Saotome-sensei para trazer novos livros. Na semana anterior, ele trouxera um em inglês, chamado *Oliver Twist*. Ela não conseguia ler uma única palavra, mas estava decidida a aprender. Era um livro tão bonito, brilhante e com capa de couro.

E essas eram as regras. Não era pedir muito. Ela não pensava. Ela não as entendia, mas de qualquer modo nem tentava.

Não pense.

Nori se esgueirou para a pequena cama de dossel e pressionou o rosto contra a frieza do travesseiro. Isso a distraiu do formigamento persistente na pele. O desejo instintivo de escapar da dor logo a embalou em um sono apático.

Ela teve o mesmo sonho de sempre.

Estava perseguindo o carro azul enquanto ele se afastava, chamando por sua mãe, mas nunca poderia alcançá-lo.

Desde que Nori conseguia se lembrar, seus membros estavam sujeitos à desobediência. Começavam a tremer, de forma aleatória e incontrolável, ao menor sinal de problema. Ela tinha que envolver os braços ao redor do corpo e apertar o mais forte que pudesse para que o tremor diminuísse.

E então, quando Akiko a informou de que a avó iria visitá-la naquele mesmo dia, Nori sentiu seu corpo ficar fraco. Ela se esgueirou para uma das pequenas cadeiras de madeira, não confiando mais nas pernas para sustentá-la.

"Obasama está vindo?"

"Sim, senhorinha."

A avó geralmente a visitava uma ou duas vezes por mês, para inspecionar as condições de vida e crescimento pessoal de Nori.

Parecia que não importava o que a menina fizesse, ela nunca ficava satisfeita. A velha tinha padrões impecáveis, e seus penetrantes olhos cinzentos nunca perdiam o ritmo. Isso enchia Nori tanto de alegria quanto de pavor.

Agradar à avó era uma façanha que ela ansiava por realizar. Em sua mente, era a mais nobre das missões.

Nori percorreu o quarto com os olhos, de repente percebeu com dor como as coisas estavam bagunçadas. Havia uma ponta de lençóis amarelos desbotados projetando-se. Uma partícula de poeira na lamparina a querosene na mesinha de cabeceira. A lenha queimando na lareira estalava e rachava, um som que alguns certamente achariam irritante.

Sem dizer nada, a empregada começou a se mover pelo quarto, arrumando e colocando as coisas nos devidos lugares. Akiko também estava acostumada com as exigências da dona da casa. Trabalhava naquele lugar desde criança.

Isso significava, é claro, que Akiko conhecia a mãe de Nori. Essa era uma dinâmica curiosa entre elas: Nori sempre querendo perguntar, e Akiko sempre querendo contar, mas ambas obedientes demais para fazer uma coisa ou outra.

"O que devo vestir?", Nori murmurou, odiando a oscilação repentina em sua voz. "O que você acha?"

Nori imediatamente começou a quebrar a cabeça. Ela usava um vestido azul-marinho de bolinhas, com mangas curtas e gola de renda. Tinha um quimono verde com uma faixa rosa-claro. Um yukata amarelo brilhante, mas isso era para o verão. E tinha um quimono preto. Isso era tudo.

Ela começou a morder suavemente a pele de sua bochecha esquerda. "O preto", disse, decidida, respondendo à própria pergunta. Akiko foi até o armário e colocou-o sobre a cama.

Nori chegou a essa conclusão com relativa facilidade. Em contraste com os tons escuros da roupa, sua pele pareceria mais clara. Akiko trouxe o quimono e começou a vesti-la, enquanto a mente da garota começou a vagar para outros lugares.

Ela passou a mão trêmula pelo cabelo. Deus, ela odiava seu cabelo. Era grosso e desordeiro, teimosamente crespo, apesar de seus esforços diários para domesticá-lo com uma escova. Era também de um tom peculiar de marrom-escuro que Nori comparava à casca de um carvalho. Ela não conseguia fazer com que caísse em linha reta e livre em torno de seus ombros, como sua mãe e sua avó faziam.

No entanto, se ela escovasse o cabelo com força contra o couro cabeludo, seria achatado o suficiente para que pudesse enrolá-lo em uma longa trança que amarraria cuidadosamente atrás da cabeça. Caía quase até a cintura, e ela amarraria a ponta com uma fita colorida. Se fizesse assim, parecia quase normal.

Ela estava usando a fita vermelha hoje, uma de suas doze. Era a sua favorita, pois pensava que realçava o brilho em seu olhar cor de champanhe. A única coisa de que gostava em seu rosto eram os olhos. Até a avó comentou uma vez, de passagem, que eles eram "muito interessantes".

Eram suavemente arredondados, como deveriam ser. Pelo menos nisso, ela não destoava tanto.

Assim que a menina se vestiu, Akiko se despediu.

Nori caminhou até o meio do quarto e ficou parada, com a espinha ereta, esperando. Esforçou-se para não ficar inquieta. Cruzou as mãos com cuidado na frente do peito, olhando para a pele com leve desprezo. Estava melhorando. Dois anos de banho, e ela podia começar a ver uma mudança. Ela estimou que em mais dois anos seria justo que pudesse deixar o sótão.

Ao contrário da avó, que a visitava de quando em quando, o avô fazia o possível para evitá-la e, além disso, como conselheiro do imperador, ele ficava em Tóquio a maior parte do tempo. Nas raras ocasiões em que se cruzavam, ele olhava para ela com olhos duros como carvão. Isso sempre a deixava com uma sensação de frio. Às vezes ela perguntava a Akiko sobre ele. O rosto dela se tornava insípido e dizia simplesmente: "Ele é um homem muito importante, um homem muito poderoso". E então se apressava a mudar de assunto.

Por mais curiosa que fosse, Nori não era tola o bastante para sondar a avó. Ela se lembrava bem do conselho de sua mãe e, embora ainda não o entendesse muito, provou ser bastante útil. Lógico, não servia para dizer a ela a localização da mãe ou quando voltaria. Nori tentava não pensar nessas coisas.

O som de passos alertou a criança sobre a chegada da avó. Em vez de olhar para cima, ela baixou os olhos para o chão e fez uma reverência.

A mulher diante dela ficou em silêncio por um momento. Então suspirou. "Noriko."

Isso era uma indicação de que a permissão para se levantar havia sido concedida. Nori se endireitou devagar, certificando-se de manter os olhos baixos em respeito.

A velha caminhou rápido até onde Nori estava e, em um movimento hábil, estendeu a mão e ergueu o queixo da menina com um dedo esguio.

Nori olhou para o rosto da avó. Traços de beleza ainda estavam presentes, apesar das marcas do tempo. Rugas finas decoravam a pele lisa, um tom de amarelo tão fraco que era quase branco como a casca de um ovo. As características da avó eram as de uma beleza clássica: pescoço longo, mãos pequenas e dedos afilados. Cabelo escuro, com mechas mais brancas a cada ano, que caíam em um brilho perfeitamente reto bem abaixo da cintura. Nariz delicado e olhos pungentes e finos coloriam o tom marcante do preto acinzentado Kamiza que lembrava Nori, com uma pontada não muito suave, de sua mãe.

E, obviamente, havia a graça e a elegância de cisne, que pareciam lhe fugir de forma tão frustrante, possuídas por ambas as gerações anteriores. Era lindo e enlouquecedor de se ver.

"Konnichiwa, Obasama", disse Nori, tentando não murchar sob a intensidade do olhar da avó. "Deus lhe conceda bem-estar e alegria."

Yuko balançou a cabeça, como se estivesse checando uma lista de verificação mental. Ela recuou um pouco, e Nori soltou um suspiro de alívio quase inaudível. A velha fez uma varredura superficial no sótão e mexeu a cabeça mais uma vez.

Nori se antecipou e puxou uma das cadeiras em sua mesa de jantar. Mas a avó não fez menção de se sentar.

"Você cresceu um pouco, eu acho."

Ela quase saltou de alegria. Este era um tópico para o qual não estava preparada.

"Um pouco, senhora."

"Quantos anos você tem agora?"

Nori mordeu o lábio, desejando que as emoções recuassem para a caverna, em algum lugar no fundo de seu estômago.

"Dez, avó."

"Dez. Você já sangrou?"

Nori sentiu o pânico tomar conta dela. Sangrou? Ela deveria sangrar? "Eu... eu sinto muito. Eu não entendo."

Em vez de reagir com desdém ou fúria, como Nori poderia esperar, sua avó apenas balançou a cabeça mais uma vez. Todas essas eram as respostas que ela esperava.

"Como estão seus estudos?"

Com isso, Nori se iluminou instantaneamente. Por um momento, ela se esqueceu de si mesma.

"Ah, estão maravilhosos. Saotome-sensei é um professor muito bom. E ele disse que terei mais livros quando puder ler um pouco melhor. Já tenho dois livros novos, e eles são em inglês. Ele disse que tenho uma facilidade natural para..."

Yuko virou um olhar frio na direção de Nori, e isso a cortou ao meio. Ela parou de falar de imediato, sentindo o gosto de bile quando fechou a boca.

É bom para uma mulher aprender o silêncio.

Nori abaixou a cabeça. Ela olhou para o chão de madeira desbotado sob seus pés, desejando que pudesse se tornar parte dele. Para seu horror absoluto, ela sentiu o início das lágrimas em seus olhos. Piscou em rápida sucessão para empurrá-las de volta.

Depois do que pareceu uma eternidade de silêncio, a avó falou.

"Quanto você pesa?"

Nori sabia a resposta a essa pergunta sem precisar pensar, graças a Deus. Ela era pesada todos os dias antes do banho.

"Dezessete quilos e meio, avó."

Sua avó balançou a cabeça de novo. "Seu cabelo está crescendo bem. Sua pele melhorou um pouco. Solicitei um novo produto. Espero que chegue em breve."

"Obrigada, avó."

"Você poderá ser bonita um dia, Noriko. Muito bonita."

"Obrigada."

Antigamente, essa declaração teria enchido Nori de alegria, dado a ela uma esperança, uma sensação de um futuro fora do sótão. O futuro era algo que a atormentava com ansiedade constante. Ela não tinha conhecimento ou planos quanto a ele. E um dia ele estaria lá, olhando-a bem nos olhos, e ela não teria nada a dizer. Então, quando sua avó falava assim, deveria ser motivo de alegria.

Mas, embora as palavras ainda a enchessem de otimismo, ela agora sabia o que se seguia à promessa do amanhã.

Sem dizer nada, a avó tirou uma colher de madeira das dobras de suas mangas. Apesar da familiaridade dessa rotina, Nori sentiu-se começar a tremer quase ao ponto de ter convulsões. Mais uma vez, ela falhara. Estava um passo mais longe de deixar o sótão e se juntar ao mundo civilizado. Ela ainda não estava pronta. Ela poderia nunca estar pronta.

Yuko lambeu os lábios finos. "Uma garota deve ter disciplina. Você está aprendendo, é verdade. Ouço relatos sobre você de Akiko e seu professor. Mas você ainda é muito impertinente. Muito ousada em seus caminhos. Como sua mãe prostituta."

Nori apertou as mãos em torno da cadeira de madeira que ainda estava segurando. Sem ninguém pedir, ela se curvou.

A avó continuou. "Você é boa nos estudos, mas isso não é tão importante. Você carece de equilíbrio e graça. Posso ouvir seus passos sacudindo a casa, como um *zou*. Somos a realeza. Não andamos como os arrozeiros".

Sem olhar para cima, Nori sentiu a avó caminhar para onde ela estava curvada sobre a cadeira.

"A disciplina é essencial. Você deve aprender isso."

Nori sentiu uma mão puxar a parte de trás de seu quimono e o mover de forma que ficou exposta em nada além de uma calcinha de algodão fina. Ela fechou os olhos.

A voz da avó ficou muito baixa. "Você é uma coisa amaldiçoada e miserável."

O primeiro golpe com a colher desceu com uma rapidez chocante. Foi o som, alto e agudo, que a assustou, mais do que a dor. Os dentes de Nori caíram sobre o lábio inferior, e ela sentiu a pele rasgar.

O segundo e o terceiro foram ainda mais duros. Não havia gordura corporal no corpo vigoroso de Nori para amortecer a força do impacto. Como sempre fazia, ela começou a contar os golpes. *Quatro. Cinco. Seis.*

Ela sentiu uma dor profunda nas costas, pulsando em um ritmo que ela jurou que podia ouvir. Suas omoplatas começaram a tremer com o esforço de ficar de pé. *Sete. Oito. Nove.*

Era inútil agora lutar contra as lágrimas. Ela permitiu que viessem com tanto orgulho quanto podia reunir. Mas traçou o limite do choramingar. Mesmo que tivesse que escavar com os dentes um buraco no lábio, ela se recusava a emitir um único som. *Dez. Onze. Doze.*

Acima do rugido em seus ouvidos, Nori podia ouvir a avó começar a ofegar por causa do esforço físico. *Treze. Catorze.*

Isso era o suficiente, parecia. Por um momento, as duas permaneceram em suas posições assumidas. Ninguém se moveu. O único som era a respiração lenta e irregular da avó.

Nori não precisou se virar para saber o que aconteceu a seguir. Ela não tinha certeza se estava testemunhando os eventos conforme se desenrolavam ou apenas os vendo em sua mente. A avó abaixou devagar o braço, tendo o cuidado de reajustar as roupas da menina. Em seguida, vinha um olhar: severo, ligeiramente apologético. Talvez houvesse até alguma piedade ali. Mas então a aparência mudaria para uma indiferença polida. O processo de pensamento de Yuko já havia mudado. Foi só quando ouviu o rangido da avó descendo os degraus que Nori se permitiu ficar de pé.

E agora o terceiro ato da peça começava.

A pontada em seu flanco reagiu violentamente à mudança de posição, e Nori se contraiu como se algo a tivesse picado. *Inalar. Expirar.*

Ela levou a mão ao rosto e o limpou sem cerimônia. Em cerca de uma hora ou mais, Akiko viria com uma toalha quente para seu traseiro. Até lá, era melhor evitar se sentar. Os vergões em suas nádegas e coxas desapareceriam em alguns dias. Agora que ela estava sozinha, a dor em suas extremidades se manifestou completamente. Como se estivesse ressentido por ter sido deixado de fora da confusão, o estômago começou a apertar e relaxar. Mas ela manteve o queixo erguido e não fez nenhum som.

Nori nem sabia para quem estava representando naquele momento.

Às vezes, ela pensava que era para olhos invisíveis que jurava que a avó tinha implantado nas paredes. Outras, pensava que era para Deus. Ela tinha uma teoria de que se Ele visse o quanto era corajosa, mesmo quando estava sozinha, lhe concederia algum tipo de milagre.

Cautelosamente, ela tirou o quimono para ficar de pé, ficando apenas com a camisola de algodão. Embora soubesse que não deveria, ela o deixou no chão. Akiko cuidaria disso. Pelo que Nori sabia, a empregada não era de relatar todos os seus feitos, pois decerto, se fosse esse o caso, a menina receberia muito mais surras.

Ela gostava de acreditar que Akiko não odiava a tarefa para a qual fora designada. Embora fosse um trabalho ultrajante cuidar da criança bastarda da família, pelo menos não exigia muito esforço. Nori tentava tornar as coisas mais fáceis para a pobre mulher, tanto por culpa quanto por obediência.

Ela avançou, tão lentamente que começou a se sentir cômica, até o altar de orações no lado oposto do quarto. Embora orar três vezes ao dia fosse uma de suas atribuições, Nori não se importava. Na verdade, ela gostava bastante.

O altar era de longe seu bem favorito, embora, sem dúvida, nem mesmo fosse dela. Era mais uma posse rejeitada de sua mãe. Não era nada especial. Apenas uma mesa de madeira com um tecido de veludo púrpura real espalhado sobre ela. As bordas do tecido eram enfeitadas com fios de ouro. Um crucifixo de prata primorosamente trabalhado estava por cima, com duas velas de cada lado. Nori riscou um fósforo e acendeu as duas antes de se ajoelhar na pequena almofada que havia colocado no chão.

As chamas a banharam com um calor reconfortante, e ela permitiu que seus olhos se fechassem.

Querido Deus,

Me desculpe pela minha impertinência. Vou me certificar de perguntar a Saotome-sensei o que "impertinência" significa para que eu possa ter certeza de não fazer isso novamente. Desculpe pelo meu cabelo. Desculpe pela minha pele. Desculpe pelos problemas que causo aos outros. Espero que o Senhor não esteja muito zangado comigo.

Por favor, cuide da minha mãe. Tenho certeza de que ela deve estar muito chateada por não poder me buscar ainda.

Por favor me ajude a estar pronta logo.

Ai [amor],

Nori

Como sempre fazia quando terminava suas orações, Nori fez uma pausa. Sua coisa favorita sobre Deus era que Ele era a única pessoa a quem ela tinha permissão para fazer perguntas. Na verdade, esse privilégio a encantava tanto que ela mal se importava que ninguém lhe respondesse.

Os meses de inverno terminaram sem intercorrências. Os dias se fundiram perfeitamente. Nori recebeu mais duas visitas de sua avó nesta época, resultando em doze e dezesseis açoites, respectivamente. A certa altura, a matriarca da família comentou que, por preocupação com possíveis cicatrizes, novos métodos de punição poderiam precisar ser implementados no futuro.

Conforme a primavera se aproximava, Nori observou o mundo ao seu redor mudar. Ela viu a luz do dia deixar o apogeu. Assistiu de sua janela as flores no quintal desabrocharem e ficarem mais brilhantes. E, embora a princípio não tivesse certeza, começou a notar mudanças em si mesma também. O peito, antes plano como uma tábua de passar, estava começando a ganhar uma quantidade diminuta de amplitude. Os quadris estavam se alargando, ainda por uma pequena margem.

E seu peso, constante em dezoito quilos ou menos nos últimos dois anos, estava teimosamente subindo. Isso a assustou mais do que qualquer coisa. Ela pediu a Akiko para reduzir suas porções de comida, mas a empregada recusou.

"Você quase não come nada, Nori-sama. Vai ficar doente."

"Vou engordar, isso sim."

"Senhorinha, é natural. Você está se tornando uma mulher. Você está desabrochando cedo, ao que parece. Quando chegar a hora, sua avó explicará o que está acontecendo com você. Não cabe a mim."

Não cabe a mim.

Akiko sempre dizia isso quando não queria falar sobre as coisas. Às vezes, ela ficava com pena e respondia às raras perguntas de Nori sobre por que as coisas eram do jeito que eram. Mas apenas aos pedaços. Então se calava, com medo de ter falado demais, e Nori era deixada para resolver o quebra-cabeça sozinha.

Ela sabia que era bastarda por causa de Akiko. Isso significava que ela nunca poderia ser uma Kamiza, de modo algum, e que sua avó precisava de outro herdeiro.

Ela concluiu por conta própria que sua mãe não poderia herdar porque era alguma coisa que se chamava prostituta.

Assim como tinha passado noites e noites de joelhos orando pela intervenção divina em sua vida, agora Nori se via lamentando as mudanças que estavam ocorrendo.

Era desconfortável sentir o tempo empurrando-a para a frente, sem tato, sem se importar se estava preparada ou não.

Seus estudos também progrediam rápido. Ela não tinha mais nada. Lia a noite toda até seus olhos queimarem porque não tinha mais nada.

Saotome-sensei estava incrédulo. Parecia que não importava o novo livro que lhe desse, ela sempre terminava em um dia, dois no máximo. E ainda, quando ela lhe disse isso, ele se recusou a acreditar.

"Não é possível", respondeu. "Para uma criança da sua idade. Para uma menina, ainda por cima."

"É verdade, Sensei. Eu li tudo."

A resposta dele foi uma careta que fez as rugas se fundirem em uma só.

"Você não leu direito."

Nori nada respondeu, apenas baixou os olhos para o colo.

Não lute.

O assunto foi deixado de lado, e o sensei continuou a falar monotonamente. Mas Nori não estava mais ouvindo. "A canção dos dois pobretões" veio à sua mente enquanto os pensamentos vagavam para um lugar distante.

Yononaka wo
Ushi to yasashi to omoe domo
Tobitachi kanetsu
Tori ni shi arane ba

Eu sinto que essa vida é
Dolorosa e insuportável
Mas eu não posso fugir
Já que não sou um pássaro

O GAROTO COM O VIOLINO
CAPÍTULO DOIS

Quioto, Japão
Inverno de 1951

Em uma manhã desalentada no final de janeiro, sua avó apareceu de repente e anunciou que Nori tinha um irmão e que ele iria morar com elas.

Ela tinha um irmão.

Nori piscou sem compreender, com a agulha de costura ainda suspensa no ar. A boneca de pano cujos olhos de botão ela tentava consertar jazia esquecida em seu colo.

"*Nani?*", ela perguntou desajeitada, incapaz de elaborar algo mais inteligente. "O quê?"

Yuko fez uma careta, bastante irritada por ter que se repetir.

"Eu não lhe contei isso antes, mas é hora de você saber. Sua mãe foi casada antes da desgraça que se abateu sobre ela... antes de você nascer. Ela teve um filho desse casamento. O pai acabou de morrer, então ele vem para ficar conosco. Na verdade, deve estar chegando agora."

Nori balançou a cabeça, na esperança de que seu cérebro de alguma forma absorvesse as novidades apresentadas a ela. De certo modo, as informações sobre sua mãe e sobre o passado, pelas quais tanto ansiava, agora pareciam irrelevantes.

"Ele está vindo hoje", Nori repetiu. "Para viver aqui."

Após um aceno de descontentamento pela interrupção, a avó continuou. "Ele tem quinze anos. Recebi relatos de seus professores e de outros parentes. Dizem que o garoto é excepcionalmente talentoso. Ele trará grande honra para esta família." Ela fez uma pausa, esperando alguma reação de Nori, que não aconteceu, a fazendo soltar um suspiro frustrado. "Noriko, essa é uma boa notícia. Todas nós devemos ficar felizes."

"Sim, Obasama. Estou muito feliz."

Era algo que ela nunca havia dito antes.

A avó a encarou com um olhar frio. Para uma mulher feliz, ela parecia tão triste como sempre. "Ele foi informado de sua... presença", a velha disse com uma expressão azeda.

Em geral, a avó demostrava completa indiferença à existência de Nori, com ocasiões de uma espécie de interesse perverso, mas agora parecia ter perdido a pouca paciência que tinha antes. Nori só podia presumir que a chegada iminente desse garoto tornava a antes tolerável vergonha de uma bastarda ainda mais hedionda.

Sua avó respirou fundo e continuou.

"Eu garanti a ele que você não vai incomodá-lo. Se ele decidir cumprimentá-la, que assim seja. Mas você não deve lhe dirigir a palavra, a menos que ele fale com você. Ele é o herdeiro desta casa. Você vai lhe mostrar deferência e respeito, começando com o silêncio. *Wakarimasu ka*? Você entendeu?"

Normalmente, Nori teria acenado com a cabeça, ou abaixado os olhos, ou feito uma série de coisas para mostrar sua disposição em obedecer, na vã esperança de que esses pequenos gestos estivessem de alguma forma sendo vistos por sua mãe, onde quer que ela estivesse.

Mas quando estava prestes a fazer isso, ela explodiu. A palavra rasgou as costuras de seus lábios fechados.

"Não!"

Um silêncio mortal envolveu o quarto. Nori olhou em volta para encontrar a pessoa que havia pronunciado essa palavra. Sem dúvida devia ter sido outra pessoa.

A menina olhou para a avó, que parecia igualmente chocada. Aqueles olhos penetrantes se arregalaram; aquela boca enrugada ficou frouxa. Ela também deu uma olhada inadvertida ao redor do quarto, para se certificar de que não havia um fantasma entre elas.

Nori tentou disfarçar o tom de desafio, mas outras coisas vieram à tona. "Eu... O que quero dizer é que eu... preciso falar com ele. Eu tenho que falar com ele. *Onegai shimasu, Obasama*. Por favor."

Desta segunda vez, Nori não recebeu o benefício de uma reação retardada. Em questão de segundos, a avó se aproximou, e o som do tapa na bochecha de Nori chegou antes mesmo da dor. A cabeça da menina virou para o lado, os olhos, perdendo o foco, contemplaram apenas o branco por alguns segundos, até que encontraram um lugar novamente. A boneca escorregou no chão e Nori foi com ela.

Sua avó abaixou a mão, o rosto não mostrou nenhum traço de emoção. Sem raiva. Sem nada. Ela repetiu a pergunta, falando devagar e com calma.

"Você entendeu?"

Em um momento esmagador, o temor a Deus voltou para Nori. O interruptor foi ligado mais uma vez. O mundo mudou de foco. Uma vozinha falou de algum lugar distante.

"Sim, avó. Claro. Entendi."

Essa resposta foi recebida com um breve assentir de cabeça.

"Ótimo. Mandarei chamá-la quando ele chegar. Akiko comprou algo novo para vestir para a ocasião."

Haviam se passado mais de seis meses desde que Nori recebera uma nova peça de roupa. Ela vivia para receber presentes: qualquer coisa brilhante, qualquer coisa que pudesse amarrar no cabelo ou no pescoço com uma fita. Estes eram, de longe, os pontos altos de sua existência. E, no entanto, não conseguia encontrar alegria na notícia de um novo vestido. Não conseguia nem imaginar de que cor seria.

Embora soubesse que deveria expressar gratidão, não teve coragem de dizer as palavras.

Ela se ajoelhou ali, talvez por um minuto, talvez por uma hora, enquanto a avó dava mais detalhes sobre as maneiras adequadas de se comportar.

"Pelo amor de Deus, não faça perguntas ridículas... Nada daquele andar barulhento e rude... Não caia... Olhos para baixo e sorria... Parece que você engoliu um limão... Dignidade... Respeito... Graça... Decoro... Honra..."

De alguma forma, embora mal pudesse ouvir as palavras em meio às batidas de seu próprio coração, Nori conseguia acenar com a cabeça periodicamente. Apesar da temperatura quente do sótão, sua pele estava arrepiada.

Sua boca parecia estar cheia de serragem.

Foi apenas quando a avó começou a se afastar que Nori percebeu o que havia esquecido. Ela deu dois passos hesitantes para a frente e estendeu a mão trêmula, sem saber o que estava tentando agarrar.

"Ah... Obasama!"

A avó parou por um momento e virou a cabeça, o véu de seda em seu cabelo farfalhando enquanto ela se movia. O semblante, ameaçador.

"O nome dele..." Nori gaguejou, piscando os olhos de forma incontrolável por algum motivo. "Qual é o nome dele?"

"Akira."

Ela se afastou rápido, pois era evidente que a conversa demorara mais tempo do que o esperado.

Nori ficou parada em silêncio. As pernas tremiam furiosamente, mas não de medo. Nem da ansiedade insuportável que parecia pressioná-la a cada momento.

Estava tremendo por um motivo deveras diferente. Mas não sabia o que era. Não tinha uma palavra para esse sentimento. De repente, o severo decreto da avó de que só devia falar com o irmão quando convidada parecia tão sem sentido. Pela primeira vez, Nori entendeu o que de fato era uma ordem: uma coleção de palavras. Simplesmente isso.

Talvez seja assim a sensação de esperança. Esperança real, tangível.

Ela levou o dedo indicador aos lábios e foi traçando as sílabas do nome enquanto as pronunciava.

A...

Ki...

Ra...

"Akira." O nome era forte. Vivo.

Deixou escapar um suspiro que nem percebeu que estava segurando. Uma respiração que parecia maior do que todo o seu corpo. E então disse o nome outra vez.

"Akira."

Ela poderia passar o restante da vida dizendo aquele nome e nunca se cansaria da sensação dele em seus lábios.

A dor no maxilar indicou um riso que até então não havia sido notado. Mordeu o dedo para tentar abafar, mas foi inútil. O som vazou e ecoou pelo quarto de teto alto. Mesmo sabendo que se fosse ouvida sofreria consequências, ainda assim continuou a rir.

O vestido era de um tom impressionante de lilás. Tinha mangas curtas bufantes e gola debruada com renda branca. A bainha, que caía logo acima dos tornozelos, era adornada com a mesma renda. Também recebeu meias brancas novas que dava para puxar até os joelhos. Ela combinaria o vestido com sua fita azul-celeste. Torturou-se sobre o que fazer com seu cabelo. Naquele dia, mais do que em todos os outros, precisava que ficassem lisos.

Passou a escova contra a cabeça de forma selvagem, arrancando tufos inteiros de cabelo castanho e crespo. Os emaranhados caíram no chão. Akiko franziu a testa para ela.

"Posso fazer isso, senhorinha."

"Eu posso fazer isso."

Quando Nori terminou de escovar, Akiko o entrelaçou com cuidado atrás da cabeça em duas tranças que depois enrolou para formar um coque baixo, na base do pescoço de Nori.

Nori se inspecionou no espelho. Teria que servir. Tinha muito com que trabalhar. Não adiantava ficar chateada com as coisas que não podia mudar.

Pelo menos por enquanto, ela aceitaria.

"Ele já está aqui?"

"Não desde a última vez que perguntou há cinco minutos, minha senhora."

Nori mordeu o lábio. Estava escurecendo lá fora. Ele deveria estar ali agora. Ele realmente deveria estar ali agora.

Onde ele estava?

"De onde ele vem, Akiko?"

"Tóquio, eu acho."

"É de lá que a avó manda buscar coisas novas, certo? Da capital?"

"Sim."

"Então ele deve ser muito importante."

Akiko riu, embora Nori não tivesse certeza do que era engraçado.

"Nem todo mundo de Tóquio é importante, senhorinha. Mas tenho certeza de que Akira-sama é. Você vem de uma ótima família."

"O avô trabalha na capital", murmurou ela, mais para si mesma do que para Akiko. "Para o Imperador. É por isso que é tão raro ele estar em casa."

"Sim", disse Akiko, embora já tivesse dito isso a Nori antes. "Devo buscar o seu jantar?"

"Não, obrigada."

Não seria bom ter comida nos dentes quando Akira-sama chegasse. Ela já estava apreensiva por ter de falar com um garoto, algo em que era muito inexperiente. Ela sabia como eram os garotos, é lógico. Tinha visto fotos de muitas coisas em seus livros, inclusive de grandes edifícios do outro lado do mar. Tinha visto lagos, montanhas e lagoas. Ela jogava pequenos jogos consigo mesma para que nunca se esquecesse de combinar as imagens com as palavras quando finalmente fosse sua hora de deixar este lugar.

E com certeza esse seu irmão tinha visto essas coisas. Ela estava determinada a não parecer ignorante quando conversassem.

Nori mordiscava o lábio inferior. "Você... você acha que ele vai gostar de mim?"

O rosto de Akiko suavizou. Ela colocou um cacho solto atrás da orelha de Nori.

"Espero que sim, doce menina."

A próxima pergunta era ainda mais perigosa. Mas Nori precisava saber. "Você acha que ele sabe onde mamãe está?"

A empregada se enrijeceu e olhou para a porta. "Senhorinha..."

E isso era tudo que precisava dizer. Seu momento de familiaridade acabou. O dever de Akiko com sua avó sempre vencia no final.

Ainda assim, Nori se permitiu estar confiante.

Akira falaria com ela, com certeza. Ele não tinha razão para odiá-la. Ela não tinha feito nada para ele; não tinha lhe custado nada. Ela havia custado à mãe o lugar de direito — percebia isso agora — e custara a honra à avó. Mas não tinha feito nada para Akira.

Talvez seja isso. O pensamento a atingiu de repente. Talvez a chegada desse estranho irmão, que era de alguma forma mais velho do que ela, embora nunca tivesse ouvido falar dele, pudesse ser o teste que sua mãe havia estabelecido para ela. Lógico, tinha que ser. Na experiência de Nori, não havia coincidência feliz.

Enfim ficou óbvio para ela. Tudo que ela precisava fazer era passar em mais um teste. Ela tinha que passar porque então — *então* — sua mãe voltaria. E ela levaria os dois para algum lugar. E os três viveriam juntos em um lugar com grama alta e flores grandes, como as que crescem nas encostas de cadeias montanhosas. E provavelmente haveria um lago lá também. Nori poderia chafurdar sob a água límpida até sentir a necessidade de voltar à superfície. Depois, ela iria se deitar ao sol. Ficaria deitada ali por horas, até que as palmas das mãos e dos pés ficassem vermelhas e formigando. E aquele irmão, quem quer que fosse, o que quer que fosse, se deitaria lá com ela. E ririam de como ela fora tola de ter tido medo.

AKIKO

Já passa da meia-noite quando enfim conduzo a senhorinha pelas escadas do sótão. Conforme me ordenaram, seguro sua mão. Frágil, posso sentir cada osso seu. Ela desce as escadas com alguma apreensão, puxando o vestido como se temesse amassá-lo na curta distância até o átrio. Pensando bem, ela tem todos os motivos para ser cautelosa. Ela não tem permissão para passar pelo banheiro do segundo andar há mais de dois anos. Quando passamos por ele, ela solta um leve som ofegante. Acho que de alívio. Porém, mais uma vez, pode ser medo. Ela é uma criança nervosa.

A menina não fala muito, mas seu corpo é bastante expressivo. Muitas vezes a encontro olhando para o nada, mordendo o lábio, já inchado e ensanguentado. Eu me pergunto se ela ao menos percebe.

Não consigo decidir se ela é brilhante ou completamente estúpida. Outro dia a peguei lendo um livro em inglês — ela estava apontando para algumas ilustrações e murmurando algo. Ficou nervosa quando percebeu que eu estava olhando. Fico me perguntando se ela está aprendendo sozinha — se é capaz de tal coisa. Talvez seja. Talvez o sangue do traidor corra em suas veias e a ensine coisas que não podemos.

Com toda a justiça, ela é uma incumbência fácil. Nunca reclama e raramente pede alguma coisa. É complacente com seus "tratamentos", como me disseram para me referir a eles. Chora, mas tem o cuidado de não fazer barulho.

Ela é naturalmente curiosa — isso eu posso dizer. O silêncio não é fácil para ela. Percebo como luta contra isso. Nesse ponto, é muito parecida com sua mãe. Madame Seiko nunca assumiu a tarefa de ser uma princesa.

A mãe de Nori caiu em ruína por causa da desobediência intencional. Madame Yuko diz que foi muito mimada por todos nós e que devo fazer o possível para não cometer o mesmo erro de novo.

Mas ela é uma criatura tão dócil, de verdade, e acabo sendo permissiva demais.

Nori dá um puxão em minha mão, como se me puxasse dos meus devaneios.

Mesmo quando sua boca está fechada, os olhos estranhos brilham como fogos de artifício. Posso ver o quanto ela pensa em tudo que faz, mesmo nas coisas simples que não deveriam exigir esse esforço.

Novamente, não posso decidir se isso é um sinal de inteligência ou estupidez. Em todo caso, a criança tem olhos lindos, calorosos, claros e cheios de brilho, um tom de âmbar que nunca tinha visto antes. Sem dúvida são as coisas mais bonitas nela, mas denunciam cada um de seus pensamentos.

Quando chegamos à escada central, ela congela. A mão livre aperta o corrimão, em uma espécie de desespero que não consigo compreender. Ela examina o ambiente abaixo, alerta e trêmula. Suponho que esteja procurando Kohei-sama. Mas ele não está aqui, e estou tão aliviada por isso quanto ela.

O senhor da casa é difícil. Conhecido por golpear os empregados em acessos de raiva. Ele reclama da comida e joga pratos de que não gosta na cara dos cozinheiros. Eu até o vi bater na esposa quando discordam, embora ele raramente ouse. O sangue de Yuko-sama é muito superior ao de seu marido. Foi o dinheiro de seu pai que construiu esta casa e que rendeu a seu marido um lugar entre os conselheiros do imperador. É uma mulher formidável; uma Princesa de Sangue, prima do Imperador. E dirige esta casa com mão firme e precisa, e, quando há algo que precise ser feito, todos nós sabemos quem garante que seja feito. Embora seja tão exigente quanto o marido, todos os que trabalham aqui a respeitam. É uma patroa justa. Nobre até a ponta dos dedos, é imperioso curvar-se diante dela.

Dei à criança tempo suficiente para ficar em pé tal como um potro assustado ao nascer. Eu a puxo, e ela vem, como sabia que faria. Ela desce as escadas com aquelas pernas trêmulas, e a seguro com firmeza, com medo de que caia.

Conduzo-a pelo corredor principal, e ela estica o pescoço na tentativa de observar o máximo possível. Ela sabe bem que pode demorar muito até que veja esta parte da casa novamente. E se maravilha em silêncio com a riqueza do lugar, os tapetes finos, as tapeçarias e as pinturas.

Está tremendo como uma folha quando nos aproximamos do átrio. Posso ouvi-la murmurando algum tipo de mantra. Até parece meio louca. Talvez, depois de todos esses anos em um sótão, ela esteja.

Sempre me perguntei sobre o estado mental dela, coitadinha. E eu li que filhos bastardos têm uma constituição instável. Sem mencionar os negros, que desde o nascimento são considerados irrecuperáveis, selvagens como leões.

Viramos à direita e podemos vê-lo agora, embora ele não esteja de frente para nós: o corpo esguio de um jovem distraído olhando pela janela grande. Ela para de andar e fica perfeitamente imóvel, como uma mulher paralisada por alguma luz impiedosa.

Como se tocado pela intensidade absoluta que emana da minúscula criatura ao meu lado, o garoto se vira.

Cumpri meu dever no momento.

Vou deixá-los com seus afazeres.

Poucas coisas permaneceriam vívidas em sua mente nos anos que viriam. O passar do tempo forçaria as memórias do período na casa da avó, assim como as do período anterior, em um espaço ínfimo para mantê-las, e se fundiriam como aquarelas em uma página.

Mas a lembrança deste momento permaneceria, não corrompida e intacta.

Ele tinha um rosto em forma de coração perfeito e os olhos da mesma cor dos de sua mãe. Os cílios eram longos, quase femininos. Os lábios eram ligeiramente cheios, e a pele tão pálida que o cabelo preto era um choque para os olhos. E, no entanto, de todas as características dele, ela amava mais o nariz, porque era exatamente igual ao dela. Ele usava uma camisa de botão branca e larga com os dois primeiros botões abertos e calça social preta. A maneira como se posicionava indicava que estava acostumado a estar na frente das pessoas; os ombros levemente caídos sugeriam uma indiferença casual ao ambiente.

Nori desviou o olhar, piscando rápido enquanto focava no chão. Podia sentir os olhos dele sobre ela.

Ela queria se tornar outra coisa, algo mais digno de ser visto. Sob o intenso escrutínio daquele olhar, de repente se sentiu nua, embora a mão segurando a parte inferior do vestido lhe assegurasse o contrário.

Como não havia mais nada a fazer, nada que sua mente pudesse conceber para dizer que fosse significativo o suficiente para aquele momento, ela simplesmente fez o que lhe foi ordenado.

Abaixou-se em uma reverência rígida.

Parecia incrível para ela ter possuído o poder da fala, tão distante estava essa habilidade de seu alcance agora. Tudo que podia fazer era esperar: segundos ou anos, dependendo da preferência dele.

"Você é Noriko?"

Ela se endireitou, mas ainda assim levou um momento para perceber que lhe haviam dirigido a palavra. Essa voz era desconhecida, distintamente desconhecida em sua reserva mental de sons. Era uma voz baixa, suave, mas sedosa o suficiente para indicar uso frequente. Ela não tinha nada para comparar, nada para tornar o impacto mais fácil em seus sentidos. Sua mente não teve escolha a não ser absorver com relutância o som estranho e, lenta, mas seguramente, dar-lhe um nome: a voz de Akira. A voz de seu irmão.

"Sim", ela conseguiu responder, em uma voz tão nítida que de fato a assustou. "Sou eu."

Parecia que em algum momento seu corpo havia atingido a capacidade máxima de pânico. Como resultado, parou de registrar as sensações. Ela se sentiu anestesiada, em êxtase.

Akira franziu o cenho, mas ele não parecia estar irritado. Parecia mais um hábito do que uma reação a qualquer coisa que ela tivesse feito.

"Ouvi dizer que você pode ser minha irmã."

Nori podia sentir as unhas cortando as palmas das mãos através do tecido do vestido. E, ainda assim, não conseguia demonstrar nenhum sentimento, porque nada parecia ser adequado para isso.

"Você se parece com ela", comentou Akira de forma casual. Ele deu um passo em sua direção antes de pensar melhor e parar. "Parece bastante."

"Eu não me lembro", Nori conseguiu dizer. "Não consigo me lembrar do rosto dela. Eu tento, mas não consigo."

O garoto na frente dela parecia que ia dizer alguma coisa, mas parou de súbito. Ele deu mais dois passos em sua direção. Nori podia senti-lo elevando-se sobre ela; era pelo menos trinta centímetros mais alto.

De repente, o tique-taque do relógio de pêndulo ao lado dela pareceu absurdamente alto. Encheu seus tímpanos, monopolizando de maneira egoísta sua atenção.

"Em que ano você nasceu?"

Nori soltou um pequeno soluço assustado. Akira, paciente, esperou por uma resposta, aparentemente imperturbável por sua gagueira. Ela levou um momento para fazer as contas, voltando no tempo para encontrar sua origem.

"Mil novecentos e quarenta", ela respondeu, corando de orgulho por ser capaz de descobrir. Não pensava muito sobre aniversários, sabia apenas que era quando os meses quentes chegavam, mas pouco a interessava.

"Mil novecentos e quarenta", Akira repetiu com tristeza. "Pouco antes de as coisas ficarem ruins de verdade. Faz sentido."

A confusão crescente de Nori deve ter sido palpável, porque Akira deu de ombros, um gesto distintamente ocidental. Tal como lera em um de seus livros sobre boas maneiras.

"Vai saber. Não te disseram nada, não é? Sobre o que aconteceu quando você nasceu?"

Nori estava completamente despreparada para o caminho que a conversava seguia. Ela apenas olhou para ele, boquiaberta, impotente, tentando encontrar uma resposta que o agradasse. Como previsto, não encontrou nenhuma.

"Me desculpe... Eu não entendo."

Akira mostrou-se enfadado. Nori sentiu seu coração tentar desocupar o peito e cair aos seus pés.

"Eu sei ler", ela deixou escapar. Suas bochechas começaram a corar. Ela esperava esconder o talento especial para irritar aqueles ao seu redor por um pouco mais de tempo.

Akira piscou para ela. "O quê?"

"Eu sei ler", ela repetiu, como uma tola. Ela já havia estragado tudo mesmo; parecia lógico continuar. "Eu leio livros sobre Tóquio. Sei que você morava lá. Receio que Quioto não seja muito interessante em comparação. Mas, para ser honesta, não sei porque nunca estive na cidade. Eu... nunca estive em lugar nenhum, na verdade, mas você pode encontrar coisas para fazer, se tentar. Você sabia que está chegando um festival de verão? Akiko... Akiko é uma das empregadas, ela é muito simpática... Todo mundo que trabalha aqui vai ficar muito feliz por você ter chegado. A avó sempre lamentou não ter um garoto em casa, ela vai ficar emocionada. Mas

Akiko às vezes me traz o jornal depois que todo mundo já leu. Eu sei que houve uma guerra antes de eu nascer... quando era pequena. Eu sei... Essa é parte da razão pela qual eu tenho essa aparência. Tenho algo a ver com essa guerra. Mas eu quase sempre sou uma boa garota. A própria Oka-san disse isso. Quando ela voltar, talvez a pergunte sobre o resto. Mas é bom agora porque estamos no mesmo lugar, e ela pode levar nós dois ao mesmo tempo. Ah, e temos um lago no quintal, com peixes e tudo. Realmente não é tão ruim aqui, quero dizer. Não é tão ruim."

Ela por fim se obrigou a olhar para ele. Ele olhou de volta com toda a calma, com um rosto de porcelana impossível de ler. Havia uma serenidade em sua expressão que Nori não conseguiu compreender totalmente. Sua postura, seu porte... Eram coisas que em geral a teriam assustado. Mas não dessa vez.

"Você sabe ler", ele repetiu depois dela. Se ela não soubesse, diria que parecia que ele estava achando um pouco de graça.

Sua pele queimava tanto que se perguntou se ele podia sentir que a irradiação que vinha dela. "Sim", ela sussurrou.

Ela percebeu que Akiko tinha voltado para a sala. A empregada permaneceu obedientemente atrás dela, encostada na porta. Para o olho destreinado, poderia parecer que ela estava esperando a conveniência de Nori. Mas a empregada nunca agia por vontade própria. Havia uma mão maior por trás dela puxando os cordões da marionete, e a mensagem era manifesta.

Era a hora de ir.

Nori resistiu à vontade de lamentar. Ela não tinha como saber quando teria permissão para ver Akira outra vez. Saber que ele estava sob o mesmo teto, mas que ele estaria ainda mais inacessível do que se estivesse do outro lado da lua parecia uma brincadeira perversa.

Ela se curvou mais uma vez, com cuidado para não o olhar enquanto se levantava. Não confiava em si mesma.

"*Oyasumi nasai*. Boa noite, Akira-sama."

"Boa noite."

Nori engoliu a bile que de repente se acumulou em sua boca. Virou-se e caminhou de volta para onde Akiko estava, pegando a mão que foi oferecida a ela sem questionar. A cuidadora ofereceu um meio sorriso levemente apologético.

A menina não o retribuiu. Permitiu-se ser levada embora.

"Ah, Noriko", Akira chamou atrás dela, como se lembrando de algum pensamento.

Ela se virou imediatamente para encará-lo. Sua ansiedade deve ter parecido bastante caricatural.

"Sim?"

"Você não precisa me chamar de Akira-sama. É estranho."

O vento que enfunava as velas de Nori cessou tão rapidamente que foi um espanto que ela não tenha desabado no chão.

"*Hai*. Como devo chamá-lo, então?"

A sobrancelha de Akira franziu de leve e, mais uma vez, ele deu de ombros.

"Como você quiser."

Akiko puxou com força a mão de Nori. Haveria problemas caso as duas permanecessem ali por mais tempo.

Ela continuou caminhando adiante, subindo o primeiro lance de escadas, depois o segundo, e por fim o último. Akiko pediu licença, e Nori foi deixada sozinha.

Seu sótão parecia muito menor do que antes.

Quando tirou as roupas novas e as guardou, o fez rapidamente, sem perder tempo admirando o belo trabalho artesanal. Já não a interessava.

Parecia tão bobo que ela sempre se importasse com os vestidos novos que a avó lhe dava de vez em quando. Eram apenas objetos — rolos de tecido tingido. Nunca poderiam ser o suficiente para preencher uma vida.

Ela colocou a mão atrás da cabeça e soltou o cabelo, amarrando em volta do pescoço a fita que a mãe lhe dera, como às vezes fazia. Não gostava de tê-la muito longe. Conhecendo sua sorte, se a perdesse de vista, teria ido embora quando ela acordasse pela manhã.

Nori subiu na cama, de pé, e pressionou o rosto contra o vidro frio da janela. A escuridão impedia a visão, mas sua mente memorizara o quintal de tal maneira que não precisava dela para vê-lo. Ela passou o dedo mindinho pelo vapor, rabiscando as letras de seu nome como fizera centenas de vezes antes.

No-ri-ko.

Rabiscou as letras várias vezes, até ficar quase sem espaço. A repetição era sua costumeira canção de ninar. Sentiu o controle sobre a consciência começando a esvair, o que a encheu de alívio.

Embora fosse comum o sono lhe escapar, ela gostava de dormir. O sono a presenteava com algo que seus momentos de vigília lhe negavam sempre: a liberdade.

Enfim se deitou, buscando o conforto das cobertas quentes. Quando estava prestes a adormecer, um pensamento lhe ocorreu. Hesitante, se levantou e traçou um nome diferente no vidro embaçado, bem abaixo do seu: *Aniki*. Irmão mais velho.

HIKARI (LUZ)
CAPÍTULO TRÊS

Quioto, Japão
Janeiro de 1951

Nori havia lido certa vez, em um de seus livros de ciências, sobre o conceito de atração gravitacional. Tinha feito pouco sentido para ela na época, mas entendeu o princípio básico: o pequeno gira em torno do grande. A Terra gira em torno do Sol. E a Lua gira em torno da Terra. Era parte da grande hierarquia da existência.

Por mais solitária, assustada e infeliz que tenha se sentido em alguns dias, nunca passou pela cabeça deixar o sótão sem vigilância. Nunca. Assim, a avó não sentiu necessidade de trancar a porta, tão absoluta era a confiança de que sua tutelada nunca se atreveria a ultrapassá-la.

A obediência de Nori durou exatamente seis dias, seis horas e vinte e sete minutos após a chegada de Akira. Se não fosse pela extrema relutância em desobedecer às palavras de despedida de sua mãe, teria durado metade desse tempo. Assim, uma semana inteira, ou quase isso, foi muito impressionante.

Mesmo a obediência mais absoluta cedeu lugar à necessidade. Era como mandar um cachorro faminto ficar parado e colocar comida do outro lado da sala. O cão acabaria por esquecer totalmente o comando.

A mãe lhe dissera que a única coisa mais importante do que obediência era o ar que ela respirava. Contudo, um novo centro de gravidade chegara à casa da colina, e, de alguma forma, sugou todo o ar para fora de um determinado alcance. Não se pode sobreviver por tanto tempo sem retornar ao centro.

E como Nori percebeu, estava ficando sem ar.

Ela passou aqueles seis dias andando de um lado para o outro, se recusando a fazer qualquer coisa além de comer e tomar banho. Os livros estavam intocados na prateleira; o cabelo estava selvagem e ramificado como as folhas de uma árvore.

Comia apenas o suficiente para manter as pontadas de fome sob controle. Repassou o encontro com Akira diversas vezes em sua mente, ajustando cada pequena imperfeição. Ensaiar uma conversa era um jogo que gostava de fazer consigo mesma.

Da próxima vez que o visse, seria perfeito. Da próxima vez, estaria preparada. Akira tinha que aprová-la. Esse era o teste que sua mãe havia elaborado para ela. Mas essa não era a razão pela qual ela sentiu como se a própria carne estivesse se soltando dos ossos na tentativa de se aproximar dele. Ela não tinha certeza de por que havia formado um vínculo tão instantâneo. Talvez tivesse algo a ver com o sangue. Ou talvez fosse porque Deus finalmente estava tentando lhe dizer algo.

Naquele sexto dia, ela esperou até que Akiko trouxesse o jantar para dar o primeiro passo. Tudo foi ensaiado com cuidado.

"*Hamachi*? É uma ocasião especial?"

A empregada balançou a cabeça. "Acredito que não, senhorinha. Acho que sua avó está de bom humor ultimamente."

"Espero que meu irmão esteja se adaptando bem. Ele parece feliz?"

"Acredito que sim, na medida do possível. Deve ser difícil para ele."

Nori fez uma pausa, lembrando-se pela primeira vez do motivo infeliz de ele estar ali. Desejou sentir mais culpa do que realmente sentia, pois parecia impróprio sentir satisfação pela presença de seu irmão quando sabia que fora a morte do pai que o trouxera até ela.

"Como ele morreu?", ela perguntou enquanto Akiko lhe servia um copo de leite quente. Pela primeira vez, sentiu-se tentada a revelar o quanto odiava leite quente, mas depois pensou melhor. Ela recebeu um olhar perplexo em resposta à sua pergunta.

"Você está falante hoje."

"Desejo tornar a estadia dele aqui o mais agradável possível. Só não quero cometer erros graves, só isso."

"Yasuei Todou esteve doente por muito tempo."

Nori hesitou, não querendo abusar da sorte. Mas era raro que alguém respondesse às suas perguntas com tanta boa vontade. Procurou parecer focada em comer e tentou fazer sua próxima fala soar o mais indiferente possível.

"Espero que tenham lhe dado um quarto adequado. Ele provavelmente vai acabar se perdendo nesta casa."

Akiko deu uma risadinha, pois essa era uma piada que ela mesma costumava fazer.

"Eu acredito que ele está perto da escadaria, senhorinha. Acho que sua avó pensou o mesmo."

Nori fez questão de manter seu rosto sereno para que não demonstrasse o batuquinho alegre dentro de si.

O segundo andar era repleto de quartos, e ela correria um alto risco de ser pega para revistar todos. Agora já podia eliminar vários.

Subindo pela escada principal, havia duas portas do lado direito do corredor e duas à esquerda. Tinha que ser alguma daquelas.

Akiko pediu licença, e Nori terminou de comer sua refeição em silêncio.

Depois começou a domar a selva em sua cabeça, arrastando o pente com tanto vigor que pensou que poderia quebrá-lo. Não seria a primeira vez. Ela prendeu o cabelo em duas tranças separadas e amarrou as pontas com sua fita branca. Não usava ela com frequência — por medo de que ficasse suja, a guardava para as ocasiões mais especiais.

Combinava com a camisola branca simples que vestiu. Ao se analisar no espelho, concluiu, com surpresa, que parecia bem decente.

Quando Akiko voltou para recolher os pratos, Nori fez um grande espetáculo fingindo estar com dor de cabeça. Como havia previsto, foi sugerido que tomasse uma aspirina e fosse para a cama.

Esperando horas até a plena escuridão da noite, ficou sentada de pernas cruzadas na cama, jogando um de seus jogos solitários favoritos, pensar nas histórias que a mãe costumava lhe contar. Uma das poucas lembranças do passado era a de ouvir a mãe contar sobre um grande navio escuro e de como Deus havia vindo para sua família. A razão pela qual essa lembrança era tão nítida é porque foi a única vez que sua mãe mencionou fazer parte de uma família.

Nori não sabia até que ponto acreditava na Bíblia, embora soubesse que esse pensamento era um sacrilégio. Mas gostava das histórias. E gostava ainda do acesso constante à conversa, embora unilateral.

Ocorreu-lhe então que não tinha falado nem uma única palavra a Deus desde a chegada de Akira. Saltou da cama e foi até o canto onde fazia as orações. Não podia arriscar acender uma vela. Já estava escuro o suficiente para prosseguir com seu plano. O chilrear dos grilos no pátio abaixo era a única indicação de vida no mundo exterior.

Esforçou-se para pensar em um pedido de desculpas adequado por ter sido tão negligente nos últimos tempos. Olhar para o pobre e triste Jesus pendurado na cruz fez sua culpa se acender no mesmo instante.

> Sinto muito, Deus. O Senhor deve estar muito zangado comigo. Por favor, me perdoe. Eu sou uma garota perversa, perversa por estar feliz por Aniki estar aqui porque seu pai morreu. Eu não conhecia o homem, mas se mamãe gostava dele, tenho certeza de que era uma boa pessoa. Eu gostaria muito que o Senhor pudesse trazer mamãe de volta, agora que Akira e eu estamos juntos. Sinto muito pelo que estou prestes a fazer. Eu sei que é um pecado desobedecer, então, por favor, me perdoe por isso também. Vou orar com mais frequência. Obrigada por ouvir.
>
> *Ai*,
> Noriko

Quando terminou a oração, Nori decidiu a tarefa iminente.

De alguma forma, iria encontrar Akira e fazê-lo falar com ela. Sabia que a avó aceitaria seus desejos, se ele pedisse. Era provável que o garoto não tivesse ideia de quanto poder exercia. Com algumas palavras simples, ele poderia mudar tudo.

Ela deu uma última olhada nos arredores antes de se virar para as escadas. Em vez de levantar os pés, optou por deslizar com as meias.

Uma tábua do assoalho rangeu embaixo dela. Ela parou de imediato.

Ninguém precisava lembrá-la das consequências caso fosse pega se esgueirando pela casa.

Incapaz de pensar em uma alternativa melhor, caiu de joelhos e começou a engatinhar. Sentiu-se ridícula, mas percebeu que os ruídos pararam. Desceu as escadas devagar, sabendo muito bem que, se caísse, acordaria toda a casa.

Conseguiu abrir a porta do segundo andar sem dificuldade, pressionando o corpo contra ela. E então enfrentou seu primeiro desafio: deixar a porta aberta ou fechá-la, correndo o risco de fazer barulho? Depois de morder o lábio por alguns instantes, decidiu deixá-la aberta.

Ela teve o cuidado de se manter o mais perto possível da parede, rastejando pelo corredor como uma criança. Lá, as tábuas do assoalho eram mais resistentes e bem conservadas, já que a avó mandava esfregar e polir os andares principais da casa toda semana. Nem um único grão de poeira a ser encontrado, e a madeira estava em excelentes condições; Nori não pôde deixar de notar que brilhava como vidro iluminado pelo sol, mesmo na escuridão.

Nori não tinha traçado um plano concreto para descobrir qual dos cômodos pertencia a seu irmão. Até então tinha sido movida pelo desespero, mais por necessidade do que por planejamento.

Se não estivesse tão rente ao chão, poderia não ter visto: a luz fraca que emanava da soleira da porta mais próxima ao corrimão.

Sua respiração ficou presa na garganta. Seria assim tão fácil? Mas e se não fosse ele? Então quem poderia ser? Não, tinha que ser o quarto dele.

Ela avançou depressa, perfeitamente ciente de que estava à vista de qualquer pessoa que estivesse vendo do ângulo adequado abaixo dela.

Quando alcançou a porta, hesitou. Após instantes sentada em estupor, manobrou para se ajoelhar e bateu duas vezes na porta. De leve, com cuidado, torcendo para não ser ouvida e para que não fosse tarde demais para renegar seu plano idiota.

Houve uma agitação atrás da porta e, por um momento, Nori sentiu o impulso de correr na direção oposta. A porta se abriu, Akira olhou para ela em evidente desorientação. Ele vestia um pijama vermelho-escuro, e ela foi logo tomada de culpa, se perguntando se o havia acordado.

Akira a encarou por um longo momento. "Você costuma fazer coisas assim?"

Nori sentiu as bochechas queimarem na escuridão. "Desculpe. Eu..."

Ele deixou escapar um suspiro profundo e fez sinal para que ela entrasse no quarto. Ela correu passando por ele, que fechou a porta atrás dela.

Era um quarto bastante agradável — muito espaçoso, com grandes janelas e uma impressionante cama king size com drapeados cor de ameixa. Ambas as lâmpadas de cabeceira estavam acesas. Em cima da cômoda de mogno, havia pilhas de folhas de papel branco com marcações pretas curvas. E também uma caixa de papelão cheia de livros ao lado dela que parecia estar meio desempacotada. Encostada na mesa, estava uma caixa preta.

"O que é isso?", ela deixou escapar antes que pudesse se conter.

Akira deu a ela um olhar verdadeiramente incrédulo que a fez se encolher. "Eu toco violino", disse ele. "Noriko, o que você está fazendo aqui?"

"Ah... Eu só estava... Quer dizer, pensei que poderíamos conversar."

Akira cruzou os braços. "Conversar."

"Sim, conversar. Quer dizer... nós temos a mesma mãe." Soou fraco, mesmo para ela, que puxou uma de suas tranças.

"Eu, de verdade, não vejo o que isso tem a ver com você batendo em minha porta às três e meia da manhã."

Nori mordeu o interior da bochecha esquerda em uma tentativa de se firmar. "Desculpe. Eu não queria te acordar."

Akira deu de ombros, um gesto que a fascinou e serviu para fazê-la corar.

"Eu não estava dormindo. Estava revisando algumas partituras."

Nori ficou inquieta, sem saber ao que ele estava se referindo. Akira apontou para as folhas de papel na cômoda. "É Bach."

Ela pestanejou para ele. "O que é isso?"

"Um compositor. Ele viveu há muito tempo."

"Ah. Entendi."

Akira fixou os olhos nos dela e ela fez um esforço consciente para não se virar.

"Você deve ter um bom motivo para vir. O que é?"

"Obasama gosta de você."

Infelizmente, ela não conseguia pensar em uma maneira mais sutil de declarar seu propósito. Sua única esperança era que Akira, de alguma forma, viesse a achar sua inépcia cativante.

O garoto ofegou com aspereza. "Bem, sim, suponho que sim. Ela insistiu que eu viesse morar com ela."

Nori hesitou, não querendo falar muito, mas incapaz de se conter. A curiosidade que reprimiu durante anos parecia estar vazando por seus poros. "Você não queria?"

Akira ergueu a sobrancelha escura e a olhou como se ela fosse um gato de rua que entrou em sua cozinha. "Se eu queria vir morar no meio do nada com uma mulher que vi apenas duas vezes na minha vida?"

Ela só conseguia fitá-lo sem entender. Sabia que estava faltando alguma coisa, mas não o que era. Akira esfregou os olhos com as costas da mão.

"Eu esqueci que você tem apenas dez anos", murmurou ele. "Aparentemente, não entende o sarcasmo. Suponho que você queira me perguntar algo?" Nori percebeu que era agora ou nunca. Não fazia mais sentido ficar medindo palavras.

"Eu queria te perguntar se você poderia falar com ela. Ela te ouviria. Se você... se você puder, por favor, pergunte a ela se estaria tudo bem a gente conversar."

Agora foi a vez de Akira fitar o vazio. "A gente está conversando."

"Bem, sim. Sim, está. Mas eu não... eu não deveria estar aqui. Ela me disse que eu não poderia falar com você a menos que falasse comigo primeiro e... bem... você não fez isso. E eu não posso sair do meu quarto sem permissão."

Akira baixou a cabeça entre as mãos. "Ah, inferno."

A declaração profana pegou Nori desprevenida. Encolheu-se, certa de que o havia irritado. Mas ele nem a olhava. Focava em um ponto além de sua cabeça, a testa franzida em uma carranca tensa. Ela conseguia captar fragmentos de seus resmungos de vez em quando. Entendeu as palavras "retrocesso" e "arcaico". Ela não sabia o que "arcaico" significava, mas percebeu a exasperação em seu tom.

Nori não se atreveu a falar. Esperou em silêncio que ele se dirigisse a ela.

Após uma breve pausa, sua paciência foi recompensada. Ele soltou um suspiro profundo e olhou para ela com um ar de cansaço.

"Noriko", disse ele, "não é assim que o mundo funciona."

Ela inclinou a cabeça para o lado, confusa. "Não é?"

"Não. Você não precisa da permissão dela para falar comigo."

"Eu sei. Preciso da sua permissão."

"Não é isso... Não. Você não está entendendo."

Nori sentiu que estava começando a entrar em pânico. "Não estou?"

Akira pegou Nori totalmente despreparada ao se aproximar em passos hábeis e pousar a mão no ombro dela. A menina ficou rígida como uma tábua apenas uma fração de segundo antes de se derreter ao seu toque. Na mesma hora, ficou evidente que o amava.

"Você não precisa de permissão para falar comigo. Isso é idiota."

Nori ouvia apenas metade do que ele dizia. Estava atenta à sensação quente e líquida que tomava conta de seu corpo.

"*Hai, Aniki.*"

"E por que diabos você não pode sair do seu quarto? Está sendo punida por alguma coisa?"

Ela não sabia mesmo por que estava surpresa. Claro que sua avó não explicara as regras para Akira, elas não se aplicavam a ele. E, então, quando Nori disse a lista de regras da maneira mais digna que conseguiu reunir, observou a reação de Akira com cuidado. Viu a expressão dele mudar de perplexidade para ceticismo, e então pura incredulidade.

"Você está me dizendo que aquela velha não te deixa sair desta casa há quase três anos? De jeito nenhum? Nem ao menos dois passos para fora da porta da frente?"

Nori balançou a cabeça em afirmação. Ela mordeu o lábio enquanto o observava, tentando descobrir o que dizer a seguir.

"Então é por isso que você veio? Para que eu faça algo a respeito?"

Ela balançou a cabeça de novo. Quanto mais pensava sobre isso, mais percebia que essa ideia tinha sido malfadada desde o início. Fosse qual fosse o plano que ela pudesse ter tido, agora tinha desaparecido.

"Não, Aniki. Eu só queria conversar com você."

Os lábios de Akira se curvaram para cima. "Conversar comigo?"

"*Hai.*"

"Certo. Se você não se importa, eu gostaria de dormir um pouco." Nori corou em um tom profundo de roxo mosqueado. Se curvou de modo abrupto e gaguejou várias desculpas, recebidas apenas por um sorriso pretensioso. Ela caminhou até a porta e colocou a mão na maçaneta.

"As pessoas te chamam de Nori, não é?"

Ela se virou para olhá-lo, demorando um minuto para absorver a pergunta. Não sabia a que "pessoas" ele poderia estar se referindo. E nem ao certo como a chamavam, mas tinha certeza de que também não queria saber. A avó usara o apelido uma ou duas vezes, mas parecia improvável que compartilhasse essa informação com Akira. Em vez de tentar descobrir, decidiu simplesmente responder.

"Minha... Nossa mãe me chamava de Nori."

Akira a olhou por um breve momento antes de acenar com a mão em despedida.

"Tudo bem, então. Só queria saber. Boa noite."

"Boa noite, Aniki."

Quando a avó apareceu sem avisar dois dias depois, nas primeiras horas da manhã, Nori tinha certeza de que sua desobediência havia sido descoberta.

Ela nem se deu ao trabalho de ficar chateada. Quando abriu os olhos para a visão da velha parada diante dela em um sombrio yukata azul, apenas saiu da cama e se curvou. Pela primeira vez, não estava tremendo. Nenhuma surra a faria se arrepender do que tinha feito.

Com os lábios franzidos, a avó teve o cuidado de não olhar para Nori ao falar. As mãos estavam cruzadas como os galhos cheios de nós de uma árvore.

"Chegou ao meu conhecimento que uma... criança... da sua idade deve ter permissão para fazer uma certa quantidade de exercícios. Portanto, você terá permissão para circular pela casa das nove da manhã às cinco da tarde. Akiko irá supervisioná-la em todos os momentos. Sob nenhuma circunstância você deve tocar em nada sem permissão. Fique fora do caminho dos empregados, eles não têm tempo para suas bobagens. Se você atrapalhar, vou puni-la. Se quebrar alguma coisa, vou puni-la. Se você tentar sair desta casa, removerei a pele de seus ossos bastardos. Você entendeu?"

A cabeça de Nori se ergueu e olhou para a avó em um estupor idiota. Apesar das ameaças e do rancor puro e inalterado, incomum para sua guardiã estoica, ela só ouviu uma coisa.

"Eu posso ir?"

A sobrancelha de Yuko se contraiu. "Dentro das diretrizes que estabeleci, você será informada com antecedência sobre os dias aceitáveis para fazer seu exercício."

Traduzindo: os dias em que o avô estivesse na capital. Muitas coisas naquela casa estavam além da compreensão dela, mas tinha cem por cento de certeza de que ele não estava ciente dessa mudança.

Mas isso pouco importou. Nori puxou um de seus cachos crespos, tentando esconder a crescente sensação de satisfação. Só porque toleraria uma punição, não significava que iria encorajá-la.

"*Arigatou gozaimasu.*"

A avó ignorou a gentileza, virou-se e saiu depressa, tão silenciosa. Nori admirou tamanha habilidade.

Uma hora depois, Akiko voltou. Nori praticamente jogou o livro no chão em seu frenesi para atravessar o quarto.

"Vamos agora?"

"Sim."

"Aonde nós vamos?", ela perguntou. Se essa nova autonomia não a levasse para onde Akira estava, seria tão inútil quanto água potável contaminada.

"É provável que seu irmão esteja na cozinha, senhorinha."

A mente de Nori tentou evocar uma imagem da cozinha para referência, mas não conseguiu. Ela projetou o lábio inferior. Percebeu que nunca tinha estado lá antes, por isso não se lembrava. Tinha uma vaga memória de outra cozinha, do tempo passado. A mãe não gostava muito de cozinhar. Então, na maioria das noites, ela levava comida para casa em caixas de papel. O macarrão estava sempre muito salgado, e o arroz seco. Recordava ainda que a cozinha se infestava de formigas todo verão, e a mãe borrifaria nelas uma garrafa de água e vinagre. Todo o apartamento ficava cheirando a vinagre por dias.

As lembranças voltavam, uma a uma, como se anunciassem a chegada de mais uma peça do quebra-cabeça que a mãe lhe deixara.

Ela começou a avançar pelas escadas, e Akiko caminhou atrás dela. Não vacilou no primeiro lance de escadas, nem no segundo, nem no terceiro. Marchou com o propósito de um soldado. Toda a sua hesitação anterior parecia ter evaporado no ar.

Desceu as escadas o mais rápido que pôde, sem arrastar a pobre Akiko para baixo. A planta dos pés ficou muito suada de repente. Parou no patamar, tirou as meias e as ofereceu a Akiko, que as pegou sem dizer uma palavra, guardando-as no bolso do avental.

Percebendo que, de fato, não sabia onde ficava a cozinha, esperou o mais pacientemente que pôde que Akiko fosse na frente. Quando a empregada pegou a mão dela e a conduziu pelos corredores longos e sinuosos, Nori não pôde deixar de notar como a casa cheirava bem.

Viu algumas flores em um vaso sobre a mesa de canto de mogno. Eram de um branco suave com um pequeno centro amarelo-manteiga e cheiravam a chuva. E foi possuída por um desejo feroz de passar seus dedos sobre elas.

Depois de tantos anos sem ver flores tão de perto, não se lembrava da textura, se é que alguma vez tivera essa experiência.

"Akiko, o que é isso?"

A empregada olhou para trás, distraída, antes de virarem o corredor. "Aqueles? São *kiku no hana*. Crisântemos. São o símbolo da família imperial, seus primos. Sua avó sempre os tem em casa."

"São bonitos. Eles são muito nobres, então?"

"Sim, eles são."

"E a avó é da realeza, não é, Akiko?"

"Ela é, senhorinha. Ela tem sangue real e tem muito orgulho disso."

Vagamente, Nori se perguntou se isso significava que ela também tinha sangue real. Mas de alguma forma ela não pensava assim. Em algum lugar durante o percurso, ele fora diluído para fora dela. Algo o cancelara, e era por isso que as coisas eram do jeito que eram.

A cozinha era separada em duas partes: em uma, balcões, fogões e fornos (ela contou três deles). Havia duas mulheres ali, cortando vegetais. Nenhuma olhou para Nori quando ela entrou.

A outra parte, um pouco para o lado, era rodeada por grandes janelas e tinha uma claraboia acima. As janelas tinham cortinas transparentes, longas e ondulantes com a leve brisa. A luz do sol cintilava através delas, e Nori podia ver as partículas de poeira no ar. Havia ainda uma mesa redonda de vidro com borda prateada e mais crisântemos em um vaso descansando no centro. Ao redor dela, cadeiras estofadas com encosto prateado e exuberantes almofadas brancas. Nori contou seis.

E ali, na cadeira mais próxima da parede, estava seu irmão.

Ele tinha a cabeça enterrada em um livro, longos cílios lançando o mais leve indício de uma sombra em seu rosto. O cabelo escuro estava bagunçado, como se penteado às pressas uma ou duas vezes, mais para tirar a tarefa do caminho do que para domá-lo de fato. Ele usava um camisa de botão simples de mangas curtas da cor do céu de verão e short branco. Ela deixou escapar um pequeno suspiro.

Akiko soltou sua mão, se curvou um pouco e sussurrou: "Voltarei em breve. Seja boazinha".

Nori não se conteve, deu uma corrida desajeitada para onde Akira estava sentado e ocupou a cadeira ao lado dele. As mulheres do outro lado da sala lançaram olhares irritados para ela enquanto sua cadeira rangia ruidosamente no chão.

Akira ergueu uma sobrancelha escura para ela, lançando um olhar de soslaio enquanto ainda mantinha a atenção no livro.

Ela esperou que ele falasse. Para revelar seu conto magistral de como conseguiu convencer a avó a estender o comprimento da coleira de Nori. Esperou que ele dissesse alguma coisa. Perguntasse alguma coisa. Nada.

Mas acima de tudo, ela queria que ele lhe dissesse o porquê. Por que ele desperdiçara até três frases para ajudá-la. Por que estava permitindo que ela estivesse em sua presença. Por que, ao contrário do resto do mundo, não a odiava por algo que acontecera antes que ela nascesse. E então havia outra parte dela que estava esperando ouvir um comentário áspero, sarcástico, ou sentir o silvo de um tapa contra a bochecha. Que esperava por este, este simples momento de contentamento, ser tirado dela.

Também aguardava que Deus enviasse algo horrível, para lembrá-la de quem era e do que sua vida deveria ser. Mas não havia nada de Deus. E não havia nada de Akira.

Vários momentos se passaram em silêncio. Nori puxou os joelhos até o peito e esperou.

Por fim, depois do que pareceu uma década, Akira largou o livro.

"Nori", disse ele, "você não está entediada?"

Ela lhe lançou um olhar sem expressão. Entediada? Que tipo de pergunta ridícula era essa? Como poderia estar entediada?

"Não, Aniki."

Akira a estudou por um momento, com aqueles olhos acinzentados dele. Isso fez sua pele formigar. Mas a sensação não era de todo desagradável.

"Seu cabelo. Você fez isso sozinha?"

Nori se animou instantaneamente. "Sim."

Akira notou sua reação com diversão óbvia. Ele estendeu a mão e acariciou uma de suas tranças com cuidado, roçando sua orelha. Algo dentro dela se esticou e quebrou com seu toque.

"É legal."

Akira desviou os olhos do cabelo dela para o rosto. Seus olhos se arregalaram com algo que Nori não conseguiu interpretar. Ela só podia olhar para ele, indefesa. Incapaz de se mover, incapaz de falar. Fraca, sentiu algo tocar sua mão. Mas parecia que estava acontecendo em uma realidade paralela, em um lugar que estava de alguma forma desconectado deste mundo.

"Nori... você está chorando."

A voz de Akira era gentil e despretensiosa. Se ele parecia algo, era confuso. O tom sarcástico anterior se fora.

Os lábios dela se separaram em uma tentativa de verbalizar palavras, mas nada saiu. Ela olhou para a mão, apoiada na mesa. De fato, havia duas gotas de água ali. Mas isso era impossível. Ela não tinha nenhum motivo para chorar. Não houve dor.

Nori ouviu alguém choramingar baixinho e, para seu horror, percebeu que era ela. Então levou a mão ao rosto e enxugou as lágrimas que se acumulavam nas bochechas, em um gesto frenético. Tentou forçar um pedido de desculpas, mas só o que obteve foi um soluço áspero. Estava fugindo dela. Tudo estava fugindo dela, e estava tudo rachado e quebrado e jogado no chão.

Ah, Deus.

Por quê? Por que você está chorando? Pare com isso. Pare, pare. Não na frente dele. Você está estragando tudo. Você é...

Akira a observou soluçar em silêncio. Ela ficou ali, encolhida em sua cadeira, soluçando sem motivo aparente por toda a hora seguinte.

Cada vez que tentava recuperar o fôlego ou falar, os soluços ameaçavam estrangular a vida de seus pulmões. Ela recorreu à sua velha técnica: se entregar às lágrimas e as deixar lavá-la em ondas até que terminassem.

Se o espetáculo que criou estava atraindo a atenção, ela não percebeu. Tampouco se importou. Ela cerrou o punho na boca e mordeu, em um esforço para impedir os sons patéticos de miados que emitia. Sentiu o gosto de uma mistura de sal amargo, sangue e lágrimas.

Desejou que alguém ordenasse que ela parasse. Porque sozinha, deixada ali por conta própria, não sabia se um dia seria capaz. A inundação liberada não cederia até a sugar para as profundezas. Ela não tinha nada em que se agarrar enquanto isso a sacudia.

Enfim, os arquejos e soluços torturantes começaram a diminuir. Podia sentir o rosto quente e vermelho. Os olhos queimavam com lágrimas; os cílios pareciam pegajosos e grudavam em seu rosto como garras de aranha. Ela achou difícil manter os olhos abertos.

Sem dizer nada, Akira entregou a ela um lenço que tirou do bolso. Ela o pegou com as mãos trêmulas e enxugou o rosto, incapaz de olhá-lo. Tinha acabado. Antes mesmo de começar, ela destruiu qualquer chance que pudesse ter de fazê-lo respeitá-la.

"Obrigada, Aniki."

Akira a estudou com, até onde ela poderia dizer, neutralidade perfeita.

"Está com fome?"

Nori o olhou incrédula, certa de que tinha ouvido mal.

"Com fome?" Suas cordas vocais vibraram em protesto enquanto ela falava. A garganta estava bastante ferida.

"Eu também estou morrendo de fome. Tenho certeza de que você gosta de sorvete. Todas as garotas gostam de sorvete. Chocolate ou baunilha?"

Ela o olhou nos olhos, tentando e falhando em lê-los.

Ele era simplesmente Akira, com sua expressão serena de sempre e lábios um pouco curvados.

"Eu nunca tomei sorvete."

Se Akira ficou surpreso, não demonstrou. Levantou-se dando as costas para ela, indo até a geladeira e remexendo. Uma das empregadas se adiantou e se ofereceu para ajudá-lo a encontrar o que estava procurando, mas ele acenou para que se afastasse.

Nori desviou o olhar do que ele estava fazendo, e os olhos inchados encontraram o livro que ele havia deixado para trás. Era um livro de poesia. Esquecendo-se de si mesma, ela avançou e virou uma página.

"É Kazunomiya-dono. Você já leu alguma coisa dela antes?"

Nori recuou para sua posição, não querendo se envergonhar ainda mais. Akira se sentou ao lado dela e colocou na sua frente uma tigela do que parecia ser uma bola de arroz cremosa.

"Não, Aniki."

"Pode ser um pouco avançado para você, mas pode ler se quiser. Posso te ajudar com isso. Aqui, coma."

Nori obedeceu, colocando uma colher da sobremesa na boca. Era cremoso e doce, mais doce do que qualquer coisa que já havia provado. O frio, embora surpreendente, acalmou sua garganta dolorida. Ela terminou a tigela inteira em minutos. Akira lhe entregou um guardanapo. E, sem olhar para ela, empurrou a cadeira, sem emitir som algum.

"Vou subir para ler."

Ele se levantou e foi embora sem olhar para trás, deixando o livro aberto sobre a mesa. Ela hesitou por meio segundo, antes de colocá-lo debaixo do braço e segui-lo.

AVE MARIA
CAPÍTULO QUATRO

Quioto, Japão
Inverno/Primavera de 1951

Chamavam-na de sua sombra. Ela sabia porque os ouvia cochichar palavras depreciativas pelas costas quando passava no corredor. Às vezes, quando eram pouco gentis, chamavam-na de sua cadelinha.

Nori não se importava muito. Era um apelido que tinha merecido.

Ela estava sempre atrás dele. Todos os dias, ele se levantava cedo para tomar café da manhã com mingau de arroz e frutas frescas, preferia o café com um pouco de leite, mas às vezes tomava chá. Ele brincou com Nori sobre seu hábito de soprar bolhas em seu suco. Uma vez, permitiu que ela tomasse um gole de café, e estava tão amargo que ela cuspiu em todo o vestido. Ele riu tanto que ela quis rastejar para um buraco escuro e morrer.

Akira preferia o calor. Ao meio-dia, gostava de se sentar no átrio, bem debaixo das janelas abertas. Embora os empregados lhe tivessem oferecido uma cadeira mais de uma vez, ele se sentava encostado na parede com uma xícara de chá e um livro ou alguma partitura. Nori não conseguia entender como alguém bebia chá naquele calor.

Ela se sentava em frente a ele, à sombra. O calor estava insuportável. De quando em quando, Akiko vinha ver como estava, e Noriko lhe pedia um pouco de água gelada. Ela fingia ler seus livros, mas principalmente o observava de soslaio. Ele não precisava fazer nada. Ela só gostava de olhá-lo.

Quando Akira terminava o que estivesse fazendo, já era tarde. No almoço, costumava comer os peixes e vegetais em conserva que Nori tanto desprezava. Colocava tanto wasabi em tudo que ela se perguntou como conseguiria discernir o que estava comendo.

Ela havia se viciado em sorvete e agora entornava pelo menos três tigelas por dia.

No entanto, o irmão a fazia comer alguma comida de verdade antes de deixá-la tomar o sorvete. E também a fazia comer vegetais, para seu grande desgosto. Mas, pelo sorvete, valia a pena.

Quando terminavam o almoço, Akira sempre se retirava para a sala de música. De todos os cômodos da casa, a existência dessa sala foi a que mais surpreendeu Nori.

Parecia impossível que uma mulher como sua avó tivesse um cômodo inteiro dedicado a algo que, até a chegada de Akira, nunca fora ouvido na casa.

Akira disse a ela que quando o descobriu, a porta estava bem fechada e o ar tão denso que ele mal conseguia respirar. Os instrumentos estavam cobertos por uma espessa camada de poeira — de no mínimo uma década. Ele pediu para que limpassem e, na manhã seguinte, a sala estava cintilante e imaculada. Ainda cheirava a produtos de limpeza com aroma de limão.

A sala era dominada por um piano de cauda, com teclas de marfim brilhantes e um acabamento preto elegante. Estantes de livros cheias de partituras cobriam as paredes, e uma prateleira vazia foi claramente projetada para conter mais instrumentos se fosse necessário. Não havia janelas, o que deixou Nori muito triste, pois espiar por elas tinha se tornado um de seus passatempos favoritos. Os jardins ao redor da casa eram muito bem cuidados, e a colcha de retalhos de cores que veio com a primavera fez seu coração doer.

Mas havia uma poltrona muito confortável no canto onde Nori se sentava enquanto assistia Akira tocar.

E, por Deus, como ele tocava! Nunca em sua vida, ou em seus sonhos mais eufóricos e cheios de esperança, ela tinha ouvido um som tão bonito quanto a música que ele trazia ao mundo.

Apesar de sua adoração devoradora por Akira, Nori sabia que ele era apenas humano. Em algum sentido vago, reconhecia isso.

Ele era humano, e seu violino não era nada mais do que um pedaço de madeira intrincadamente trabalhado com algumas cordas presas. Mas os dois juntos transcendiam a mortalidade para se tornarem algo divino. Ela sabia que era blasfêmia ter tais pensamentos e tentava expiá-los em suas orações todas as noites.

Enrolava-se no sofá e o ouvia fazer pinturas com o som. E cada peça era uma imagem diferente. Em sua mente, podia ver um jardim cheio de árvores com folhas brancas e uma fonte com pétalas rosinhas flutuando na água límpida — isso era um concerto. A Volta: fitas vermelhas e cor de ameixa enroladas umas nas outras, lutando pelo domínio. Um réquiem... um cavalo solitário caminhando por uma estrada de paralelepípedos mal iluminada, procurando por um cavaleiro que havia morrido há muito tempo. Com esses homens brancos mortos, de nomes com os quais ia se acostumando aos poucos, Nori estava aprendendo o que era viver mil vidas de alegria e tristeza sem nunca sair daquela casa.

Beethoven. Ravel. Mozart. Tchaikovsky. Nomes que mal conseguia entender ou pronunciar. Ela sabia que não devia interromper Akira enquanto estava praticando, mas depois, quando ele se exaurisse e, com os olhos semicerrados, afundasse no sofá ao seu lado, Nori faria todas as perguntas em que pudesse pensar.

E teria as respostas. Ele não iniciava uma conversa com ela, nem a encorajava que fizesse. Na verdade, ele provavelmente lhe dizia três frases espontâneas, desde a hora em que ela se juntava a ele pela manhã até o momento em que era escoltada à noite. Mas não a desencorajava e não a ignorava quando falava com ele. Às vezes, estendia a mão e brincava com suas tranças ou consertava a gola de sua roupa se estivesse de pé. Akira achava seus cachos crespos interessantes, gostava de envolvê-los em seu dedo e vê-los se encaixar de volta no lugar quando soltava, uma façanha que seu próprio cabelo liso nunca poderia realizar. Ele era a única pessoa que gostava do cabelo dela. Nori valorizava esses raros momentos e os guardava no canto mais precioso de sua mente, bem ao lado das lembranças de sua mãe.

Uma dessas noites, quando Nori se sentou enrolada no sofá ao lado dele, perguntou hesitante: "Qual era aquela música que você tocou?". Ela estava dividida entre o desejo de interação e a relutância em quebrar a calma tranquila que se instalara sobre eles.

Akira não se preocupou em abrir os olhos.

"Qual música, maninha? Toquei pelo menos quinze."

Nori sorriu. Akira só a chamava de "maninha" quando estava feliz.

"A última. Foi a que gostei mais."

Akira parou por um momento, tentando se lembrar. "Ah, aquela." A falta de interesse em seu tom era palpável. "Aquilo não é nada. É apenas uma peça simples. De todas as peças que toquei, é dessa que você quer saber?"

Nori mordeu o lábio inferior. Ainda estava ferido por causa da mordida que dera antes, e começou a arder quando seus dentes entraram em contato com o corte aberto. "Foi bonito", ela murmurou. "Simples pode ser bonito."

Com isso, Akira soltou uma gargalhada áspera. Ela podia ver o canto de seu lábio se curvando para cima em um sorriso pretensioso. Mas quando ele falou, seu tom era suave. "Você diria isso mesmo, não é? Na verdade, não é nenhuma surpresa que você goste. É mais como uma canção de ninar, não é?"

Nori não respondeu, em parte porque tinha certeza de que ele estava zombando dela e em parte porque não sabia como uma canção de ninar deveria soar, e odiava parecer estúpida diante de seu irmão experiente. Akira gesticulou para que ela lhe entregasse a xícara de chá que ele havia deixado na mesinha de canto. Ela entregou, esperando pacientemente que ele respondesse à pergunta.

"É Schubert, Nori. Franz Schubert. É a 'Ave Maria'."

Nori lutou para repetir depois dele, descobrindo que o som das palavras escapava de sua boca. Akira riu dela de novo. Ela projetou o lábio inferior em um beicinho.

"Aniki, você vai me ensinar a tocar?"

A pergunta surgiu depois de algum tempo reunindo coragem. Cada vez que assistia Akira tocar, sua alma era cativada. Parecia que seu próprio espírito flutuava acima de seu corpo, que pairava inerte na terra como um fóssil vazio. Queria ser capaz de fazer isso. De fazer as pessoas se sentirem assim.

Akira tirou a mão do rosto e se endireitou de leve, encontrando os olhos dela. "Você está falando sério?"

"Hai."

"Nori, o violino não é um brinquedo. É um instrumento. Leva anos para aprender."

"Eu posso aprender", ela amarrou a cara, sabendo muito bem que sua bajulação provavelmente não a levaria a lugar nenhum com o nível limitado de paciência de Akira. "Você aprendeu."

"Eu tenho uma facilidade natural para a música, Nori. Não é algo que todo mundo tem. Você pode praticar até que seus dedos fiquem em carne viva, mas se não tiver talento, nunca irá além de um certo nível. É realmente uma grande perda de tempo. Você descobre, anos depois de passar horas e horas praticando, que nunca será nada além de banal."

Ela sentiu a determinação enfraquecer, parecia improvável que possuísse algum tipo de talento natural. Mas prosseguiu. "Eu gostaria de tentar."

Akira a imobilizou com um olhar frio. Ela correspondeu o olhar, com olhos arregalados e trêmulos, contudo firmes. Aos poucos, ela foi aprendendo a controlar os sinais de estremecimento. Akira pestanejou e ela interpretou como um sinal de que se resignou a seu pedido.

"Se você de fato quer aprender, vou te ensinar. Por um tempinho."

Nori se animou na hora, incapaz de resistir ao impulso de se jogar em cima dele. "Ah, obrigada! Obrigada, Aniki!"

De forma suave, mas firme, Akira se afastou dela com cuidado. Ele parecia apenas um pouco irritado por ela tê-lo tocado, o que Nori contou como uma vitória pessoal.

"Bem, bem. Agora vá. Akiko deve estar esperando por você."

"Mas, Ani..."

"Nori"

E ela sabia que por hoje havia terminado. Quando Akira dizia seu nome daquele jeito, não adiantava discutir.

Ela se levantou da poltrona e se curvou. "*Oyasumi nasai, Aniki.*"

"Boa noite, Nori."

Akiko estava esperando do lado de fora da porta da sala de música, como ela sabia que estaria.

Nori respondeu às perguntas esperadas sobre seu dia com tanto interesse quanto poderia fingir. Sua mente, no entanto, já estava longe.

Ela jantou depressa, ansiosa para que Akiko pegasse os pratos e se retirasse para dormir. Foi atingida por um desejo repentino e intenso de ficar sozinha. A ideia de ter outra pessoa por perto fazia sua pele coçar. Por mais que não gostasse da solidão, crescer assim a deixou tão confortável que a exposição prolongada a outras pessoas a deixava inquieta.

Akira não contava, é lógico, mas Akira era Akira.

Depois de terminar a refeição, mergulhou no livro de poesia que Akira havia lhe emprestado. Ele estava certo quando disse que seria difícil para ela. Era nitidamente um livro velho e muito usado — as páginas estavam amareladas e com as pontas dobradas. As letras eram diminutas de modo que as palavras se misturavam na página. Os ideogramas eram complexos, e muitos deles totalmente estranhos para ela. Akira explicou que os poemas contidos ali tinham vários séculos e que, com o tempo, os idiomas evoluíam. Embora fosse tentador ficar frustrada e desistir, ela continuou.

Leu até os olhos doerem. Depois apagou as luzes, acendeu as velas e fez suas orações diante do altar. Pediu a Deus para cuidar de Akira e de seus avós. Ela incluía seus avós em suas orações por norma. Não saberia dizer quanta sinceridade punha naquilo.

E, por último, orou por sua mãe. Não tinha dúvidas de que ela voltaria, algum dia em breve, mas Nori tinha que ser paciente. Mais importante, ela merecia o interesse renovado da mãe. De alguma forma, tinha que se tornar mais atraente do que criança que ela deixara.

Houve dias em que achou que sabia o que fazer, até mesmo alguns em que se imaginou no caminho certo. Mas na maioria das vezes, se sentia totalmente perdida. Agarrou-se a um tênue padrão, deixado para ela em uma conversa que não entendia e, possivelmente, nem se lembrava direito. Isso, como tantas outras coisas, poderia ter sido distorcido a um ponto em que seu verdadeiro significado tenha sido perdido em definitivo.

Mas Nori não gostava de pensar assim, preferia, como fazia com a maioria das coisas na vida, simplesmente ter fé. Era bem menos complicado.

Quando enfim deitou na cama, estava tão cansada que o sono veio de imediato. Naquela noite não havia nenhuma mulher sem rosto chamando por ela de um pequeno carro azul que acelerava cada vez que se aproximava, com seus pés descalços cobertos de bolhas por causa do asfalto quente.

Foi um alívio não sonhar.

Akira esperava por ela na sala de música na manhã seguinte, logo após o café da manhã, do qual ele estivera notoriamente ausente.

Ele usava uma camisa de botão azul-marinho de mangas curtas e short branco. Olhou-a de cima a baixo quando ela entrou, e ela não conseguiu evitar de corar. Escolhera seu yukata amarelo brilhante e a fita amarela manteiga. Deixou o cabelo solto, em vez de trançá-lo. Usava a fita amarrada no pescoço.

Curvou-se e o cumprimentou, oferecendo um sorriso tímido, esperando que ele notasse todo o cuidado que tivera em ficar bonita para ele. Ele pareceu indiferente.

"Começaremos às nove horas da manhã a partir de agora. Se você se atrasar, eu vou embora. Entendido?"

Nori foi pega de surpresa com uma declaração tão direta, mas concordou com a cabeça. Estava aprendendo a esperar franqueza de Akira.

Ele gesticulou para uma estante de partitura, que havia abaixado consideravelmente para que ficasse à altura de seus olhos. Ela se posicionou na frente, colocando uma mão hesitante no metal frio.

"Sua postura está péssima."

Nori arqueou as costas e contraiu a bunda para dentro, o que lhe rendeu nada além de um som de cacarejo de Akira.

"Fica em pé. Relaxe seus ombros — não, *não*. Não é assim, Noriko."

Ela sentiu duas mãos firmes agarrarem a parte inferior de suas costas.

"Se você ficar travada assim, vai cair como um cadáver no palco. Relaxe."

Nori fez o que ele disse, se fundindo com seu toque. Sua pele estava sempre tão quente, quase de forma desconfortável. Mas nem pensou em se afastar. "Palco?"

Embora não pudesse vê-lo parado atrás dela, quase podia ouvir seu irmão revirando os olhos.

"Esse é o objetivo, sim. Do contrário, não faz sentido."

"Você já esteve no palco?"

Ele ofegou. "É óbvio."

Akira afastou as mãos e se posicionou na frente dela mais uma vez. "Você está pronta?"

Nori consentiu, apesar das palmas suadas. Se pudesse fazer isso e fazer bem, construiria uma ponte entre o mundo dela e o dele... de alguma forma.

Nas horas seguintes, ele a ensinou sobre notas. Notas fazem música, como peças fazem um quebra-cabeça. Ele a ensinou algumas escalas, que ela lutou para lembrar, porém ele as escreveu. E a encarregou de praticá-las todas as noites antes de dormir.

Ele mostrou a ela as cordas do violino e explicou como cada corda representava uma nota e como, com o arco e os movimentos dos dedos no espelho, era possível criar variações para fazer todos os tipos de sons diferentes.

Explicou como o violino era um instrumento muito sutil e como o menor movimento poderia alterar o som. "É quase como um pássaro", disse ele. "Se você apertar com muita força, o som vai sufocar. Mas segure com as mãos frouxas e ele irá escapar. O equilíbrio é a chave."

Akira a ensinou até que as pálpebras parecessem chumbo e o estômago roncasse. Ela não conseguiu suprimir seus bocejos, mas ele a ignorou e apontou para um compasso contra o qual ela vinha lutando há horas. Mesmo para ir ao banheiro, só lhe foi permitido uma vez. Akira apontou para a passagem na partitura mais uma vez, como se essa repetição fosse torná-la menos alheia ao seu significado.

"De novo."

"Aniki..."

"Mais um vez."

"Eu não sei."

"É simples. Use seu cérebro."

Nori estava começando a se arrepender de ter pedido aulas de violino. Começou a mastigar a parte interna da bochecha esquerda, esperando que a dor leve estimulasse algo em sua cabeça.

Pelo amor de Deus, a única vez que Nori realmente queria que Akiko interrompesse seu tempo com Akira, e a mulher não estava em lugar nenhum.

"Não sei o que diz, desculpe. Eu só reconheço o C do meio".

"Existem quatro cordas no violino, Nori. No nível iniciante, você estará limitada a cerca de seis notas por corda. Existem quatro posições padrão para as mãos... Nori, você está me ouvindo?"

"Sim eu estou! Eu só... não entendo..."

Akira resmungou algo e se afastou por um momento. Quando se virou, seus olhos eram gentis. "Não é sua culpa. Eu não fui feito para ensinar. Nunca tive paciência."

Ele deu um tapinha firme na cabeça dela. "Estude essas notas. Vou ver se consigo encontrar alguns livros introdutórios. E você vai precisar de um violino de meia mão, o meu é grande demais para você."

Apesar de não ter a menor ideia do que ele estava falando, ela fez questão de acenar e sorrir.

"Agora, vá. Eu preciso praticar minhas próprias peças."

Nori se curvou até a cintura e se dirigiu para a porta, hesitou um pouco enquanto colocava a mão na maçaneta. Ela estaria abusando da sorte, mas não conseguiu resistir.

"Você vai tocar aquela música para mim? A de ontem?"

Akira, já afastado, mexia em seu estojo de violino. Ele puxou um bloco de aparência cerosa e o inspecionou de forma minuciosa.

"Tocarei para você amanhã."

Nori projetou seu lábio inferior, a decepção vinha como uma dor aguda. Não queria discutir e, apenas algumas semanas antes, nem pensaria em fazer tal coisa. As rachaduras em sua obediência estavam começando a se espalhar.

"Ani... me perdoe, mas... eu gostaria de ouvir agora, se pudesse. Isso me ajuda a dormir."

Isso pelo menos era verdade.

Akira lhe lançou um olhar breve com o canto do olho. Ela tentou evitar se balançar para a frente e para trás.

"Tudo bem", ele respondeu, quase sem entusiasmo. "Eu não tenho ideia do que você vê nesta peça. Nunca gostei, mas tudo bem."

Nori se sentou onde estava, dobrando as pernas por baixo de si e se endireitando. Colocou as mãos no colo e olhou para o irmão obedientemente, esperando que começasse. Ele pegou o violino nas mãos, e ela fechou os olhos, deixando o som passar sobre seu corpo como uma maré suave. Não, não sobre — através dele. Então era assim que era... uma canção de ninar. Quando a música acabou, ela se levantou e saiu da sala sem dizer uma palavra.

Parecia quase um sacrilégio estragar o silêncio que se seguia a uma canção perfeita.

As semanas seguintes seguiram de maneira semelhante. Logo após o café da manhã, as aulas começavam. As primeiras duas horas eram dedicadas a aprender ler música, e as duas seguintes, lições sobre história da música.

Em seguida, uma pequena pausa para o almoço, embora não se pudesse chamá-la de pausa, pois a usavam para ouvir discos. Depois, era o que Nori gostava de chamar de "o jogo da imitadora". Akira tocava uma melodia simples e esperava que ela a reproduzisse. O jogo tinha o objetivo de aprimorar seus ouvidos, e durava até que ela conseguisse realmente acertar (o que em geral levava várias horas, pois Akira não se preocupava em facilitar para ela). Pouco tempo depois do início das aulas diárias, Akira a presenteou com um violino de seu tamanho, já que suas mãos eram bem menores que as dele. Quando ela perguntou onde tinha conseguido, ele comentou de maneira breve: "Eu comprei. As pessoas fazem isso, sabe".

No início de cada semana, ela recebia uma peça para memorizar e aperfeiçoar, que deveria ser executada ao final dela. Ela detestava essa parte. A maneira que tocava ainda soava perigosamente próxima aos lamentos de um animal moribundo. Akira ficava sentado lá, com o rosto azedo, durante toda a apresentação. Nada dizia. Sua expressão de dor era o suficiente.

Embora parecesse uma tolice em retrospecto, para ser franca, ela não esperava que aprender a tocar violino fosse tão difícil. Parecia que tinha que pensar em uma centena de coisas ao mesmo tempo — sua postura, o posicionamento de sua mão, a pressão que aplicava com os dedos, o arco do seu braço. A forma como o cérebro precisava disparar em várias direções e, ao mesmo tempo, permanecer inteiro fugia de sua compreensão. O que só fazia os dedos de seu irmão deslizando pelas cordas como dançarinos ágeis lhe parecerem ainda mais impressionantes.

Outra surpresa foi a dor. Depois de executar a mesma escala simples dez, depois cinquenta, cem vezes, até que ficasse perfeita, suas mãos delicadas estavam cobertas de bolhas. Ela não pôde deixar de cutucá-las, o que as fez estourar e sangrar.

Akira ordenou que Akiko trouxesse um pano úmido e quente e um pouco de álcool. Ele fez Nori se sentar no sofá, mergulhou o pano no líquido e o pressionou em suas mãos, o que fez a menina soluçar.

Ele deu estalidos com a língua para ela. "Shh, agora. São apenas pequenos cortes. Com o tempo sua pele vai endurecer e não vai doer mais."

"Quanto tempo isso vai demorar, Aniki?"

"Depende. Você tem uma pele frágil, ao que parece. Aguenta firme."

Nori fez o que lhe foi dito, reuniu todas as suas forças para não puxar as mãos. Embora o irmão estivesse empenhado em aplicar uma generosa quantidade de álcool, segurando com firmeza suas mãos, ela apenas soltou um silvo de dor.

"Quando eu tinha sua idade, meu professor me treinava do amanhecer ao anoitecer durante os verões. Meus dedos costumavam sangrar e manchar as cordas, e isso não importava nem um pouco para ele. Acredite em mim, estou indo com calma porque você é uma criança."

"Você também era criança, Ani."

Akira soltou uma gargalhada áspera. Como de costume, ela não pretendia dizer algo engraçado.

"Nem tanto. Não como você."

Ele largou as mãos dela. "Pronto, prontinho. Agora vá e coma alguns doces, se quiser. Depois, cama. Você estava bocejando hoje."

Enquanto estava deitada naquela noite, ela ouviu os grilos cantando do lado de fora de sua janela.

Quase soavam como se estivessem chamando por ela. Mais uma vez, sentiu o desejo profundo de ser solta no mundo lá fora. As pontadas em seu peito a fizeram afastar tais pensamentos, que serviam apenas para lhe causar dor. Não havia benefício em pensar no que não poderia ter.

Quando sua mãe voltasse, poderia brincar ao ar livre o quanto quisesse. Akira não parecia o tipo que brincava de pega-pega ou esconde-esconde, mas talvez pudesse convencê-lo. Em um de seus livros infantis, havia fotos de crianças correndo atrás de uma bola vermelha. Talvez, se ela fosse muito boa nas aulas, o irmão concordasse em correr atrás de uma bola vermelha com ela.

Quem sabe.

Ao mergulhar no sono, uma memória a atingiu com dolorosa nitidez.

Era o início do inverno, quando a neve caía apenas em rajadas leves. O parque perto do apartamento que elas alugaram estava inativo. Tinha uma fina camada de gelo cobrindo a fonte que brilhava com a luz do sol, e as árvores, nuas, rangiam com o vento. Uma mulher passava por lá, pegando um atalho para casa. O corpo esguio se curvava contra o frio, e os braços longos e graciosos estavam carregados de sacolas de papel pardo. Ela usava um casaco azul-bebê, lindo, mas bem gasto. Os longos cabelos sedosos balançavam à vontade com o vento de inverno, obscurecendo seu rosto. Parecia quase um espectro, embora um do tipo benevolente.

Balançando-se alguns metros atrás dela estava uma criança, não mais do que três ou quatro anos, com pele feito mel quente e uma juba selvagem de cachos amarrados de modo grosseiro em um rabo que estava se desfazendo. De repente, a criança soltou um grito agudo. Ela havia notado um balanço ao longe e apontou para ele com alegria, pouco antes de correr em sua direção, porém logo foi impedida pela mulher sem rosto.

"Não há tempo para brincadeiras. Precisamos ir para casa."

"Mas eu quero brincar, Okasan! Eu nunca posso brincar."

"Agora não."

"Mas o parque está vazio. Ninguém vai me ver. Ninguém vai saber."

"Venha sem fazer barulho e vou te dar um doce. Venha agora."

"Mas, Okasan..."

"Já chega."

A criança se jogou no chão e chorou, sem se importar com o frio. A mulher à sua frente não disse nada, apenas esperou que o acesso de raiva passasse. Quando terminou, a dupla continuou em frente, o vento congelando as lágrimas no rosto da criança. A fita vermelha em sua cabeleira castanha estava se soltando, prestes a voar para longe dela.

A criança se virou e deu ao balanço um último olhar desamparado antes que mãe e filha fossem engolidas pela escuridão.

O sono de Nori naquela noite foi agitado, e ela acordou abruptamente — sem saber por quê. Era manhãzinha e tudo estava silencioso como a morte. Nem mesmo os pássaros cantavam. Não era um bom presságio, e logo quis chamar Akira.

Ela lutou para se sentar ereta. Os membros falharam, demonstrando uma fraqueza repentina e avassaladora. Tentou gritar, mas não conseguiu encontrar a voz. Seu corpo parecia estar cheio de uma água que não poderia ser contida e com certeza começaria a vazar por seus poros.

Ela tinha certeza de que iria morrer.

AKIKO

Não fico surpresa ao descobrir que a senhorinha ainda está na cama quando chego ao sótão. São apenas oito e meia e ela não é uma pessoa matutina. Esse irmão dela devia me contar o segredo para tirá-la da cama sem um megafone. Ultimamente, ela fica acordada até três ou quatro da manhã e se levanta às sete em ponto. Ela brilha como um vaga-lume, apesar dos cortes em suas mãos e da pele flácida sob seus lindos olhos. Nunca vi ninguém tão feliz em receber uma gentileza tão simples.

Basta dar uma olhada em seu quarto para ver o que ela tem feito. Há partituras espalhadas por toda a mesa, junto de duas tigelas vazias. Suspeito que seu irmão a tenha ajudado a contrabandear sorvete para cá. Yuko-sama não gosta que a senhorinha coma doces, por medo de que lhe estraguem os dentes e o corpo.

Quanto a mim, acho que é uma criança e deve poder comer o que quiser. Mas eu não sou Yuko Kamiza, prima de Sua Majestade Imperial. Não possuo metade das terras em Quioto, com numerosas propriedades espalhadas pelo país. Portanto, o que penso sobre o assunto é mesmo irrelevante.

Quando Seiko-sama era criança, também não tinha permissão para comer doces. E ela cresceu muito bonita, com a pele tão clara quanto a água da nascente e suave como a seda. Então, talvez seja o melhor.

Bem baixinho, eu chamo a garota para despertá-la de seu sono. Sei que ela prefere perder um membro do que desagradar a Akira-sama se atrasando para uma de suas aulas. Não que eu tenha muito a dizer, mas realmente não consigo entender por que ele a está ajudando com essas ideias ridículas. Ela não é muito boa. E mesmo que fosse, essa sua pequena fantasia não pode levar a lugar nenhum. Por ser tão jovem, suponho que ainda não percebeu que qualquer tentativa que possa fazer para se ligar a Akira-sama é inútil. Os destinos de ambos estão gravados na pedra, tão diferentes quanto o dia e a noite. Talvez ele esteja cedendo aos caprichos dela por piedade. Ou talvez ele esteja apenas entediado. Esta propriedade isolada está muito longe do movimentado coração de Tóquio.

Lógico, Akira-sama é excepcionalmente talentoso, o que não me surpreende nem um pouco. Ele puxou à mãe.

A garota não está respondendo. Ela precisa se levantar agora se tiver alguma esperança de tomar o café da manhã antes da aula. Eu me aproximo da cama com um suspiro resignado.

Logo vejo que algo está errado. Seu rosto está sem cor, exceto por um rubor anormalmente brilhante em suas pálpebras fechadas. Ela se jogou para fora das cobertas e está esparramada. Posso ver sua camisola branca grudando no suor, uma crosta de vômito em seu travesseiro, e eu sei, antes mesmo de tocar sua testa, que está queimando de febre. Sinto meu pulso palpitar de medo e me surpreendo. Quando comecei a me importar tanto com ela?

Corro para o jardim, onde sei que encontrarei minha senhora cuidando de suas preciosas flores. Embora tenhamos vários jardineiros, ela ainda insiste em vir todas as manhãs para inspecioná-lo pessoalmente. Eu aguardo que me veja parada ali. Ela se levanta, conseguindo parecer digna mesmo com a saia do quimono verde-escuro coberta de terra e manchas de grama úmida. Ela retira uma mecha de cabelo do olho enquanto se dirige a mim.

"Sim?"

"Algo está errado com Noriko-sama, senhora. Eu acredito que ela está doente."

Yuko-sama vinca os lábios, um sinal de seu imenso descontentamento. Sei que ela prefere pensar na neta o mínimo possível. Ela estava entusiasmada com Akira-sama, o legítimo herdeiro do sexo masculino, que veio para ficar conosco. Praticamente dançou de alegria no túmulo de seu ex-genro. Posso dizer que ela está irritada pelo garoto ter escolhido passar tanto tempo (ou qualquer tempo) com Nori. Acho que ela tem medo de que eles se contaminem. Mas ela não quer limitá-lo, na verdade, o que quer é sua lealdade. A única Kamiza que ele conheceu foi a mãe, Seiko, e bem... me atrevo a dizer que a interação não o deixou com um sentimento ardente de orgulho familiar. Yuko-sama é inteligente. Nos próximos anos, precisará dele. Se ele quer se divertir com sua irmã bastarda, deixe-o se divertir com sua irmã bastarda. É um pequeno preço a pagar para garantir o legado da família.

Após uma longa pausa, Yuko-sama relaxa os lábios. "Ela é uma criança saudável de modo geral, não é?", me pergunta, embora já saiba a resposta.

"Sim, minha senhora."

"O que tem de errado com ela?"

Eu hesito. "Ela está quente ao toque, dormindo pesado e não consegui acordá-la."

Minha senhora deixa escapar um suspiro de frustração. É claro que tinha a esperança de evitar envolver alguém de fora, mas ela não pode ignorar isso. Kohei-sama, tenho certeza, adoraria usar isso como uma desculpa para se livrar da garota. Mas Yuko não é como o marido. Ela não tem amor pela criança, mas, não se engane, ela é a única razão pela qual Nori não foi levada para a floresta escura e baleada como um cachorro doente no minuto em que chegou à porta.

Espero que ela não morra. Ela está sob minha guarda. Sou responsável por seu bem-estar.

Admito que quando a senhorinha chegou aqui, eu não queria cuidar dela. Nas primeiras semanas, pensei que havia recebido uma imbecil. Juro, tudo que ela fazia era ficar sentada no chão o dia todo e olhar para a parede.

Mas agora não me importo. Seria preferível se não morresse.

Não sei o que vou fazer se ela morrer.

Yuko-sama faz uma ligação discreta do escritório, e, menos de uma hora depois, abro a porta para cumprimentar um homem velho e encurvado. Ele sorri para mim e fico tentada a me encolher.

Minha senhora o cumprimenta com cordialidade, e ele se curva até ela, a chamando de Yuko-*hime* — Princesa Yuko — um título que não era usado desde antes da guerra. Ela sorri para ele e lhe bate de leve com o leque. Esse pequeno gesto já deixa evidente que se conhecem.

"Obrigada por vir, Hiroki-sensei. Solícito como sempre."

Ele mostra o mesmo sorriso cheio de dentes que me deu, mesmo faltando vário deles.

"O prazer é meu. Para estar em sua companhia, concordaria em tratar a praga. Deus me perdoe, mas gostaria que as pessoas em sua casa ficassem doentes com mais frequência."

Eles trocam mais algumas gentilezas, ele pergunta sobre a saúde de seu marido e parece vagamente desapontado quando ela responde que está bem. Então ela o leva até o sótão.

Corro para a cozinha para preparar uma bandeja de chá. Já levei mais de uma pancada na cabeça daquele leque por me esquecer de servi-lo.

Quando estou prestes a subir as escadas com a bandeja, Akira-sama vira o corredor. Assustada, quase deixo cair tudo em minhas mãos. Nunca o ouço chegando — ele consegue andar sem fazer um único som. Embora certamente seja educado, eloquente e charmoso, há algo nele que me enerva.

Ele me olha sem sorrir. "Akiko-san. *Ohayou gozaimasu.* Você viu Noriko?"

Claro — ele não tem ideia do que está acontecendo. Sua pequena aula de música deveria ter começado há algum tempo.

"Noriko-sama está doente. Sua estimada avó teve que chamar um médico. Eles..."

Antes que possa terminar a frase, ele dá um passo à frente e tira a bandeja das minhas mãos.

"Eu levarei", diz ele. "Obrigado."

E então marcha escada acima, tão formal e cerimonioso quanto o próprio imperador. Ele tem esse jeito rude, mas ainda mantém o ar de quem nasceu e foi criado com boas maneiras. Espero um ou dois minutos antes de segui-lo.

Encontro as coisas como esperava. Yuko-sama está sentada à mesa, se abanando de leve e tomando um gole de chá. O jovem mestre está rondando ao lado da cama com os braços cruzados. Seu rosto é difícil de ler.

Hiroki-sensei está examinando a garota. Ele toca sua testa e os lados de sua garganta, murmurando para si mesmo enquanto faz os procedimentos. Então retira da maleta um depressor de língua de madeira, que enfia com força na boca dela. Ela não se move um único centímetro em meio a todas essas reviradas e cutucadas. Quando ele abre sua boca, ouço uma levíssima sugestão de um gemido. Ele toca a pele exposta de sua clavícula, que noto pela primeira vez que está saliente e vermelha.

Quando o bom médico termina o exame, faz uma série de ruídos estranhos para indicar que está pronto para falar.

Yuko-sama oferece um sorriso educado, embora um pouco tenso. O rosto de Akira-sama está olhando fixo, com uma carranca tão tensa que tenho dificuldade em acreditar que tem apenas quinze anos. O garoto é tão assustador quanto era sua mãe quando estava descontente. Que Deus nos ajude a todos se virmos uma repetição do dia em que Seiko-sama descobriu que seus estudos de música haviam terminado e ela se casaria sem demora no dia em que voltou de Paris, com um vestido de noiva já esticado em sua cama.

"A criança está com escarlatina", anuncia o médico, com um tom de orgulho que fere o bom gosto. "Estou certo disso."

Madame Yuko não deixa transparecer nenhuma emoção, mas lanço um olhar discreto de qualquer maneira. Porque sei, e ela sabe, que a mãe de Noriko pegou escarlatina quando tinha essa idade. O que lhe rendeu a perda de parte da audição do ouvido esquerdo e quase lhe custou a vida.

Mas aquilo foi diferente. Seiko era a única herdeira do nome e títulos da família. Não podíamos permitir que ela morresse, era nossa grande esperança para o futuro.

Lógico, isso foi antes.

Sou arrancada de meu pequeno devaneio pelo som de discussões. É Akira-sama, não exatamente gritando — mas perto — com sua avó. As delicadas veias azuis de sua testa estão inchadas.

"O que você quer dizer com não podemos pagar?"

Yuko-sama fecha o leque e sustenta o olhar raivoso dele. "Eu não disse isso. Disse que essa despesa não está no orçamento."

O médico tem a decência de parecer incomodado. Ele se encostou contra a cama, com uma mão apoiada no corpo petrificado da senhorinha. Como se uma criança adormecida fosse protegê-lo do fogo cruzado.

Akira solta uma gargalhada áspera. "Você está dizendo, avó, que não podemos esticar o orçamento nem para comprar alguns comprimidos? Tenho que ir mendigar na rua?"

"Não são apenas remédios", sugere o médico. "Antibióticos. São um novo desenvolvimento no campo da medicina e são reservados principalmente para soldados. Ainda mais agora, com a ocupação... são caros, além de difíceis de obter. Os americanos regulam..."

"Eu não me importo", diz Akira, seco. "Acabei de te ouvir dizer que sem isso ela poderá morrer."

O médico abaixa a cabeça. "Akira-sama... Se me é permitido... as crianças sobrevivem à escarlatina há séculos sem essas coisas. Há uma chance de que ela se recupere se apenas esperarmos para ver o que acontece. Como eu disse, as crianças vivem com isso há séculos."

"E estão morrendo disso há séculos. Isso não está em discussão. Vá buscar o remédio. Vou me certificar de que você receba seu dinheiro."

Minha senhora se levanta de sua cadeira, de alguma forma conseguindo parecer intimidante, embora Akira se eleve sobre ela. Para minha grande surpresa, ela está sorrindo. Se eu não a conhecesse bem, diria que ela achou a personalidade forte de Akira... divertida. Nunca vi ninguém desafiar Yuko-sama e receber um sorriso em troca.

"Querido neto, não há necessidade. Eu vou resolver isso."

Ela estala os dedos para mim. Sei que esta é a minha deixa para transformar seus desejos em ação.

Realmente não quero ir embora, mas não sou paga para querer. Não sou paga para pensar. Sou paga para fazer. Eu sirvo a família Kamiza, mas sobretudo sirvo minha senhora madame Yuko. Minha família jurou fidelidade à dela há muitos anos. Todos nós temos uma vocação na vida. A minha não é glamorosa, mas é minha e a cumprirei.

Eu sirvo a família. E em algum momento, vim para servir a senhorinha. Ela também tem um papel a desempenhar na vida, e isso logo ficará evidente para ela também.

Deixe-a ter seu Éden. Que tenha mais alguns anos de felicidade relativa. Ela merece muito, eu acho.

A dor veio depressa. Foi a sua partida que levou mais tempo.

Nori atravessava a névoa espessa que a rodeava, levantando o corpo membro por membro. Nunca havia sentido tanto peso, como se um bloco de concreto estivesse amarrado a cada um de seus ossos. Alguém a estava tocando... cabeça? Costas? Mãos? Ela não sabia. Seu corpo parecia uma bolha singular. Algo quente foi pressionado contra seus lábios. Um pedaço tocou sua língua, e de alguma forma ela reconheceu o sabor: *okayu*, com apenas um toque de canela para aplacar o desejo de Nori por doces e fazê-la comer. Ela conhecia bem. Era a única coisa que sua mãe sabia cozinhar.

A colher continuou a pressionar em seus lábios, e ela aceitou, o instinto de engolir dominando sua confusão.

Quente. Deus, por que estava tão quente? Queimava. Ela não conseguia respirar. Cada respiração era uma misericórdia, um presente do céu que poderia não vir de novo. O ar em seus pulmões era espesso demais para ser um alívio. Esse sentimento, essa fraqueza tinha sido tão profunda que ela tinha certeza de que iria derreter no colchão e desaparecer. Nenhum aviso. Nem mesmo uma tosse.

Ela podia ouvir as pessoas conversando, vagamente. Como se estivesse debaixo d'água e eles conversassem na superfície acima dela. Não fazia ideia se era dia ou noite. Alguém pressionou outra coisa contra seus lábios. Desta vez era água. Ela deu as boas-vindas, esperando que apagasse o calor opressor em seus ossos.

Outra coisa agora, com a água... foi difícil. Doeu sua garganta, e ela quis rejeitar, mas alguém estava segurando sua boca fechada. Estavam dizendo algo para ela.

Estava muito fraca para lutar contra isso. Engoliu em seco e veio mais água para aliviar a dor enquanto descia. Este ciclo se repetiu, por quanto tempo, ela de verdade não sabia. Quando sentia a colher, abria a boca.

Às vezes, sentia algo frio pressionado contra sua testa. Ela gostava e tentava reunir forças para um "obrigada", mas não conseguia formar palavras.

Pouco a pouco, a névoa se dissipou. Ela ficou mais ciente do que estava acontecendo. Poderia se sentar na cama, encostada em alguns travesseiros, se uma das figuras sombrias a ajudasse.

Sabia agora que a pessoa que segurava a colher era Akiko e reconheceu a figura sombria espreitando no canto, Akira. Ele estava sentado em silêncio, lendo um de seus livros. E estava lá quando ela acordou e quando foi dormir. Mas ela ainda não estava forte o suficiente para chamar seu nome.

Mais tempo se passou. Dias ou semanas, ela ainda não tinha certeza.

Quando ficou um pouco mais forte, agarrou o pulso de Akiko enquanto ela lhe dava comida e pediu sorvete. A voz estava rouca e fraca pelo desuso. A empregada pareceu atordoada por um momento antes de abrir um largo sorriso.

"Sim, senhorinha."

Em seu caminho para fora do quarto, Akiko se inclinou e sussurrou algo no ouvido de Akira. O garoto ergueu os olhos do livro, encontrando os dela do outro lado do quarto escuro. E foi então que Nori soube que não iria morrer.

DELFÍNIO
CAPÍTULO CINCO

Quioto, Japão
Verão de 1951

O verão estava prestes a terminar, e os meados de agosto foram quentes e arejados. Às vezes, Akira cancelava uma aula ou duas para fazer algumas tarefas ou visitar amigos em Tóquio. Nori se sentava perto da porta até que ele retornasse, sempre apreensiva de que ele não voltasse para ela.

As bugigangas da cidade que ele lhe trazia serviam para diminuir suas reclamações. Presenteou-a com um coelho de pelúcia quando voltou após uma semana em Tóquio para uma competição de violino. Recusou-se a lhe dizer o resultado, mas Nori viu um troféu novinho em folha sendo carregado para seu quarto.

"Eu o vi na vitrine de uma loja de brinquedos", ele comentou, seco, quando entregou o brinquedo a uma entusiástica Nori. "Era o último, então não perca porque não acho que vou conseguir comprar outro para você."

O coelho de pelúcia era lindo, com pelo branco como a neve e olhos pretos brilhantes e felizes feitos de botões em forma de meia-lua. Em volta do pescoço havia uma fita amarela brilhante amarrada em um laço. Quando Nori olhou de perto, pôde ver que havia pequenos sóis costurados na seda.

Ela chamou o brinquedo de Charlotte, em homenagem a um dos personagens de *Oliver Twist*. Graças a Akira, que crescera falando inglês como segunda língua, ela estava a cerca de três quartos do caminho.

Quando ainda estava se recuperando da doença, ele se sentava ao lado da cama e lia para ela.

Daquele dia em diante, Charlotte ia para todos os lugares com ela. Quando Nori comia, Charlotte ia para baixo da cadeira. Quando estava em suas aulas, Charlotte se sentava em cima do piano. Seu sorriso era costurado — então, mesmo quando Nori vacilava e Akira estremecia de desgosto, Charlotte continuava sorrindo.

Durante uma das aulas, Nori brincou que se Akira queria que ela melhorasse na música, deveria tentar dar umas surras nela. Ela esperava uma risada, mas não veio. O olhar que ele lhe deu foi grave.

"Ela tem batido em você?"

Nori ficou desconfortável na mesma hora. Ela podia lidar com o estoico Akira. O sério Akira era uma fera totalmente diferente.

"É... quer dizer... um pouco." Isso era mentira. Os espancamentos só tinham piorado depois da doença.

Akira fez uma careta e colocou seu chá na mesa da frente. "Muitas vezes?"

"Toda... semana ou coisa assim. Está tudo bem, sério."

Akira não cedeu. Pressionou por cada detalhe, e ela foi forçada a lhe contar sobre as visitas da avó e as surras que ocorriam sempre. Ela lhe contou tudo — não apenas sobre as surras, mas também sobre os banhos especiais concebidos para clarear quimicamente sua pele. Ele a ouviu com uma expressão dura.

"Isso não vai acontecer mais", disse ele, empurrando a tarefa semanal — quatro peças musicais para serem memorizadas e executadas — nas mãos de Nori. "Há alguns Brahms aqui. Ele é novo para você e o estilo será um desafio, mas de todo modo, espero que o aprenda. Entendido?"

"Vou tentar, Aniki."

"Eu não disse para você tentar, disse para aprender. Comece a praticar uma das peças da semana passada. Estarei de volta em alguns minutos."

"Qual devo praticar?"

Akira deu de ombros ao passar por ela, com a mente já em outro lugar. "Qualquer uma, todas. Estavam todas terríveis, então você tem muito o que trabalhar."

E nesse ensinamento, ela estava sozinha. Não desperdiçou energia pensando no que Akira iria fazer. Ele fazia o que queria, quando queria, e o resto do mundo parecia se alinhar.

Ao dizer a verdade, se tornou óbvio e doloroso que Akira poderia ter o que quisesse. Se ele pedisse a lua, a avó por certo encontraria uma maneira de trazê-la para ele.

Ela precisava dele. Akira era o único herdeiro legítimo. E sua querida avó cortaria seu próprio pé antes de dizer que Yuko Kamiza era responsável pelo fim do legado — embora, como Akira lhe explicou que a monarquia estava morta em tudo, exceto no nome, Nori não soubesse a utilidade que o legado lhes traria. A nobreza *kuge*, de onde a família Kamiza viera, e a aristocracia *kazoku* da corte imperial, em que sua avó, mãe e Akira nasceram — ambas haviam acabado. Todos deveriam ser iguais agora. Primos do imperador ou fazendeiros de arroz, isso não fazia diferença no novo Japão.

Akira contou a ela que as coisas não estavam indo muito bem.

Por que o irmão lhe explicava as coisas, ou até mesmo se importava com o que acontecia com ela, ainda era um mistério para Nori.

A sua maior esperança era ser um divertimento para ele. Dali a muitos anos, quando os dois estivessem crescidos, ele seria uma pessoa muito importante. A nobreza e todos os títulos hereditários foram oficialmente dissolvidos após a guerra, mas muitas pessoas ainda acreditavam no poder do sangue. Além disso, a riqueza e a reputação de sua família ainda tinham muito peso. Akira poderia não ser mais chamado de príncipe ou duque, mas ainda seria tratado como tal.

E era provável que ela ainda estivesse ali, no sótão, vendo as flores desabrocharem e morrerem.

Nori balançou a cabeça para arejar a mente. Esses pensamentos não serviam para nada além de deprimi-la.

Ela procurava não pensar muito na mãe, no futuro ou no vazio sem fim que residia dentro de seu peito onde o coração deveria estar. Aprendeu, nos anos que passara ali em total isolamento, a não pensar demais. Porque se o fizesse, talvez teria batido a cabeça no chão até que seu cérebro formasse uma aquarela espalhada sobre o piso de madeira. Nori contava com o que tinha e mantinha o resto à distância, em um lugar onde não poderia destruí-la.

Quando Akira voltou, deu-lhe um tapinha suave nas costas para corrigir sua postura, mas não disse nada. Ela não perguntou para onde tinha ido ou o que havia sido conversado. Mas, de alguma forma, sabia que ninguém iria colocar as mãos nela de novo.

Depois de mais alguns minutos, Akira a mandou embora. "Vá brincar", disse ele, apontando a porta. "Preciso praticar para os nacionais."

Nori estava dividida entre a decepção e o alívio por não ter que se debater com peças difíceis demais para ela. "Não posso ficar e assistir, Aniki?"

"Não", ele brincou, sem olhá-la. "Você fica com uma cara ridícula e me distrai."

"Mas o que eu devo fazer?"

"Sei lá. O que as crianças normais fazem."

Isso não significava nada para ela. "Não sei o que isso quer dizer."

"Por tudo que é mais sagrado, Nori. Vá olhar para uma parede, sei lá. Não posso entretê-la o tempo todo."

Ela reprimiu uma réplica e saiu da sala. Logo avistou Akiko não muito longe dali.

"Já terminou suas aulas, senhorinha?"

"Fui expulsa", resmungou ela, petulante e frustrada. "Ele tem que praticar para alguma competição idiota."

Akiko sorriu. "Seu irmão é o atual campeão nacional em sua faixa etária. É um grande orgulho para ele."

"Orgulho, orgulho, orgulho", Nori resmungou. "É só isso o que todo mundo fala nesta casa."

"Orgulho é em grande parte uma coisa masculina, Nori-sama. Você pode nunca entender isso completamente."

"Mas Obasama fala sobre isso o tempo todo e não é um homem."

Akiko suspirou. Levou a mão à boca e desviou o olhar na tentativa de contar mais risadas. "Sua estimada avó não é... como a maioria das mulheres, senhorinha."

A contragosto, Nori voltou para o sótão. Pegou o almoço, mas afastou o leite que Akiko lhe ofereceu. Sabia que estava sendo difícil, mas não se importava mais.

"Eu quero algo doce. Peça ao cozinheiro que me faça um bolo."

Akiko ergueu uma sobrancelha. "Que tipo de bolo?"

"Quero bolo de limão. E quero chantilly."

Akiko fez uma reverência e saiu, deixando Nori se afligir em silêncio. Ela andou de um lado para outro do sótão, bufando, até que decidiu ler algo. Pegou um livro de poesia da estante e agachou-se perto da janela para lê-lo. Estava preguiçosa com a leitura nos últimos tempos.

O livro de história que o Sensei havia lhe dado juntava poeira em cima da estante. Quando suas aulas fossem retomadas em algumas semanas, ela provavelmente levaria uma bronca. Saotome-sensei sempre viajava durante todo o verão, mas esperava que os estudos continuassem.

Ela ficou sentada lendo por várias horas e, quando o bolo chegou, o beliscou por um momento antes de dispensá-lo.

Brincou com Charlotte por um tempo antes de ficar entediada com isso também. Depois recusou o jantar e ignorou o protesto de Akiko.

Reclamou baixinho quando Akiko lhe disse para ir para a cama com aquela voz que significava: *Não discuta ou contarei para sua avó*. Tinha acabado de passar a camisola pela cabeça quando sentiu uma presença atrás de si.

"Nori."

A maneira como o irmão disse seu nome deixou claro seu descontentamento com ela. Ela se virou para encará-lo.

"Aniki", começou, com a empolgação habitual sempre quando ele dizia seu nome. Mas o olhar que ele lhe deu dizia que esta não era uma ocasião sorridente.

"Ouvi dizer que você está sendo uma pirralha mimada."

Mesmo sabendo ser verdade, não confessou. "Eu não estava agindo como uma pirralha mimada."

Era uma mentira tão grande que ela teve dificuldade em manter o rosto sério. Mas era o seu orgulho que estava em jogo. Esse maldito orgulho dos Kamiza. Até uma bastarda poderia ter um pouco.

Akira revirou os olhos para ela, olhando sem paciência para o relógio como se ela estivesse interrompendo sua programação planejada nos mínimos detalhes.

"Me poupe. Nori, eu não posso passar todos os momentos acordados com você. E mesmo se pudesse, eu não gostaria. O que você vai fazer quando eu for para a escola?"

Ela sentiu sua boca ficar completamente seca. "*Gakuen*? Escola?"

Akira revirou os olhos de novo, e Nori pensou, com certo amargor, que seria uma boa ideia se ficassem presos na parte de trás da cabeça dele. A sala mal iluminada acentuava ainda mais sua tez pálida, e ele brilhava como Jesus diante dos pecadores. Sua presença revelava uma luz fluorescente sobre tudo que ela não era.

"Sim, escola. Eu começo em algumas semanas. Venho adiando isso; a morte do meu pai foi uma desculpa válida. Não estou muito feliz com o lugar que a velha escolheu. Mas tem um professor de música de nível mundial lá. Foi o acordo para me fazer ir. Enfim... vou ficar fora o dia todo. E você não pode passar fome quando eu for."

"Eu quero ir com você." Nori tentou o seu melhor para soar como se estivesse fazendo qualquer coisa, menos implorar. Infelizmente, não foi muito convincente. "Por favor? Eu sou boa nas minhas aulas, de verdade. Eu poderia ir com você. Eu não te envergonharia, eu prometo."

O rosto dele se entristeceu. "Nori, estou em um ano diferente do seu. Além disso, minha escola não aceita pessoas da sua idade."

E o que não foi dito: *eu não quero você lá de qualquer modo*.

"Então? Existem escolas para garotas da minha idade. Eu sei que tem. Sensei costumava ensinar em uma. Eu posso ir para um dessas."

Akira lhe lançou um olhar longo e solene. "Você sabe que isso é impossível."

Traduzindo: *se você não sabe que é impossível, você é uma completa idiota*.

Ela cravou as unhas nas palmas das mãos. "A escola não se importaria. Com certeza não, e você sabe disso. Eles aceitam muitos norte-americanos..."

Akira ergueu uma sobrancelha. "Não em Quioto, aqui não tem. E como você descobriu isso?"

Nori olhou para seus pés. Ela era uma idiota, havia poucas dúvidas sobre isso, mas até ela conseguiu encontrar a razão mais simples. Todo mundo odiava os norte-americanos. E todo mundo a odiava. Fazia sentido.

"Tenho lido o jornal. Akiko me dá às vezes, embora não devesse. E eu ouço as conversas dos empregados. Eu sei que os norte-americanos estão aqui. Eles ganharam a guerra, não é? É por isso que estão aqui. É por isso que..." Ela deixou sua voz sumir no nada.

Ainda não compreendia de todo a guerra, mas sabia o suficiente para entender que seu povo se sentia ameaçado pelos Estados Unidos. Ela tinha um medo secreto que havia afastado por anos: suspeitava que seu pai fosse de lá. De onde mais sua pele tinha vindo? Essa pele que Akiko havia chamado de negra quando Nori perguntou por que ela tinha que tomar aqueles banhos.

Não havia pessoas racializadas ali. Mas nos Estados Unidos, ela leu, havia todo tipo de pessoas que se poderia imaginar. Todo tipo de pele, toda raça de gente sob o sol.

Ela também tinha um medo mais profundo, o pior: que seu pai fosse um soldado do outro lado. Um dos homens que tinha entrado na terra natal de sua família e tentado destruir seu povo, sua tradição e seu legado sem razão alguma; uma das pessoas que tirou o poder da monarquia, uma das pessoas que soltou o fogo que caiu do céu. Tudo fazia sentido. O momento, o motivo de toda a vergonha: sua existência era a personificação da traição.

Akira se aproximou dela e pousou uma mão firme no topo de sua cabeça. Ela ergueu os olhos para ele, decidida a não chorar. Ele leu sua mente, de forma tão transparente como se seus pensamentos fossem letras espalhadas por sua testa.

"Você não é norte-americana, Noriko", ele sussurrou, lenta e claramente. "Você é uma de nós."

Agora foi a vez de Akira mentir. O olhar ousado que o encontrou o desafiava a falar a verdade. "Meu pai não era um de nós. Ele era norte-americano, não era? Ele era uma das pessoas que machucou a todos?"

Pela primeira vez desde que Nori o conhecia, Akira parecia de fato inseguro. Havia perdido o controle da conversa e era óbvio que não gostava disso.

"Seu pai... não machucou ninguém. Pelo que entendi, era apenas um cozinheiro. Ele chegou antes das coisas... antes."

"Antes da guerra?"

"Nori, talvez isso não seja..."

Ela apertou os punhos e falou as palavras que sempre tivera medo de dizer.

"Apenas me diga."

E ali estava. O fantasma entre eles, que vinham evitando desde a chegada de Akira. O problema com esse fantasma que rondava, era que ele só existia se alguém reconhecesse sua existência. Para torná-lo real, para dar-lhe poder, era preciso, de boa vontade, recebê-lo. Nori estava evitando isso. Feliz por ter seu aniki, deixou todo o resto de lado, porque sabia, de alguma forma, que se tivessem essa conversa, as coisas nunca mais seriam as mesmas.

Mas ela não podia mais se esconder na ignorância e usá-la como sua proteção; quaisquer delírios frágeis a que se agarrara estavam prestes a ser libertados das sombras e lançados na luz implacável, onde não tinham esperança de sobreviver.

Akira parecia extremamente desconfortável. Ele mexeu nas mangas de sua camisa de botão cor de vinho. "Não compete a mim dizer essas coisas para você. Outra pessoa deveria fazer isso."

"E quem vai fazer isso, Aniki?", ela perguntou, agarrando a mão que ele pousava em seu ombro e pressionando os dedos em sua palma. "Ninguém. Ninguém nunca me disse nada. E parte de mim estava grata por isso, mas não estou mais. Quero saber a verdade. Conte-me quem eu sou."

Akira fechou os olhos por um breve momento. Quando os abriu, quase parecia triste.

"Sente-se, Nori."

O silêncio que se seguiu encheu a sala como um gás nocivo. A boca de Nori caiu frouxa e escancarada, seus olhos rolavam como bolas de gude frenéticas sem um lugar para pousar. Ela puxava o cabelo com tanta força que parecia que os fios ameaçavam se soltar do couro cabeludo.

Akira estava sentado à mesa em frente a ela, as mãos perfeitamente cruzadas. Ele olhou para ela com óbvia preocupação. "Noriko... você precisava saber."

"Eu não sabia", ela sussurrou, sem se preocupar em olhá-lo. Ela não queria ver pena nos olhos dele. "Eu não sabia que meu nascimento tinha destruído sua família."

"Nossa mãe e meu pai nunca foram felizes, Nori. Eles não se odiavam, mas felizes? Não. Minha mãe não queria se casar com ele. Ela não queria se casar com ninguém, mas não teve escolha."

"Ela quebrou seus votos de casamento", Nori soluçou, em uma vozinha lamentável que ela pensava que nem tinha mais. "Ela traiu seu pai. Ela traiu a Deus. Ela cometeu adultério. Com um *norte-americano*."

Akira mostrou-se indiferente. Estava claro que, se isso alguma vez o incomodara, já tinha sido superado.

"Ela foi embora quando eu tinha quatro anos. Eu realmente não me lembro muito bem disso, e ela nunca nos contou para onde estava indo. Fez isso, suponho, quando soube que estava grávida de você. Mesmo antes de partir, ela nunca estava por perto. Andava com pessoas estranhas e ficava fora todo o tempo. Duvido muito que seu pai tenha sido o primeiro homem que ela levou para a cama. Embora, pelo que eu saiba, ninguém nunca a tenha visto com um negro. Deve ter sido uma nova curiosidade."

Se isso pretendia fazê-la se sentir melhor, teve o efeito oposto. Seu estômago revirou e, desta vez, foi mais do que apenas um sentimento. Ela se inclinou e vomitou, o gosto acre de bile fazendo seus olhos lacrimejarem.

Nori tirou os olhos do chão e os fixou nas mãos, tremiam tanto que não conseguia pará-las. Akira se levantou e foi até onde ela estava, com cuidado para evitar o vômito. Ofereceu um copo d'água, mas ela balançou a cabeça.

"Me desculpe", ela soluçou, grossas lágrimas escorrendo pelo rosto. "Akira, me desculpe pelo que sou."

Parecia improvável, por todo o mau gosto dela, que sua mãe se importasse em se desculpar com Akira por abandoná-lo e envergonhar a família. Então coube a Nori fazer isso.

Mais uma vez, o irmão deixou clara a indiferença. "Seiko tomava suas próprias decisões. É a vida. Meu pai era um bom homem e me criou bem. Na verdade, eu provavelmente estava melhor sem ela."

"Mas eu..."

"Não é sua culpa. Então fique calma."

Ela enxugou os olhos. "Onde ela está?"

Parecia estranho que uma questão que pesava sobre ela por tanto tempo, que a consumira e ditara, de uma forma estranha, cada passo que ela dera no chão, poderia ser dita de forma tão simples: três pequenas palavras. Era só isso.

Akira deu de ombros. "Eu não sei e não me importo. Ninguém a viu ou ouviu falar dela desde o dia em que a largou nesta porta."

Nori não teve coragem de perguntar se ele achava que a mãe deles estava morta. Em vez disso, uma pergunta diferente saiu de seus lábios. "Você a odeia?"

Akira fechou os olhos e, por um breve momento, pareceu muito mais velho do que era.

"Não", respondeu, passando a mão pelo cabelo bagunçado. "Eu não a odeio. E você?"

A mão de Nori encontrou a fita verde floresta amarrada em seu pescoço em um laço. E se lembrou do dia em que a ganhara, assim como do dia em que pegara o resto delas.

"Não", sussurrou, as lágrimas brotando atrás de seus olhos. Mas as parou ali. Elas não cairiam.

Nenhuma outra lágrima deslizaria por suas bochechas por causa de Seiko Kamiza.

As mãos estranhamente quentes de Akira a levantaram de sua poltrona. Ela ficou mole, e ele a embalou em seus braços como um filhote de pássaro incapaz de se mover sozinho. Ficaram assim por um longo momento. Ele nunca a tinha abraçado antes.

Nori fechou os olhos e ouviu o som do coração de Akira batendo. Até mesmo seu batimento cardíaco era musical. Sua respiração, lenta e estável, oferecia a garantia fria de que a vida continuaria. Quando o momento passou, Akira a colocou no chão.

"Vá dormir. E não se atrase para as aulas amanhã. Estamos aprendendo Schubert."

Ele disse e a deixou ali parada, e ela o observou partir, vendo o fantasma de seu contorno na escuridão muito depois que ele se foi.

Ela não dormiu naquela noite. Ficou deitada na cama, com os olhos arregalados para o teto, suprimindo as lágrimas com cada centímetro de força de vontade que possuía, que se provou uma quantidade formidável. Essa parede invisível que a separava de suas memórias do passado estava se quebrando pedaço por pedaço.

Mas ainda não conseguia ver o rosto de sua mãe: apenas um par de olhos flutuantes.

E ela percebeu agora, por fim, para que essa parede existia. Não estava lá para atormentá-la, para impedi-la de se lembrar de dias gloriosos de felicidade com uma mãe amorosa. Estava lá para protegê-la de uma mãe que não a amava.

Fumaça. Muita fumaça. O apartamento sempre cheirava a fumaça, lixívia e vinagre.

A limpeza frequente era para disfarçar o cheiro dos cigarros. A mãe trazia pessoas para o apartamento algumas noites, nos dias em que não ficava fora o dia todo. Passava pó de arroz e batom vermelho, e às vezes deixava Nori ajudá-la. Borrifava um pouco de perfume de hortelã-pimenta. Um vaso de flores roxas altas nunca faltava em sua penteadeira. Nori se lembrava especialmente disso.

Depois de se embelezar, haveria uma batida na porta. Nori era instruída a ficar em seu quarto, e sua mãe giraria a chave na fechadura pelo lado de fora.

A mãe nunca bateu nela. Não bateu e não gritou, mas também nunca a beijou, nunca a segurou, nunca lhe falou com ternura. A mulher era um modelo de neutralidade. Sem ódio, sem amor.

Soluços silenciosos agitaram o corpo de Nori. Ela poderia abafar as lágrimas e o barulho, mas seu peito subia e descia com a força de um pequeno furacão, em total desrespeito à sua vontade.

Sua mãe não desistiu de Nori para que ela pudesse melhorar. Deixá-la não foi projetado para lhe ensinar uma lição ou torná-la "boa".

Nori não tinha que ser perfeita. Tinha que *ir embora*.

Sem Nori, a mãe poderia ser livre. Poderia ser bonita e livre. Sem mais vergonha, sem mais luta. Era simples. Dolorosamente simples.

Todo esse tempo, ela pediu um presente a Deus. Mas não tinha percebido que estava vivendo em um. Uma pequena bolha doce, cheia de uma combinação de sonhos, esperança e evidente estupidez. Não era uma gaiola, como ela pensava que era. Era um escudo.

Sua mãe não voltaria para ela. *Ela nunca, jamais voltaria.*

E foi essa constatação que enfim fez as lágrimas virem.

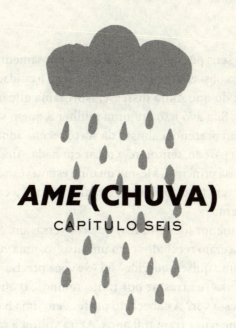

AME (CHUVA)
CAPÍTULO SEIS

Quioto, Japão
Verão de 1951

Akira a acordou na madrugada seguinte e, sem dizer uma palavra, arrastou-a escada abaixo e disse-lhe para esperar na sala. Nori observou em um silêncio atordoado enquanto seu irmão desaparecia no escritório para "dar uma palavrinha com nossa querida avó".

Akiko estava boquiaberta, obviamente sem saber se deveria perguntar. Ela enxugou as mãos no avental e franziu a testa.

"Senhorinha...", ela começou.

"Eu não sei", Nori sussurrou, puxando um de seus cachos. Não escovado e desamarrado, o caracol prendeu seu dedo em seus emaranhados e se recusou a soltar. Ainda de camisola, estremeceu quando uma rajada de ar a atingiu. "Vá ver o que está acontecendo."

Akiko balançou a cabeça concordando e começou a sair da sala, mas hesitou antes de virar o corredor. Ela deveria ficar cuidando da menina. Se alguma coisa quebrasse, as duas pagariam. Nori ofereceu um sorriso irônico.

"Não se preocupe, Akiko. Eu não irei a lugar nenhum. Prometo."

Essa era toda a garantia de que a empregada precisava, e então virou o corredor, deixando Nori sozinha. Ninguém, nem mesmo sua avó, tinha dúvidas de sua obediência. Era sua única habilidade verdadeira.

O tapete sob seus pés descalços era maravilhosamente felpudo e macio. Por certo era obscenamente caro, e ela teve o cuidado de sair de cima dele. Apesar do que Akira dissesse, Nori sabia que não era imune a espancamentos. Sua avó não era uma mulher a quem se pudesse dizer o que fazer, e não pretendia abusar da sorte recém-adquirida.

Recostada na parede, tentou não tocar em nada. Ainda se sentia desconfortável na casa principal. Mesmo quando estava vestida, se sentia nua.

Vinte minutos se transformaram em uma hora. E a cada instante sua ansiedade aumentava.

Não tinha a menor ideia sobre o que conversavam. Mas em geral os pedidos de Akira eram recebidos com um suspiro, uma vibração do leque e um calmo "Como quiser, querido" ou "Se você precisa".

Para a conversa se arrastar por tanto tempo... o que seu irmão escolhera pedir desta vez? A cabeça do profeta em uma bandeja de prata?

Depois do que pareceram mil anos, Akira voltou à sala, com um expressão que deixava claro a ela que tinha conseguido tudo que queria. Ele a olhava com um brilho nos olhos que ela não tinha visto antes.

"Nori", ele sussurrou, a voz estranha e aguda. "Venha comigo."

Ela poderia perguntar por quê. Poderia perguntar para onde estavam indo. Mas não fez nenhuma dessas perguntas.

Sem palavras, lhe estendeu a mão. Akira a pegou, e ela percebeu que a palma estava suada. Ele a guiou pelo corredor e pelas voltas e reviravoltas da casa aparentemente interminável.

Ela só tinha visto de sua janela: o quintal. Agora, atrás de uma porta de tela fina e deslizante, percebeu que nunca o tinha visto na altura dos olhos. Soube de imediato que a porta diante dela levava para fora. Sua boca se abriu contra a vontade. Podia sentir o cheiro do ar, que roçou sua pele como uma carícia suave, tão tenra que quase a fez chorar.

"Eu não posso", ela sussurrou. "Esta... esta é a regra mais importante. Eu não tenho permissão para sair. Alguém vai me ver."

"Quem vai te ver, Noriko?", Akira perguntou sério. "Não há outra casa em quilômetros. Toda esta propriedade está fechada."

"Mas a avó disse..."

"Ela deu permissão. Tudo que ela pediu é que eu vá com você, que você fique longe das rosas dela, e que não saia quando estiver muito ensolarado, por causa da sua pele."

De alguma forma, Nori tinha sérias dúvidas de que sua avó tivesse usado uma linguagem tão dócil.

"Eu não posso", ela sussurrou de novo, cravando as unhas nas palmas das mãos na vã esperança de que isso de alguma forma a ancorasse. Sua cabeça estava começando a girar. "Eu não..."

"Eu vejo a maneira como você olha lá para fora. É patético. Você parece um cachorrinho que apanhou. E agora está dizendo que não quer ir?"

Nori se irritou. Ele não tinha ideia, esse garoto perfeito, de quantas noites havia passado em desespero silencioso, desejando o céu aberto. Ela se virou para encará-lo.

"Não, estou dizendo que *não posso* ir. Ela vai me matar, Aniki. Oba-sama daria a você qualquer coisa no mundo, eu sei que daria, mas não é isso. Se alguém descobrir sobre mim, a fofoca vai atormentar você e sua família pelos próximos cem anos. Nunca vamos nos livrar da mancha. É por isso que tenho que ficar dentro de casa. É por isso que ela suborna os empregados com coisas boas. É por isso que ela me disse inúmeras vezes que colocar um pé fora daquela porta significa morte."

"E *eu* estou lhe dizendo", murmurou de volta Akira, abaixando o rosto para que ficasse na altura dos olhos dela, "que ela precisa de mim mais do que dos títulos, do dinheiro ou das propriedades. Mais do que de empregados ou carros ou desse senso arcaico de honra imaculada a que ela se apega. Ela precisa de mim. Está muito velha para ter mais filhos, e minha mãe provavelmente está morta em uma vala qualquer. Ela precisa que eu esteja aqui, precisa que eu esteja vivo, para ter um filho com alguma florzinha delicada de uma garota nobre da capital. O que ela não precisa é de você. Se ela te quisesse morta, *você já estaria*, garota tonta."

Akira agarrou seus ombros com tanta força que ela quis gritar, mas não conseguiu. Estava impotente para fazer qualquer coisa, exceto olhá--lo com a boca aberta e trêmula.

Ele não olhava apenas para os olhos dela, como ainda para o âmago de seu ser. E ambos sabiam que ele podia ver com nitidez todas as coisas que estavam faltando ali. Ela tentou protestar, mas tudo que conseguiu foi um sussurro, ignorado.

"Você sabe o que meu pai teria feito se você tivesse nascido sob o teto dele? Teria te tirado de dentro de nossa mãe, levado você para trás do galpão e batido seu crânio contra as pedras até que ficasse macio como um ovo cozido. Ou, se estivesse se sentindo bem, teria te sufocado. Mas você não estaria viva e nem usando sedas, comendo bolos de limão e sendo servida a cada segundo do dia. A família do meu pai não é tão grande como esta, mas eles acreditam nos velhos tempos. Se alguma vez nasceu um filho bastardo, acredite, nenhum deles viveu o suficiente para ser lembrado. Você fará onze anos antes do final do mês. Onze anos, você viveu, respirou, comeu, dormiu e mijou em vasos sanitários de porcelana. Pelo amor de Deus, Nori, você ia morrer de escarlatina e *salvaram sua vida*. Então, sim, eles te odeiam. Eu não nego. Eles te odeiam. Mas isso não é nenhum motivo para você não poder sair."

E depois dessa, a soltou. Ela cambaleou para trás e instintivamente colocou a mão em seus braços para apalpar os hematomas que se formariam em breve.

O que quer que tivesse acontecido com Akira, já passara. Sua expressão estava calma, quase entediada. Estava perdendo o interesse, mas não apenas nesta conversa: nela.

O pânico a invadiu e estimulou seus pés, antes petrificados, a se moverem. Ela se aproximou da porta e pressionou as palmas das mãos contra a tela fina e a madeira que a separava do mundo exterior.

Podia-se ouvir o chilrear dos pássaros. Agosto findava e se fundia lentamente com setembro. Os dias não estavam tão quentes como antes, mas Nori podia sentir um calor agradável se espalhando pelas pontas dos dedos. Ela sempre pensara que sua mãe voltaria para buscá-la e a levaria para fora, com um sorriso e um "Vamos para casa". Essa tinha sido sua esperança, sua convicção, sua oração constante.

E sabia agora que isso não iria acontecer. Não que não quisesse sair, porque ela queria. Ela realmente, realmente queria. Mas dar esse passo, sozinha, era reconhecer que aquilo de que tinha tanta certeza era apenas um sonho irreal. E uma coisa era saber disso. Mas agir para isso, bem...

Ela fechou os olhos com força e empurrou a porta, que deslizou para o lado com facilidade, e, de repente, o sol apareceu.

Quando abriu os olhos, demorou um bom tempo para se ajustar. Ela cambaleou meio cega para o pátio. Os tijolos estavam escaldantes e ela soltou um grito de dor. As mãos de Akira pressionaram a parte inferior das suas costas e a empurraram; seu toque era mais suave do que antes.

Seus pés não tocavam mais na pedra. Sentiu sob eles algo frio e espinhoso, mas macio. A visão de Nori, que começava a retornar, ainda estava cheia de manchas brancas e roxas.

Ela caiu de joelhos e estendeu as mãos, deixando as folhas de grama deslizarem pelas fendas entre os dedos.

Ah.

Ela havia esquecido o cheiro de grama.

AKIKO

Eu os observo da porta, meio escondida nas sombras. O garoto me notou, eu sei que sim, mas não parecia preocupado com a minha presença. Ele se senta no banco de pedra sob o velho pessegueiro e observa, como eu. Assiste com absoluta calma, o rosto bonito e suave não refletindo nada do que pode estar pensando. Ele parece uma donzela posando para uma pintura a óleo.

Ela se deitou de costas na grama com seus cachos escuros ondulando embaixo dela, olhos arregalados, e quase não piscou, por pelo menos uma hora.

O céu é de um azul puro hoje, tão claro e infinito quanto o oceano. As nuvens estão espessas como nata batida e flutuam como navios rebeldes na brisa. Posso entender seu fascínio por isso. Ela não vê o céu há quase três anos. E para uma criança, deve parecer mais do que uma vida inteira. Ela está fascinada.

Mas agora parece que não pode ficar parada, corre de um lugar para o outro, se cobrindo de sujeira enquanto caminha. Sua camisola branca não é mais tão branca, e terei de esfregar as manchas por uma longa noite. Ela passou muitos minutos tentando acariciar os peixes no lago e gritando de alegria quando seus dedos tocaram as escamas coloridas, se cobrindo de água e pedaços de algas. Essa camisola nunca ficará limpa, e serei eu quem terá que explicar por que vai precisar de uma nova. Que maravilha. Ah, espere... ela saiu. Para onde foi agora?

Antes que consiga formar palavras para impedi-la, já está na bétula-branca, tentando escalá-la. O que diabos está acontecendo com essa criança? Essa árvore tem trinta metros de altura, e é provável que ela quebre o pescoço.

Seu irmão chega até ela antes de mim. Ele corre pelo quintal como um tiro e agarra um de seus tornozelos, puxando-a para baixo em um movimento rápido. Embora ele tente pegá-la, tomba com seu peso e os dois caem no chão em um amontoado.

Antes que ele pudesse se levantar, ela correu de novo, desta vez em direção ao pessegueiro.

"Eu quero um", ela grita para ninguém em particular. "*Momotai!*"

O garoto a olha como se estivesse começando a se arrepender de sua decisão de intervir por ela. E que decisão foi essa? Sinceramente, estou chocada que Yuko-sama concordou com isso. Se Kohei-sama descobrir, aquela garota terá um mundo de dor que ela nem consegue compreender.

Mesmo Akira-sama não está a salvo da raiva daquele homem. Seiko não estava. Ser o herdeiro não é garantia de segurança contra ele.

Mas há um consenso nesta casa de não contar a Kohei-sama nada que ele não precise saber — e ele está aqui tão raramente que nunca tem tempo de notar nada, de qualquer maneira. Ele prefere a companhia de homens importantes em Tóquio, e Yuko-sama prefere ter seu governo incontestado aqui em Quioto. Esta é a cidade natal dela, não a dele.

Akira fala para a irmã ficar longe das roseiras. Ela, sem prestar atenção em uma palavra que ele está dizendo, escolhe uma e cutuca um espinho com o dedo, mas nem isso diminui sua alegria.

Pela primeira vez, vendo-a correr livre e selvagem, eu a vejo como uma garotinha normal. Quase choro ao me dar conta de que em breve, muito em breve, essa garota será colocada de volta em sua gaiola.

O céu começa a escurecer, e ouço o estrondo distante de um trovão. Se Noriko ouve, não se move. Akira se abrigou sob o toldo do pátio, a poucos metros de mim. Ele a observa com um olhar que só pode ser descrito como exasperado, mas não faz nenhuma tentativa de chamá-la para dentro.

O céu dá um último aviso antes que a chuva comece a cair, em espessas camadas geladas. *Harenochiame*. Chuva depois de um céu claro e perfeito.

A garota está perfeitamente imóvel, o rosto voltado para cima e os braços bem abertos. As roupas finas estão transparentes por completo. Ela vai chamar a morte. Não consigo mais ficar em silêncio e chamo o nome dela. Eu acho que ela não me ouve.

Ela está girando agora, dançando ao som de uma música que ninguém mais pode escutar. A água escorre por seu rosto e pela boca aberta. Não consigo ouvir o que ela está dizendo com o ruído da chuva, mas vejo seus lábios formarem a mesma palavra, repetidamente: *"ame"*. *Ame*. Chuva.

Eu olho para o rosto de Akira-sama com o canto do olho. É passivo e vazio, como de costume. Depois do que me parece um tempo arbitrário, mas para ele um intervalo deliberadamente planejado, ele a chama para dentro.

"Nori."

É tudo que precisa dizer. Ela deixa cair os punhados de grama que estava segurando em suas mãozinhas e vai até onde seu irmão está parado.

Ela ergue os olhos para ele, e nunca vi tal expressão. É uma idolatria pura e total. É absoluto demais para chamar de amor. O amor pode ser enfraquecido pelo tempo ou pela influência de outra pessoa. O amor pode desaparecer, sem causa ou explicação, como um ladrão que se infiltra e o furta durante a noite.

Mas o que transparece em seu rosto ao olhar para o irmão agora não pode desaparecer e nem morrer. Ele responde distraído dando tapinhas em sua cabeça encharcada, como se fosse acariciar um cachorrinho.

Pobrezinha. Ela colocou seu coração em algo que não pode ter.

Eles estão em frequências de ondas paralelas que nunca podem se tocar.

Ela, é lógico, não percebe. Mas ele sim — eu sei. Ele tem demonstrado seu gênio o bastante para eu fingir que é tão estúpido que não pode compreender essa verdade tão clara.

Ele só pode ser sádico ou tão tolo quanto ela. Não consigo imaginar qual seria pior.

Agora as aulas de violino aconteciam do lado de fora.

Eles se sentavam no banco sob o pessegueiro, e as folhas os protegiam do sol forte. Nori descobriu que sua pele se queimava com facilidade.

O novo cenário parecia melhorar a disposição de Akira. Havia uma pequena ponte sobre o lago, e fileiras e mais fileiras de flores em incontáveis cores que Nori nunca tinha visto antes. Akira lhe explicou com paciência os nomes das árvores e a tradição por trás do jardim aquático, contou que essas árvores tinham mil anos em alguns casos e que ela sempre deveria honrar a terra, pois seu sangue estava na árvore assim como o sangue da árvore estava nela. Akira, que nunca poderia ser chamado de uma pessoa espiritual, parecia ter um profundo respeito por qualquer coisa que pudesse ser tão perene, mesmo que fosse uma árvore.

As notas que Nori perdia e o posicionamento desleixado de suas mãos pareciam irritá-lo menos agora.

Ela havia melhorado um pouco. Lógico que ele não disse isso, mas ela sabia que sim. Como se para contradizer seus pensamentos silenciosos, Akira deu um tapa de leve na nuca da irmã. "Observe a vibração."

"*Gomen, Aniki.*"

Ela tocou de novo.

Akira soltou um suspiro profundo e lhe lançou um olhar fulminante. "Como é que quando te corrijo, você consegue tocar ainda pior do que antes?"

"Não consigo tocar mais rápido, Aniki."

"Não se iluda. Você nem mesmo está tocando as notas certas. Não se preocupe em tocar rápido. Veja a música."

Nori olhou para as folhas de papel pregadas na estante de partitura à sua frente. Aos poucos, essas marcas estranhas começavam a significar algo para ela.

Entendia o que ele estava falando. Sem esperar que ele desse o comando, tocou uma terceira vez, tomando um cuidado especial para emitir cada nota. Quando terminou, Akira lhe lançou um raro meio sorriso.

"Isso é tudo", disse o irmão, removendo o violino de suas mãos com mais cuidado e gentileza do que ela sabia que o irmão era capaz. "Terminamos por hoje."

Nori ficou ao mesmo tempo aliviada e desapontada. "Posso ficar um minuto e ouvir você tocar?"

Esta era sua parte favorita do dia. Se ficasse no banco, teria altura suficiente para trepar nos galhos mais baixos da árvore, então poderia se sentar de forma cômoda com as pernas dobradas contra o peito e ouvir o irmão tocar. Mas ele nem sempre permitia.

Akira inclinou a cabeça, como se estivesse considerando o pedido.

"Se você ficar quieta. Mas antes preciso falar com você, Nori."

Ela franziu a testa ligeiramente.

"O que foi?"

"Eu começo a escola amanhã."

Nori sentiu o estômago sair pela boca. Ela puxou um dos cachos para a frente e começou a mastigá-lo, um novo hábito que havia desenvolvido. Akira achava nojento e sempre batia na mão dela quando a pegava fazendo isso. Seu rosto deve ter parecido tão lamentável quanto ela se sentia, porque Akira apenas estalou a língua para ela.

"Nós já conversamos sobre isso. Estarei fora a maior parte do dia e, quando chegar em casa, terei dever de casa. Portanto, não terei muito tempo para ficar com você. Entende?"

Nori juntou a barra do vestido nas mãos e olhou para o peito. "Entendo."

"Pratique sua música."

"*Hai*."

"Se você se comportar, posso considerar levá-la ao festival no próximo domingo à tarde."

Nori ergueu os olhos, mal acreditando no que ouvia. "Sério? *Hontou ni*?"

Ele deu um breve aceno afirmativo com a cabeça, a cor subindo pelas suas bochechas, e desviou o olhar para o lado.

"Sim, sério. Eu tenho que ir para a cidade para tratar alguns assuntos de qualquer maneira — não faça essa *cara*, Nori, meu Deus."

Ela imediatamente corrigiu seu rosto, embora não tivesse certeza de como isso o ofendera.

"Devíamos voltar para dentro. Vai chover. Violinos e água não combinam."

Ela chacoalhou os ombros. "Eu gosto de chuva."

"Isso é rídiculo", disse soltando uma gargalhada áspera. "Ninguém gosta de chuva. Ninguém nunca diz: 'Eu gostaria que não estivesse tão ensolarado hoje."

Ela baixou os olhos. "Não dá para ouvir o sol vindo do sótão", disse com calma. "E é sempre tão quieto. Nos verões, em especial, quando não tem aulas e quando Akiko não vem, é... é vazio. Como se não existisse mais ninguém além de você em todo o mundo. Mas quando chovia, eu sempre ouvia no telhado, e então me lembrava que não estava, sabe..."

Sozinha.

Akira piscou. Seu rosto se suavizou e ele estendeu a mão para colocar um cacho perdido atrás da orelha dela.

"Chove muito nesta ilha", disse ele. "Então você ficará muito feliz."

Nori sorriu. "Eu sei, Aniki. Eu sei sobre a estação das chuvas, *tsuyu*, e sei o que dizem os poetas."

Akira franziu a testa. "Poetas? Do que você está falando?"

Nori desviou o rosto dos olhos inquisitivos do irmão. "Dizem que há cinquenta palavras para falar sobre a chuva. Uma para cada tipo que você puder imaginar."

"Eles dizem isso?", Akira perguntou, e parecia quase divertido. "Bem... talvez tecnicamente. Mas deixe para os poetas fazer barulho por nada. Chuva é apenas chuva."

Ela buscou os olhos dele. "Acho que não, Aniki."

Akira ergueu uma sobrancelha escura e a considerou por um breve momento. "Bem... quem sabe? Talvez você esteja certa. Talvez eu seja cínico demais para apreciar isso."

Nori se atreveu a contradizê-lo mais uma vez. "Não acho, Aniki."

Ele deu uma palmadinha em seu queixo. "Você me dá muito crédito. Você sempre dá. Agora, vá para a cama."

"Mas..."

"Vá, Nori."

Embora soubesse que ele estava ficando irritado com ela, não conseguia se conter. Olhar para ele, sentado ali, banhado casualmente pelo luar, era demais para seu coração suportar. Ela jogou os braços em volta do pescoço do irmão, enterrando o nariz em seu cabelo escuro. Ele cheirava a sabonete e limão. E ao wasabi que comera no almoço. Ele sempre cheirava a wasabi.

"*Arigatou*", ela sussurrou, sem saber se ele conseguia ouvi-la. "Obrigada."

Ela teve sonhos sombrios naquela noite e acordou antes do amanhecer, agarrando-se a Charlotte. Akiko apareceu um tempo depois com um copo d'água e um biscoitinho.

A empregada parecia moderada de um jeito incomum. "Sua avó virá ver você em um momento. Apresse-se e coma."

Nori pulou da cama. "*Naze?*"

"Não sei por quê. Venha aqui, deixe-me vesti-la."

Quando a avó entrou, Nori começou a fazer uma reverência, mas foi interrompida.

"Não se preocupe", disse a mulher mais velha distraída, cruzando os braços sobre o peito. "Isso só vai levar um momento."

Ela estava vestindo um quimono azul-escuro, com um obi branco e as mangas até o chão. O cabelo, preso em um coque, estava pontilhado com ramos brancos e azuis. Os lábios estavam pintados de vermelho, e os olhos cinzentos delineados com um leve toque de carvão.

Para uma mulher mais velha, ainda era muito bonita.

"Há algumas pessoas vindo ver você hoje, Noriko", ela disse, em um tom de voz surpreendentemente agradável. "Pessoas muito importantes. Eu lhes contei sobre seus talentos, e estão ansiosos para conhecê-la."

Nori pestanejou em resposta. Era tudo que podia fazer, na verdade. Ela pensou que, em algum lugar agora, o inferno deve estar congelando.

Sua avó deu um pequeno sorriso diante da óbvia confusão de Nori.

"Mandei fazer novos quimonos para você, assim como novos vestidos no estilo moderno. Também encomendei alguns leques, sapatos e peças de joalheria. Vamos precisar perfurar suas orelhas. Também fiz algumas outras coisas para você que devem acomodar bem o seu crescimento futuro. Akiko subirá em breve para prepará-la. E eu a verei na sala em breve. Tenho plena confiança de que você representará bem a nossa família."

Nori, em um atordoado silêncio, viu a avó sair tão rápido quanto havia entrado.

Quando Akiko chegou alguns minutos depois, carregando uma grande caixa de papelão, Nori enfim conseguiu reagir.

"São para mim?"

"Sim, senhorinha."

Ela correu até a caixa, olhando para dentro com uma mistura de suspeita e alegria. Não conseguiu evitar um gritinho de alegria ao começar a tirar as coisas.

Tudo era lindo, mas foram os quimonos que realmente a deixaram sem fôlego. Havia quatro deles, cada um mais bonito do que o anterior. Um era cinza cintilante, com um padrão de nuvens rodopiantes bordadas ao longo de todo o tecido e uma faixa obi roxa escura. O outro era de seda rosa-claro com um desenho de borboletas na barra e nas mangas. O terceiro era azul-celeste com flores brancas e amarelas em um padrão inclinado na saia, como uma cachoeira em cascata.

Mas o quarto era seu favorito. Era feito de uma seda simples na cor creme, com fios prateados detalhando as bordas. As mangas eram em forma de sino e tocavam o chão. O obi tinha um tom suave de pêssego, assim como sua árvore favorita no jardim.

Cada um tinha seu próprio leque e um conjunto de pérolas — brancas, cinza, pretas e rosa — mas isso também pouco a interessava. Embora não houvesse dúvida de que eram lindas — e muito valiosas — ela não estava acostumada com joias.

Akiko só permitiu que ela admirasse os novos pertences por um momento. Os convidados chegariam em breve, e não poderiam se atrasar.

"Quem está vindo, Akiko?", perguntou. Ela não se atreveu a especular.

A empregada baixou os olhos para os pés. "Não sei. Mas preste atenção às suas maneiras. E venha aqui, me deixe consertar esse cabelo."

Nori optou por usar o quimono branco e disse a Akiko para prender o cabelo em um coque como o da avó. Em seguida, o amarrou com sua fita branca mais preciosa, que ela não gostava de usar com frequência por medo de sujar. Mas se as pessoas estavam vindo para vê-la, pessoas importantes, então para que mais a estava guardando?

Akiko tirou um pequeno tubo de batom vermelho e passou nos lábios de Nori. "Aí está você, senhorinha."

Nori se olhou no espelho. Ela parecia consideravelmente menos horrível do que de costume. "Vamos agora?"

"Sim, senhora."

Akiko estendeu a mão, e Nori a pegou, se confortando no relacionamento familiar que se desenvolvera entre elas ao longo dos anos.

Enquanto desciam as escadas, Nori não pôde deixar de lembrar o quanto estava apavorada naquele exato lugar, apenas alguns breves meses antes. Tanta coisa havia mudado que ela mal conseguia acreditar.

Pouco antes de virarem o corredor, Akiko soltou sua mão. Nori ofereceu um pequeno sorriso. Os olhos escuros de Akiko se encheram de algo ilegível. Por um momento, a empregada hesitou, mas só por um momento, e então ela se foi.

Nori viu a mulher primeiro. Era difícil não notar sua presença: era linda. Alta e bem torneada, com seios fartos à mostra em um quimono que havia sido modificado para ser especialmente revelador. Seu rosto estava pintado de branco, e seus lábios eram vermelhos. Parecia uma boneca de porcelana.

Demorou um pouco mais para notar o homem. Vestindo um terno cinza-escuro de três peças e óculos, ele estava sentado no canto contra a janela, tomando seu chá com calma. O pouco que lhe restava de cabelo estava penteado para o lado, como um pequeno tufo de grama em uma calçada árida.

Sua avó estava quieta no canto oposto; o rosto meio escondido por seu proverbial leque.

Não sabendo mais o que fazer, Nori se curvou, tomando cuidado com a postura.

A mulher soltou uma risada, e Nori ficou surpresa que uma pessoa de aparência tão feminina tivesse uma voz tão baixa e estridente.

"Você deve ser Noriko."

Nori se endireitou e acenou que sim com a cabeça. A mulher estava sorrindo para ela, um sorriso insolente ao qual Nori não estava acostumada. Mas não pôde deixar de sorrir de volta.

"Eu sou Kiyomi", disse ela, simpática. "É muito bom finalmente conhecê-la. Aproxime-se, criança. Deixe-me olhar para você."

Nori fez o que lhe foi pedido e sentiu o cheiro do perfume de Kiyomi: canela. Kiyomi olhou Nori de cima a baixo, dos dedos dos pés ao topo da cabeça. "Bem, que coisinha bonitinha você é. Muito... exótica. Lindos olhos."

Nori teve que reprimir um desejo intenso de se remexer. "Muito obrigada, madame."

Kiyomi riu de novo e passou um dedo longo com a unha pintada de vermelho brilhante sob o queixo de Nori. Anos de condicionamento a ensinaram a não se afastar. "Quantos anos você tem mesmo?"

"Onze."

"Onze", Kiyomi murmurou, lançando ao homem no canto um olhar astuto. "Nova. Maleável. Mas podem ser problemáticas nesta idade. Choronas e tudo mais."

"Eu garanto a você", sua avó interrompeu, com sua frieza de costume, "que ela foi muito bem treinada."

O homem se levantou da cadeira, e Nori percebeu que ele era muito baixo, quase tanto quanto ela. Tinha dedos gordos com uma abundância de pelos crescendo nas juntas, e ela não podia deixar de torcer para que se abstivesse de tocá-la.

"Ela é bonita", anunciou ele, para ninguém em particular. "Parece bem-educada o suficiente. Meio-educada, suponho? Ela pode servir o chá? Ler poesia?"

Sua avó bateu o leque contra o pulso, um sinal revelador de que estava irritada.

"Você sabe muito bem que eu não teria nada menos, Syusuke. Está interessado ou vai continuar a me fazer perder tempo?"

A respiração de Nori ficou presa na garganta. Mas o homem não parecia incomodado com o comportamento de sua avó.

"Ora, ora, Yuko", suspirou ele, acenando com uma de suas mãozinhas gordas no ar. "Não há necessidade de ser ríspida. Ela vai servir bem para os meus propósitos, deverá provar ser bastante lucrativa. Um pouco magra, no entanto."

"Ela vai florescer com o tempo", Kiyomi interrompeu. "E eu vou cuidar dela até lá."

Ela se virou para Nori e deu um sorriso contagiante. Era fascinante. "Você é mesmo obediente, Noriko?"

"Sim", ela disse, corando de orgulho. Seus anos de treinamento a deixaram confiante em uma coisa. "Sim, eu sou."

"Yuko", o homem bufou, puxando um lenço do bolso e enxugando o rosto suado. "Nós nos conhecemos há muito tempo, e você nunca concordou em lidar comigo até agora. Seu pai era o homem mais orgulhoso que já conheci e achava que eu não era melhor do que as coisas com que ele limpava o traseiro. Por que desceu do seu pedestal?"

O rosto de sua avó permaneceu impassível. Ela parecia imune à crueza desse homem ou, se não imune, muito acostumada.

"Se já terminou, quero isso resolvido o mais rápido possível."

"Estou saindo da cidade esta noite. Se a senhora quiser mesmo fazer isso, é melhor se apressar.

Os olhos preto-acinzentados de sua avó brilharam. "Sei que está acostumado a lidar com gente pequena. Mas não se esqueça da casa em que você está, Syusuke."

"Se for dinheiro..."

"Eu não discuto sobre dinheiro", disse a avó rápido, fechando o leque. "É vulgar. Vou resolver isso com você mais tarde, agora quero que vocês dois saiam da sala." Ela voltou seu olhar para Nori. "Gostaria de falar com minha neta a sós."

O homem fez uma reverência, e a mulher mostrou-se indiferente, como se isso não lhe importasse de um jeito ou de outro. Quando saíram, a avó se voltou para ela. Houve um longo momento de silêncio que fez Nori se contorcer.

"Você se saiu bem, Noriko."

Nori pestanejou. De alguma forma, depois de esperar todos esses anos por essas simples palavras, elas não a tocaram. "Obrigada, avó."

Isso lhe rendeu um sorriso irônico. "O que é que você quer, Noriko?"

Que tipo de pergunta era essa? Ela cruzou as mãos. "Eu não quero nada."

Sua avó ergueu uma sobrancelha. "Todo mundo quer alguma coisa. Eu tenho te observado há anos, mas nunca fui capaz de descobrir o que você quer. Não estou falando sobre o que você deseja. Não estou falando sobre caprichos tolos. Estou perguntando qual é o seu propósito. A que você está disposta a devotar sua vida, pelo que você está disposta a morrer."

Nori beliscou a pele do lado de dentro da palma da mão. Esta era uma pergunta para a qual ela não tinha resposta. Quebrou a cabeça, mas não conseguiu pensar em nada além da verdade. "Achei que não tinha permissão para ter um."

Sua avó se afastou e caminhou até a mesa, a barra de seu quimono varrendo o caminho. Ela pegou um livro encadernado em couro que parecia ser muito antigo.

"Meu propósito é inequívoco", ela disse, sua voz firme, ombros eretos e orgulhosos. "Sempre foi inequívoco. Eu nasci com ele. E vou morrer com ele. Meu propósito, o sangue da minha vida, é esta família."

Ela acenou para Nori avançar. Seu olhar brilhava de determinação. "Você sabe o que é este livro?"

Nori balançou a cabeça negativamente.

A avó ergueu o livro bem alto. "Este é o tomo da família. O nome de cada Kamiza desde mil anos está escrito neste livro. Meu nome, o nome de sua mãe. Akira também. Um dia ele será chamado para ocupar meu lugar. É meu dever, meu dever absoluto, ver isso antes de eu deixar este mundo. Você entende isso, criança?"

"Sim."

Seus olhos se encontraram, e, apesar do ceticismo de Nori, havia algo incrivelmente comovente na convicção arrebatada de sua avó.

"Você fará sua parte, Noriko?"

Nori pestanejou. O aperto em seu peito a impedia de falar.

"Eu errei. Eu errei muito em escondê-la por vergonha. Você é filha de sua mãe. Você é meu sangue. E você também tem um papel a desempenhar. Seu nome estará escrito neste livro. Você será lembrada."

Algo rugia em seus ouvidos. "Serei mesmo?"

"Sim. Mas você deve cumprir seu dever. Quando eu morrer, o que não deve estar tão longe agora, seu irmão assumirá minhas responsabilidades. É um fardo pesado para carregar." A velha sacudiu a cabeça, maravilhada por não ter desabado. "Diga-me uma coisa, garota."

Nori ficou tentada a dizer "Qualquer coisa": qualquer coisa para que seu nome estivesse naquele livro, ao lado de seu irmão. "Sim?"

"O que é mais importante para você no mundo?"

Essa pelo menos era uma pergunta que poderia responder. Um rubor subiu por suas bochechas.

A avó lhe deu um sorriso perspicaz. "É Akira, não é?"

Seus olhos se encheram de lágrimas, ela abaixou a cabeça e as enxugou. "Sim."

"Ele vai precisar da sua ajuda. Ele precisa disso agora, na verdade. Precisa que você cumpra seu dever para que possa cumprir o dele. Só você pode fazer isso, Nori. Só você pode protegê-lo."

Seu coração batia tão forte que ela pensou que fosse explodir em seu peito. "Eu vou. Eu faria qualquer coisa. Eu não vou falhar com a senhora, Obasama. Eu vou fazer o melhor."

"Estou muito feliz em ouvir isso, criança", sussurrou sua avó. Ela parecia genuinamente comovida. "Feliz de verdade. Como mulheres, fazemos o que podemos. Nós fazemos o que devemos."

Lançou um olhar para a porta, mas logo olhou para Nori de novo.

"Fazemos coisas que nunca pensamos que seríamos capazes para proteger o que amamos."

Nori estava balançando a cabeça agora, tentando conter as lágrimas de alegria. "Eu prometo. Eu prometo."

A velha sorriu uma última vez antes de virar as costas; quando se virou, Nori a avistou segurando aquele velho livro de couro contra o coração.

As portas se abriram. O homem baixo e gordo enfiou a cabeça para dentro. Estava suando, embora a casa estivesse em uma temperatura confortável.

"Então?"

Sua avó não se virou. "Leve-a."

Nori olhou de um para o outro, sua testa franzida enquanto seus lábios ainda estavam congelados em seu sorriso.

Ele entrou na sala e, ao se aproximar, deu para sentir o fedor de tabaco. Ela recuou.

"Avó?", Nori sussurrou. Ela queria falar mais alto, mas não conseguiu. Sua voz sumiu. "Avó?"

Mas ela já não estava olhando. Nem ao menos moveu a cabeça para entender os sussurros de Nori.

Em seguida, havia braços em volta de sua cintura que a arrastavam. A bainha de seu quimono se prendeu sob seus pés que tentavam correr, e ela caiu, agarrando-se ao nada.

"Obasama!", ela gritou, sua voz voltando para ela em uma corrida terrível. "Não estou entendendo! Por favor! Não estou entendendo!"

Mas a figura diante dela estava congelada, uma deusa de gelo, imune ao apelo de Nori.

"Obasama! Por favor!"

"Vamos, garota! Preste atenção agora!", o homem bufou para ela, ofegando com o esforço de puxá-la rumo às portas abertas.

"Aniki!", Nori chorou, embora soubesse que o irmão estava longe, na escola, e não podia ouvi-la. "Akira!"

"Ele se foi", disse o homem.

Então sentiu uma dor aguda na nuca, e depois não havia nada.

PALAVRAS QUE APRENDI
COM A CHUVA

EXÍLIO
CAPÍTULO SETE

AKIKO

Outono de 1951

O grito racha o ar como um trovão. "Onde ela está?"

A senhora encontra os olhos do neto sem pestanejar. "Akira, acalme-se."

Estou encolhida perto da porta do escritório, uma bandeja de chá fazendo barulho em minhas mãos. Eu entrei em uma tempestade.

"Onde?", ele explode, e descubro que estou surpresa com sua ira.

Yuko-sama cruza os braços. "Você é um garoto muito inteligente, Akira. Decerto entende que isso era necessário."

As veias da testa de Akira estão salientes, e os olhos, tempestuosos. "O que a senhora fez com Nori?"

"Ela não é mais sua preocupação. Se você não tiver companhia, vou encontrar alguns conhecidos adequados."

Akira está obviamente chocado com o comportamento frio dela. "Qual é o seu problema?"

"A garota está bem", madame Yuko diz distraída. "Garanto que ela não será machucada."

"A senhora está mentindo", ele revida.

109

Ela suspira. "Querido neto, esta conversa acabou. Agora é hora de olhar para o futuro." Seu sorriso é amplo. "E que futuro brilhante será."

Ele começa a avançar, e, por meio segundo, acho que vai bater nela. Acho que ela pensa o mesmo. Mas então ele balança a cabeça e se vira para sair, percebendo que não há mais nada a ganhar com isso. Não hoje, pelo menos. Talvez nunca.

Deixo a bandeja na mesa e me arrasto para o corredor atrás dele.

Ele me lança um olhar cansado. "Você sabe onde ela está?"

Começo a dizer "não", mas engasgo. Eu não sei onde a senhorinha está. Mas sei que a ouvi gritar. Sei que ela não está segura. E eu não disse nada, apenas a deixei ir.

Como se aqueles olhos claros pudessem ver bem no fundo da minha vergonha, Akira lança um último comentário para mim antes de se afastar. Ele parece quase perplexo. "Ela confiou em você."

Deito meu olhar para o chão que encerei esta manhã. A luz o atinge, e ele brilha como trinta peças de prata.

KIYOMI

Há cinquenta e duas garotas no *hanamachi* agora, cinquenta e três incluindo nossa mais nova aquisição.

E eu supervisiono todas elas. Pode não parecer grande coisa, mas nasci em um chão de palha em 1921, a caçula de quatro irmãos, a única menina. Meu pai era arrozeiro, e minha mãe, com só um braço bom, nunca conseguia trabalho, mesmo nas casas dos ricos. Vivíamos em um pedaço de terra patético, sempre úmido e cinzento. Isso é tudo que lembro. Bem, isso e a fome. Nunca havia comida. A safra minguava ano após ano, assim como meus irmãos mais velhos e eu. Quando eu tinha nove anos, minhas costelas espetavam minha pele, assim como minha clavícula.

Eu estava tão magra que o bordel para o qual meu pai me vendeu quase não me levou.

Olho para a garota pálida ajoelhada na minha frente no quarto escuro e me vejo desejando, não pela primeira vez, que minha piedade não tivesse secado há muitos anos.

Pelo menos ela não está chorando. A maioria das garotas que me procuram são menos do que nada, garotas do interior com famílias que precisam mais de carne do que de outra filha inútil. Algumas vêm de boa vontade, sabendo que terão comida na barriga e uma cama para dormir, mesmo que seja uma que tenham que compartilhar. Algumas são feias e outras são bonitas, mas todas choram.

Noriko não. Suas costas estão retas, com as mãos cruzadas no colo, e os olhos peculiares fixos à frente. Mesmo que esteja desmoronando, não vai deixar transparecer para mim. Ela teve uma educação rígida. Yuko, aquela vadia velha, estava dizendo a verdade sobre isso.

"Você sabe por que está aqui?", pergunto, com a gentileza que posso. Não é meu trabalho intimidar as garotas. Eu já fui uma delas. Elas vêm a mim com suas queixas e faço o que posso, embora seja quase nada.

Ela não diz nada. Sua boquinha está tremendo. Tem belos lábios — embora seja uma menina de onze anos, já carnudos, agradavelmente macios —, mas há uma covinha no queixo, talvez alguns achem cativante. Pelo que pagamos por ela, é melhor que fique bonita. Sua mãe era uma beldade famosa. E mesmo que ninguém saiba quem é seu pai ou que aparência ele tem, exceto por sua pele escura, não posso imaginar Seiko Kamiza abrindo mão de seu futuro assegurado em nome de algo ordinário.

Eu bato meu pé. "Noriko-chan, pretendo ser gentil com você. Mas faça o que mandamos ou as coisas irão muito mal. Você pertence a nós agora."

Então vejo algo, um traço de desafio, um lampejo em seu rosto assustado. Ela fecha os pequenos punhos. "Não é verdade."

"Você pertence, sim", digo com paciência. Isso não é incomum. É uma realidade difícil para qualquer garota perceber que sua família a negocia como gado. Especialmente difícil para uma filha de uma casa nobre, mesmo que não seja nada além de uma bastarda. "Sua avó a vendeu para nós. Você é nossa para fazermos o que quisermos."

Seus olhos ficam úmidos. "Ela não faria isso. Isto é um teste."

Reviro os olhos para ela, é uma idiota. "Não. Ela vendeu você para nós. Livrou-se de um fardo indesejado e aumentou sua considerável fortuna."

Ela olha para mim. "Eu sou a neta dela", responde com firmeza, embora o tremor das mãos denunciem sua coragem ruindo. "Ela mesma me disse isso. Sou sua carne e sangue."

"Mas ela nunca quis você", digo, com frieza. "Ela nunca perguntou por você, a manteve trancada e agora a vendeu para nós. Você vai morar aqui na *okiya* comigo e com as outras garotas. E vai obedecer."

Posso vê-la murchando, dobrando-se em si mesma como uma boneca de papel. "Não."

"Sua mãe te passou para frente", continuo, e percebo a pontada de agonia que cruza seu rosto. "Sua avó te passou para frente. Elas não podiam suportar a vergonha que sentem de você. Mas aqui, não temos grandes pretensões, nada além de atender às expectativas de nossos clientes. Pedimos que você seja limpa, que seja bonita, obediente e sorridente. Você pode fazer isso, não é, queridinha?"

Vejo as engrenagens de sua cabeça trabalhando, em busca de uma defesa que não encontrará.

"O que a senhora vai fazer comigo?", ela sussurra.

Mostro a ela um sorriso pronto e encantador. "Nada. Pelo menos durante muitos anos. Você é especial, Noriko-chan. Sua virtude não será entregue por um preço baixo, deve ser preservada e dada apenas a um cavalheiro que seja digno dela." Quer dizer, aquele que estiver disposto a pagar o maior valor por isso. A dignidade, realmente, não tem nada a ver com isso, mas soa melhor assim.

Ela solta um grito de horror e começo a pensar que a garota não tem ideia de que tipo de negócio esta casa trata. Parece que Yuko não se preocupou em educá-la sobre os fatos da vida — ou quaisquer fatos, aliás.

Se eu lhe contasse que esta é às vezes uma casa de gueixa, às vezes um bordel, mas sempre uma casa discreta que pertence a seu avô aparentemente respeitável, cairia desfalecida, e eu teria desperdiçado todo o meu dinheiro. Duvido que a pobre garota saiba o que é a *yakuza* ou a posição que eles conseguiram desde o fim da guerra. Tenho certeza de que não tem ideia de que isso tenha algo a ver com ela, nunca preocupou sua cabecinha bonita com organizações criminosas, mercados clandestinos ou de onde o dinheiro de sua família continua vindo, embora o governo tenha fechado a torneira.

Mas com certeza parece preocupada agora. Pobre princesinha, jogada na sarjeta com todos nós.

Noriko se inclina tanto para a frente que sua testa fica pressionada contra o chão, segurando o estômago.

"Por favor. Me deixa ir embora."

Não sei se ela está falando comigo, mas respondo mesmo assim. "Não há nenhum lugar para ir. Este é o único lugar para você agora."

Ela não diz mais nada. Seus joelhos escorregam, e ela se deita no chão, silenciosa, quebrada como um cavalo selvagem que agora está domesticado à minha vontade.

"Vai obedecer agora?"

Ela levanta a cabeça ligeiramente, e posso ver que seu rosto está coberto de lágrimas. Sufocando um soluço, consente para mim.

Talvez ela não seja tão especial, afinal.

Havia um antigo santuário atrás da casa principal, com flores vermelhas brilhantes desabrochando nos arredores como lágrimas escarlates. Nori gostava de pensar que estavam chorando com ela porque a santidade coexistia com um pecado tão amargo. Ela passava o máximo de tempo que podia ajoelhada ao lado desse santuário, tecendo coroas de flores no colo.

Kiyomi, como se revelou, tinha menos regras do que sua avó. Nori tinha permissão para sair, podia circular pela casa toda, exceto nos quartos de hóspedes, e podia comer sempre que quisesse, porque Kiyomi queria que ela engordasse. Não havia empregadas ali, no entanto. Todas as garotas tinham tarefas diárias. Quando Nori perguntou a Kiyomi qual era sua tarefa, a mulher sorriu e lhe disse para não se preocupar com isso. Nori passaria os dias lendo poesia, aprendendo a arte das cerimônias do chá e dos arranjos florais, e praticando violino, gostasse ou não.

"Você pode tocar para nossos convidados", Kiyomi explicou com um sorriso irônico. "Não há mais ninguém aqui que possa tocar esse tipo de música. Elas não têm uma educação como a sua."

O rosto taciturno de Nori foi resposta suficiente. Kiyomi suspirou e jogou seus longos cabelos sobre um ombro.

"Você não tem escolha."

Essa tarefa pelo menos era rara. Nas seis semanas que ela estava ali, só tinha sido convidada para tocar algumas poucas vezes. A cada dois sábados à noite, vinte e tantos homens entravam no grande salão que

Kiyomi chamava de *hana no heya*: a sala das flores. O piso de tatame era acompanhado de almofadas de seda e mesas baixas com lugares para o chá. Um conjunto de portas deslizantes abertas revelavam um jardim aquático florescendo. As fontes emitiam um som musical ao se esparramar nas rochas lisas. E havia flores recém-colhidas em todas as mesas, dispostas em padrões elaborados para imitar o origami. Nori tentou se concentrar em toda essa beleza, tentou não olhar para os homens.

Em sua mente, todos eles eram *oni*, ogros com rostos retorcidos e garras curvas, uma aparência horrível, deformados, cobertos de feridas e pelos, mais parecidos com feras do que com homens.

Mas eles não eram. Todos estavam bem-vestidos, fossem yukatas folgados de verão ou ternos sob medida, e alguns eram mesmo... bonitos. As outras garotas, que estavam evitando Nori desde o dia em que chegara, também não eram tímidas com os sujeitos. Não houve gritos ou choro. Quando Kiyomi bateu palmas, todos elas entraram em fila como um bando de pavões desesperados para se enfeitar. Todas pareciam ser mais velhas do que ela. Tinham rostos maliciosos e lábios vermelhos, vestidas como uma paródia medonha das verdadeiras gueixas. Embora elas fizessem joguinhos e divertissem os homens com suas tentativas de cantar, Nori já sabia o que faziam quando deslizavam da sala segurando um homem pela mão.

Algumas trocavam sorrisos tímidos com alguns dos convidados e iam direto para suas mesas. Kiyomi lhe explicou logo na primeira noite que as melhores garotas tinham clientes regulares. "Megumi ganhou uma pulseira de ouro", sussurrou no ouvido de Nori. "E ele lhe prometeu outra." O rosto inexpressivo de Nori foi recebido com um sorriso azedo. "Lógico, isso não significa nada para você, princesinha. Mas a maioria de nós nunca sequer imaginou como é o ouro."

Nori estava no canto, vestida com um de seus lindos quimonos novos, com o cabelo todo penteado e usando mais maquiagem do que jamais usara em toda sua vida. Continuou inquieta, resistindo à vontade de limpá-la. Observou enquanto Kiyomi esvoaçava pela sala, sorrindo o suficiente para embotar o sol, rindo e conversando com os homens como se fossem velhos amigos. Às vezes, um grupo de garotas se levantava e dançava ao som de uma canção, ou Kiyomi acenava para Nori para tocar uma música.

As garotas dançavam bem. Em seus quimonos de cores vivas, giravam pela sala, enchendo o ar de gargalhadas vertiginosas. Uma das mais novas conseguia ficar em uma perna e estender a outra em direção ao teto com um pé bonito e pontudo. Quando a dança terminava, elas jogavam com os homens, lançando dados e rindo. Mesmo de seu lugar isolado no canto da sala, Nori notou que as garotas sempre deixavam eles vencer.

A comida era servida no meio da noite — travessas cheias de peixes recém-pescados, fatiados crus ou assados com ervas e temperos. Havia sopas bem quentes de todos os tipos: carne, frango, camarão e proteínas estranhas que Nori nunca havia comido. E saquê, muito, muito saquê, sempre servido pela garota no copo de seu cavalheiro.

A sala ficou mais ruidosa. Nori viu um homem mais velho, com cabelo preto e barba grisalha, deslizar a mão pela frente das roupas de baixo de linho de uma das garotas. Ela desviou o olhar. Akira ficaria com tanta vergonha de vê-la em um lugar como aquele.

A sala rodou, e ela teve que colocar a mão contra a parede. Pensar em Akira era traiçoeiro. Mal conseguia suportar a sensação de fraqueza que a preenchia ao pensar no irmão.

A noite avançou, puxando-a e fazendo seus membros parecerem pesados de areia. Forçou-se a ficar em pé, lembrando-se de suas lições brutais sobre como manter uma postura rígida o tempo todo. Tocou o violino até o braço ficar dolorido e o pescoço rígido. A menos que fosse para olhar para os dedos, ela tentou não abrir os olhos.

Aos poucos, a conversa foi ficando mais baixa à medida que mais e mais garotas deixavam o grande salão, os homens tomando a frente ou seguindo atrás delas como cães de caça ansiosos. Quando a lua estava em seu ponto mais alto, todos haviam partido. Kiyomi foi até Nori e lhe disse que poderia ir embora.

"Você foi bem esta noite. Sempre toca melhor do que o esperado."

"*Arigatou*."

Kiyomi balançou a cabeça em aprovação. "Você é muito talentosa, sabe. Não é necessário, mas mal não faz. O tipo certo de homem apreciará isso."

Nori resistiu ao desejo de recuar. A raiva ferveu em sua barriga, mas manteve a voz doce. "Fico feliz que a senhora ache agradável."

"Eu acho. E é inteligente, então espero que aprenda. Você virá ao meu quarto duas vezes por semana pela manhã, e vou te ensinar o que precisa saber."

Nori torceu o nariz. "Não quero aprender nada que a senhora tenha a ensinar."

Os olhos escuros de Kiyomi ficaram frios, e ela cruzou os braços sobre os seios meio expostos.

"Você vai ter que perder essa arrogância", ela disse categoricamente. "Isso não vai te ajudar aqui."

"Eu não deveria estar aqui", Nori sussurrou com veemência, desviando os olhos para evitar lacrimejar. "Não está certo."

Kiyomi nem se importou em dar uma resposta. Encolheu os ombros estreitos com o lamento inútil de Nori. "Este é seu único lugar agora. Você pode aceitá-lo. Ou pode resistir e se destruir no processo. De todo jeito, espero que faça o que digo."

Nori abaixou a cabeça e não disse nada.

Na manhã seguinte, Kiyomi chamou Nori até seu quarto.

Era surpreendentemente bagunçado para uma mulher que sempre era tão arrumada — as roupas estavam espalhadas na cama, e pelo menos uma dúzia de cosméticos esparramavam-se pela penteadeira. Kiyomi usava um quimono vermelho simples. Seu cabelo estava solto, rosto recém-lavado, e ela parecia... jovem. Quase inocente. Nori nunca tinha notado, mas a mulher na sua frente tinha olhos amáveis.

"Então", Kiyomi disse, gesticulando para Nori se juntar a ela na mesa de cartas. "Como você está se ajustando?"

Nori se recusou a se juntar a ela. "A senhora não está falando sério."

"Mas estou", disse a mulher com bastante naturalidade. "Olha, não espero que você ame isso aqui. Mas não há razão para que seja mais difícil do que precisa ser. Presumo que seu quarto seja confortável?"

"Sim", disse Nori, suas suspeitas aumentando. "Sim, obrigada."

"Que bom."

A porta se abriu, e uma das meninas entrou trazendo uma bandeja de chá, que deixou na frente delas, e Kiyomi sorriu acariciando sua mão.

"Obrigada, Rinko."

A garota assentiu e foi embora.

"Agora", disse Kiyomi. "Despeje o chá, por favor."

Nori obedeceu. Estava orgulhosa do fato de que suas mãos não tremiam.

Isso lhe rendeu um aceno de aprovação. "Você se movimenta bem, tem uma graça natural."

Nori corou. "Eu... Eu tenho?"

Kiyomi riu. "Não está acostumada a elogios, pelo que vejo. Eu também."

Nori ficou inquieta. "Por que... por que a senhora me pediu para vir aqui? Para... para tomar chá?"

Isso não se parecia muito com uma lição, embora ela admitisse que estava aliviada. Tivera medo de ouvir histórias horríveis ou, pior, ouvir... *aquelas coisas*. Como as outras.

A madame, óbvio, tinha lido sua mente. "Ninguém vai te tocar", disse ela simplesmente. "Mais tarde, vou te ensinar algumas danças e canções, arranjos florais, cerimônias do chá e similares. Mas por hoje só quero conversar, você deve se tornar bem versada na arte da conversa."

"Eu não sabia que conversar era uma arte."

Kiyomi balançou um dedo. "Para uma mulher, tudo é uma arte. Vou me certificar de que aprenda em breve."

Nori teve um vislumbre de seu reflexo no chá. O peso de tudo que acontecera caiu bem sobre seus ombros.

Ela foi levada a uma honestidade imprudente. "Eu não acho que quero ser uma mulher", ela sussurrou.

Kiyomi olhou longamente para ela. Por um momento, parecia que também podia sentir o fardo invisível.

"Ah, minha querida", ela disse, com um sorriso que não alcançou seus olhos. "Alguém tem que fazer isso."

Nori não dormiu naquela noite. O ar noturno estava quente e úmido, embora já fosse outubro. Pelo que Nori poderia dizer, o calor decidiu demorar apenas para irritá-la. Seu quarto não tinha janelas, e não havia alívio em se molhar com água fria da pia do banheiro. Ela tinha seu próprio banheiro anexo ao quarto, era agradável; não precisava se aventurar para fora do quarto, a menos que quisesse, a não ser para seus deveres obrigatórios e as refeições ocasionais. As outras garotas comiam juntas nos horários designados das refeições, mas não Nori. Quando queria comer, o que em geral era apenas uma vez por dia, descia até a cozinha e dizia aos homens rudes com braços tatuados o que queria. Eles a olhavam como se fosse um rato que tivesse corrido para dentro dos armários para roubar queijo, mas sempre lhe davam o que pedia. Ela costumava comer em seu quarto, ele tinha uma porta que dava diretamente para a área externa, onde, bem além das mesas dispostas para os convidados, havia um pequeno arvoredo que oferecia a tão necessária sombra. Às vezes, se estivesse com vontade, comia lá ou se sentava na grama e tricotava. Ao que parecia, ninguém nunca ia lá, e mesmo que não fosse nada especial de se olhar, era um lugar onde podia se sentir um pouco menos enjaulada.

O calor ficou muito forte. Ela tirou a camisola e se envolveu em nada além de um robe de seda — um dos presentes de despedida da avó. O tecido caro era frio contra sua pele. Não pela primeira vez, ficou se perguntando por que tanto tempo e dinheiro haviam sido investidos nela. Por certo, sua avó poderia simplesmente tê-la matado e acabado com isso. A única coisa que Nori conseguia pensar era que a morte era rápida demais. Ela tinha que ser punida pelos pecados de sua mãe e de seu pai, pelos pecados de compatriotas que nunca conhecera, pelos pecados de todas as garotas indesejadas que se foram antes dela. Decerto, eram muitas pessoas, e levaria mais de uma vida para expiar.

Ela colocou o cabelo no topo da cabeça, enrolando sua longa trança e prendendo com três grampos resistentes. Era bom sentir o ar em seu pescoço. Abriu a porta corrediça que levava ao pátio e se dirigiu para o local sob as árvores.

Não encontrou o frescor desejado, mas, de alguma forma, ainda era reconfortante. O silêncio ajudou a entorpecê-la ainda mais. Nori percebeu, logo após sua chegada ali, que era a única maneira de sobreviver. Puxou os joelhos até o peito e deixou a grama deslizar entre os dedos estendidos. Ela não tinha nem energia nem fé para orar, mas em seus momentos mais íntimos, sussurrava para o nada que tudo daria certo.

Nesta noite, uma voz respondeu.

"Com quem cê tá falando?", perguntou a voz.

Nori girou de forma descontrolada, os olhos lutando para encontrar a fonte do som. Não era um deus ou um salvador. Em vez disso, apareceu uma menina gordinha vestindo um manto rosa e feio, que sorriu para ela e estendeu a mão, coberta de uma tinta que ainda não estava totalmente seca. Seu sorriso revelou uma grande janela entre os dois dentes da frente.

"Eu sou Miyuki", disse ela. Tinha um forte sotaque campestre, tão forte que Nori teve que se esforçar para entendê-la. "Eu vejo você tocar no grande salão. É muito bonito."

Nori pestanejou. "Eu sou Noriko."

Estendeu a mão e apertou a mão oferecida, que estava, como suspeitava, coberta de tinta úmida.

"Ah, desculpa", Miyuki disse com uma risada. "Eu tava escrevendo. Só que não escrevo direito. Sempre faço bagunça. Aposto que cê escreve muito bem."

"Eu não escrevo muito."

A garota estranha se sentou ao lado dela, sem ser convidada, e enxugou as mãos sujas na grama. "Eu tava escrevendo uma carta pra minha irmã."

Então Nori a olhou, bem de frente. A pele de Miyuki parecia bronzeada, e os lábios, finos, pareciam ter sido puxados com força em sua boca larga. Tinha muito cabelo, e ele estava embaraçado. Ela era baixa, ainda mais baixa do que Nori, e bastante gordinha. Apesar da gordura, não tinha peito proporcionalmente. Toda ela parecia ter se acomodado em seus braços e pernas, ainda assim, era um tipo confortável de corpulência, sugestiva de calor. E tinha olhos bonitos. Nori não achava que poderia ter muito mais do que catorze anos.

"Sua irmã?"

Miyuki sorriu. "Sim. Ela tem só quatro anos, então não consegue lê as cartas, mas me sinto melhor mandando alguma coisa. Ela tá lá em Osaka, em um orfanato agora, mas é só por um tempo, até eu pagar minha dívida, daí vou buscar ela."

Nori mordeu o lábio. "Então seus pais estão..."

"Mortos", disse Miyuki sem hesitar. "Mamãe morreu logo depois que Nanako, minha irmã, nasceu, e o papai se feriu na guerra. Ele nunca se recuperou de verdade e morreu alguns meses depois da mamãe."

Nori sentiu uma onda de culpa passar por ela. Sua respiração engatou. "Eu sinto muito."

A menina franziu a boca. "Ele não era uma pessoa muito boa."

"Sinto muito mesmo assim."

Miyuki se mexeu na grama para ficar bem de frente a Nori.

"Eu ouvi dizer", disse ela, baixando a voz, "que sua avó era uma princesa. É verdade?"

Nori não gostava do rumo que a conversa tomava. "Sim, é verdade."

A menina gordinha ao seu lado se iluminou. "Então, isso qué dizer... isso qué dizer que cê também é uma princesa?"

"Não. Os norte-americanos tiraram todos os membros da realeza menor do status imperial, então não temos mais permissão para usar títulos. Além disso, sou apenas uma bastarda."

A decepção de Miyuki era óbvia. "Ah."

"Desculpe."

"Ah, não, tudo bem", disse Miyuki, voltando a se animar. "Mas o que cê tá fazendo aqui?"

"Este é o lugar para onde fui enviada", Nori respondeu secamente. "É aqui que estou."

Miyuki balançou a cabeça. Todas no *hanamachi*, ao que parecia, entendiam isso. Não havia mais perguntas a serem feitas.

"Fui pro orfanato há cinco anos. Depois vim pra cá e já tô aqui faz dois. Vou ter que ficar aqui por mais dois, aí vou poder buscar a Nanako."

Nori arrancou um pedaço de grama. "Você escolheu vir para cá?"

O sorriso de Miyuki era dolorido. "Muitas garotas aqui escolheram. Não é pior do que o que tínhamos antes. Eu poderia ter ficado no orfanato sem problemas. Eles nos alimentavam e eram bons na maior parte do tempo. Mas Nanako é delicada. Sempre foi, desde bebezinha. Então decidi que precisava tirar ela de lá, mas precisava de dinheiro para isso."

Miyuki respirou fundo como se quisesse provar sua convicção. "Vou terminar meu contrato. Vou ficar aqui por quatro anos e depois consigo dinheiro suficiente para ir buscar minha irmã. Posso me estabelecer por perto, continuar trabalhando. Educar ela direito. Vou garantir que ela aprenda a escrever muito melhor do que eu, com certeza."

Nori não sabia o que dizer sobre isso. Além do mais, a conversa a fazia pensar em Akira. E isso era proibido. Ela nunca o veria de novo.

Disse isso a si mesma e engoliu a agonia dessa constatação. Nunca o veria de novo.

Ela se levantou. "Tenho que ir para a cama agora."

Miyuki também se levantou. "Eu não queria te incomodar."

Nori se forçou a sorrir. "Você não me incomodou, Miyuki-san."

Miyuki sorriu de volta, revelando sua janela. "Ah, pode me chamar só de Miyuki. Eu deveria voltar a tentar escrever essa carta idiota de qualquer jeito."

Ela se virou e começou a andar, enfiando as mãos nos bolsos do robe. Nori a observou cruzar o pátio. Algo ficou preso no fundo de sua garganta.

"*Ano... Miyuki*?"

A outra garota se virou, com os lindos olhos castanhos bem abertos. "Sim?"

"Você quer... você quer ajuda para escrever essa carta?"

O sorriso de Miyuki se alargou. "*Eh, maji*? Cê realmente me ajuda?"

"Sim, lógico. Eu não estou muito cansada. Então, se você quiser ajuda..."

Miyuki agarrou os pulsos de Nori, puxando-a antes que ela tivesse a chance de piscar.

"Noriko-chan! Isso é ótimo!"

"Não é nada de..." Mas Nori não teve a chance de terminar a frase.

"Cê também sabe escrever em inglês?"

"O quê? *Sukoshi*. Só um pouco."

Miyuki correu em direção à casa, arrastando Nori com ela.

Nori já estava se perguntando por que havia se oferecido para ajudar. Ela teria que se levantar cedo para ajudar Kiyomi a arrumar as flores e, francamente, pensou que era uma perda de tempo escrever uma carta para alguém que não sabia ler.

Mas deixou-se ser puxada.

Os afazeres dificultavam, mas a duas encontraram maneiras de ficar juntas. Nori tinha aulas com Kiyomi pela manhã e à noite praticava violino. Durante a tarde, Kiyomi permitiu, com relutância, que dedicasse algumas horas para ler. Nori seguia adiante com os estudos na medida do possível. Teve acesso a alguns livros que Kiyomi tinha encontrado lá e aqui e, embora zombasse e estalasse os lábios falando sobre como tudo isso era inútil, a mulher também forneceu para Nori alguns papéis e canetas. A única coisa que Kiyomi encorajou foi o interesse da menina em aprender inglês, citando que poderia ser útil um dia.

Já a vida de Miyuki era muito diferente. Ela acordava de madrugada e ia ajudar na cozinha. À tarde, era enviada para encerar a ampla varanda de madeira até que brilhasse. Pelo visto, era assim porque Kiyomi a considerava desajeitada demais para tirar o pó ou fazer outras tarefas internas. Era uma casa velha e, embora estivesse bem conservada, com piso novo e paredes recém-pintadas, precisava de cuidados constantes. Havia quartos privativos para os hóspedes, mas não eram para uso diário. As garotas dormiam nos quartos menores na ala oeste da casa, que não eram tão bem cuidados. Miyuki compartilhava um quarto com outras duas pessoas. "Não é tão ruim", Miyuki foi rápida em dizer. "Eu e Sissy, no orfanato, dividíamos um catre. Tenho mais espaço aqui do que tô acostumada."

Só à noite as tarefas terminavam, e as duas garotas encontravam tempo para ficar juntas, para compartilhar seus segredos e medos. Nori não sabia se elas eram amigas de verdade. Não sabia nada sobre amizade além do que lia nos livros. Além disso, se não fosse pelo infortúnios em suas vidas, nem ao menos se conheceriam. Não tinham nada em comum, exceto o azar.

Bem... talvez fosse mais do que isso. E mesmo que não fosse, talvez fosse o suficiente.

Elas se encontravam no quarto isolado de Nori e se sentavam juntinhas no chão à luz de duas velas. "Luzes apagadas" era uma das regras mais flexíveis, mas ainda era uma regra. Nori sempre se certificava de ter um prato pronto com guloseimas para Miyuki. A garota mais velha dizia que estava sempre com fome, e Kiyomi nunca a deixava comer o suficiente.

"Ela acha que sou gorda", Miyuki riu, colocando um docinho na boca. "Lógico, ela tá certa. Mamãe sempre disse que não sabia como eu conseguia ficar tão gorda com tão pouca comida por perto."

Nori balançou a cabeça. Como de costume, quase só Miyuki falava. Nenhuma delas parecia se importar. Ela tomou um gole de chá e manteve a xícara entre as mãos, para aquecê-las. Um bordado estava esquecido ao seu lado.

Miyuki torceu o nariz. "Talvez eu não devesse comer tanto. Pra ter clientes melhores. Mais ricos. Sair daqui mais rápido."

Nori tentou apoiar, embora falar sobre os negócios reais que aconteciam ali ainda fizesse seu estômago revirar. "Tenho certeza que mais cedo ou mais tarde..."

"Eu não sou como você, Nori", Miyuki explodiu de repente, limpando a boca com as costas da mão.

"O quê?"

"Eu não sou bonita." Não era um apelo por pena ou uma pergunta. Era apenas uma constatação.

Nori suspirou e colocou o chá na mesa. "Não sou especialista em beleza."

"Mas é bonita mesmo assim. E é inteligente. Cê tem me ajudado com minha escrita e leitura, mesmo que eu não seja boa nisso. Cê consegue ler poesia; cê consegue ler em inglês."

Nori cruzou os braços. "Tive muito tempo livre no sótão. Não tinha nada para fazer a não ser ler. E meu inglês é terrível. É apenas... Gosto de experimentar. E Akira... ele era realmente brilhante, e eu queria que ele ficasse..."

Orgulhoso.

"Ele parece maravilhoso", Miyuki refletiu, apoiando o queixo nas mãos.

Ele era.

"Você pode melhorar sua leitura", disse Nori, mudando de assunto como sempre fazia quando chegavam nesse ponto. Ela se pegou falando sobre Akira mais do que deveria com Miyuki, mas era muito doloroso. Sua sobrevivência dependia de sua capacidade de esquecer. "Mas não dá para negar que Atsuko e Mina foram as únicas em quem alguém esteve interessado neste mês. Não há novos clientes o bastante, mesmo com a economia indo tão bem, com nossos preços sendo o que são, e, em alguns casos, os clientes regulares têm suas favoritas há anos".

Miyuki deu um sorriso aberto. "Como cê sabe tudo isso? Kiyomi-san dificilmente te deixa dizer 'bu' pragente, cê tá sempre sozinha."

"Kiyomi menciona coisas durante nossas aulas", ela respondeu categoricamente. "Ela se confunde um pouco, eu acho, e às vezes fala comigo como se nós fôssemos..." Ela não conseguia dizer "amigas", sabia que não eram.

Miyuki olhou ao redor do quarto bem equipado, até pousar em um colar de pérolas atirado de qualquer jeito na penteadeira. "Que sorte."

Nori fechou os olhos para conter a frustração. Não havia sentido em ficar com raiva de alguém que estava muito pior do que ela. Quando ela falou, certificou-se de que sua voz estava em um tom normal. "Sou uma porca engordando para o abate, nada mais. Minha raridade, minha estranheza, meu cultivo em isolamento é o que vão usar para me vender bem mais..." Ela não terminou a frase.

Miyuki se contorceu. "Eu não queria te aborrecer."

"Não aborreceu", Nori lhe garantiu. "Não é nada disso. Eu não posso reclamar com você."

Miyuki mostrou aquele sorriso sem dentes dela. "Tudo bem. Eu não tava ganhando nada com isso antes. Tinha uns garotos, mas eles nunca fizeram o que me prometeram. Pelo menos assim é melhor. Posso ganhar alguma coisa, pra mim e pra Nanako." De repente, seu rosto brilhante se contraiu. "Sabe, não consigo imaginar o que mais alguém iria querer de mim. E eu não me importaria de fazer isso, mas..." Ela se interrompeu. Não queria que a irmã fosse exposta a esta vida, e Nori não podia culpá-la.

Nori vasculhou seu cérebro por alguma palavra de apoio para dizer. Esta não era sua área. "As pessoas vão te querer para outra coisa. Você aprende rápido e aposto que é maravilhosa com crianças. Você poderia ser professora ou..." Akiko passou rápido pela sua cabeça, mas logo ela afastou a lembrança. "Há muitas coisas que você pode fazer. Acredito nisso."

Miyuki sorriu com tristeza. "Cê *é* especial, Nori. E não da maneira que eles querem dizer. Eu posso dizer, em um tipo diferente de mundo, cê poderia ter sido qualquer coisa. Mas eu não sou assim. Eu não tenho muito em mim que seja especial. Cuidar de Nanako é quase a única coisa que eu sempre me vejo fazendo direito, e agora eu não posso fazer nem isso."

Nori estendeu a mão e pegou as mãos de Miyuki. Ao contrário das suas, estavam cobertas de calosidades. "Você vai recuperá-la", disse Nori, como se tivesse qualquer poder para fazer isso acontecer. Nada havia lhe dado qualquer evidência de que seria verdade, mas ela se viu dizendo isso. "Você vai. E é especial o suficiente. Amar alguém... muito..." O sorriso irônico de Akira, e os olhos cinza tempestuosos apareceram diante dela. Ela teve que parar. Respirar. Começar de novo.

"Quando você tem isso, não precisa de mais nada."

Miyuki piscou para conter as lágrimas. "Eu gostaria de poder te ajudar."

Nori sorriu, embora houvesse lágrimas em seus próprios olhos agora. "Tudo bem."

Ambas estavam chorando.

"Não, não tá", Miyuki sussurrou, enfim admitindo o que ambas sabiam, mas nunca reconheceram. Ela não estava mais sorrindo, não estava fazendo nenhuma tentativa de amenizar sua dor.

Nori balançou a cabeça. "Eu sei."

CANÇÃO DA ÁRVORE
CAPÍTULO OITO

KIYOMI

Setembro de 1953

Como sempre, ela está atrasada. Eu tiro um momento para me arrumar no espelho. As olheiras sob meus olhos me dizem que estou sobrecarregada, o que não é novidade. A quantidade de corretivo que tenho que passar para cobri-las me diz que estou perdendo meu encanto, e meu sorriso resignado me diz que estou envelhecendo. Estou com trinta e dois anos, nunca achei que viveria tanto. Puxo um pouco a frente do meu quimono, ninguém vai notar esses pneuzinhos agora. Olho para a porta, mas ainda não há sinal de minha mercadoria mais problemática. Sigo para o corredor e estalo meus dedos para sua amiga, Miyuki, que está conversando com uma garota mais velha. Não está quente aqui dentro, mas o rosto de Miyuki brilha de suor. Ordenei à cozinha que parasse de lhe dar guloseimas, mas eles juram que não o fazem. Aos dezesseis anos, a garota não floresceu como eu esperava, é a menos solicitada de todas as minhas garotas. Obviamente, um investimento ruim, mas não há como devolvê-la agora.

Ela se vira para mim e fica vermelha. "Kiyomi-san?"

Cruzo os braços e a olho; já passamos por isso vezes o suficiente para ela saber o que quero. Ela aponta para fora. "Tá lá."

Sinto um grande suspiro exalando de meu corpo, e as duas garotas saem correndo do meu caminho enquanto passo por elas e saio para o pátio. É meio-dia, e o sol está forte. Atravesso a passos rápidos, rumo ao bosque de prazeres que tanto trabalhei para embelezar para os hóspedes que buscam fugir da vida agitada da cidade, para passar um fim de semana no campo. Não demorei muito para localizá-la, ajoelhada ao lado do pequeno lago artificial, jogando pedaços de pão para os patos.

Ela nem está usando chapéu. "Noriko", estalo os dedos, "quantas vezes já te falei? Você está determinada a arruinar sua pele?"

Ela nem sequer me olha, esmigalha o último pedaço de pão que está segurando e o arremessa na direção do menor pato do lago. Só quando o viu comer antes que seus irmãos e irmãs avançassem para pegá-lo, se virou.

"*Gomen*", ela se desculpa em um tom neutro e falso, então se levanta e limpa a grama de seu vestido rosa-claro.

Olho para ela, cansada. Aos treze anos, Noriko Kamiza é muito atraente, de um jeito incomum. Ela não cresceu quase nada — suponho que sempre será pequenina —, mas suas curvas se preencheram e ela tem a forma de uma garrafa de vidro finamente fundida. Mesmo mantendo os decotes fechados, não há como esconder que seus seios já são tão grandes quanto os meus. Aprendeu como alisar o cabelo, que se derrama em um brilho espesso e lustroso até a nuca. Com opulentos olhos castanho-âmbar que parecem champanhe ao sol, nariz redondo e lábios carnudos, que sempre parecem esconder um segredo, é impossível não olhar para ela quando entra em uma sala.

Mas ela ainda é difícil.

"Você está atrasada para a aula."

"Eu sei servir chá, Kiyomi-san. E dançar, fazer arranjos de flores e mexer um leque. Depois de dois anos, a gente pega o jeito."

Ela tem razão, mas não demonstro. Não há muito mais que eu possa fazer, no entanto, preciso mantê-la ocupada. Nori é inteligente. E pessoas inteligentes com tempo livre são perigosas. Eu aponto para a casa. "Vá para dentro. Você se esqueceu de que Tanaki-san vem ver você amanhã?"

Ela enfia uma mecha de cabelo atrás da orelha. "Não esqueci. Só não me importo."

Eu cerro os punhos. "Você vai ser respeitosa com ele", advirto, embora ele seja um pequeno libertino vil, e eu não goste do sujeito mais do que ela. "Ele não a vê desde..."

"Desde que me arrastou para fora da minha casa." Ela termina por mim. Parece que está sonolenta e entediada. "Na frente dele, vou fazer tudo que me disseram para fazer, Kiyomi-san. Não se preocupe, não vou te envergonhar."

Eu relaxo um pouco. Trabalho para Syusuke Tanaki há seis anos. Ele é, por falta de um termo mais elegante, um escravizador. Lida com mulheres, principalmente, mas não hesita em vender meninos pobres a velhos doentes. Ele trabalha para o avô de Noriko, que é o rei oculto de um império criminoso que está cada vez mais forte. Tanaki passa seus dias conquistando garotas — subornando-as, as suas famílias ou apenas as pegando do jeito que encontra. Com o pretexto de dirigir uma agência de viagens, as envia para todo o mundo. As que não entram no esquema, ele envia para mim. Gosto de pensar que essas são as sortudas, e tento tornar a vida delas o mais agradável possível. Não espero que alguém me chame de santa, mas já estive do outro lado; já tive uma bota de homem pressionada contra minha bochecha. Eu não bato nas minhas garotas e não permito que ninguém com menos de treze anos toque em um homem. Eu não lido com crianças de nove anos, ao contrário dos homens que lidaram comigo.

Nori vem até mim e aperta minha mão. "Eu não vou dar a ele motivo para te machucar, a mim ou a qualquer uma das outras garotas. Sei o que tenho que fazer."

Estou chocada com sua percepção. Nunca lhe disse que temia isso. Ela sorri para mim com o sorriso que lhe ensinei, mas seus olhos são sempre honestos, está com medo.

"Ele vai visitar uma das garotas?", ela sussurra com cuidado.

Não me dou ao trabalho de mentir. Lógico que ela ouviu a fofoca. Lidei com homens como ele durante toda a minha vida, homens cujo prazer vem de formas que a maioria das mulheres nunca falaria. Aqueles que não se importam em nos machucar ou, pior, que se divertem com isso.

Hesito antes de falar. "Eu não vou dar Miyuki a ele."

Ela acena com a cabeça e entra na casa.

Na manhã seguinte, ordeno que Miyuki fique fora de vista pelo resto do dia e a designo para ajudar na cozinha, o que sei que só vai deixá-la mais gorda, mas não posso evitar. Preciso do melhor de Nori hoje, e sei que terei mais chances de conseguir isso se ela não estiver preocupada com a amiga.

Assim que estou vestida e pronta, vou para o quarto de Noriko para me certificar de que ela está apresentável. Ela usa um elaborado quimono dourado que comprei no ano passado, com dragões vermelhos bordados por toda parte. O cabelo, preso em um coque, está muito bonita.

"Coloque um pouco de maquiagem", insisto, embora não haja nenhuma necessidade real disso; sua pele caramelo-mel é lisa como uma pérola. "Pelo menos um pouco de batom."

Ela suspira. "Eu odeio batom. O gosto é horrível."

"Não é para comer", respondo zangada. "E te faz parecer mais velha."

Ela vai até a penteadeira e faz o que digo, puxando seu único tubo de batom e passando nos lábios. "Não faz diferença", ela resmunga. "Eu ainda estou horrível."

Eu suspiro porque ela de fato acredita nisso. O abandono deixou cicatrizes, a avó fez uma lavagem cerebral nela, e ela sempre verá algo no espelho que não está ali.

"Ande logo. Ele não gosta de esperar."

Ela me olha com olhos vazios. "Minha avó pediu isso?"

Eu me enrijeço. "Lógico que não, ela se esqueceu completamente de você. Isso é para avaliar o seu progresso."

"Servi chá, fiz arranjos de flores, dancei e toquei violino", ela analisa a lista. "Eu dominei bastante a arte de ser um inútil papel de parede."

Não posso deixar de sorrir com seu cinismo agudo. "Mas você não sabe nada sobre os homens."

Ela mostrou-se resignada. "Não preciso saber nada sobre os homens. Só preciso saber ouvir."

Noriko está errada, mas não respondo. "Vamos."

Ela me segue do corredor para o escritório, onde Tanaki já está esperando por nós. Ele está sentado em uma cadeira de couro de espaldar alto com Kaori, uma das garotas novas, empoleirada desconfortável em seu colo. Ela não é inocente, a comprei de um outro bordel, mas é uma coisinha bonitinha, e meu estômago revira ao ver as mãos gordurosas dele sobre ela.

"Kaori", digo bruscamente, "vá buscar algo para bebermos."

Ela me olha com gratidão e pula, correndo porta afora. Duvido que volte e não a culpo.

Tanaki levanta uma sobrancelha, mas não me censura. Nori está alguns centímetros atrás de mim, as mãos cruzadas e a cabeça baixa.

"É bom te ver, Kiyomi", diz Tanaki de forma ríspida, ficando de pé e cruzando para a frente da mesa. Seus olhos caem em meus seios, como sempre.

Forço-me a sorrir. "É ótimo te ver, como sempre, Tanaki-san. Fez uma viagem agradável?"

Ele bufa. "Eu juro que as meninas ficam mais feias a cada ano."

"É o que parece."

Ele ri e enxuga o rosto suado. "É sempre um alívio vir aqui e ver mulheres mais bonitas." Enfim, seus olhos caem em Nori. Vejo seus lábios molhados se separarem.

"Essa é a garota Kamiza?"

Dou um passo para trás para que ele possa vê-la melhor. "Sim. Esta é Noriko."

Tanaki vem em sua direção, mas apenas eu estou perto o suficiente para ver a raiva crescendo no olhar baixo dela.

"Nem uma palavra", sussurro enquanto ele se aproxima de nós. "Nem uma palavra, Nori."

Tanaki segura firme o queixo de Nori e ergue a cabeça dela com força. Ela não vacila. Os olhos dele percorrem o rosto e, em seguida, caminham para cima e para baixo pelo corpo dela. Ele estende a mão e aperta suas nádegas. Eu respiro fundo por ele ser tão descarado, mas Nori não reage. Nem mesmo seus cílios se movem.

Tanaki dá um passo para trás e ri. "Puta merda, Kiyomi. Você é uma fazedora de milagres, hein?"

Sorrio, incapaz de esconder meu prazer com seu elogio. "Eu faço o que posso. Mas ela vem de uma boa estirpe."

Ele a olha de novo e fala diretamente com ela. "Sua avó é uma velha cadela má, mas era uma beleza em sua época — sua mãe também. Eu a vi algumas vezes, quando ela tinha mais ou menos a sua idade, embora ela fosse pequena. Você..." Ele para de rir. "Você tem um pouco de carne aí, menina. Vai fazer algum cara muito feliz, apesar da sua pele."

Fico olhando para a parte de trás de sua cabeça e espero que ela possa sentir. Ela tem que dizer algo. Ele não ficará satisfeito com sua provocação até que ela fale alguma coisa.

Ela encontra o olhar dele por uma fração de segundo, com olhos frios e vazios como os de uma boneca. "Obrigada", ela diz com suavidade, então desvia o olhar.

Tanaki parece satisfeito. Ele esfrega as mãos, e sei que em sua cabeça já está contando todo o dinheiro que vai ganhar com ela. Ele se vira para mim.

"Isso é bom. Isso é muito bom. Eu organizei para que alguns compradores potenciais viessem vê-la, e não ficarão desapontados."

Fico surpresa, certa de que o ouvi mal. Vejo Nori ficar cinza.

Sei que estou ficando vermelha de raiva. "O quê? Eu não ouvi nada sobre isso. Não fui consultada."

Ele tenta em vão falar como quem pede desculpas. "Eu sei, eu sei. Mas não deu tempo. Recebi um telefonema na semana passada, um amigo meu procurando uma garota para cuidar de suas viagens. Ele especificou que ela devia ter menos de dezesseis anos e ser bonita. Agora, é lógico, para tornar as coisas justas, tenho que deixar todos darem uma mordida na maçã." Ele ri. "No final do mês que vem, todos virão aqui para uma exibição privada. Espero que você a tenha pronta, hm?"

Eu apenas fico boquiaberta com ele por um momento antes de conseguir falar. "Achei que estávamos todos de acordo que ela permaneceria sob meus cuidados — quer dizer, sob minha supervisão — até os dezesseis anos. Ela tem apenas treze. Ainda não é a hora. Receio não poder aprovar isso, Tanaki-san."

Era a ordem expressa de Yuko de que Nori não fosse tocada até os dezesseis anos. Mas Tanaki não se importa com isso. Se lhe foi oferecido um bom preço, ele o aceitará.

Eu olho para Nori, que está tremendo como uma folha. Suas perninhas parecem que estão prestes a ceder.

Tanaki pigarreou. "Minha querida Kiyomi, o assunto já foi decidido. O cavalheiro estará aqui dentro de um mês. Eu acredito que ele tem alguns negócios na Inglaterra, então deve se certificar de que ela está aprendendo inglês. Você receberá sua parte dos lucros, é claro." Ele olha para o relógio de bolso. "É quase meio-dia, estou com fome. Peça às meninas que me tragam comida. E aquela garota de antes... certifique-se de que ela venha também."

Sem esperar minha resposta, ele passa por mim e sai. Nori e eu trocamos um olhar horrorizado.

Seus olhos dizem: *Você pode me salvar?*

Eu desvio o olhar. E isso lhe responde que não. Não, eu não posso.

Temos alguns dias de mau humor. Sempre que vou procurá-la, ela está em outro lugar. Tento falar com ela com o pouco de inglês que arranho, mas ela age como se não entendesse.

Eu não forço o assunto. Não posso culpá-la por estar chateada. Estou chateada também. Pensei em ficar com ela até os dezesseis anos, no mínimo. Pensei em ensiná-la mais sobre os homens... sobre a vida. Ela não está nem perto de estar pronta para me deixar. E, além disso, gosto bastante dela, é educada, ao contrário da maioria das garotas que vi passar por aqui ao longo dos anos. Eu posso conversar com ela. Às vezes, depois das aulas, ela fica um pouco mais e tomamos uma xícara de chá, e ela apenas me conta coisas que aprendeu com seus livros. Não é a pior maneira de passar uma tarde.

Faço questão de não me apegar às minhas garotas, em especial àquelas cujo destino final é serem vendidas para fora deste lugar. Mas Nori não é convencional. Portanto, talvez meus sentimentos em relação a ela também tenham se tornado pouco convencionais.

Acho que minha dificuldade para dormir faz o colchão macio de repente se tornar uma cama de pedra. Sinto muito calor durante a noite e me viro e reviro, em busca de um alívio que não virá. Acho que sou rude com os homens que passam por aqui, acostumada como estou a lhes dar um aperto de mão rápido, me recusando a parar e falar com eles. Evito as pessoas ao máximo, e o esforço de sorrir, quando não posso mais evitá-las, pesa sobre mim como há anos não acontecia. E, conforme o mês passa e a data de venda de Nori se aproxima, acho que tudo só piora.

Eu sei o que é essa dor. É o ressurgimento da minha consciência após longos anos adormecida, como uma semente amarga tentando brotar no concreto. E é agonizante.

Entro no quarto de Nori um pouco depois da meia-noite, quando consigo conter o fel. Eu a encontro sentada na cama, a cesta de lã ao seu lado. Ela está tricotando alguma coisa, os dedos se movendo com experiência. Vejo que está fazendo um cachecol para os próximos meses de inverno. Ela não ergue a cabeça quando entro, mas não parece surpresa quando eu falo.

"Vim ver como você está", digo.

Ela acena com a cabeça. "Percebi. Vai se sentar?"

Não deveria, mas puxo o banquinho na frente de sua penteadeira e me sento. Estou cansada. Não fui feita para viver tanto.

"Você não tem cachecóis suficientes?", pergunto.

Ela dá um sorrisinho. "Não é para mim. É para o meu irmão."

Olho-a como se tivesse enlouquecido. Ela deve saber o que está fazendo. Em todo o seu tempo aqui, nunca a ouvi mencioná-lo. Achei que tivesse desistido dele. "Por que diabos você faria uma coisa dessas?"

"Porque estarei morta em pouco tempo", ela responde suave. Suas mãos não param de se mover. "E queria deixar algo para ele. Isso é tudo que consegui pensar."

Eu me sinto gelar. "Você não vai morrer. Por que você morreria?"

Pela primeira vez, ela olha para mim, parece estranhamente calma. "Eu não serei uma escravizada, Kiyomi."

Eu não sabia que ela iria tão longe. Nunca percebi que tinha esse tipo de determinação. "Não seja ridícula. A vida é sempre melhor do que a morte."

Ela ri, mas não tem humor. "A senhora não acredita nisso."

Estou procurando palavras. "Você não sabe se ele será um monstro. Quem sabe ele é gentil. Quem sabe ele é bonito."

Nori para de tricotar. "Kiyomi", diz ela, baixinho, "não há necessidade de mentir."

Eu me limito a olhar para ela. Reconheço o olhar morto em seus olhos.

A bile sobe na minha garganta.

Ela inclina a cabeça para que os olhos sejam sombreados pelo véu de seu cabelo. "Esperava que a senhora pudesse levar o cachecol para ele. Depois que eu sair daqui."

Olho para ela sem expressão. "Você sabe que eu não posso."

Ela acena com a cabeça, esperava isso. "Vou deixar aqui, então. Caso mude de ideia."

"Eu não vou mudar."

Ela puxa o cabelo para trás. Uma lágrima escorre por sua bochecha, a primeira que vejo dela em dois anos. Algo dentro de mim se parte.

"Sim. Eu sei."

Espero do lado de fora da sala onde Tanaki comanda um leilão pela virtude de Noriko, tantalizando homens com idade suficiente para serem o pai dela com a perspectiva de manter tal prêmio ao lado deles pelo tempo que desejarem. E quando não a desejarem mais? Isso não é falado. Não estamos preocupados com esta parte.

Eu não posso assistir. Pela primeira vez na vida, não consigo me obrigar a isso. Mas posso ouvir. Ele não para de falar.

"Esta rara flor jovem... apenas treze anos, tão jovem, tão fresca! Ela está intocada... de uma bela forma, cavalheiro, uma bela forma... Quem será o primeiro... Ah, obrigado, Tono-sama, uma oferta muito generosa... Temos outro? Mutai-sama, não é seu tipo? Tudo bem, tudo bem, temos outras meninas chegando dentro de um mês... Talvez sejam mais do seu gosto. Mas voltando ao assunto em questão... Não seja tímido, cavalheiro, não seja tímido."

Eu conheço alguns dos homens dentro da sala. Alguns são piores que outros. Há um, um jovem médico com uma gagueira séria e um pé torto, que não é tão terrível. Ele sempre me chama de Kiyomi-san e diz "por favor" sempre que pede alguma coisa, seria bom para ela. Eu nem mesmo acho que ele iria para a cama com ela — nunca toca em nenhuma das outras garotas. Tudo que quer é companhia. Ele ficaria contente em ouvi-la ler poesia com sua voz calma. Espero isso por ela. Espero tanto que cravo as unhas nas palmas das mãos até que fiquem vermelhas.

Com o canto do olho, vejo Miyuki tentando, em vão, ser discreta. Faço um gesto para que ela se aproxime. Quando chega perto, posso ver que está branca como um lençol.

"Tá acontecendo agora, né?", ela sussurra. Sua voz está rouca, ela estava chorando.

Eu faço que sim.

Ela torce as mãos. "Quando vão levá-la?"

"Dentro de uma semana. Assim que o pagamento for concluído."

Ela respira fundo. "Deixa eu ir com ela."

Fecho os olhos. Estou cansada demais para lidar com isso. "Não."

"Eu vou de graça. Não me importo."

"E a sua irmã?"

Ela murcha. Seus grandes olhos se enchem de lágrimas. "Por favor, deixe-a ficar aqui. *Por favor*, Kiyomi-san."

Eu balancei minha cabeça. "Ela é muito valiosa. Eu pensei... Achei que ainda a teríamos por alguns anos, mas... parece que não."

Miyuki cai de joelhos na minha frente, encosta uma das faces nos meus pés. Olho para ela, horrorizada.

"Que diabos está fazendo?"

Ela molha minhas meias com suas lágrimas. "A senhora não pode vendê-la."

"Eu não tenho escolha."

"Não!", ela chora.

Tento me desvencilhar, mas ela está me segurando como um animal desesperado. Agarro seus ombros e a empurro, mas ela é pesada como uma placa de mármore.

"O que você está fazendo? O que te deu? Miyuki, pare com isso!"

Ela olha para mim, e nossos olhos se encontram. Vejo o olhar familiar de uma garota que nunca conheceu o poder, nem mesmo sobre sua própria vida. "Ela é a única amiga que já tive."

"Não há nada que eu possa fazer."

"A senhora tem uma palavra..."

"Eu não tenho nada!" Eu assobio para ela, finalmente conseguindo desagarrá-la de mim. "Eu sou uma mulher, assim como você. Só tenho o que posso conseguir dos outros com os meus encantos. Eu não consigo parar isso. Você não entende? Não posso fazer nada. Não ganhei nada com isso..."

Eu paro. *Não ganhei nada com isso.* Desde a minha infância, quando comia erva para matar a fome, o que é que eu tenho? Desde os dias em que era uma prostituta comum até os dias em que cobrava um grande preço, o que ganhei? Algumas roupas bonitas e o direito de comandar outras garotas que não têm nada, assim como eu. Pensei que tinha crescido no mundo. Mas a verdade é que tinha mais respeito por mim mesma quando era prostituta do que agora.

Eu me viro e começo a caminhar pelo corredor. Posso ouvir Miyuki chorando atrás de mim, mas não olho para trás. Eu não paro.

Estou farta de ouvir garotas chorando.

Era a última noite. O quarto de Nori estava cheio de caixas embaladas. Pela manhã, todas seriam transferidas para outro lugar. Ela não sabia para onde. Ninguém lhe disse, e ela não perguntou.

Ela se olhou em um espelho de mão. Com a cara lavada, sem a maquiagem espalhafatosa, não achava que parecia velha o suficiente para nada disso. Treze anos, pensou, era muito jovem para morrer. O lamento de Miyuki invadiu seus pensamentos. Isso já durava horas. Nori se virou para encarar a amiga.

"Miyuki", disse o mais gentilmente que pôde, "está tudo bem."

Ela soluçava, os olhos estavam vermelhos e inchados. "Não tá. Como cê pode dizer isso?"

Nori sorriu, e não foi forçado. Havia algo estranhamente pacífico em saber que logo voltaria ao pó de onde viera. Sua vida não significara nada; tal como sua morte não significaria. Seu destino errante chegaria a um final, um desfecho misericordioso.

"O que eu digo não faz diferença no percurso das coisas. Mas gostaria de te ver sorrindo, Miyuki-chan. Gostaria de me lembrar de você assim."

Miyuki enxugou os olhos com os punhos cerrados. "Eu não consigo."

Nori se ajoelhou e abriu os braços. Miyuki engatinhou e, como um bebê, pousou a cabeça no colo de Nori.

"Consegue, sim. Você vai ter sua irmã de volta", Nori murmurou, tentando soar reconfortante, assim como tinha feito na noite em que se conheceram. "Você terá Nanako de volta."

"Ela vai ter se esquecido de mim", Miyuki chorou amargamente. "Ela não vai lembrar quem eu sou."

Nori acariciou o topo do cabelo selvagem de Miyuki. "Claro que vai. Você é a família dela. Sua única família. Ela te ama."

"Que tipo de vida posso oferecer pra ela?"

Nori baixou a voz, temerosa, mesmo agora, de que alguém pudesse estar ouvindo. "Debaixo das tábuas do chão do meu armário tem um colar de pérolas. São pérolas cinza, bastante raras. Não pegue agora — alguém notaria — mas quando for a hora de você ir buscar Nanako, leve-as com você. Espero que ajudem um pouco."

Miyuki ergueu a cabeça e fungou. "Cê já me deu tanto", disse ela. "E eu não tenho nada pra te dar."

Nori desviou o olhar. "Você me deu mais do que o suficiente."

Miyuki colocou os braços em volta do pescoço de Nori. "Eu te amo, Noriko Kamiza", ela sussurrou com fervor. "Eu nunca vou te esquecer. Nunca."

Nori não conseguiu responder. Se admitisse para si mesma o que era isso, teria que admitir o que estava perdendo.

Elas ficaram assim, abraçadas no chão, até que o sol espreitou por cima das nuvens e encheu a sala com uma luz indesejada. Kiyomi entrou. Nori se deixou levar.

Miyuki soltou um lamento como um animal moribundo.

Kiyomi pegou a mão de Nori e a levou embora.

Elas não se viram novamente.

IMPASSE
CAPÍTULO NOVE

Estrada para Tóquio
Outubro de 1953

Desta vez, não a golpearam. Nori estava sentada no banco de trás de um carro preto com vidros escuros. Kiyomi ao seu lado. O motorista, que ela não conhecia mas imaginou fazer a segurança da propriedade, tinha cicatrizes nos braços que pareciam cortes antigos à faca. Ela tentou não se concentrar nele. Virou-se para olhar pela janela, para a paisagem laranja e verde. Quando colocou a cabeça para fora, para sentir o ar em seu rosto, Kiyomi não a repreendeu.

Tudo que sabia era que quando eles chegassem a Tóquio, nunca mais sentiria uma brisa fria de outono deixando suas bochechas dormentes. Nunca mais leria, tricotaria, brincaria ou se aqueceria ao sol. Seria uma prisioneira por um breve momento, e então, depois disso, estaria livre para sempre. Deixou a mão pendurada para fora da janela aberta, e vagou para dentro e para fora do sono, sonhando com um lago azul-claro com cisnes.

Era estranho estar morrendo, mas indolor.

O metal estava frio contra sua coxa, a lâmina que ela tinha roubado da cozinha quando ninguém estava olhando. Os empregados mal a notaram nas últimas semanas; todos olhavam através dela como se já fosse um fantasma.

Usava três de suas fitas para amarrar a lâmina de maneira que não se cortasse. Tinha que esperar o momento perfeito. Elas foram os únicos presentes de sua mãe. Parecia adequado que ficassem com ela até o fim.

Apenas sua vida é mais importante do que sua obediência.

Apenas o ar que você respira.

Ela beliscou a pele do lado de dentro da palma da mão. *Sinto muito, Okasan.*

Desta vez, eu escolho.

Kiyomi olhou para ela. "O que você está pensando?", ela sussurrou, sua voz baixa com suspeita e medo.

Nori sorriu. Por reflexo, como um brinquedo reagindo quando um eixo era girado para dar corda.

"*Betsu ni*", ela disse. "Não estou pensando em nada."

Kiyomi estendeu a mão e tocou seu ombro. "Eu sei que você não tem amor por mim", ela começou.

"A senhora foi uma cuidadora melhor para mim do que a maioria", Nori disse, seca. E percebeu como era triste que fosse tão verdade.

"Então, talvez você siga meu conselho agora."

Nori virou o rosto inexpressivo para ela. "A senhora parece angustiada."

"E você não!", explodiu. Mesmo por baixo de seu rosto pintado, Nori podia ver a palidez. "A questão é por que você não está! Você não disse nada desde..."

Nori inclinou a cabeça, mas não respondeu nada.

Kiyomi procurou seu rosto, os olhos escuros tentando desesperadamente buscar a verdade, mas ela havia feito seu trabalho muito bem. O semblante de Nori era uma máscara de gelo. Não havia nada a ser encontrado.

"Você sequer me perguntou o nome dele."

Ela nem mesmo se dignou a responder. Havia apenas dois nomes que importavam: mestre e escravizada. Kiyomi sabia disso. Mas ela estava, é claro, desesperada para encontrar algo para dizer, qualquer coisa que mudasse o que não poderia ser desfeito.

Enfim, Nori falou. Não sabia explicar, mas sentia uma pena absurda da mulher à sua frente. Mesmo que ela tivesse poder e Nori não tivesse nenhum, mesmo que ela continuasse vivendo com riqueza e conforto enquanto Nori logo estaria fria no chão... descobriu que não trocaria de lugar.

"É um longo caminho até Tóquio. A senhora deveria tentar descansar."

Então voltou o rosto para a janela, fechou os olhos e esperou.

Sua coragem estava enrodilhada em seu colo como um gato adormecido, esperando com ela.

Em breve.

A viagem não era tão longa no fim das contas. Talvez não estivessem no fim do mundo, como ela pensava. Talvez seu pequeno mundo tivesse existido bem ao lado deste.

Nori nunca tinha visto Tóquio antes, ouvira histórias, lógico, sobre luzes brilhantes e pessoas ocupadas usando roupas modernas: não quimonos, mas ternos e vestidos com saias curtas. Também ouviu falar de mulheres que usavam gel no cabelo e pintavam as unhas, de homens que usavam chapéus elegantes e andavam de mãos dadas em público, em plena luz do dia, sem nenhuma vergonha. Aquela era uma cidade cheia de letreiros neon, de estudantes, de música e de vida. E em algum lugar, havia uma loja de brinquedos que um dia tinha vendido seu último coelho de pelúcia de seda para um lindo garoto que nunca penteava o cabelo.

Não se permitiu pensar no nome dele. Mesmo agora, pensar nele a faria perder todas as suas forças e desmoronar em um nada.

Ela pressionou a palma da mão na janela e abriu os dedos para poder olhar para fora. Então viu, pairando à distância, a cidade murada dentro da cidade: o Castelo de Edo, cercado por fossos de um lado e um enorme portão do outro. Tudo projetado para manter o resto do mundo do lado de fora.

"O palácio", ela sussurrou.

"Sim", Kiyomi disse provocativamente, satisfeita por enfim algo fazer Nori falar. "Você deve vê-lo como sua casa ancestral."

Ela se afastou da janela e olhou para a frente. "Não. Eu não vejo."

"Bem, não é para lá que estamos indo. O que você saberia se tivesse me perguntado."

"Não importa."

"Eles são seus primos."

"Eu sou uma bastarda", disse ríspida e cruzou as mãos no colo. "Não tenho família."

"Você veio de algum lugar", Kiyomi insistiu. "Não surgiu do barro."

Nori respirou fundo. "Por que está fazendo isso?"

"Não sei..."

"Por que está fazendo isso *agora*?", Nori sibilou. Ela podia sentir sua pulsação acelerando.

Kiyomi dobrou os lábios sobre os dentes e não respondeu de imediato, ficou olhando para a frente. O motorista não disse uma única palavra, nem deu qualquer indicação de que estava ouvindo.

Rapidamente, como se estivesse tentando fazer isso antes de mudar de ideia, Kiyomi apertou um botão que abriu uma tela preta entre o banco de trás e o da frente.

Esse era o máximo de privacidade que conseguiriam.

"Eu estava errada", ela sussurrou, agarrou as mãos de Nori nas suas e a girou de modo que ficassem de frente uma para a outra. "E agora você deve me ouvir."

"Pare com isso."

"Noriko!"

"Não é mais problema seu. Eu não te pertenço agora. Por que você se importa?"

"A morte não é o que eu queria para você. Nada disso é o que eu queria para você."

"O que queremos não importa. A senhora me ensinou isso."

A expressão de Kiyomi exalava dor. Havia lágrimas atrás de seus olhos. "Meu Deus, Nori. Você tem que viver, tem que sobreviver. Você... você apenas tem que sobreviver. Eu não posso te salvar disso. Não posso lhe dar esperança, pois seria uma mentira. Mas você deve *viver*."

"Isso não é problema seu", Nori repetiu com os lábios frios. Sua calma estava lhe escapando, como sempre parecia. "Não é como se tivesse que dar um reembolso."

"Mas pense!", Kiyomi explodiu e, por fim, as lágrimas caíram. Correram por suas bochechas pintadas de vermelho e se agruparam em sua clavícula. "Pense que tipo de mulher você poderia ser."

Nori nunca tinha, por um único segundo, pensado em que tipo de mulher poderia ser.

"A senhora... a senhora me disse para me resignar."

"E agora estou dizendo para você lutar."

Nori balançou a cabeça. "Eu não posso lutar mais."

Kiyomi começou a dizer algo, mas interrompeu a si mesma. Nori também sentiu que algo tinha acontecido.

O carro estava diminuindo a velocidade. Elas mantiveram os olhos fixos uma na outra, sem fôlego, dizendo muito sem emitir palavra alguma.

Nori apertou a mão de Kiyomi. O som do motor desapareceu.

"Sinto muito", Kiyomi sussurrou. "Por tudo isso. Sinto muito."

Nori hesitou. Podia ouvir que o motorista tinha saído e estava dando a volta para abrir a porta. Ela tinha apenas alguns segundos, não conseguia pensar no que dizer a essa mulher. Ali estavam elas, madame e prostituta, criada pobre e princesa decadente, senhora e serva. Mas, naquele momento, não pareciam com nenhuma dessas. Eram apenas duas mulheres com as cabeças inclinadas contra o vento. Nori decidiu que, se isso não as tornava amigas, alguma coisa as tornava.

"Sentirei sua falta, Kiyomi-san."

Isso era um absurdo. Mas também era verdade.

A porta do seu lado se abriu. Antes que fosse solicitada, Nori saiu do carro e piscou com o sol de outono. Sabia onde estavam. Todas as crianças no Japão conheciam este lugar.

Chiyoda-ku era a pupila real de Tóquio. Todos os edifícios do governo, embaixadas e monumentos estavam ali. E também as pessoas mais ricas e poderosas do país.

A casa diante dela não era um palácio, mas estava bem perto disso.

Nori se viu diante da propriedade fechada, com altos muros de pedra caiada. A casa era antiga e grande, baixa e ampla, com um telhado de telhas da cor de barro vermelho. Havia um brasão de família que ela não reconheceu estampado no portão atrás de si.

Parecia velha, mas bem cuidada. A única coisa negligenciada eram as plantas. Havia algumas ameixeiras de aspecto triste, com folhas da mesma cor do telhado, que tinham visto dias melhores.

Kiyomi se postou atrás dela. Nori sabia que tinha que caminhar para frente, para uma casa que não a acolheria, com pessoas que não a amariam.

Ela já tinha estado ali antes. Sabia o que fazer.

E então caminhou. A bainha de seu melhor quimono se arrastava atrás dela, remexendo as folhas caídas. O cabelo estava dividido ao meio, no estilo *taregami,* e solto, para significar sua virgindade. Usava suas melhores pérolas enroladas no pescoço, e pareciam frias em sua pele corada. O coração batia depressa como o de um pardal, mas não estava com medo.

Subiu os degraus de madeira e passou pela porta de correr para a antecâmara, que uma empregada do outro lado abriu sem dizer uma palavra.

Parou para tirar os sapatos e então continuou, até que uma mulher apareceu diante dela, vestida com um quimono de seda azul-celeste.

"*Douzo agatte kudasai*", disse ela. "Bem-vinda."

Nori se curvou.

A mulher nem olhou para ela. "Obrigada pela pronta entrega. Pode deixar as coisas dela do lado de fora, alguém virá buscá-las."

Kiyomi hesitou. Ela não podia falar livremente agora, tinha um papel a desempenhar, o mesmo que havia desempenhado dezenas de vezes antes.

Nori se virou para encará-la. Por um momento, sem que a estranha pudesse ver seu rosto, oculto debaixo do véu do cabelo, se permitiu sorrir.

"*Arigatou*. Por tudo que me ensinou."

Kiyomi fez uma reverência. "Adeus, princesinha."

Nori sentiu o estômago revirar. Por um momento, queria estender a mão e se agarrar a Kiyomi, do jeito que nunca tinha se agarrado à sua mãe, à sua avó.

As palavras borbulharam em sua garganta.

Não vá.

Não me deixe.

Não me deixe, de novo.

De novo não.

Por favor.

Mas ela não conseguia falar. Seus lábios se fecharam com as palavras, e então se virou. Em um instante, Kiyomi havia partido.

E, como no início, Nori estava sozinha.

Ela foi conduzida a um grande quarto com piso de tatame. Todos os outros móveis foram removidos, exceto por uma almofada de seda solitária no centro.

"Espere aqui", disse a mulher.

Nori se abaixou na almofada com os joelhos dobrados embaixo dela. Sabia como deveria se sentar. Sua mãe a ensinara quando tinha três anos. Foi uma das poucas coisas com que Seiko se preocupara.

Ficou esperando até ouvir as portas estilo *fusama* se fechando.

Nori não sabia quanto tempo ainda tinha. Alguns minutos talvez. Imaginou que seu novo dono estivesse sentado atrás de uma mesa em algum lugar. Talvez tomasse um ou dois drinques antes de descer para vê-la.

Se não tomasse coragem agora, ela nunca o faria. Então tinha alguns minutos. Seis.

Cinco.

Não sabia exatamente, mas sabia que não era o suficiente. Pressionou as mãos contra o rosto. Pela primeira vez, se permitiu sentir a injustiça total de tudo que a trouxera até ali.

Ela ainda não tinha catorze anos e nunca tivera um dia para si mesma, nenhum que não tivesse sido ditado por outra pessoa. Nunca tinha visto o festival de verão ou feito bonecos de neve com outras crianças no inverno. Nunca havia sido beijada, reconhecida ou amada como em seus livros de histórias.

Bem...

Talvez, de certa forma, tivesse sido amada. Ela se agarrou a isso, a esse pequeno sentimento quente. Envolveu-se em todas as lembranças felizes que pôde encontrar.

Esta era sua armadura.

O cheiro do perfume de hortelã-pimenta de sua mãe. O som da risada de Akiko, com a ofegada no final. O sorriso irônico de Kiyomi. A sensação dos dedos úmidos de Miyuki entrelaçados com os dela.

A chuva em seu rosto. A primeira vez que ouviu o violino.

E Akira.

Akira.

Akira.

Nori agiu em um movimento hábil. A dor era aguda e profunda ao longo de sua coxa. Mesmo a esperando, ficou sem fôlego. A faca caiu de sua mão e, em um instinto, ela colocou a palma da mão no corte. Não era profundo o suficiente. Ela sabia, de alguma forma, que não havia acertado a artéria sobre a qual seus livros falavam.

Ela não sabia nem morrer direito.

Caiu para trás, batendo no chão com força, mas sem sentir. Com o cabelo espalhado e os braços bem abertos, quase podia fingir que estava de volta ao jardim em Quioto.

Gomen, Aniki.

Eu queria... te ver...

Sua cabeça começou a ficar muito pesada. A dor na perna quase desapareceu. Pensou ter ouvido o barulho de uma porta e alguém gritando, mas parecia muito distante.

Não a tocou. Ela sabia que não havia nada que pudessem fazer para impedir agora. Aquilo são... passos? Dois grupos, um atrás do outro.

E então alguém se inclinou sobre ela, tocando-a, embalando-a em braços fortes.

Alguém estava gritando.

"Nori."

Ela sentiu o cheiro de limão e wasabi.

"Nori! Acorda. Acorda! Eu te encontrei. Eu finalmente te encontrei, você não vai morrer. Você está me ouvindo? Você não pode morrer. Por favor, não, não, não, não, não."

Ela apertou os olhos. Mal conseguia continuar vendo, mas pensou ter sentido algo em seu rosto. Algo molhado.

Você cheira como Akira, ela pensou. Eu perdi... aquele...

O rugido em seus ouvidos era ensurdecedor agora.

Okasan.

Eu sinto muito.

Houve uma luz branca brilhante, e depois não havia mais nada.

SONATA
CAPÍTULO DEZ

Tóquio, Japão
Outubro de 1953

Ela ficou flutuando por um único dia. Este era o meio-termo.

Era diferente de um sonho. Não conseguia ver nada, mas era diferente de ser cega. Não havia fome ou dor, medo ou tristeza, anjos ou demônios ali para saudá-la.

Havia apenas o branco.

E então, pouco a pouco, houve o som.

No início, muito longe, como alguém gritando em um imenso vazio. Ela se agarrou a esse som. Envolveu-se em torno dele e deixou que a puxasse por baixo do branco. Ficava cada vez mais alto, até que podia ouvir com tanta certeza como se alguém estivesse com os lábios pressionados contra seu ouvido.

E então pôde ver uma diminuta centelha de cor.

Sentiu-se flutuando para cima, das profundezas do nada até logo abaixo das ondas.

E quando enfim alcançou uma respiração ofegante, foi capaz de recuperá-la.

E quando abriu os olhos, ali, bem ali, estava o sol.

Ele estava ajoelhado ao lado do catre, com a cabeça escura inclinada e as mãos colocadas sobre seu coração.

"Aniki."

Sua cabeça se ergueu. Os olhos cinzentos se arregalaram quando ele encontrou seu olhar. Ela notou os círculos escuros sob seus olhos, a película oleosa em sua pele, e se perguntou há quanto tempo ele estava ali.

"Noriko", ele disse e sua voz falhou. "Meu Deus. Meu Deus, finalmente."

Ela se apoiou nos cotovelos, ignorando a maneira como isso fazia sua cabeça girar. "É você mesmo?"

Akira se inclinou e a beijou no rosto exatamente em uma das covinhas profundas em suas bochechas.

Ele nunca a beijara antes.

"Você entrou e saiu de si o tempo todo", ele sussurrou. "Sua perna... conseguimos estancar o sangramento, mas você teve uma febre terrível. Eu pensei... por um momento, pensei..."

A perna. Ela havia se esquecido por completo do corte, enfiou a mão por baixo do cobertor e, com certeza, a perna esquerda estava envolta em bandagens pesadas.

"Tivemos que suturá-la", Akira disse. Ele parecia nauseado, embora fosse difícil dizer com a sala escura. "Você pode ficar mancando. Não podemos ter certeza. Mas haverá uma cicatriz."

Ela apenas o olhou. Mal se importava com a perna, mancando ou com cicatriz; só queria olhá-lo.

Akira sorriu como se já soubesse disso.

"Eu te encontrei", disse ele, com uma sensação de satisfação silenciosa, mas profunda. "Levei dois anos, mas te encontrei e tracei um plano para recuperá-la."

Ela balançou a cabeça. Parecia impossível estar viva. Não conseguia processar que estava ali, bem, e reunida com o irmão que havia tentado tanto se forçar a esquecer.

Não queria sentir nada, caso isso fosse apenas a última piada do demônio antes que a jogasse no inferno.

Akira continuou. "Assim que me dei conta de que você estava... você estava em um desses lugares, pedi a um dos antigos funcionários de meu pai que se passasse por um comprador para te encontrar."

O coração de Nori começou a bater mais rápido. Doeu, quase como se tivesse perdido o hábito.

"Eu o fiz providenciar para que você fosse entregue aqui. Esta era a casa do meu tio, mas agora que ele morreu, faz parte da minha herança. Sabia que poderia te trazer para cá. A avó vai perceber o que aconteceu em breve, mas vou protegê-la. Eu juro."

Nori se forçou a se sentar. Inclinou-se para a frente de modo que ficasse apoiada nos braços dele, com a cabeça aninhada na curva de seu pescoço.

"Eu sinto muito", ela gemeu. As lágrimas começaram a cair pesadas e livres. Todo o seu corpo doía, mas não chorava de dor. Como dois navios atravessando a noite, eles quase se perderam um do outro. Ela quase o deixou ir. "Eu não sabia mais o que fazer."

Akira afagou sua cabeça. "Não diga nada. É minha culpa. Eles mandaram você para aquele lugar horrível por minha causa. Eu não consegui impedir. Tentei... Eu tentei de tudo, mas ameaçaram machucar você se eu não parasse... se eu não parasse de me intrometer e cumprisse meu dever com a *família*."

Sua voz guardava um rancor venenoso. "Eles me disseram que você estava em um lugar seguro, mas que eu nunca poderia vê-la de novo, me disseram para te esquecer. Continuar com meus estudos e minha música como se nada tivesse acontecido. A avó disse que me compraria o que eu quisesse, o avô disse que me arranjaria uma princesa para casar comigo."

Nori levantou o rosto e se afastou para que pudesse olhá-lo nos olhos. Ele havia crescido. Seu rosto havia perdido a gordura infantil e agora as bochechas estavam bastante definidas. Mesmo ajoelhado, dava para ver que estava mais alto. E havia algo mais. O brilho havia sido tirado dele. Não era mais um garoto de sorte.

Desde o nascimento, Akira fora divinamente favorecido. Isso era o que sua avó sempre dissera a ela, e Nori passara a acreditar. Ele havia flutuado pela vida sem esforço, seguro de uma recepção calorosa em todos os lugares que fosse. Pouco conhecera a decepção, mal conhecera a dor, nunca soubera o que era ser negligenciado. E então ele tinha a confiança, ou melhor, a arrogância de alguém que sabia que nada poderia dar errado para ele.

Mas agora essa confiança havia sido fortemente abalada. Sua certeza se fora, e tudo que restara de sua inocência se fora junto dela.

Quando ela percebeu isso, teve que cerrar o punho e trincar os dentes para conter um grito.

"Você deveria ter me esquecido como te pediram", ela sussurrou com a voz entrecortada. "Eu te arruinei."

Akira puxou com força um de seus cachos. "Fica quieta."

"Mas..."

"Eu falei cala a boca."

Ela inclinou a cabeça contra a vontade. Akira mudou de posição e olhou por cima do ombro.

"Eu deveria chamar o médico. Já é madrugada, mas o coloquei em um dos quartos de hóspedes."

Ela, que não queria que ele fosse embora, agarrou as mangas de sua camisa.

"Eles não vão nos deixar escapar impunes", disse, seu cérebro nebuloso lentamente começando a encaixar as peças. "Isso é uma declaração de guerra contra nossos próprios avós. Eles virão atrás de nós."

Akira assentiu. Ele sabia disso, é claro. Quando começou, sabia que não havia como voltar atrás.

"Não estaremos seguros", Nori respirou. Podia sentir seu peito apertar. "Nós os humilhamos, contaminamos sua honra, e não vão deixar isso passar. Nunca."

Akira balançou a cabeça mais uma vez. Seu rosto estava sério, mas não tentou acalmá-la com mentiras. Quer ela quisesse ou não, ele sempre dizia a verdade.

Nori deteve-se quando toda a realidade da situação tomou conta dela. Confiná-la não funcionara. Bani-la não funcionara.

Ela respirou fundo.

"Eles vão me matar."

Akira pressionou sua testa contra a dela, e ela podia sentir a determinação irradiando do irmão.

"Eles vão tentar."

Akira nunca saía de seu lado por mais do que alguns momentos. Quando o médico vinha vê-la, o irmão recuava para o canto, mas mantinha o olhar neles o tempo todo.

Depois que o médico prescreveu a medicação, dando-lhe alguns comprimidos para a dor e instruções estritas para evitar colocar pressão indevida em sua perna, uma empregada veio com um pouco de comida.

Depois de algum tempo, outra empregada veio com um pouco de água para Nori se lavar e uma nova muda de roupa. Quando a mulher saiu, Akira se virou para o canto para que ela tentasse lavar o cheiro de sangue. Ela escovou o cabelo o melhor que pôde e estremeceu quando passou algodão limpo sobre o corpo. Ela não olhou para as bandagens. Deu uma tossidinha para avisar Akira de que poderia olhar de volta.

Não queria comer, mas a expressão do irmão deixava nítido de que não tinha escolha.

Ela pegou arroz com seus hashis. "O que vai acontecer agora?"

Já era quase de manhã. Nori podia ouvir o mundo começando a acordar.

Akira esfregou os olhos. "Vão nos encontrar em breve. Eles têm espiões em todos os lugares, são um pouco melhores do que criminosos refinados."

Nori afastou a tigela de arroz.

"Não, *tabete*. Coma."

"Devemos deixar o Japão?", ela perguntou.

Akira mostrou-se enfadado. "Isso é impossível. Estarão vigiando os portos. E não há nenhum rastro de papel sobre você, nenhum documento para a alfândega. Legalmente, você não existe."

Ela mordeu o lábio. "Você poderia ir sem mim."

Seu rosto azedou. "Se você vai ser estúpida, por favor, cale a boca. Eu tenho o suficiente para pensar."

Ela torceu o nariz. Talvez ele não tivesse mudado muito. "Não sou mais criança. Poderia viver sem você."

"Nori, eu não passei por tudo isso para te encontrar, e você falar em ir embora." Ele disse balançando o pulso. "Você me custou uma pequena fortuna."

Ela bufou. "Um pouco demais."

Ao olhá-la, ela pôde ver as sombras escuras sob seus olhos. "Vou ter que encontrar uma maneira de lidar com nossa avó. Ela é uma cadela velha e vil, mas não é estúpida. Sabe que precisa me conquistar se quiser que seu nome precioso continue vivo."

"Eu não vou deixar você vender sua alma por minha causa", disse Nori, e começou a se levantar, mas a dor em sua perna ainda era excruciante. "Não está certo."

Akira suspirou como se dissesse que estava desapontado porque, depois de treze anos e uma vida difícil o suficiente para deixá-la destruída, ela ainda era uma idiota.

"É o único caminho para nós."

Nori quebrou a cabeça em busca de uma resposta. "Não podemos ficar aqui?"

"Não tenho dúvidas de que seus espiões já sabem que estamos aqui. Ou, se não sabem, descobrirão muito em breve. Há apenas uma pessoa leal a mim aqui. Além do mais, estes não são meus funcionários, não cresci com eles. Só posso confiar na medida em que posso pagá-los, e ela pode pagar mais."

"Bem, não podemos ir para outro lugar, então? Não podemos viver no campo e nos esconder?"

Akira a olhou sem expressão. "E fazer o quê? Criar ovelhas como camponeses? Plantar arroz?"

Ela soltou um grito de frustração. "Você não pode simplesmente deixá-la vencer!"

"Vencer significa permanecer vivo. Ficar em algum lugar seguro e aquecido, onde seremos preservados e alimentados. Isso é o que é vencer. Nossa vitória será sobreviver a ela", disse, estreitando os olhos. "Agora vamos dançar a sua música, mas ela está velha e em cinco ou dez anos estará morta, e poderemos dançar qualquer que seja a música que tocarmos."

"Mas..."

"Já pensei sobre isso. Você não acha que quero ir para a Europa? Há anos queria ir para lá, estudar música... Planajeva ir em alguns anos de qualquer maneira, eu esperava..." Ele desviou o olhar, e ela pôde ver que o irmão nutria esperanças próprias, que haviam sido frustradas pela realidade de estar atado a ela. Ele afastou tudo aquilo. "Esse é o único jeito. Sem minha herança, não temos nada."

Ela curvou a cabeça sob sua lógica implacável. "Eu a odeio."

Akira se aproximou e se sentou ao lado dela, envolvendo um longo braço em volta de seus ombros frágeis.

"Eu sei. Eu não tenho escolha", disse ele, cansado. "Eu sinto muito, mas não posso manter você a salvo dela se não lhe oferecer algo. Eu juro para você, nós nunca iremos voltar para Quioto enquanto ela viver. Mas... Eu não tenho escolha."

Nori cerrou os punhos. Odiava aquela cama. Odiava aquele quarto. Odiava o quanto era impotente, o quanto sempre fora, e o peso disso era insuportável. Não podia fazer nada. Mais uma vez.

"O que você dará a ela?"

Houve apenas uma resposta. Só havia uma coisa que valia mais do que ouro para Yuko e Kohei Kamiza. Só uma coisa era mais valiosa do que seu orgulho, mais do que seu ódio ardente pela neta bastarda.

Akira fechou os olhos. "Eu", disse.

Nori sentiu uma forte vontade de vomitar. "Você está fazendo um pacto com o diabo."

"Na verdade", Akira disse em um tom irônico, "o diabo pode me dar melhores condições."

Ela deu um suspiro torturante e estendeu os braços para o irmão. Sem palavras, ele a ergueu, como se Nori não pesasse nada. Ele se levantou, e ela deixou as pernas balançarem, inutilmente, agarrando-se a ele como se fosse morrer se ele a soltasse.

"Eu só queria que você parasse de chorar."

Ela tentou rir, mas tudo que conseguiu soltar foi outro soluço. "Não posso perder você de novo."

Ele corou, as bochechas pálidas ganhando um tom cor-de-rosa. Mesmo agora, ele se sentia desconfortável com demonstrações profundas de emoção ou proclamações de lealdade. Esse simplesmente não era o jeito de Akira.

"Vou carregá-la para fora para que você possa tomar um pouco de sol. Então pare de chorar."

Sua determinação, enterrada em algum lugar bem no fundo de sua raiva impotente e de seu medo, agora ressurgia. Era muito mais fácil encontrar coragem para morrer do que para viver sob a sombra vingativa de sua avó. Essa se estendia por todo o Japão como um véu de luto brilhante e escuro. Em algum lugar daquele país, sua mãe também estava escondida, segura de que havia sacrificado os filhos para se libertar desse nome venenoso. Miyuki estava dormindo em um quarto frio sem o suficiente para comer. Kiyomi estava aceitando a destruição de sua alma. E agora Akira estava se preparando para enfrentar a batalha dela.

Nori sabia, sem sombra de dúvida, que estava amaldiçoada, como sua avó sempre lhe dizia: uma bastarda amaldiçoada, nascida sob uma estrela detestável.

NÃO TEMA O MAL
CAPÍTULO ONZE

Tóquio, Japão
Novembro de 1953

Inacreditavelmente, os dias que antecederam o encontro planejado de Akira com seus avós, organizados de forma hábil por carta e programados para acontecer na grande sala de jantar, transcorreram em perfeita calma.

Os relógios não pararam. O sol não se recusou a nascer. Tudo arrastou-se devagar.

Akira entrava e saía de casa, correndo entre esta propriedade e a casa de sua infância, a apenas alguns quarteirões de distância. Sempre levava dois empregados com ele e ia em plena luz do dia, mas Nori ficava doente de medo toda vez que o irmão passava pelo portão eletrônico.

A menina estava estritamente proibida de deixar a propriedade por enquanto, o que a fez sorrir. Isso pelo menos não era novidade para ela.

Ela passava a maior parte do tempo perambulando pela casa, tentando ficar fora do caminho dos empregados. Eles não eram indelicados com ela, a chamavam de Noriko-sama ou "senhora".

Mas estava nítido que os deixava desconfortáveis. Pelo que Akira havia lhe dito, o antigo senhor da casa, seu tio, estaria se revirando no túmulo se soubesse que ela estava ali, comendo em sua mesa, sendo servida e honrada.

Ela se retirou, como sempre fazia, para o jardim. Ele não estava em seus melhores dias — as árvores precisavam de poda, e as flores precisavam que lhes arrancassem as ervas daninhas. Musgo sobre a água na fonte e arbustos cheios de animais e fezes completavam o cenário.

Era visível que ninguém mais voltara ali.

Ainda assim, havia algumas árvores antigas sob as quais ela gostava de se sentar. Às vezes, levava consigo um livro de poesia ou de mitologia antiga, em outras, um livro de línguas, na tentativa de melhorar o inglês que o irmão falava tão bem. Odiava ficar atrás dele, estava sempre tentando acompanhar. Queria tanto ser útil a ele que podia sentir o gosto do desejo em sua boca.

Outras vezes, praticava violino. Não era mais tão difícil para ela; até mesmo Akira admitiu, com relutância, que ela compartilhava um pouco — um pouco — de seu talento natural. Agora ela conseguia tocar algumas de suas peças favoritas, e quando ele estava em casa, se inclinava do outro lado do grande carvalho e a ouvia.

Nunca a elogiava — isso era pedir muito — mas a maneira carinhosa com que acariciava seu cabelo quando terminava fazia seu coração disparar.

Hoje, Akira estava fora, iniciando o processo de obtenção de documentos falsos para Nori; era a maneira mais fácil, já que ela não tinha certidão de nascimento. Assim, ela podia fingir que era uma pessoa, caso as negociações fracassarem e precisassem fugir.

Ele tirou uma foto dela para os documentos e, pela primeira vez, ela se viu sorrindo timidamente para as lentes de uma caixa de metal preta.

Nori estava sentindo uma alegria estranha. Akira lhe dissera para parar de se lamentar, e ela fazia o seu melhor, tentando se manter ocupada. Estava no jardim, fazendo coroas de flores, quando a mulher de azul, que a cumprimentara ao chegar, saiu para ver como ela estava.

A mulher sempre usava a mesma cor de quimono. Nori só podia presumir que era encarregada do resto dos empregados.

"Minha senhora. É hora dos seus comprimidos", disse curvando a cabeça.

Nori fez uma careta. Desde seu "acidente" — é assim que chamavam agora — ela fora forçada a tomar comprimidos para prevenir uma infecção. Tinham gosto de giz.

"Não, obrigada."

A mulher inclinou a cabeça. Ela era bonita e parecia ter uns vinte anos. "O patrão faz questão. Por favor, entre e tome."

"Ah, Aniki está em casa?"

"Não, está fora. Mas me confiou esta tarefa."

Nori projetou seu lábio inferior. "Ele disse mais alguma coisa?"

"Disse que a hora de dormir é às dez. E é para comer todo o jantar, não apenas o arroz."

A menina reprimiu sua irritação. "Quando ele volta?"

"Pela manhã, eu acho. Ele está em nossa antiga propriedade."

"Nossa?", Nori disse, franzindo a testa.

A mulher não respondeu. Nori a olhou como se a visse pela primeira vez. "Quem é você?"

Ela abaixou a cabeça. "Meu nome é Ayame. Eu servi desde criança na sua... na casa do pai de Akira-sama. Quando ele decidiu restabelecer uma casa aqui, me pediu para cuidar."

Nori teve que resistir ao desejo de deixar todas as perguntas saírem de sua boca de uma vez. "Há quanto tempo você conhece meu irmão, então?"

Ayame ficou muito quieta. "Desde o dia em que ele nasceu."

Nori se levantou e limpou a grama de seu vestido. "Vou tomar esses comprimidos. Mas falarei com você de novo, Ayame-san."

A mulher se curvou e saiu. Poderia evitar as perguntas agora, mas Nori sabia, e ela também, que isso não tinha acabado.

Na manhã seguinte, Akira voltou para casa e Nori correu para cumprimentá-lo, ainda de camisola. A perna doía, mas já conseguia andar muito bem. Nenhum sinal de que fosse ficar mancando.

Ela se curvou, e ele lhe fez um carinho gentil no topo da cabeça. "Você precisa cortar o cabelo", comentou.

"O que trouxe para mim?", perguntou sorrindo para ele.

Ele lhe entregou um pacote embrulhado com papel amarelo brilhante.

"Algumas roupas normais. Alguns vestidos, casacos e saias. Você não pode andar por Tóquio vestida como uma mulher do século passado."

Ela sobressaltou-se. "E você trouxe para mim coisas muito elegantes das vitrines das lojas?"

"Trouxe para você o que consegui. Mas de qualquer maneira, pode abrir se quiser", ele respondeu, revirando os olhos para ela.

Nori já estava começando a desembrulhar o pacote. Bem no topo, podia ver um vestido de manga curta com gola cor de caramelo.

As bochechas de Akira estavam rosadas. "Gostou?"

Ela o olhou. "Muito, Aniki. Obrigada."

"Bem, ótimo. Vá e se troque, então. Nós vamos sair", disse, parecendo satisfeito.

Ela congelou, certa de que o tinha ouvido mal. Um arrepio percorreu todo o seu corpo, do topo da cabeça às pontas dos pés.

"Sair... Para onde?"

Akira cruzou os braços. Nem havia tirado a jaqueta de couro. "Para a cidade."

Ela ficou boquiaberta. "Mas essa é uma das regras."

Seu olhar se suavizou. "Não sou seu guardião agora?"

"Ah, sim."

"Não é minha regra. Achei que era isso que você queria."

"É, sim!", ela ofegou. Os olhos começavam a queimar. "É... sim. Mas você disse que não era seguro."

"Obasama não fará nada antes da reunião marcada. É uma questão de honra."

"Mas..."

Akira foi logo ao cerne da questão, como sempre fazia. "Você está com medo."

Ela não podia negar. "Só pensei que você não gostaria de ser visto comigo."

Akira estalou a língua. "Não me insulte."

Nori teve que admitir que ele nunca a tratara como uma estranha. Via muitos defeitos nela, com certeza, mas era sempre pelo que fazia, não por quem ela era. Mesmo assim, era uma coisa séria o que estava sugerindo — ninguém fora da família ou da *hanamachi* sabia sobre ela.

A sugestão de Akira era ir contra mil anos de tradição.

"Haverá um escândalo terrível", ela sussurrou. "A avó vai ficar muito brava."

"Ótimo. Com alguma sorte, ela terá um derrame e podemos nos mudar para Paris."

"Como pode ter tanta certeza de que vai ficar tudo bem?"

Akira deu a ela aquele mesmo olhar que lhe dava quando a desafiava a descobrir algo.

"Não pode simplesmente explicar de uma vez?", ela perguntou irritada. "Você é muito inteligente para mim."

"Você sabe por que ela tem sido capaz de fazer o que quer com você?", ele perguntou, obviamente esperando que pudesse levá-la à água, e ela seria esperta o suficiente para beber.

"Porque ela é rica. E nobre."

"Além disso."

Nori vasculhou seu cérebro. "Porque... porque eu sou bastarda."

Os olhos tempestuosos de Akira estavam arregalados. "E?"

"E..." Ela se interrompeu. "E porque..."

Akira suspirou. Havia perdido a paciência com ela. "Porque você é um segredo."

Ela o olhou sem expressão. Sempre pensou que ser um segredo era a única razão pela qual tinha permissão para viver, na verdade.

Akira continuou. "Ah, pense, Nori. Vamos. Você não tem certidão de nascimento; nossa mãe provavelmente teve você em casa. Tampouco foi matriculada na escola. Legalmente, você não existe. E se a lei não sabe quem você é, não pode protegê-la."

Fazia sentido, afinal. Nori cobriu a boca com a mão trêmula.

"Se as pessoas soubessem sobre mim..."

"Se as pessoas soubessem sobre você, se tivesse documentos legais..."

"Eu estaria segura", disse ela, e parecia um milagre.

Akira se permitiu um sorriso brilhante. "Isto ajudaria. Ela não poderia simplesmente desaparecer com você sem provocar fofoca. As pessoas saberiam que ela fez algo, e ela não poderia suportar. Ela está desesperada para não ser vista como uma criminosa, para que a nobreza não saiba de seus negócios sujos."

"E a lei?", ela sussurrou. Quase podia sentir a mão enrugada de sua avó em seu ombro, puxando-a para trás, para longe de qualquer vislumbre de esperança.

"A lei é praticamente inútil", confessou Akira. "Todo mundo é pago por alguém. Mas teriam que pelo menos admitir que sabiam que você estava aqui, que você era real."

Eu poderia ser real?

Ela hesitou. "Mas se as pessoas soubessem... a honra exigiria minha morte, de acordo com a moda antiga."

Akira bufou. "A honra dá esse direito à família do marido traído. Que, neste caso, seria eu."

Ela olhou bem nos olhos dele. "Acho que esse navio já zarpou."

O irmão bateu de leve no nariz dela. "*Aho*."

"Você realmente acha que isso poderia funcionar?"

"Vou tentar", disse ele, sério. "Amanhã vou direto para o tribunal, estou tentando conseguir uma consulta há semanas. Já chamei um advogado. Queria fazer isso antes, em Quioto, mas a avó tem olhos por toda parte naquela cidade. Os documentos falsos ainda estão sendo feitos para o caso de serem necessários, mas juro que vou tentar, Nori."

Ela encostou o rosto contra o peito dele. "Não se coloque em perigo por minha causa", ela murmurou.

"Acho que esse navio já zarpou", ele a provocou. "Agora, vá se vestir."

Ela podia escutar o pulsar estridente de seu coração tal como uma trombeta em seus ouvidos.

"*Hai, Aniki*."

AKIRA

Eu caminho no clima frio de outono e penso: *Meu Deus, eu amo esta cidade*.

Tóquio é minha, e eu sou dela. Estou certo disso, como estou certo da maioria das coisas.

Mas nunca tenho certeza sobre ela.

Nori segue atrás de mim, usando um vestido azul-marinho profundo e o cabelo em duas tranças, cada uma amarrada com uma fita de cor diferente. O seu lábio começa a inchar de tanto mordê-lo.

"*Senhorita*", digo a ela. "Você vai se machucar."

Ela para de imediato e enfia a mão na curva do meu braço. Instintivamente, me afasto. Não estou acostumado a ser tocado. Meu pai era um bom homem, sábio, mas severo. Nunca o vi rir. Ele ficou doente por anos e tentou esconder isso de mim. Eu percebi, lógico, mas não sabia da gravidade. Não sabia que tinha um câncer corroendo suas entranhas como cupins em decomposição.

Um dia, cheguei da escola e me disseram que estava morto. Mudei-me para Quioto no dia seguinte ao seu enterro.

Minha mãe era diferente, mas ela partiu antes do meu quinto aniversário.

Lembro que ela tocava piano lindamente. Praticava o tempo todo, e costumava me sentar ao seu lado no banco. Quando comecei a tocar violino aos dois anos, tocávamos juntos, e ela sempre fazia as minhas vontades, dizendo que eu era seu muso.

Seu cheiro era de chá de hortelã-pimenta, seu favorito. E mais tarde, quando começou a fumar, usava perfume de hortelã para que meu pai não soubesse.

Ela era toda risadas, sorrisos e beijos calorosos. Vinha me acordar às cinco da manhã para que pudéssemos brincar no jardim. Tentava construir castelos de neve com nada além de sua camisola. Era notoriamente bonita, graciosa, mas podia ser tão frívola quanto uma garotinha. Quando eu soube dos seus casos, mais tarde, não fiquei surpreso. Ela precisava de diversão; precisava saber que era adorada. Meu pai não lhe dava nenhuma dessas coisas.

Mas chorava muito também. Às vezes, nos trancava na sala de música e chorava por horas.

"Passarinho", ela sussurrava em meu cabelo. "Meu pobre passarinho."

Lembro-me do dia em que foi embora. Ela veio ao meu quarto e me beijou, disse que estava indo para a cidade para tratar de alguns assuntos.

E então se foi.

Meu pai e meus avós enviaram um grupo de busca atrás dela, mas eu sabia, mesmo aos quatro anos, que ela nunca mais voltaria.

Algumas vezes olho para Nori e faço tudo que posso para não recuar. A semelhança se torna mais notável à medida que ela cresce. Pego-me olhando para ela, esperando as primeiras rachaduras aparecerem. Eu a perdoei pelo que tentou fazer. E posso entender isso.

Mas nunca vou confiar nela de novo.

"Aniki", ela fala, naquele gritinho alto e límpido que ela chama de voz. "Pra onde estamos indo?"

Acho que ela é minha responsabilidade agora, e será pelo resto da minha vida.

"Bem ali", respondo, apontando para uma área lotada cercada por uma corda branca. São várias tendas e barracas de mercado, com comida, brinquedos e bijuterias. Metade do distrito veio para cá, trazendo seus filhos desordeiros junto. "Há um festival de outono. Achei que você iria gostar."

Seu rostinho se ilumina. Ela fica na ponta dos pés. "Você prometeu me levar a um festival anos atrás. Achei que tivesse esquecido."

Por fim, ela me arranca um sorriso. Está me ensinando essa sua alegria fácil. Sou uma pessoa que não se satisfaz com facilidade, um perfeccionista consumado, mas Nori se delicia com tudo.

"Chegamos cedo, mas haverá apresentações no meio da tarde — bateristas e dançarinos, todos os tipos de coisas — e quando escurecer, haverá lanternas de papel. Você faz um pedido, coloca nela e depois a solta."

Ela envolve os bracinhos em volta da minha cintura. Desta vez não tiro.

"*Arigatou*", ela sussurra.

Eu aceno. "Quer ir brincar?"

Ela esqueceu seu medo, ao que parece. Seus olhos estão brilhantes. "Tem jogos?"

"Ah, sim. Pesca de maçãs e..." Eu paro. Realmente não sei. Nunca joguei depois que mamãe foi embora.

Não importa que eu não saiba. Ela sai correndo como um tiro. Só consigo rir enquanto ela avança rumo ao local do festival. As brilhantes folhas de outono formam um dossel por cima de tudo, e a luz do sol se filtra através de suas cores, de modo que todos nós somos banhados por uma luz laranja.

Estou determinado a lhe dar este dia.

Ela vai de tenda em tenda e, quando encontra algo que deseja, olha para mim com o menor sinal de beicinho e lhe entrego algum dinheiro. Em algum momento, simplesmente desisto e dou a ela minha carteira.

Precisou comprar um grande saco para guardar suas bugigangas e, antes que eu perceba, já estava com dois ursinhos de pelúcia, uma caixa de maçãs cristalizadas e algumas bijuterias feitas de conchas do mar.

Meu medo de que alguém pudesse lhe dizer algo desagradável ou questionar sua pele, se mostrou infundado.

Este é um evento alegre, e ninguém está procurando motivos para estar infeliz. Os anos de guerra foram árduos — não para mim, lógico, ou para qualquer outra pessoa rica do país, mas as pessoas comuns enfrentaram tempos difíceis, de fato, e agora todo mundo quer apenas ficar sossegado. Tóquio está voltando à vida. Seu povo sempre está décadas à frente do resto do país. Talvez minha irmã seja feliz aqui.

Além disso, Nori tem um certo encanto. Sua alegria é contagiosa e, em pouco tempo, está brincando de pega-pega com um grupo de meninos. Alguém coloca uma coroa de folhas em seu cabelo.

Ela é bonita. Terei que cuidar dela. Beleza e confiança é uma combinação infeliz. Aos treze anos, ela ainda é uma criança, com o desejo desesperado de uma criança de ser amada.

"Aniki", ela grita para mim, "estou com fome."

Compro um *takoyaki*, e ela encosta a cabeça no meu braço enquanto come. Observamos os dançarinos girando em seus trajes elaborados, e ela pula para cima e para baixo no ritmo da música.

"Eles fazem isso toda estação?", ela me pergunta.

"Sim."

Seus olhos se enchem de lágrimas rápidas, mas vão embora antes que eu tenha a chance de dizer qualquer coisa sobre isso. Observo-a jogando alguns anéis em torno de garrafas de vidro.

Inacreditavelmente, eu consigo fazer isso. Tolerar um dia inteiro de algo em que não tenho interesse algum. Nori está me ensinando uma paciência que nunca soube que poderia ter. É como um poço que estou sempre cavando.

Quando o sol se pôs, e as estrelas começaram a piscar para nós, ela me encontrou de novo. Está segurando sua lanterna de papel, as mãos molhadas de tinta pela tentativa de rabiscar em kanji, usando um pincel à moda antiga. Tem uma mancha de tinta no canto da boca, e folhas saindo de seu cabelo.

"Eu poderia ter te ajudado", a repreendo. "Você está uma bagunça."

"Eu posso fazer sozinha." Sua voz cai uma oitava, como sempre acontece quando ela fala sério sobre alguma coisa.

Faço uma careta para seu rabisco ilegível. "Não consigo nem ler isso."

Ela quase esfrega a lanterna em meu rosto para que eu possa ver nitidamente. "Está escrito *kibou*." *Esperança*.

Desisto de lhe fazer um sermão. Disse-lhe para fazer um pedido, e foi isso que fez, embora não consiga desenhar o ideograma da maneira certa. Mesmo sem saber desenhar kanji, está determinada a me ajudar, a nos ajudar, e, no momento, isso é tudo que pode fazer. E ela queria fazer sozinha.

Olho em seus olhos honestos e sei que ela é uma criatura rara, minha meia-irmã mais nova.

"Muito bem então."

Ela sorri. "Você acha que Deus vai entender? Mesmo eu tendo desenhado errado?"

Não quero abalar sua fé, mas não posso mentir. Nunca acreditei em nada além de meu próprio talento, na morte e na capacidade de as pessoas ficarem aquém das expectativas.

"Eu não acredito em nada. Você sabe disso."

Ela sorri como se soubesse um segredo que eu desconheço. Nunca consigo acompanhar sua fé inconstante. Em um momento, ela é devota; no próximo, jura que já deixou para trás essa fase. Acho que só precisa de alguém para reclamar.

Não a culpo.

"Quem recebe os desejos?", ela insiste. "Para onde vai a lanterna?"

Estou inclinado à honestidade. "Acho que ela vai longe, Nori."

Ela pressiona a lanterna em minhas mãos. "Tudo bem. Vamos soltar a lanterna juntos."

Após um momento, soltei. Ela está um segundo atrás de mim. A lanterna flutua para cima, um pequeno fantasma brilhante entre centenas de outros, antes de desaparecer na noite.

Ela enfia a mão na minha e suspira profundamente, como se um grande peso tivesse sido tirado de seus ombros minúsculos. Os meus continuam pesados. Falta-me a sua fé. Na verdade, tenho muito pouco em comum com ela.

Ainda estou começando a entender, a cada dia, o que a faz se sentir como se fosse minha.

O dia da reunião finalmente chegou. Se Nori acreditasse em presságios, diria que a tempestade forte que caiu na noite passada foi um sinal de que tudo estava acabado para eles.

Seja como for, Akira lhe garantiu que não significaria nada. Ele estava confiante de seu sucesso.

"Ela precisa de mim", insistiu. Nori se perguntou a quem o irmão estava tentando tranquilizar.

Ele não permitiu que ela visse a lista de exigências que havia feito. Nori presumiu que era para não desapontá-la, caso não conseguissem tudo.

Nori pediu para estar presente na reunião, e o irmão recusou categoricamente. Ela deveria ficar em seu quarto, com a porta trancada. Akira passou a tarde andando de um lado para o outro no jardim, ensaiando seu discurso. Ela o observou da varanda, mas não se aproximou. Estava vestida com o que havia de melhor, as pérolas enroladas no pescoço como uma corrente pesada. E, de alguma forma, isso a fazia se sentir melhor.

Akira não fez muito caso, estava vestindo uma simples camisa de botão e calça preta. Mas ele tinha menos coisas para compensar.

Ela poderia usar uma coroa de ouro maciço, e ele um lençol sujo, e isso não mudaria a maneira como o mundo os via.

Akira voltou para dentro de casa, parecia que sua ansiedade o esgotava.

"Posso pegar alguma coisa para você?", ela ofereceu.

Ele a olhou com uma sobrancelha levantada. "O quê?"

"Café?"

"Você sabe mesmo fazer café?"

Ela se irritou. "Eu vi Ayame fazer."

"E se eu quiser café, peço a ela. É para isso que temos empregados."

Nori revirou os olhos. Não pela primeira vez, se perguntou se ele estava tão disposto a abrir mão de seu status como afirmava. Ela duvidava que o irmão já tivesse feito uma refeição para si mesmo, ou mesmo pensado em como lavar as próprias roupas.

Não que ela também tivesse, mas estava preparada para aprender. Gostava de ser útil e não tinha orgulho para falar das coisas.

"Você pode continuar pagando tudo com sua herança?", ela perguntou nervosa. "Se Obasama não te der a mesada que você quer?"

Akira deu de ombros. "Por um tempo, pelo menos. Meu pai não era tão rico quanto os outros, mas me deixou tudo, e recebi no ano passado. Mamãe veio com um dote que vale uma fortuna, mas não posso tocá-lo até fazer vinte anos."

Ela mudou de um pé para o outro. "Eu poderia assumir algumas funções em casa", sugeriu. "Não precisamos de tantos empregados. Eu poderia cozinhar e limpar."

Ele ofereceu um pequeno sorriso. "Mesmo? Devo te mandar para o mercado de peixes com o resto das donas de casa? Você vai consertar minhas roupas? Fazemos economia agora?"

Ela enrubesceu. "Eu não ligo."

Ele riu dela, e, embora doesse, ela gostou de ver a luz brotar em seus olhos.

Pareceu um bom momento para abordar o assunto novamente.

"Quero estar com você hoje", disse ela, avançando antes que perdesse a coragem. "Quero sentar ao seu lado."

O rosto de Akira ficou sombrio. Ele não hesitou. "Não."

"Mas..."

"Não."

"Aniki!"

"*Zettai ni*. De jeito nenhum."

"Tenho idade suficiente para falar por mim mesma", protestou ela. "Talvez possa te ajudar."

"Você vai estragar tudo", disse Akira irritado. "Não tenho tempo para isso. Eles estarão aqui em uma hora, vá para o seu quarto."

Seu corpo se moveu para obedecer antes que pudesse detê-lo, a memória muscular absoluta. Mas se conteve, cravando os pés no chão. Lembrou-se da primeira vez que o vira, em uma casa como aquela, em uma sala como aquela, cercada por antigas relíquias de família que pareciam irradiar desdém por sua presença. Ela havia decidido naquele momento que o seguiria para qualquer lugar.

Mas queria andar ao lado dele agora. Não atrás. Não mais.

"Não."

Akira a olhou incrédulo. Ninguém lhe dizia não.

"Eu disse..."

"E eu disse não, Aniki."

Ela duvidou que Akira tivesse sido interrompido uma só vez em dezessete anos. Ele parecia confuso, como se tivesse sido presenteado com alguma nova linguagem estranha que não pudesse decifrar.

"Noriko", ele começou, a voz baixa e com raiva. "Não vou pedir de novo."

Ela estremeceu, mas não recuou. "Você vai me bater se eu desobedecer? Como Obasama? Ou me arrastar pelos cabelos como o homem a quem ela me vendeu?"

Ele desviou o olhar. Ela o tinha pego de guarda baixa e aproveitou a vantagem.

"Eu vou crescer como você um dia. Preciso aprender essas coisas. Preciso aprender a negociar, como fazer com que as pessoas que não gostam de mim me deem o que quero."

Akira hesitou. "Isso... ainda não é hora para isso."

"Nós não sabemos."

Ele a olhou com cansaço. "É mais fácil para mim se você não estiver lá."

Pela primeira vez, ela viu a vulnerabilidade em seu rosto. Ele era órfão de mãe, como ela. Não tinha pai, como ela. Ele era o menino de ouro, e ela a menina amaldiçoada, mas os dois estavam presos na mesma teia.

"Eu sou sua irmã", disse ela sem jeito. Suas palavras falharam; ela nunca tinha sido uma grande oradora como ele. Então abriu as palmas das mãos em um gesto de rendição. "Eu..."

Ele suspirou e a encarou por um longo momento, procurando por alguma coisa. Então disparou, indo em direção à cozinha, antes de mudar de curso e correr em direção às escadas.

Ela foi atrás dele, sem saber se deveria aceitar a derrota ou importuná-lo ainda mais. Ele andava de um lado para o outro, virando-se para ela como se fosse gritar, para desistir em seguida. Ela nunca o tinha visto tão inseguro.

Então.

"Ayame", ele vociferou.

Ela apareceu do nada. "Akira-sama?"

Akira não olhou para Nori.

"Providencie para que haja um lugar posto à mesa para minha irmã."

Ayame assentiu e foi embora às pressas.

Os olhos de Nori se arregalaram e Akira se virou para encará-la.

"Sem choro. Sem conversa. Sem movimento. Você mantém seu rosto imóvel como um cadáver, está me ouvindo?"

"Eu prometo", ela disse rapidamente. "Eu prometo."

"Somos soldados hoje. Entendeu?"

Nori confirmou com a cabeça. Por ele, ela poderia ser corajosa. Seu rosto se suavizou.

"Se você ficar com medo, pense em alguma música", ele lhe disse. "Pense nisso e você se sentirá segura."

A mesa da sala de jantar estava posta para o chá da tarde. A porcelana em perfeitas condições, e a prata recém-polida. Alguém havia arranjado uma bela peça central feita de crisântemos brancos e uma flor vermelha cujo nome Nori não sabia.

A cadeira de Akira fora colocada na cabeceira da mesa, com outra grande cadeira na extremidade oposta. Havia uma cadeira menor um pouco atrás de cada uma das maiores.

Nori gostou da ideia de que seria capaz de se esconder um pouco. Sua valentia havia desaparecido. Akira estava imóvel como uma pedra, seu chá intocado à sua frente. Nori manteve as mãos cruzadas com força no colo. Estava mais uma vez consciente da cor de sua pele, que agora estava bronzeada de tanto tempo que passava ao sol, e da textura de seu cabelo, que havia sido alisado para o dia, mas que já estava começando a encrespar novamente.

Decidiu não se concentrar nisso. Em vez disso, focou na nuca de Akira. Seu cabelo se enrolava um pouco na nuca, assim como o dela. Ele cheirava a linho limpo.

As portas se abriram, e Ayame anunciou que os convidados haviam chegado.

Yuko entrou primeiro. Ela estava vestindo um quimono vermelho com um obi dourado, um leque dourado combinando agarrado em sua mão esquerda.

As mãos e os pés de Nori ficaram completamente dormentes, no entanto, manteve o rosto perfeitamente imóvel.

Em seguida entrou seu avô, um homem que antes vira apenas de passagem. Agora, por baixo do véu de seu cabelo, pôde olhá-lo de frente.

Kohei Kamiza era grande como um boi. Parecia encher a sala inteira apenas por entrar nela. Tinha olhos escuros, duros como diamantes, cabelos grisalhos e uma barba que ainda era preta.

Mesmo sob suas vestes esvoaçantes, havia uma solidez que sugeria força.

Ela sentiu seus olhos sobre ela como uma dor física e mordeu o interior da bochecha para não gritar.

Yuko observou o lugar com um olhar frio. Esperou um momento, mas Akira não se levantou para cumprimentá-la. Akira não se moveu.

Ela aquiesceu como se estivesse tomando nota.

Então se sentou na cadeira menor, permitindo que seu marido ocupasse a maior. Mas a forma como seu corpo esguio estava inclinado para a frente não deixava nenhuma dúvida sobre quem estava no controle da conversa.

Por um longo tempo, ninguém falou. Nori tinha certeza de que todos podiam ouvir seu coração batendo freneticamente dentro do peito.

Então, Yuko sorriu. "Honrado neto. Eu senti sua falta."

Ela gesticulou para a empregada parada no canto lhe servir um pouco de chá.

"Estou feliz em ver que está bem", continuou, e qualquer pessoa que não a conhecesse pensaria que isso não era nada mais do que uma visita social amigável.

Akira inclinou a cabeça. "Avó."

Ele balançou a cabeça para o avô, que imitou o gesto.

"Agora", Akira disse suavemente. "Vamos conversar sobre negócios?"

Kohei se mexeu na cadeira e, quando falou, tinha uma voz que soava como um estrondo baixo de trovão.

"Escute, garoto. Isso já foi longe o bastante. Você volta para casa conosco. Hoje."

Akira não vacilou. "Eu não vou."

Yuko agitou seu leque. "Agora, agora, *anata*. Akira deixou manifesto que deseja permanecer em Tóquio. Acho que podemos permitir isso por alguns anos. Ele é jovem. Deve ter um certo grau de liberdade."

As mãos de Nori começaram a tremer. Ela as enfiou nas mangas para que sumissem de vista.

"Eu entendo", ela continuou, "que você acha que agimos de forma injusta no que diz respeito à garota. Você não mediu esforços para adquiri-la — na verdade, demonstrou uma inteligência notável. Eu claramente subestimei você."

A testa de Akira formou uma carranca. "A senhora não acha que agiu de forma injusta?", ele perguntou, a voz fria. "Mesmo agora?"

Yuko balançou a mão. "Fiz o que tinha que ser feito. Na verdade, é por causa do meu coração mole que a questão ainda não foi resolvida. Deveria ter sido mais cuidadosa."

Nori mal podia se conter. Ela não esperava um pedido de desculpas, mas saber que a única coisa que sua avó lamentava era não a ter mandado para longe o suficiente era revoltante.

A avó se virou para Nori, aqueles olhos pensativos a avaliaram em um só golpe. Estava óbvio, pelo seu pequeno sorriso, que não tinha encontrado nada de valor. Mais uma vez.

"Você é um garoto gentil, Akira", disse Yuko. "Mas isso é de fato um desperdício."

Akira se irritou. "Não preciso da sua aprovação. Apenas a sua palavra de que nos deixará em paz."

Yuko estreitou os olhos. "Então é mesmo isso? Você está determinado a seguir este caminho?"

Akira cruzou os braços. "Se vocês vieram aqui para mudar minha opinião, lamento que tenham perdido a viagem."

Nori não conseguiu conter um sorriso. Não passou despercebido pelo avô, que lhe lançou um olhar tão impiedosamente frio que congelou em seu rosto.

Sua avó suspirou. "Muito bem então. Pode ficar aqui, em Tóquio. Mas você deve retornar a Quioto durante os verões, a partir de seu vigésimo aniversário, para sua educação. Você tem muito a aprender."

Akira bateu os dedos contra a mesa de madeira. "Vigésimo quinto aniversário."

Yuko não se abalou. "Vigésimo primeiro."

Akira hesitou. "Tudo bem", disse ele, relutante. "Vigésimo primeiro. E apenas julho e agosto."

"E você deve se casar", Yuko insistiu. Ela despejou uma colher de açúcar no chá. "Assim que eu conseguir encontrar uma noiva adequada." O lábio superior de Akira se curvou. Esta era, é claro, a parte do acordo que menos o agradava.

"Posso te pedir para não escolher um monstro?", ele perguntou, seco.

"Claro. Ela deve ser bonita e bem-educada. Um pouco inteligente, o suficiente para ler com as crianças, mas não quero uma estudiosa. Não vou permitir que uma mulher se ache mais importante do que é."

"Certo. Mas ainda demorarei anos para me casar."

Yuko deu um tapinha em seu queixo. "Eu me casei na sua idade. Sua mãe..." Ela se interrompeu. "Teria sido melhor se tivesse se casado jovem em vez de ir para Paris. Ela foi corrompida. Aprendeu maneiras imodestas. Os franceses têm certa fama. Essa foi outra fraqueza minha."

Akira não reagiu. "Vou me casar aos vinte e cinco anos. Não antes. E ela vai ficar aqui comigo, em Tóquio."

Nori não conseguia imaginar o irmão casado. Akira não se interessava por nada além de sua música.

Yuko aceitou essas condições sem discutir. "E, claro, a garota deve partir. Nenhuma garota bem-educada concordará em compartilhar uma casa com uma bastarda."

A respiração de Nori ficou presa na garganta, e ela espiou por trás do ombro de Akira. Por um momento, esqueceu suas ordens e começou a falar, mas Akira se adiantou.

"Nori fica", ele disse.

Yuko fechou seu leque. "Eu pagarei para que ela tenha uma casa para morar em algum lugar no exterior, e empregados para cuidar dela. Entendo agora que você se sente responsável por ela. Sua mãe falhou ao passar para você o fardo dela. Mas agora posso retirá-lo. Você quer que ela esteja segura, posso garantir isso. Não precisa mais se preocupar".

Akira nem mesmo fingiu aceitar essa sugestão.

"Nori fica", ele disse de novo.

"Pelos próximos anos..."

"Pelo tempo que ela quiser. Ela fica."

Nori baixou a cabeça. Isso tudo estava além de seu merecimento. E não podia fazer nada além de se maravilhar.

Sua avó soltou um silvo. "Isso é irracional da sua parte. Ela é tão insignificante que você não deveria sequer considerá-la."

Nori se encolheu. Sentiu uma parte de si mesma afundar.

Mais tarde, aprenderei a tocar algo novo. Uma sonata. Aprenderei sozinha para surpreender Aniki. Mozart ou Liszt. Qualquer coisa, menos Beethoven.

Akira reprimiu sua irritação. "Não estou interessado na sua opinião, avó. Agora, vamos discutir a mesada que pedi. Algo razoável deve servir."

Yuko finalmente ficou em silêncio. Todas as cores foram drenadas de seu rosto.

"Akira", ela conseguiu dizer, após um longo momento, "esta será a ruína de tudo. Você é muito jovem para entender. Eu te imploro, me escute agora. Você não tem mãe, nem pai. Não tem ninguém para guiá-lo além de mim. Você deve me ouvir, como sua avó. Eu sou a única pessoa que resta e que pode colocá-lo em seu caminho. Este é o seu destino."

Nori reconheceu o olhar em seu rosto: era aquela convicção arrebatada que ela tinha na última vez que se viram. Totalmente cativante. Era o olhar de um profeta que tinha certeza de seu propósito, que nunca duvidara de sua conexão com o divino.

Akira era imune a isso.

"Falei com um advogado sobre Nori", ele disse com suavidade. Era como se soubesse que estava desferindo um golpe mortal e quisesse fazer isso com delicadeza. "Vou colocar seus documentos em ordem para que ela possa ir para a escola. Ela vai ficar comigo. E isso é tudo que há para fazer."

Yuko ofegou, como se alguém a tivesse perfurado no coração. Ela se dobrou, colocou a cabeça entre as mãos e ficou imóvel.

Absurdamente, Nori sentiu pena dela.

Seu avô se levantou. As veias em sua testa pareciam prestes a estourar.

"Eu não vou permitir isso", ele rugiu. "A bastarda deveria ter sido abatida como um animal no dia em que foi largada na nossa porta. Eu não vou deixá-la te arruinar, garoto. Eu não vou deixá-lo se esquecer de quem é, do que você nasceu para fazer. Eu não vou permitir!"

Akira estremeceu, mas não se abalou. "Acho que a mesada está fora de questão."

O rosto de Kohei estava vermelho vivo. "Maldito seja!"

Akira abriu as palmas das mãos. Seus olhos brilhavam. "Nunca vou esquecer quem eu sou. Quando eu for o chefe da família, vou mudar isso. Eu mudarei o jeito Kamiza; vou trazer essa família para a era moderna. Dar vida. Dar humanidade. Eu posso te prometer isso, avô."

Yuko havia recuperado a compostura. Ela colocou a mão no braço do marido para firmá-lo e voltou um olhar penetrante para Nori.

"E você, garota?", ela retrucou. "Deve ter alguma ambição. Posso te dar terras, dinheiro. Se você simplesmente for embora e deixar esta família em paz, cuidarei de você. Eu errei em puni-la, vejo isso agora — em vez disso, vou recompensá-la."

O que você quer?

Essa pergunta já havia sido feita a ela antes.

Nori se levantou. Seu corpo se movia por conta própria, guiado por alguma força incontrolável. Ela colocou os braços em volta do pescoço de Akira e enrolou o colarinho em seu punho, segurando-o como se ele fosse um cão de caça que pertencia a ela.

"Eu ficarei com Akira, se ele me aceitar", disse, com uma voz límpida. "E não há nada que a senhora possa fazer para mudar minha opinião."

Yuko ofegou. "Você ainda vai matar esse menino", ela disse. "E ainda vai ser a ruína desta família. Você vai destruir todos nós."

Nori endireitou os ombros. "Lamento que a senhora pense assim."

Seu avô se virou devagar para ficar de frente para Nori. Ela encontrou seus olhos e não vacilou, embora fosse como ser encarada por um bloco de pedra.

"Você", ele rosnou. "Você é *nada*."

Akira começou a se levantar, mas ela o segurou com força. Engoliu o medo e cravou os calcanhares no chão.

"Eu sou sua neta", ela desafiou, e embora sua voz vacilasse, continuou. "Sempre fui sua neta, sempre serei sua neta. Eu sou sua família. O senhor não pode me apagar. Mesmo se me matar, eu existi. Eu estive aqui. E Akira me escolheu."

Um silêncio atordoado caiu sobre a sala de jantar. Ninguém se mexeu. A mandíbula de Yuko estava aberta, seu precioso decoro totalmente esquecido.

E então.

Houve um peso brutal em cima dela e o som de vidro quebrando. Ayame gritou, junto a um grande tumulto de corrida e um baque alto quando algo desabou.

Mas tudo que Nori conseguia ver eram os olhos: pretos como obsidiana contra um fundo branco, com veias vermelhas se ramificando como rios sangrentos.

Eles estavam um centímetro acima dos dela e sentiu que eles a puxavam, a afogavam. Ela podia ouvir um apito agudo e fino.

Ela não conseguia respirar. Era como ser esmagada por uma montanha. Não havia respiração e não havia esperança de respirar. Era impossível.

Podia ver manchas vermelhas de fogo dançando nas bordas de sua visão. Então, dedos rasgando o rosto acima dela, mas foram afastados.

Demorou ainda outro instante para perceber que havia mãos em volta do seu pescoço.

Ela lutou, suas pequenas pernas chutando o ar, seus punhos batendo desamparados contra um peito que parecia ser feito de aço. Era inútil. Ela sabia disso, mas lutou mesmo assim.

Eu não quero morrer aqui!

Era diferente de antes. Ela não estava resignada. Não se submeteria ao conhecimento de que sua vida não valia nada e sua morte também não teria valor. Não sabia o que a esperava, ou se tinha algo pelo que esperar. Mas queria descobrir.

Ainda não. Mada mada. *Eu não posso... partir... ainda...*

Seu cérebro parecia uma luz que lutava para permanecer acesa, se apagando e depois se acendendo, mas ficando cada vez mais fraca. Mesmo assim, as palavras de Kiyomi borbulharam à superfície.

Pense que tipo de mulher você poderia ser.

As mãos se apertaram. As manchas haviam sumido, e ela não conseguia ver nada além de escuridão.

E então, em um único momento de percepção, ela ouviu: a voz de Akira. Um estalo agudo, como um trovão, e então a montanha uivou como um urso capturado e a soltou.

A primeira respiração foi como inalar uma caixa de agulhas. Lágrimas surgiram no canto de seus olhos, e logo alguém estava segurando sua cabeça, se inclinando para sussurrar em seu ouvido.

"Nori!"

Ela não conseguia falar. Sua garganta quase afundou. Ela procurou tatear às cegas por Akira, e ele puxou sua cabeça para o colo, segurando suas mãos.

"Está tudo bem", ele a acalmou, com uma voz frenética. "Está tudo bem, Nori."

A voz de Ayame de novo: "Ah, meu Deus... Akira-sama, ele está sangrando. Ele está realmente sangrando".

O tom de Akira era ríspido. "Não me interessa. Tire-o daqui. Tire os dois daqui, agora."

Yuko agora: "Kohei! Eu disse para não a deixar te provocar! Eu avisei como ela era, essa criatura imunda, ela saiu mesmo à mãe".

Akira ergueu a voz. "TIRE-OS DAQUI!"

Nori tentou se sentar, mas o zumbido em seus ouvidos era intenso, e ela caiu para trás. Nos momentos seguintes, ela não ouviu nem viu nada.

Quando a visão voltou, viu que a mesa havia sido derrubada. Pedaços de porcelana e vidro quebrados estavam por todo lado.

E a poucos metros de distância, um candelabro manchado de sangue.

O rosto de Akira oscilava à sua frente. "Está tudo bem, Nori", ele sussurrou, e ela não sabia a quem ele estava tentando convencer. "Eles já foram agora. Foram embora."

Ela ainda não conseguia falar. Olhou nos olhos do irmão, procurando, tentando alcançar sua alma e esperando que pudesse ouvir sua pergunta.

Ele se inclinou e beijou sua testa.

"Sim", ele sussurrou, e ela sabia que ele a tinha ouvido, tão nitidamente como se ela tivesse falado diretamente em seu ouvido. "Nós fizemos valer nosso ponto de vista. Por enquanto, Nori, nós vencemos."

A ÚNICA COISA IMORTAL
CAPÍTULO DOZE

Tóquio, Japão
Dezembro de 1953

Várias semanas se passaram antes que Nori pudesse falar normalmente de novo. Ela tricotou um cachecol para esconder os desagradáveis hematomas no pescoço e no peito, mas não havia nada a ser feito para disfarçar os vasos sanguíneos rompidos em seus olhos. Ficava tonta caso se levantasse muito rápido e sentia uma dor aguda no lado esquerdo da cabeça. Tentou esconder a dor, mas o olhar de Akira era onisciente.

Ele mal conseguia olhar para a irmã. E embora fosse ao seu quarto todas as manhãs para ver como estava, encontrava desculpas para ficar distante pelo resto do dia. Nori aceitava isso com a maior elegância possível.

Ela quase se deixara matar duas vezes no espaço de um mês. Supunha que o irmão tinha motivos para se sentir amargurado.

Akira fez uma lista de empregados para demitir. Sem a mesada, teriam que cortar despesas se quisessem fazer a modesta herança de Akira durar pelos próximos dois anos. Foi um dia difícil quando mandou embora meia dúzia de homens e mulheres, incluindo o cozinheiro.

"Eu sei cozinhar", Akira declarou com orgulho.

É claro, ele nunca nem tentara ferver água. Nori assumiu o dever de cozinhar as refeições deles sem dizer uma palavra.

Ela tinha permissão para ir ao mercado, mas apenas se Ayame fosse junto. Enrubescia ao sentir os olhos sobre si, mas ninguém nunca foi cruel. Pechinchava o preço dos peixes e enchia sua sacola de pano com frutas da estação. Havia convencido Akira a comprar alguns livros de culinária e gostava de passar horas na cozinha, obcecada pelo equilíbrio perfeito de temperos ou apenas pela textura certa para a massa crocante.

Cozinhar, descobriu, acalmava sua mente. Ela amava isso.

Akira havia anunciado seus planos de terminar seu último ano escolar no Ano-Novo, de volta à sua antiga escola em Tóquio. A escola estava sob o mecenato de seu falecido pai e lhe permitia quase tudo. Além disso, todos sabiam que Akira era um *tensai* — um gênio. Ninguém iria querer ficar em seu caminho.

Por enquanto, ele se ocupava com sua música, passando horas estudando novas peças em seu quarto. Embora ele se recusasse a deixá-la entrar, Nori se sentava do lado de fora da porta para ouvi-lo tocar.

E tinha a sensação de que ele sabia que ela estava lá.

Nori esperou o máximo que pôde. Mas, na manhã da véspera de Natal, bateu na porta de Akira.

"Ayame?", ele gritou.

"Sou eu."

Ela quase podia ouvi-lo revirando os olhos. Então, após um breve momento: "Tudo bem".

Ela entrou. Havia música por toda parte; ele literalmente cobrira as paredes com páginas arrancadas de partituras e tinha escrito várias coisas por cima com sua caligrafia simples e curvada. Seus olhos foram atraídos para uma partitura em branco, com apenas algumas notas escritas. Mas essas eram de autoria do próprio Akira.

"Você está compondo alguma coisa?", ela perguntou.

Akira corou. "Não é nada. Acabei de começar."

Ela sorriu para ele. "*Otanjoubi omedetou gozaimasu, Nii-san*. Feliz aniversário."

Ele bufou. "Esperava que você tivesse esquecido."

"Eu sei que você não gosta de aniversários."

"Realmente."

Nori arrastou os pés. "Eu não vou incomodar muito. Tenho um presente para você."

Akira se recostou nas almofadas. "Eu te falei que não queria nada."

Ela puxou o pacote de sua comprida manga de sino. "Eu fiz isso."

Nori lhe entregou o presente, e o irmão se pôs a inspecioná-lo, daquela maneira irritante como fazia com tudo, como se já se preparasse para a decepção.

Percebendo que a irmã não iria embora enquanto não abrisse, ele suspirou e arrancou o papel de embrulho.

Dentro havia um cachecol feito em seda marfim, com pequenas claves de sol bordadas nos cantos em fios dourados. No canto inferior direito, havia costurado o kanji do nome dele.

Akira a olhou. "Você tentou fazer isso quantas vezes antes de terminar?"

Ela escondeu as mãos, que estavam cobertas de pequenas picadas de agulha. "Não muitas."

Akira sorriu para a irmã. "Uma dúzia?"

"Um pouco mais, na verdade", disse ela.

Ele riu. "Bem, eu te disse para não se dar ao trabalho."

Ela mordiscou o interior do lábio. "Eu sei que você disse."

Akira gesticulou para a partitura em seu colo. "Bem, como você pode ver, estou ocupado."

"É seu aniversário", ela protestou. "Precisamos comemorar."

Akira mostrou-se indiferente. "Pessoas nascem, pessoas morrem. O que há para celebrar?"

Ela ficou, não pela primeira vez, surpresa com o cinismo. "A vida?"

Akira deu de ombros como se não houvesse muito o que comemorar nesse sentido.

"Tenho trabalho a fazer."

Ela hesitou. Esta era a parte onde deveria sair.

"Acho que você está com raiva de mim", arriscou ela. "Não está?"

Akira fez uma careta. "Não."

"Se isso é sobre o que aconteceu com o avô..."

"Não foi culpa sua", Akira retrucou. "Foi minha. Você nunca deveria ter estado naquela sala. Eu sabia que sua presença o inflamaria além da razão. Eu planejei daquele jeito por um motivo."

"Eu insisti em estar lá", disse ela, mal-humorada. "Eu o provoquei. Foi minha culpa."

"E eu sabia que você não era confiável", disse Akira. "Eu tinha razão. Mas ouvi sua lisonja infantil em vez de meu próprio julgamento. Não vou cometer esse erro de novo."

Nori deu um passo à frente. "Aniki..."

Ele ergueu a mão para impedi-la de se aproximar. "De agora em diante, espero que faça o que eu digo. Não haverá mais negociação."

"Mas isso é..."

"Eu não vou discutir com você. Apenas faça o que lhe é dito."

Ela o olhou, e seu silêncio, em face da visível angústia, disse tudo que precisava ser dito.

"Feliz aniversário", ela murmurou novamente e saiu.

Nori tentou falar com o irmão de novo no dia seguinte, mas ele passou por ela sem dizer uma palavra. Pôde até sentir um vento frio soprando quando ele passou. Ela não fez nada e, no mês seguinte, o viu muito pouco. Akira logo voltaria para concluir a escola. Embora não esperasse que ele se ausentasse durante os dias, era melhor do que tê-lo ali a ignorando de propósito.

Aos dezoito anos, ele era apenas em parte adulto. Só aos vinte alcançaria a maioridade. O único consolo de Nori era saber que ainda faltavam vários anos antes que ele voltasse a Quioto. Mas também sabia que ele nunca se contentaria em se sentar perto do fogo e tricotar, como ela. Akira era ambicioso e inquieto, e, mais cedo ou mais tarde, as marés o levariam embora.

Ela procurou se manter ocupada, como sempre fazia. De manhã, ajudava Ayame a lavar a roupa. Lavavam as sedas delicadas à mão, em grandes bacias cheias d'água com sabão e perfumada com pétalas de rosa. Depois penduravam no varal e as observavam balançando na brisa. Não conversavam muito. Mas Nori não achava que Ayame não gostasse dela. O que já era alguma coisa.

Passava as tardes lendo. A casa tinha uma grande biblioteca, cheia de todos os tipos de livros. Nori pediu a Ayame que escolhesse alguns que as garotas de sua idade pudessem ler na escola. Parecia que, pelo menos por agora, a questão de sua educação havia sido abandonada. Era provável que, após o incidente na sala de jantar, Akira tivesse decidido que era melhor não insistir no assunto. A existência de Nori não era o segredo bem guardado de antes, mas também não a ostentavam. Ele finalmente havia conseguido os documentos da irmã no mercado clandestino, não nos tribunais, mas lhe garantiu que isso seria suficiente caso fossem necessários.

O anoitecer era reservado para a música. Às vezes, os poucos empregados restantes se reuniam e a ouviam tocar. Depois, ficava um silêncio de contentamento que envolvia a sala como um cobertor quente.

As noites eram as piores. Ela evitava dormir como se fosse uma praga mortal. Caminhava pela casa sem rumo, tentando evitar que seus olhos se fechassem.

Os pesadelos, que tanto a atormentaram quando criança, voltaram. E, assim como ela, haviam crescido. Eram maiores do que ela agora, e ela não podia fazer nada para livrar-se deles. Acordava ofegante, sentindo mãos ao redor de sua garganta. E então chorava e chorava até vomitar no chão.

Naquela noite, estava determinada a ficar acordada.

"Não durma", murmurou, beliscando a pele fria do braço. "Não durma."

Já era quase de manhã. O sol estava começando a aparecer por cima das nuvens, lançando uma tonalidade avermelhada nas copas das árvores. De cima do carvalho, Nori podia ver isso perfeitamente. Fazia frio, mas mal sentia. Esfregou o lado do rosto contra a casca áspera. Fazia dois dias desde que dormira pela última vez, e sentia que estava perdendo o controle de seu corpo e de seus pensamentos, mas não via outra escolha. Recorreu ao café, por pior que fosse, mas não ajudou muito.

Nori se içou em um galho, balançando o corpo para tornar mais fácil carregar seu peso. Sua perna começou a pulsar, e ela estremeceu, mas, no fundo, estava grata pela dor.

Ela aprendeu a cavar um lugar profundo dentro de si mesma, em algum ponto entre dormir e acordar. Poderia flutuar lá, por horas às vezes, em um avião branco onde nada a tocava.

Demorou alguns minutos para perceber que Akira estava lhe chamando. Animou-se de imediato, colocando a cabeça entre as folhas para sorrir para ele.

"Aniki. Bom dia."

O irmão não retribuiu o sorriso, em vez disso, lançou-lhe um olhar de desaprovação. Ele ainda estava em seu pijama de seda vermelha, e o cabelo parecia que precisava desesperadamente de água.

"Fui procurá-la em seu quarto e não te encontrei."

"Eu queria ficar aqui fora."

Ele franziu o cenho para ela. "Está frio. Você deve usar um casaco se for sair de casa. E desde quando consegue subir tão alto?"

Ela sentiu o estômago embrulhar. Agora tinha certeza de que não queria descer.

"Eu consigo."

"Não com sua perna. Eu quero que você desça."

Nori projetou o lábio inferior. "Estou bem."

Ela viu o rápido lampejo de irritação no rosto do irmão. "Nori."

Então desceu sem dizer uma palavra, caindo sobre seus pés com um baque duro. "Por que você estava me procurando, afinal?", perguntou irritada. "Você está trancado em seu quarto há dias."

"Queria saber se você gostaria de uma aula de violino", ele retrucou. "Ayame me disse que você tem praticado todos os dias. Achei que seria bom passarmos algum tempo juntos, como fazíamos antes, em Quioto."

Ela estava cansada demais para esconder a petulância. "Nada é como antes."

Akira parecia que queria gritar, mas pensou melhor. Ele estendeu a mão e tocou a bochecha dela. "Seu rosto está todo arranhado. Você está sangrando."

Nori estremeceu. "Não está doendo."

Ele baixou os olhos. "Você está sempre machucada", ele disse com suavidade. "Eu vejo isso. E não posso fazer nada."

No mesmo instante, ela sentiu aquela força, a mesma que sentia desde que pôs os olhos nele pela primeira vez. Foi até o irmão e aninhou o rosto em seu peito.

"Não é sua culpa. Nada é sua culpa, Aniki."

Ele suspirou como se não acreditasse nela. "Preciso contar que você não pode ir à escola. Eu sei que prometi. Sinto muito. Andei fazendo algumas perguntas, mas não é seguro."

Ela aceitou essa última decepção com um mínimo aceno de cabeça. "Mas terei um tutor?"

Akira sorriu. "Na verdade, estava planejando fazer isso sozinho à noite. Se você permitir."

Era uma espada de dois gumes. Por um lado, qualquer tempo que pudesse passar com Akira era uma bênção. Por outro, ele sem dúvida era impaciente. Ela visualizou um futuro de livros atirados em sua cabeça.

Ela deu uma risadinha. "E o que você vai me ensinar?"

Esperava que o irmão sorrisse, mas a expressão em seu rosto era séria. "Questões práticas. Como lidar com dinheiro, ler um mapa. E inglês, pois certamente será a língua do mundo em alguns anos."

Nori hesitou. "Achei que poderíamos aprender mais poesia."

"Podemos também. Mas é importante que você aprenda essas outras coisas. Não se preocupe com isso agora. O que gostaria de fazer hoje?"

Ela sentiu um arrepio descer por sua espinha. Akira estava com um sorriso forçado.

"Por que você está sendo legal comigo?"

Ele bufou. "Eu preciso de um motivo?"

"Você sempre é legal quando algo ruim está para acontecer", ela acusou. "*Itsumo*. Toda vez. O que você vai me dizer agora? Alguém morreu?"

O irmão revirou os olhos. "Diga o nome de uma pessoa que um de nós conheça cuja morte pode ser qualquer coisa menos boa."

"E isso quer dizer o quê?"

Dias sem dormir a deixaram vulnerável e podia sentir as lágrimas ameaçando cair. Suas emoções eram como um cabo desgastado prestes a entrar em curto-circuito.

Akira arrastou os pés. "Eu terei que me ausentar por um tempo."

Ela cravou as unhas nas palmas das mãos. "O quê? Por quê?"

"Fui convidado para tocar em Paris. Em uma competição."

Ela se irritou. "Por quem?"

"Não importa quem."

"Então não precisa ir embora. Você não está sendo convocado para uma guerra. Está por sua própria vontade."

Akira mostrou-se indiferente. "Você vai ficar bem. Ayame cuidará de você."

"Eu não preciso que ela cuide de mim. Você não deveria ir."

Ele desviou o olhar. "Não é como se eu tivesse jurado passar cada segundo ao seu lado. Tenho meus próprios desejos. Minha própria vida. Você não é o centro do universo, Nori."

Ela sentiu seu temperamento explodir. "Então é isso? Agora que estou segura, agora que você pode ter certeza de que não serei estuprada ou assassinada — pelo menos esta semana —, você está indo para a Europa? Pode me largar agora?"

A cor subiu para as bochechas de Akira, e ele deu dois passos para trás. "Você está se comportando como uma criança. Eu não vou embora para sempre. Eu vou voltar."

Não, ele não vai, a voz sombria dentro de sua mente sussurrou.

Seu estômago embrulhou, mas Nori sabia que não estava em seu poder fazê-lo mudar de ideia. E não lhe trouxe nenhuma alegria vê-lo tão infeliz, tão incapacitado pelo peso de suas responsabilidades.

"Tudo bem", ela disse. "Tudo bem, vá. Faça uma boa viagem. E seja o vencedor."

Akira não parecia convencido pela submissão dela. "Você vai ficar bem."

"Tenho certeza disso", mentiu. Suas mãos começaram a tremer, e ela as escondeu.

Ele parecia em dúvida. "É só um tempo."

Ele não consegue respirar. Ele não consegue mais respirar aqui. Por minha causa.

Não havia razão para que os dois se afogassem. Ela não o puxaria para baixo com ela. Sua miséria florescia isolada; sempre fora assim. Não queria companhia nisso. E muito menos a de Akira.

Ela beliscou a pele da palma da mão para se preparar para o que estava prestes a dizer.

"Eu quero que você vá."

Akira parecia que queria desesperadamente acreditar nela, mas não era simples. "Mesmo?"

"Sim", ela continuou. Suas pernas começaram a tremer. "Acho que será bom para você sair do Japão por um tempo. Só não se esqueça de me trazer um vestido novo."

Por fim, ele cedeu. As rugas desapareceram de seu rosto e ele parecia um menino feliz mais uma vez. Ela fez questão de gravar essa imagem em sua mente. Iria precisar.

"Vou trazer o que você quiser", ele prometeu. "Qualquer coisa."

Nori baixou a cabeça. "Apenas volte."

Akira entrou na casa. Nori subiu de volta em sua árvore e ficou lá até o sol desaparecer atrás das nuvens.

Na noite em que Akira viajou, ela teve o primeiro sonho. O mais antigo de que conseguia se lembrar. E era sempre igual.

Estava perseguindo o carro azul. Sua mãe estava inclinada para fora da janela, sem rosto, com o cabelo escuro ondulando em volta da cabeça.

Nori.

Ela correu. O asfalto estava quente sob seus pés descalços. Mas ela correu atrás daquele carro até ficar com bolhas nos pés.

Nori.

Estou aqui, Okasan! Estou aqui!

Mas o carro nunca diminuiu a velocidade. Então Nori correu cada vez mais rápido, o mais depressa que podia, até que ficou com falta de ar, tal como um peixe moribundo.

Okasan, estou aqui!

Ela nunca alcançaria o carro. Quando chegava muito perto, tão perto que os dedos roçavam no para-choque, ele acelerava e sumia de vista. O sonho nunca mudava, nem um pouco.

Garota ridícula, dizia a voz de sua avó. *Esqueceu quem você é?*

Nori acordou em sua cama. Ayame estava sentada no canto. Sem dizer nada, levantou-se e entregou a Nori um pano úmido.

"Quer alguma coisa para beber?"

Nori balançou a cabeça. Sabia que não devia tentar falar. Elas se olharam, e naquele olhar estava a única pergunta que valia a pena fazer.

Ayame baixou a cabeça. "Você está dormindo há horas."

Nori esperou.

"Seu irmão já foi."

Nori balançou a cabeça. Esperou.

"Quando você se levantar... se você quiser... podemos falar sobre sua mãe", Ayame balbuciou.

Nori encontrou uma pequena voz. "*Hai.*"

Ayame hesitou. "Ele vai voltar."

Contra tudo isso, contra a dor surda dentro de seu peito, Nori sorriu. Ela fora criada para ter medo. Mas se pudesse olhar por baixo disso, assim como encarar o cano de uma arma carregada, poderia ver um pedaço de algo um tanto desconhecido: esperança. Esperança de um futuro não gravado em pedra ou ditado pelas circunstâncias do nascimento. Akira estava em Paris, desfrutando de seu talento e ambição, não em Quioto, lendo livros antigos com a avó.

E ela... ela estava *viva*. Milagrosamente, incrivelmente viva.

"Eu sei."

Está vendo, Okasan, ela pensou. *A senhora tem dois filhos desobedientes. E ao falhar com você, talvez consigamos ser felizes.*

PALAVRAS QUE APRENDI
COM A CHUVA

RÉQUIEM DO TRAIDOR
CAPÍTULO TREZE

Tóquio, Japão
Fevereiro de 1954

Em uma manhã fria de fevereiro, Ayame lhe entregou a caixa. Elas estavam sentadas no escritório entre os pertences que Akira trouxera da casa de sua infância. Ele não tinha guardado muita coisa, nunca fora sentimental.

"Ele realmente vai vender a casa velha?", Nori perguntou. Sentia-se um pouco mais forte do que o normal naquele dia. Seu corpo estava se adaptando aos longos períodos sem dormir. Mas os círculos escuros ao redor dos olhos a faziam parecer um guaxinim.

"Pode ser que sim, senhorinha. Seria uma quantia relevante. Mas ele pode não ter permissão para isso. A casa é uma espécie de herança de família."

"Bem, por que não vivemos lá, então?" A pergunta a rondava por um tempo, mas sabia que era melhor não fazê-la ao irmão.

Ayame ficou inquieta. "O antigo senhor da casa... O pai de Akira-sama era um homem orgulhoso. Eu não acho que ele teria..."

Nori balançou a cabeça. Lógico. A filha birracial de sua esposa adúltera morando em sua casa provavelmente faria Yasuei Todou voar para fora do túmulo. Seria o maior desrespeito de Akira levá-la até lá.

Ayame parecia culpada. "Essa não é a única coisa. Não era um lar feliz. Akira-sama... acho que ele quer se livrar daquele lugar por seus próprios motivos."

A curiosidade de Nori foi aguçada, mas sabia que não devia abusar da sorte. De qualquer maneira, não havia nada que pudesse fazer. Sentiu o peso da caixa em suas mãos. Percebeu o que ela continha, e seu coração afundou.

"Isto são livros. Por que está me dando livros? Você disse que quando estivesse me sentindo melhor, falaria sobre minha mãe."

Ayame ergueu uma sobrancelha. Como Akira, ela costumava ter poucas palavras. Mas seu rosto era muito mais revelador.

"Apenas olhe."

Nori fez o que lhe foi pedido. Dentro, havia vários volumes encadernados em couro. Contou meia dúzia.

"O que é isso?", ela sussurrou, mas, no fundo, já sabia.

"Diários", Ayame respondeu. "Os diários de sua mãe. Ela sempre os guardou, desde que era menina. Estes são apenas os que encontramos. Depois que desapareceu, ela ainda enviou um último diário para minha mãe, que mais tarde passou para mim. Ela pediu que guardássemos para Akira-sama e o entregássemos a ele quando tivesse idade suficiente para entender. Ela queria que ficasse com ele."

O sangue de Nori jorrou em sua cabeça, cada gota dele, de uma vez.

"Não me lembro dela manter diários."

"O que você lembra?"

Nori correu os dedos pela capa do primeiro diário, na esperança de sentir algum tipo de faísca. Mas nada aconteceu.

"Não me lembro de nada", confessou, e ficou surpresa com a vergonha que sentiu. Nori não era mais uma garotinha, mas suas memórias ainda não haviam retornado.

Ayame se inclinou para a frente. "Akira já sabe sobre eles. Não vai lê-los, e me pediu para guardá-los."

A ideia de que Nori pudesse ter acesso a algo proibido para Akira não parecia muito implausível para ela.

"Ele... Ele sabe sobre isso?"

O rosto de Ayame caiu. "Não. E se ele soubesse..."

"Eu não vou contar a ele", jurou. Ela hesitou. "Mas você ama meu irmão. Sempre foi leal à sua família. Por que está fazendo isso por mim?"

A garota mais velha desviou o olhar. "Eu também amava sua mãe", ela disse simplesmente. "E acho que você tem o direito de saber quem ela era." Nori se permitiu um sorriso irônico. "E você acha que vou amá-la? Quando terminar de ler?"

Ayame encolheu os ombros estreitos. "Não sei, minha senhora."

"Você... Você leu os diários?"

"Não, minha senhora. Não cabe a mim."

"Você... você tem fotos também?"

"Sim, muitas. Você gostaria de vê-las?"

Uma parte dela queria dizer sim. Mas sabia que era a parte errada.

"Não. Ainda não. Talvez amanhã."

Ayame balançou a cabeça. Ambas sabiam que não seria amanhã.

"Vou deixar você em paz, então. Quando seu irmão voltar de Paris, tudo terá que ser colocado de volta no lugar."

Nori fez um pequeno som para indicar que tinha ouvido. Mas não estava realmente escutando mais. Ela abriu a capa do primeiro diário e viu uma data escrita, rabiscada com uma caligrafia trêmula.

1 de agosto de 1930

Ela fechou o diário, seus joelhos tremiam. Levou vários momentos antes que pudesse se forçar a abri-lo novamente.

> *Hoje é meu aniversário. Acho que sou uma garota de muita sorte por comemorar meu aniversário aqui em Paris, e não em casa sob o olhar atento de mamãe. Ela me deixaria em uma sala cheia de velhotes. Isso seria chato pra caramba.*
>
> *Mas, em vez disso, recebi este adorável diário de Madame Anne, e agora posso escrever tudo sobre minhas viagens. Escreverei sobre meus estudos e os concertos em que irei tocar.*
>
> *Eu não queria tocar piano, mas descobri que sou muito boa nisso. Isso é bom porque mamãe diz que eu sou uma idiota. É ótimo ser boa em alguma coisa. E olha aonde isso me trouxe! Estou estudando aqui em Paris, e todas aquelas outras garotas estão presas*

em Quioto, noivas de velhos grisalhos. Não quero me casar, já que parece horrível, de acordo com as descrições de mamãe sobre o dever de esposa, mas quero me apaixonar. Quero sentir o que os poetas sentem. Quero saber como é transformar o mundo de alguém.

E talvez aconteça.

E talvez aconteça. Todo mundo em Paris diz que sou muito bonita, lógico. Isso acontece em todos os lugares aonde vou.

Mamãe era uma beldade famosa, então é bom que eu não seja feia. Ela nunca me perdoaria. Mas ela nunca me perdoa por nada, de qualquer jeito.

Eu não sou um garoto.

Ah, estão me chamando para jantar. Escreverei mais tarde, embora saiba que estou escrevendo apenas para mim mesma, e ninguém vai ler isso. É muito mais divertido assim.

Nori não conhecia aquela mulher de jeito nenhum. Aquela não era a mãe da qual se lembrava em fragmentos torturados. Era uma garota boba, que acabara de fazer dezoito anos, cheia de esperança para o futuro.

Ela não tinha nada da insegurança torturante de Nori, nada da seriedade de Akira ou da devoção fervorosa de sua avó ao nome Kamiza.

Aquela Seiko era uma estranha.

No entanto, apenas cinco anos após essa entrada no diário, ela seria esposa e mãe. Dez anos depois, seria uma fugitiva com uma garota bastarda na barriga.

Nori se perguntou onde ela estaria em dez anos, quando Akira tivesse esposa e filhos. Talvez de volta ao sótão. Talvez em lugar nenhum.

Ele estará em casa em duas semanas. Nori se confortou com esse pensamento.

Isso foi o suficiente do diário por hoje. Tentaria novamente amanhã.

Passaram-se mais três dias antes que Nori se encontrasse empoleirada no alto de um galho de árvore com o diário aberto no colo.

15 de setembro de 1930

Recebi uma carta de casa hoje. Mamãe pergunta por minha saúde e minha virtude. Infelizmente, ambas ainda estão intactas. Se eu morrer aqui, morrerei de forma romântica. Poderia contrair a doença dos artistas e perecer no auge da minha beleza. Talvez escrevessem poemas sobre mim.

E nunca teria que voltar para o Japão.

Conheci um cavalheiro, mas ele fala em casamento, então terei de continuar procurando.

Eu nunca vou me casar. Prefiro ter uma corda no pescoço, acaba mais rápido.

Maestro Ravel tocou para mim hoje, eu poderia morrer. Ele é um homem tão brilhante. Eu o amaria se não fosse tão velho.

Ele disse que sou um talento raro. Ele voltou a compor, e toda a cidade está prendendo a respiração, esperando para ouvir. Eu pelo menos estou.

Não consigo pensar no que mais escrever, apesar de tudo que aconteceu só esta semana. Tenho tido dores nas mãos. Um dos outros alunos disse que não é nada além de uma fraqueza feminina, que me esforço demais para estudar com grandes mestres e que devo cuidar de coisas menos difíceis.

A fraqueza de uma mulher. Ele não é diferente dos homens de casa. Eu presto ainda menos atenção a ele do que aos outros.

Tenho certeza de o alegraria me ver desistir. Ele não quer competição.

30 de setembro de 1930

Enfim o encontrei. Ele é alto, bem alto, tem olhos azuis como safiras. Seu cabelo é como fios de ouro. Acho que ele é o homem mais bonito que já vi. Como um príncipe das histórias.

Ele toca violino, instrumento em que nunca pensei muito.

É rico, de uma velha família francesa. Tinha três irmãos, mas dois morreram na Grande Guerra, então agora tem apenas um. Prefere morangos, como eu, e não gosta de chá.

Passamos três noites inteiras juntos, mas só nos beijamos.

Nenhuma palavra de amor ainda. Quanto tempo deve demorar?

Pensei que já tinha me apaixonado antes. Mas não era nada além de uma sombra pálida da coisa verdadeira. E, de qualquer maneira, ele era apenas um criado, e foi embora. Enviado de volta para sua família.

Pelo menos, isso é que mamãe me disse enquanto me batia até eu ter convulsões.

Mamãe sempre diz que vou arruinar a mim mesma e ao nosso nome. Mas eu não vivo para ela ou seu nome.

Eu terei o que desejo. Sempre encontrarei um jeito.

12 de outubro de 1930

Eu o amo.

Eu realmente o amo. E ele jurou que me ama também. Desta vez é verdade, eu sei disso.

Eu não vou aguentar voltar para o Japão agora. Quioto ainda menos, com a mamãe enraizada no século passado. Vive em expiação perpétua e gostaria que eu fizesse o mesmo. Ela queria que eu me casasse e ficasse trancada em segurança, longe do mundo, como uma princesa em uma torre.

Mamãe se casou aos dezessete anos. Deu à luz três filhos mortos na minha idade. Ela acha que existe uma maldição sobre nós, sei que acha. Todos os seus irmãos também morreram. Por isso, quando se casou com papai, foi ele quem adotou seu nome.

Agora restamos apenas nós duas. E mamãe está chegando ao fim de seus anos férteis. Minha família me olha como lobos famintos e desesperados por um pedaço de carne.

Não se importam com o amor ou com a minha felicidade. Só querem que eu dê cria como um cavalo.

Mamãe diz que devo cumprir meu dever, independentemente do que esteja em meu coração.

Mas acho que morreria antes de viver como ela viveu.

31 de outubro de 1930

Hoje sou mulher.
    Esta é de fato a cidade do amor. Sou uma criatura do amor.
    Vou ficar aqui e ser feliz.

"Senhora!"

Nori ergueu os olhos. Estava sentada no chão nevado com o diário perto do rosto.

Por mais que tentasse o contrário, gostava bastante da imagem de sua mãe que estava surgindo diante de si. Estava gostando do tempo que passava perdida em um passado que fora proibida de conhecer.

Aquela Seiko era apaixonada e desafiadora; boba, mas inteligente. Era uma mulher com uma necessidade desesperada de trilhar seu próprio caminho.

Aquele era o feixe de belas contradições que Akira às vezes sugeria, aquela devoção inspirada em todos que a conheciam, de Akiko a Ayame.

Mas Nori ainda não entendia como seu coração podia ter ficado tão frio a ponto de ter deixado os dois filhos para trás.

E hoje, nitidamente, não era o dia que descobriria. O rosto de Ayame estava brilhante. Isso podia significar apenas uma coisa.

"Akira está em casa", Nori ofegou. Ele estava um dia adiantado. Ela se levantou e jogou o diário nos braços abertos de Ayame. "Coloque isso de volta no lugar. Voltarei para pegar mais tarde."

"Sim, senhorinha. Mas..."

Nori ajeitou a saia em torno dos joelhos e disparou para dentro da casa. Havia sentido a ausência de Akira como uma dor física, um baque surdo que nunca diminuía.

Ouviu vozes na sala de jantar e abriu as portas. O decoro fora esquecido.

"Aniki!"

Akira estava lá. Parecia cansado, mas contente, com a sombra de um riso nos lábios. Ele a cumprimentou dando um sorriso caloroso, mas havia no ar um alerta para que ficasse calada.

Ele não estava sozinho. Dois estranhos estavam ao seu lado.

O garoto parecia ter a idade de Akira, mas era alguns centímetros mais alto. Era branco, mas bronzeado, com os olhos azuis mais brilhantes que já vira. Seu cabelo era...

Como fios de ouro.

Ela piscou para ele, como alguém pode piscar depois de olhar por muito tempo para uma luz brilhante.

Seus olhos se moveram para a garota. Ela era um borrão de vermelho, dos sapatos de salto alto ao batom. Tinha a pele cor de creme, olhos cinzentos com manchas douradas e cabelo louro prateado.

Ela era a pessoa mais linda que Nori já tinha visto.

"Irmã", disse Akira, "como você pode ver, temos convidados."

Nori enrubesceu de vergonha. Ali estava ela, com a neve ainda derretendo em seu cabelo despenteado e com sujeira em seus joelhos. Ela nunca tinha visto pessoas brancas antes.

Akira repetiu em inglês. Ela capturou as palavras que ele lhe ensinara.

"Bem-vindos", foi o que ela conseguiu dizer.

Akira balançou a cabeça. Aparentemente, isso era tudo que ele esperava dela.

"Este é William Stafford", continuou ele, apontando para o garoto. "E esta é a sua prima, Alice Stafford."

A garota sorriu para ela.

William riu. "Ela é exatamente como você disse. Fofinha."

Nori baixou a cabeça.

"Eles vão ficar conosco por um tempo. Presumo que você será uma anfitriã gentil."

"*Hai, Aniki.*"

"Fale inglês sempre que puder."

"Sim."

Akira suspirou. "Ótimo. Ayame!"

Ayame apareceu como a névoa da manhã, sem um som. "Sim?"

Claro que ela falava inglês.

"Por favor, leve nossos convidados aos quartos de hóspedes. Nós fizemos uma longa viagem."

"Sim, senhor. Por favor sigam-me."

Os estrangeiros seguiram Ayame, e só a garota parou para lançar um último olhar curioso por cima do ombro.

Assim que seus passos puderam ser ouvidos nas escadas, Nori se virou para o irmão. Ela não tinha energia para gritar. E sabia que não devia tentar desfazer o que já havia sido feito.

"Por quê?"

Akira desviou o olhar para o lado. Parecia desconfortável.

"Will é meu amigo", respondeu. "Eu o conheci na competição. É um pianista brilhante. É de Londres e não pode voltar por um tempo, então fiz uma oferta para ficar aqui conosco. Ele entende as coisas, não tenho que explicar..."

"E a garota?", Nori sussurrou, tentando disfarçar o tom de desconfiança da voz. "O que ela é sua?"

"É prima dele. Ela tem dezesseis anos."

"Eu perguntei o que ela é sua."

"Ela é uma criança", zombou Akira. "E uma tola. Não me insulte."

"Ela é linda."

Akira torceu o nariz. "Eu não gosto de loiras. De onde tirou isso?"

Ela estava um pouco amolecida. "É só... Paris é a cidade do amor. Pensei que você poderia ter..."

"Não seja ridícula. Quem te disse isso?"

Mamãe.

"Ninguém. Desculpe."

Akira gesticulou para que a irmã se aproximasse. Quando ele pousou a mão em sua cabeça, ela sentiu a dor dentro de si desaparecer.

"Não voltarei a viajar pelo resto do ano", prometeu. "Tenho que terminar a escola. Portanto, não é como se estivesse te deixando sozinha com eles. E eu acho que você vai gostar deles. Será bom para você ter uma garota por perto, né?"

Nori mordiscou o lábio inferior. "Pode ser." Ela não via o que uma garota europeia que parecia saída de uma tela de cinema gostaria de fazer com ela. "Serei gentil com eles."

"Vamos encher a casa de música", ele disse com suavidade, ajeitando um de seus cachos, e sorriu. "E ficarei um tanto menos mal-humorado."

"Se isso te faz feliz, também fico feliz."

Ele beijou sua testa. "Você está assustadora. Vá se limpar para o jantar."

"Você me trouxe um vestido novo?"

"Eu trouxe dois. Agora vá."

Obrigada por voltar.

Ela baixou a cabeça e fez o que lhe foi dito.

Assim como Akira havia prometido, os estrangeiros eram uma companhia agradável, embora Nori só os visse mesmo durante as refeições.

A menina, Alice, por fim aprendera a tirar os sapatos em casa e andava descaradamente descalça, sem meias à vista, os dedos dos pés pintados com cores vivas à mostra. Ela quase não ficava em casa durante o dia.

Will era mais sutil. Não saía de perto de Akira, e mesmo que Nori sentisse uma pontada de ciúme, teve que admitir que eles formavam um par perfeito. Às vezes, falavam rápido demais para ela entender, mas sempre havia risos entre eles. Passavam a maior parte do dia presos na sala de música.

E Nori passava a maior parte do dia do lado de fora, com o ouvido pressionado contra a porta, ouvindo.

Era realmente um milagre.

Akira parecia feliz. Na verdade, ela nunca o tinha visto assim. Sua juventude havia voltado; agora ele era o garoto que nunca tivera permissão para ser.

Embora ela fosse ao quarto dele todas as noites antes de dormir, para que ele pudesse ler em voz alta para ela, nunca ficava muito tempo. Hoje à noite, ele leu um capítulo do *Conto de Genji* antes de fechar o livro e soltar um suspiro profundo.

"Perdão. Estou cansado."

"Está tudo bem."

Ela já havia terminado o livro sozinha dias atrás, mas não lhe diria isso.

"Você tem estado bem? Ayame contou que tem tido pesadelos."

"Já passaram", ela o assegurou, e era apenas meia mentira. Haviam melhorado muito desde a volta dele e desde que o fantasma sem rosto fora substituído pela garota apaixonada que mantinha um diário cheio de sonhos.

"Como está sua perna?"

"Está bem. A cicatriz é menos perceptível do que você imagina."

"Que bom. Sei que estive ocupado. Mas vou te levar a algum lugar em breve."

Isso estava logo se tornando uma farsa comum. Ele prometeria para apaziguar o peso na consciência, e ela tinha certeza, no momento em que ele dizia isso, que era totalmente verdade. Mas o momento passaria e tudo seria esquecido.

Ela inclinou a cabeça em resposta e foi recompensada com uma risada aguda.

"Você se tornou bastante dócil, né?"

Por fora, talvez. Quanto menos isso era esperado dela, mais poderia se safar. Levou muito tempo para aprender isso. Mansidão não era fraqueza. E ousadia não era força.

"Não quero brigar com você."

Ele parecia desconfiado. "Você não me causou nenhum aborrecimento no que diz respeito aos nossos convidados."

Ela encolheu os ombros. "Não vejo razão. Eles estão longe de seu país, de sua casa. Não os quero jogados na rua."

"Eu sei que é mais trabalho na cozinha para você."

"Ayame me ajuda."

"Ela é gentil com você?"

"Sim, Aniki."

"Bem, a ajuda não será necessária em breve", ele lhe disse. "Agora temos os fundos necessários para contratar de volta os empregados que perdemos. Ou, melhor ainda, outros. Pessoas em quem posso confiar."

Ela franziu o cenho. "Pensei que éramos pobres."

Akira riu. "Somos econômicos, não pobres. De qualquer maneira, Will está nos pagando por nossa hospitalidade."

"Pensei que eles eram pobres."

"O mais distante possível disso. Eles vêm de uma família muito tradicional e abastada."

Ela cruzou os braços. "Então por que estão aqui? Certamente existem hotéis para pessoas tão ricas."

"Não é uma questão de dinheiro. Eles são..." Ele fez uma pausa. "Na verdade, são como nós, Nori. É por isso que os convidei para ficar aqui."

"Não entendo."

Akira deslizou o livro de volta para a estante. "Eu não me vejo no direito de contar a história deles."

Ela sentiu sua frustração borbulhar dentro do peito. Ele estava sempre dançando três passos à frente dela.

"Se você diz."

"Você poderia tentar falar com eles, sabe. Eles não mordem."

"Sabe bem que não tenho experiência com pessoas normais."

Akira deu uma risadinha. "E não vai conseguir nada desses dois. Mas é um começo. Você pode se surpreender. Alice não é muito mais velha do que você, quem sabe goste dela."

Ela mudou de um pé para o outro. "Pensei que havia dito que ela era uma tola."

"Exatamente por isso você pode gostar dela." Seu sorriso lhe disse que não havia dor em suas palavras. "Agora, vá para a cama."

Nori foi sem dizer nada.

Mas não para a cama.

Desceu as escadas, passou pela cozinha e saiu para o pátio.

O céu noturno estava salpicado de estrelas, cada uma colocada tão meticulosamente que tinha certeza de que Deus havia dado atenção especial a elas. Começou a pegar a cesta em que mantinha as costuras e então descobriu que não estava sozinha.

Will estava sentado em uma das cadeiras de vime, fumando um cigarro. Seus olhos encontraram os dela, e Nori congelou como um cervo preso no olhar de um caçador.

"Desculpe", disse ele, sorrindo. "Não queria te assustar."

Ela se permitiu olhá-lo de perto pela primeira vez. O rapaz era terrivelmente atraente. No momento, isso só serviu para irritá-la.

"Não assustou."

Ele a olhou de cima a baixo, mas ela não viu nada indecente nisso.

"Quantos anos você tem?"

"Catorze", mentiu. *No verão.* Mas até sua mentira parecia muito jovem, muito infantil na frente de alguém assim.

Ele sorriu como se soubesse que ela estava mentindo. Akira provavelmente havia contado sua verdadeira idade. Ela se sentiu uma idiota.

"Mas nada de escola."

Nori sentiu uma inquietação, mas se obrigou a resistir. "Não, não vou à escola. Aniki diz que é melhor assim."

"Aniki?"

"Akira."

Ele examinou seu rosto, e Nori se manteve firme. Quando ele a olhou, ela sentiu pequenas pontadas por todo o corpo. A sensação não era totalmente desagradável.

"E você sempre faz o que Akira manda?"

Não havia inflexão em sua voz que ela pudesse ler. E ele não abandonava seu sorriso brincalhão.

"Às vezes."

Ele se levantou e gesticulou para o assento vazio. "Pois bem, Noriko. Não me deixe interromper sua desobediência."

Ele passou por ela, deixando-a sentir o cheiro de fumaça e algo mais acentuado por baixo.

"Não faça isso", ela começou, e se arrependeu antes que as palavras tivessem saído por completo de sua boca.

Will ergueu uma sobrancelha loira. "O quê?"

Ela enrubesceu. "Não me chame assim. Ninguém me chama assim. Pode me chamar de Nori."

Ele deu de ombros, como se isso não lhe importasse. "Está bem então, pequena Nori. Boa noite."

Assim que ele saiu, Nori tropeçou na cadeira que ele havia deixado vazia para ela. O coração estava batendo forte em seus ouvidos, e sentiu uma estranha sensação de calor. Os joelhos batiam juntos.

Parecia medo. Mas era diferente. Era mais perigoso. E menos também.

O que está acontecendo comigo?

Nori teve o cuidado de não ficar sozinha com Will de novo. Mas daquela noite em diante, eles dançaram em torno um do outro como personagens em um baile de máscaras. Nunca se tocando, mas se aproximando cada vez mais.

No café da manhã, sua mão roçou a dela quando ela lhe passou o açúcar. Seus olhos se encontraram, por apenas um momento, e quando ele desviou o olhar, ela se sentiu descaradamente acariciada.

Ele tinha dezenove anos, apenas um ano mais velho do que Akira, mas tinha uma vida inteira a frente dela. Havia viajado por todo o mundo tocando piano. Falava inglês, francês e alemão e colecionava obras de arte. Nori poderia dizer que ele não era estranho à companhia de mulheres. Irradiava uma confiança magnética que conseguiu atraí-la mesmo contra sua vontade.

Quando Will e Akira ficavam na sala e bebiam à noite, discutindo política, arte ou qualquer outra coisa de que Nori nada sabia, ela entrava e se sentava no canto.

Nenhum deles a acolhia, mas também não a mandavam embora, então ela contava isso como uma vitória. Quando Akira estava distraído, os olhos de Will caíam nos lábios dela.

Depois que Akira ia para a cama, Nori subia em sua árvore e tentava contar todas as estrelas. Às vezes, ouvia música vindo da casa e sabia que Will tinha aberto as janelas da sala de música para que ela pudesse ouvi-lo tocar.

Sabia que era para ela, tinha tanta certeza que parecia que seu nome estava escrito nas notas.

Ninguém mais sabia que ela não estava dormindo.

Mas Will sabia. Tinha visto o que todos ao seu redor tinham deixado escapar, e ficava acordado à noite com ela. Ele não dizia uma palavra sobre isso, mas o som de seu piano a deixava saber que não estava sozinha.

E isso em si foi um gesto tão íntimo quanto um beijo. E talvez, apenas talvez, esse sentimento fosse um pouco como o amor.

Ela nunca tinha sido olhada da maneira como ele a observava. Ninguém nunca se aproximara daquele jeito enquanto ela falava, atento a cada sílaba.

E ainda mais alguém como ele.

Uma noite, ela deixou sua árvore e foi para a sala de música para encontrá-lo sentado diante do piano. Ficou ali, tremendo. Juntou todas as suas forças para não sair correndo da sala.

Will se virou para encará-la, os olhos azuis calmos como um lago congelado. Nori sentiu as bochechas queimarem. "Você... me observa."

Ele não vacilou. "É lógico que te observo. Você é linda."

"Eu não sou", respondeu, rápida como um tiro.

"Não é como as garotas do meu país", Will corrigiu. "Nem mesmo como as garotas daqui. Mas para mim você é linda."

Ela se sentiu amolecer com o elogio. Mas não foi o bastante.

"É essa... a única razão?"

Will ergueu as sobrancelhas cor de areia. "Por que você está aqui, Nori?" Ela não tinha resposta. Ou pelo menos não uma que quisesse admitir.

"Eu não deveria estar aqui", ela sussurrou.

"Mas está", ele apontou. "Porque está sozinha. E curiosa. E com um pouco de medo de mim, mas com ainda mais medo do que acontecerá se Akira perceber. Porque você também me observa."

Ele viu através dela como um vidro.

Nori olhou para seus pés. "Eu estou... Estou aqui pela música. Isso é tudo."

Sem dizer uma palavra, ele se levantou e a beijou na boca.

Ela deixou. E na noite seguinte, ela também o beijou.

Continuaram assim por meses, até que a geada derreteu, e a luz do sol durou até a noite.

Ela tocava violino para ele às vezes, e ele dizia que a música deve correr no sangue. Will sempre falava mais.

Os encontros aconteciam à noite. Ao amanhecer, ela voltava para o quarto como um fantasma, às vezes sem saber se podia confiar em sua própria memória.

Se alguém mais havia notado, nada foi dito.

Akira cumpriu sua palavra e passou mais tempo em casa. Nos fins de semana, ele às vezes a acompanhava em suas idas ao alfaiate para comprar tecidos ou ao cais para comprar peixes.

Ele lhe ensinou mais inglês, embora ela agora fosse quase fluente, e às vezes Alice se juntava às aulas para pegar um pouco de japonês ou sugerir algo. Ela parecia ter ficado entediada com suas compras intermináveis. Costumava usar yukatas pela casa, embora sempre amarrasse a faixa da maneira errada. Nori não teve coragem de contar a ela.

Nori começou a servir os pratos do verão em suas refeições noturnas. Sopas de peixe servidas resfriadas e abrilhantadas com ervas frescas, *unagi* grelhado e *someri* noodles que ela fazia do zero. Will aprendeu rápido o uso dos hashis, mas Alice tinha dificuldade.

Os garotos nunca disseram nada, mas um dia, enquanto comiam ramen, Nori decidiu falar.

"Você pode usar um garfo, Alice."

Alice ergueu os olhos de sua tigela. As bochechas, antes pálidas, agora estavam vermelhas. A frente do vestido coberta de manchas. "Ah, é mesmo?"

Nori assentiu. Kiyomi a ensinara a usar um garfo.

"Devemos ter alguns na cozinha. Eu posso buscar um."

"Peça a uma empregada que vá buscar", disse Akira com preguiça. Ele estava lendo um livro debaixo da mesa e não se esforçava muito para escondê-lo. Como prometido, contratou de volta um jardineiro e duas empregadas. Queria ter contratado um cozinheiro também, mas os protestos de Nori o convenceram do contrário.

"Ela não precisa de um garfo", rebateu Will. Então agarrou uma longa fileira de macarrão em seus hashis, como se quisesse deixar ainda mais claro que tudo era muito fácil. "Ela precisa aprender a fazer coisas. Além disso, é falta de educação."

Nori ergueu uma sobrancelha. Este era o lado dele de que não gostava. Ele tinha toda a arrogância de Akira.

"Não é falta de educação."

Akira parecia que ia dizer algo, mas o olhar irado de Nori o silenciou. Ele deu de ombros.

Will sorriu. "Ela não precisa de uma defensora. É apenas um garfo."

"Todas as noites ela se senta aqui, e todas as noites metade de sua comida fica no prato. Exatamente, é apenas um garfo. Estou cansada de ver vocês dois ignorando isso."

Os olhos azuis de Will ficaram frios. "Minha querida..."

"Não faça isso", ela retrucou. "Sou eu que cozinho. É meu direito ficar ofendida se a comida ficar no prato."

Alice estava vermelha como um tomate. Ela olhou para baixo, e seu cabelo prateado avançou para cobrir seu rosto.

Will olhou para Akira em busca de apoio, mas não recebeu nenhum.

Então cedeu com um sorriso, mas algo em seu comportamento mudou. Ele balançou a mão.

"Se ela vai usar um garfo, pode ir comer na cozinha. Não vou encorajar suas falhas, Deus sabe que ela não precisa da minha ajuda para isso."

Sem dizer uma palavra, Alice pegou sua tigela e foi para a cozinha.

A contrariedade tomou conta de Nori como uma onda. Akira se perdeu em seu livro novamente, e Will estava gesticulando para uma empregada trazer mais vinho. Nenhum deles parecia incomodado. Mas nenhum deles sabia o que era ser ignorado.

Estava nas pequenas coisas. E então, um dia, sem nem perceber, você se olha no espelho e está pequena também.

Nori pegou sua tigela.

"Ah, você pode se sentar", Will disparou.

Finalmente Akira falou. "Will", disse ele, "deixe-a em paz."

Nori foi para a cozinha e encontrou Alice parada na pia, parecendo confusa. Ela era cerca de trinta centímetros mais alta do que Nori, com as pernas compridas como as mulheres das revistas. Parecia mais velha do que seus dezesseis anos.

Mas agora, com a maquiagem removida, Nori viu sua vulnerabilidade pela primeira vez.

"Você pode apenas deixar isso."

Alice se virou para encará-la. "Eu sinto muito. Não consegui encontrar o lixo."

"Está tudo bem."

Essa pequena conversa já era mais do que haviam compartilhado em cinco meses sob o mesmo teto. Will tinha um jeito de sugar todo o ar da sala.

Alice hesitou. "Por que... por que você me ajudou?"

Nori optou pela resposta mais simples. "Por que não?"

Alice corou, e lágrimas rápidas brotaram de seus olhos cinzentos. "Achei que você não gostasse de mim. Que me desprezasse."

Nori só conseguia olhar em silêncio, atordoada. Nunca tinha ouvido algo tão absurdo. Depois de um tempo perguntou: "Por quê?".

Alice encolheu os ombros. "Imagino que eles lhe contaram por que deixamos Londres."

Nori balançou a cabeça negativamente. "Eu perguntei a Akira uma vez. Mas ele disse que não era uma história que ele tinha o direito de contar. E nunca perguntei a Will."

Alice riu, e foi fascinante. "Ele também não teria o direito de contar, embora isso certamente nunca o tenha impedido. É a minha história."

Seus olhos se encontraram do outro lado da sala, e um entendimento mútuo surgiu entre elas como uma corrente baixa.

"Você usa seus yukatas errado", disse Nori tímida. "Eu posso te ensinar o jeito certo. Se você quiser."

O sorriso que recebeu em troca foi toda a resposta que precisava.

ALICE

Ela cumpre suas promessas. Isso é mais do que posso dizer... bem, de qualquer pessoa.

As pequenas mãos de Nori se movem com habilidade enquanto me veste com os robes de seda desta pequena ilha. Ela me mostra, passo a passo, a maneira correta de fazer isso. Quando termina, me senta em sua penteadeira, e, com seu pente de marfim, separa meu cabelo ao meio.

"Vou amarrá-lo em duas partes primeiro", me diz. "É assim que as moças usam o cabelo no verão."

Seu toque é tão suave que me dá vontade de chorar.

Devo admitir que a julguei de forma severa no início. Ela tem uma aparência engraçada, sem dúvida, e nenhuma noção de moda, aliás. O cabelo é uma tragédia. Ela não lê revistas nem assiste televisão; não tem interesses fora de seus livros e costuras. Não usa maquiagem — nunca, nem mesmo pinta as unhas! — e a única música que ouve é aquela bobagem clássica antiga que Will toca.

Na verdade, ela é bastante chata. Se não fosse tão estranha, poderia confundi-la com algum papel de parede.

Se estivéssemos na nossa casa em Londres, eu nunca olharia para ela.

Mas aqui não é Londres. Esta não é minha casa. Sou uma estranha em seu país, uma hóspede em seu lar, e ela foi gentil comigo. Mesmo antes da outra noite. Eu a vi na cozinha, experimentando receitas ocidentais para que Will e eu nos sentíssemos mais em casa. E ainda se certifica de que as empregadas tragam chá para nossos quartos pela manhã. Embora tenha feito isso com discrição, assumiu a tarefa impossível de tentar fazer todos felizes.

"Sua mãe te ensinou isso?", pergunto, ansiosa para lhe conhecer melhor. Ela está sempre tão quieta, e, embora sorria com frequência, há uma tristeza persistente nela.

Suas mãos não perdem o ritmo, mas vejo um rápido lampejo de agonia cruzar seu semblante. Ela se recompõe rápido, mas percebo.

"Minha mãe já se foi", ela responde. "Alguém me ensinou isso."

Eu me estico para segurar sua mão. "Quando ela morreu?"

Nori torce as duas mechas do meu cabelo e as prende com uma presilha. "Ela não morreu. Só foi embora."

Eu não consigo entender isso. Sou estúpida — todos na minha família sempre me garantiram isso — mas ainda assim. Decido tentar uma abordagem diferente.

"Minha mãe morreu quando eu tinha sete anos. Tenho duas irmãs mais velhas, Anne e Jane, e elas me criaram junto ao meu pai. Então eu sei o que é não ter uma mãe para cuidar de você."

Nori sorri como se achasse meu comentário um tanto estranho.

"Estou feliz que você teve suas irmãs. Isso deve ter sido um conforto."

Eu torço o nariz. Algum conforto. Jane é uma vaca odiosa, e Anne é desagradável. Eu não amo nenhuma das minhas irmãs. Nem ao menos gosto delas.

"Bem, você tem Akira. Vocês parecem bem próximos."

Isso não é bem verdade. Sua devoção fervorosa ao irmão parece dolorosamente unilateral. Ela está sempre pairando nas bordas de sua visão, esperando que ele olhe para ela. O que, ao que posso ver, quase nunca acontece.

Ela coloca uma de suas presilhas de flores decorativas no meu cabelo. "Pronto, prontinho. Você está radiante."

Sorrio, apreciando meu reflexo. Sei que sou muito bonita. Não à toa — todo mundo me diz que sou — e, além disso, é a única coisa que tenho a meu favor, então é melhor assim.

Não tenho dinheiro, pois Will controla a carteira. Ele me dá uma mesada, mas é apenas para me manter fora de seu caminho. Não tenho um nome, pois meu pai me tirou o dele.

Por enquanto, pelo menos.

"Você tem um cabelo tão lindo", Nori diz, cobiçosa. Ela puxa um de seus cachos. "Tão sedoso e liso. Eu queria..." Sua voz se transforma em nada.

Agora me sinto culpada por achar que ela tinha uma aparência estranha.

"Bobagem", eu digo. "Você tem os olhos mais lindos. Sua pele é perfeita e eu mataria por sua aparência."

Ela enrubesce. "Você não precisa me bajular."

Faço um gesto para que troquemos de lugar, e ela se senta na almofada de veludo. Devo dizer, agora que penso nisso, ela não é o pior caso que já vi.

"Como você queria ser?", pergunto a ela.

Seus cílios tremem. "Não sei. Mais como você."

Eu olho comovida para seu rosto honesto. Há algo nessa garota que me permite saber que posso confiar nela.

A simplicidade que me fez desprezá-la é a razão pela qual sei que não vai me machucar. E as coisas que me atraíram em meus velhos amigos, meu antigo amor, são os motivos pelos quais tenho suas facas enterradas nas minhas costas.

"Você nunca me perguntou por que vim parar aqui."

Ela inclina a cabeça. "Alice."

De repente, me sinto mal. "Sim?"

"Por quê você está aqui?"

Conto a ela antes de perder a coragem.

"Eu não tive escolha. Meu pai me mandou embora por trazer vergonha para a nossa família. Eu me apaixonei por um tratador de cavalos, é tão clichê, eu sei... achei que ele também me amava, mas... ele me traiu, vendeu a história para o jornal, então eu... eu... Ninguém me escreve, ninguém. Fui mandada com William para suas viagens, mas ele me odeia, me odeia desde que éramos crianças. Ele me trata como..."

Eu paro e sinto as lágrimas quentes escorrendo pelo meu rosto. Posso me ver com nitidez no espelho, pareço uma idiota.

"Fui abandonada por todos em quem pensei poder confiar. Não posso ir para casa. Não sei quando serei perdoada, se algum dia serei perdoada. Mesmo em Paris havia muitas pessoas do nosso círculo, então não podíamos ficar lá também. Então agora não tenho ninguém."

A verdade disso me invade e digo outra vez, na vã esperança de que enfim possa me sentir purificada.

"Eu não tenho ninguém."

Um silêncio cai sobre o quarto. O rosto de Nori não muda. Ela se vira para mim e pega minhas duas mãos nas suas. Seu toque é como bálsamo em uma queimadura.

"Tenho algo para te dizer."

Eu sufoco um soluço. "O que é?"

Ela me dá um sorriso irônico. "Você deveria se sentar. É uma longa história."

Tóquio, Japão
Julho de 1954

Nori fez catorze anos em uma névoa de luz azul.

O festival de verão estava repleto de pessoas, e ela se agarrou a Akira para que não o perdesse. Ele havia comprado para ela um quimono de um azul profundo, bordado com borboletas douradas e amarrado com uma faixa também dourada. Ela passou horas alisando o cabelo e colocou uma tiara de flores que costurou com pedaços de seda.

Akira não percebeu nenhuma dessas coisas, mas Nori não se importou.

Alice estava em casa com um resfriado, e Nori sentia muito sua falta. As duas se tornaram inseparáveis. Akira deu sua aprovação tácita, mas William não estava lidando bem com isso. Ele não suportava ser eclipsado, não tinha paciência para nada e, pior, não tinha empatia. Ela pensava que ele era como Akira: por baixo da frieza inicial haveria um poço profundo de bondade.

Mas não tinha mais certeza.

Ele tinha se tornado tão desagradável com ela nos últimos tempos — nunca na frente de Akira, lógico — que evitá-lo se tornara habitual. Suas reuniões noturnas aos poucos foram se transformando em nada.

Felizmente, ele escolheu não vir.

Nori não precisaria compartilhar seu irmão com ninguém, e era assim que ela gostava.

Akira lhe lançou um olhar desconfiado. "Você está muito quieta hoje."

Ele carregava um pacote com coisas que comprara para ela, tão cheio que estava a ponto de estourar. Em sua mão livre, carregava três espetos de yakitori embrulhados em papel.

Ela mostrou a língua. "Não estou planejando nada, Aniki. Estou apenas feliz em passar um tempo com você."

O rosto de Akira se suavizou, e ele sorriu. "Lamento ter estado tão ocupado. Compor é difícil. E estou apenas a alguns exames de terminar a escola. Só quero fazer as coisas da maneira certa".

"Você faz tudo certo", ela assegurou. "Tenho certeza de que não será diferente."

Ele beijou os nós de seus dedos. "Sempre otimista, não é, pequena?"

Ela abriu um sorriso. O humor de Akira estava ensolarado há semanas. Sempre tinha uma palavra gentil ou um toque fugaz; às vezes até lhe dava pequenos doces ou laços para o cabelo.

"Não tão pequena", ela protestou de brincadeira. "Alcançando você cada dia um pouco."

Ele riu. "Não totalmente."

Nori pressionou a palma da mão no coração dele. "É hora de fazer o pedido. Você vai me dar uma lanterna?"

Ele ergueu uma sobrancelha. "Você ainda acredita nesse tipo de coisa?"

"*Hai*."

Ela esperava uma reprimenda, mas ele apenas suspirou e foi fazer o que a irmã tinha pedido.

Um grupo de meninos passou correndo por ela e a desequilibrou. Nori deu dois passos para trás, tentando não cair, e sentiu uma mão agarrar seu cotovelo. Sentiu o tornozelo direito torcer. Então se virou para um homem baixo usando óculos grandes.

"Ah... *arigatou*. Foi sem querer."

Ele mostrou um sorriso sem dentes. "Não foi nada, *chibi hime*. Sem problemas."

Princesinha.

Ela franziu o cenho. "O senhor... o senhor sabe quem eu sou?"

O homem fez uma longa reverência. "Só de passagem. Eu me chamo Hiromoto. Sou dono da loja de antiguidades do outro lado de Chiba. Eu costumava ver o pai do seu nobre irmão de vez em quando. A senhorita não teria como conhecer um homem pobre como eu."

Imediatamente ela sentiu sua culpa aumentar. "Desculpa, eu... Eu não quis..."

"Não, não, não há necessidade. Não vou tomar seu tempo. Mas se a senhorita tiver uma tarde livre, ficaria honrado se passasse na minha loja." Ele sorriu para ela mais uma vez. "Eu acho que ficará impressionada. Tenho uma grande coleção de coisas raras e bonitas."

Ela inclinou a cabeça. Ele fez outra reverência e desapareceu na multidão.

Ela sentiu Akira bater de leve no topo de sua cabeça. "*Aho*. Por que você está parada no meio da rua?"

"*Gomen, Aniki*. Não percebi."

Ele lhe entregou uma lanterna de papel azul já com uma vela acesa dentro. "Você vai me contar o seu pedido?"

Nori ficou indignada. "Não!"

Ele riu. "Bem, vá em frente. Devemos chegar em casa antes que fique tarde demais."

Ela fechou os olhos com força e deixou a lanterna flutuar para cima até que se perdesse entre todas as outras e não houvesse como distingui-la.

Querido Deus,

Por favor, não mude nada. Está tudo bem assim.

Ai,

Nori

Ela abriu os olhos e bocejou.

"Casa?", Akira perguntou.

Ela concordou com a cabeça.

"Bem, então você segue na frente. Deve saber o caminho."

Nori hesitou. "Distendi meu tornozelo."

Akira franziu a testa. "Como?"

"Tropecei. Ali atrás."

Ele revirou os olhos.

"Vamos. Eu te carrego."

Ela tentou não parecer ansiosa, mas obviamente falhou.

Akira mudou sua mochila para a frente, abrindo espaço em suas costas. "É só por hoje. *Ne?*"

"Hum-rum"

"Estou falando sério, Nori. É ridículo."

"Eu sei, Nii-san."

Ele se agachou, e ela pulou em suas costas, envolvendo seus braços e pernas ao redor do irmão como um coala agarrado a um galho robusto.

Caminharam assim até a casa, e ela se deixou cair em um meio sono, deleitando-se com o cheiro do sabonete do irmão e o aroma enfumaçado das carnes grelhadas do festival.

Entraram pelo portão dos fundos, pelo jardim. Ele a deitou embaixo de sua árvore favorita, e Nori percebeu que ele nunca havia parado de observá-la, ainda a conhecia melhor do que ninguém. A fissura que vinha crescendo entre eles tinha praticamente se curado, sem que uma única palavra precisasse ser dita.

Ele lhe entregou um pirulito. "Não fique aqui muito tempo."

Nori sorriu. "Morango?"

"Lógico. *Oyasumi.*"

"Boa noite."

Ela o viu abrir a porta de tela de madeira. A luz o atingiu e sua sombra caiu sobre ela. Então a porta se fechou, e ele foi embora.

Nori terminou seu doce e observou as estrelas. Gostava de imaginar que, se pudesse escalar até o topo da velha árvore, seria capaz de agarrá-las e costurá-las.

Que belo manto seria.

Ela encostou o rosto na árvore. Não faria mal fechar os olhos um pouco. Iria dormir em um instante, mas ali, com o rosto voltado para o céu, sentia-se gloriosamente livre.

Não ouviu os passos. Quando seus olhos se abriram, já havia um corpo em cima do seu. Podia sentir o cheiro de fumaça.

Mesmo antes de seus olhos se ajustarem, sabia que era Will.

"Ah, Will", ela suspirou. "Você me assustou."

Ele esfregou o nariz no cabelo dela. "Eu te assusto, pequena gatinha?"

Nori sentiu um lampejo de irritação. "Já não tão pequena. Saia."

Will ignorou seus protestos e a beijou. Ela permitiu por um momento, antes de se afastar.

"Você está bêbado", disse ela, sem se preocupar em esconder seu desgosto. "Está com gosto de saquê."

Ele a beijou outra vez, mais profundamente. Nori podia sentir os quadris dele se esfregando contra os seus. Ela tentou, mas não conseguiu se livrar. Nunca havia permitido a ele mais do que um ocasional apalpar furtivo em seu vestido. Ela lutou para afastar sua boca, para que os beijos dele caíssem em sua bochecha.

"Will, já chega."

"Você está sempre dizendo 'não tão pequena'", ele sibilou. "Mas ainda está com medo. Exatamente como uma criança."

"Eu não sou uma criança!", ela protestou.

"Então você não sente mais nada por mim?", ele perguntou, e parecia verdadeiramente magoado. Era raro para ele ser verdadeiro sobre qualquer coisa.

Ela hesitou. Não podia negar que Will havia lhe inspirado algo que só poderia ser chamado de afeto. Mas agora ele estava se revelando mais do que ela podia suportar.

Sua crueldade com Alice e seu amor pelos jogos mentais sugeriam algo que a assustava.

"Eu não sei, Will", ela sussurrou. "Eu não acho... que devemos continuar fazendo isso."

Mesmo com o rosto meio escondido pelas sombras, ficou visível a raiva dele. "Então você está do lado dela?"

"Eu não estou do lado de ninguém. Alice é minha amiga..."

Ele rosnou. "E o que eu sou?"

Ela recuou. "Will, você está me machucando. *Hanashite*. Me deixa ir."

"Eu vi você primeiro."

"Will, isso não tem nada a ver com..."

Ele mordeu seu ombro com tanta força que ela gritou. "Você não vai aceitar a palavra daquela vagabunda estúpida", ele sussurrou. "Você não vai. Não depois de tudo que fiz por você."

Ela sentiu as lágrimas se formando no canto dos olhos e tentou contê-las. Esse era William. Era um rapaz rico. Era o melhor amigo de seu irmão. Era primo de Alice.

E tinha sido algo para ela também. Tinha sido gentil. Ele não a machucaria.

"William", ela disse, e estava orgulhosa, tão orgulhosa, que sua voz não vacilou. "Você sabe que me importo com você. De verdade. Podemos conversar sobre isso pela manhã. Eu prometo."

O aperto em seus pulsos afrouxou. Sua respiração refreou.

"Está tudo bem, Will", ela o acalmou. "Está tudo bem. Eu só preciso ir para a cama agora. Eu prometi a Akira, *ne*? Por favor, apenas..."

Foi a coisa errada a dizer. O apertão aumentou de novo, e, desta vez, foi como aço.

Ele baixou o rosto para o dela, e tudo que Nori conseguia ver agora eram aqueles olhos azuis, brilhando como fogo frio. Sua voz a deixou, sentiu que se transformava em pedra.

"'Akira, Akira'", ele zombou dela, com a boca pressionada contra sua orelha. "Isso é tudo que você sabe dizer. Você tem um cérebro dentro da sua cabeça, garotinha? Você tem um único pensamento próprio?"

Fale. Você tem que falar.

Os dedos de Will se moveram rapidamente. Ele tinha mãos lindas. Dedos de pianista perfeitos. Perfeitos.

"É hora de crescer, gatinha."

Seus olhos não se fechavam. Tudo que ela podia ver era o azul.

Azul, como safiras. Azul, como o carro dos meus sonhos. Azul, azul, azul.

Vagamente, ela sentiu o tecido de seu quimono enquanto ele deslizava por suas coxas e sua barriga. Ouviu o sacudir da fivela de um cinto quando foi aberto. Ouviu uma coruja chirriar.

E então havia vermelho.

A dor era aguda. Isso a deixou sem fôlego, e tudo que conseguiu foi um gemido baixo. Seus músculos se contraíram, protestando contra essa nova invasão, mas ainda assim seus olhos não se fechavam.

Fale.

Ela podia sentir uma lágrima solitária se acumulando na base de seu pescoço.

Fale.

"Agora, você é uma mulher", ele sussurrou, a respiração ficando cada vez mais rápida. "E agora você é minha."

CANÇÃO DA NOITE
CAPÍTULO CATORZE

Tóquio, Japão
Julho de 1956

"Dezesseis anos", Akira refletiu. Ele ergueu o copo, e Ayame o encheu novamente. "Passou rápido."

Não tão rápido, Nori pensou. A luz do sol estava caindo sobre ela, mas sua pele ainda estava fria. O medalhão que Akira lhe dera naquela manhã encontrava-se gelado sobre seu pescoço. Era ouro branco, com uma clave de sol gravada na frente. Quando lhe entregou, ela agradeceu de forma educada, como uma adulta. Depois chorou em seu quarto por meia hora.

Agora estavam sentados no pátio, jantando em sua homenagem. Akira contratou um verdadeiro chef para a ocasião. Alice estava usando seu novo yukata vermelho, que agora era amarrado da forma certa. Sentada ao lado de Nori, apertava a mão da amiga por baixo da mesa.

Entre elas não havia mais segredos. Passavam os dias juntas, e muitas vezes tinham a casa só para elas.

Akira havia terminado o ensino médio com honras e agora era um membro oficial da Filarmônica de Tóquio, o mais jovem, com apenas vinte anos de idade. Fora relegado à terceira cadeira de primeiro violino, mas não parecia incomodado. Em sua mente, isso era apenas um trampolim para coisas muito maiores. Nori estava bastante grata por ele ter escolhido um posto local e fazia tudo que podia para tornar o Japão atraente. Ou seja, ela tentava não o incomodar muito.

Yuko começou uma aproximação, enviando, com frequência, presentes em dinheiro e cartões implorando que Akira voltasse para Quioto. Ele dava o dinheiro para Nori e queimava os cartões sem nem abrir.

Agora que ele tinha a herança da mãe, não precisava mais de dinheiro.

Will sempre estava viajando e às vezes ficava fora por semanas ou até meses. Uma pena que estava ali naquele dia. Interrompeu uma estada em Bruxelas para comparecer ao aniversário de Nori. Para benefício somente dela, como afirmou.

Nori tinha suas dúvidas.

Sem seu olhar de desaprovação, Alice floresceu, e Nori podia ver com clareza a garota apaixonada e volúvel que ela tinha sido. Alice teve o cuidado de evitar qualquer indício de escândalo, não que alguém fosse notar naquele canto longínquo do mundo. Nunca se preocupou em aprender japonês, mas Nori ficava feliz em ser sua intérprete em seus frequentes passeios de compras.

Nori dormia na cama de Alice algumas noites por semana, e elas ficavam acordadas até tarde lendo os antigos diários de Seiko.

Akira se virou para falar com Ayame, e Alice espirrou.

Naquele instante, os olhos de Will encontraram os seus.

Sem segredos.

Exceto pela noite anterior. Exceto pelo que acontecera há dois anos, e que agora acontecia quase todos os meses. Exceto pela maneira como se torturava todos os dias, agonizando com a mistura insana de sentimentos que lutavam pelo domínio dentro dela.

Nori pediu licença para sair da mesa e foi para o banheiro ao lado da cozinha. Quando vislumbrou seu reflexo, estremeceu.

Não havia nada visivelmente errado com ela. Na verdade, parecia muito bem naquele dia. Não havia sinal de suas noites sem dormir.

Fez um grande esforço para esconder a verdade de Akira. Não queria que o irmão percebesse.

Mas não pôde evitar ficar um pouco magoada por ele não ter notado.

A porta se abriu, e Will entrou. Sem dizer uma palavra, ele lhe entregou sua taça de vinho de ameixa.

"Obrigada."

Ele deu uma risadinha. "Você poderia ter escolhido um lugar melhor para se esconder."

Nori encolheu os ombros. Não havia como se esconder. Ela era amiga de Alice, posse de Will e a irmã amorosa de Akira. Muitas vezes, sentia que era a única coisa que mantinha toda a farsa ridícula unida. Aquela família improvisada de exilados se reduziria a nada sem ela.

Bebeu o vinho de um só gole. Queimou o fundo de sua garganta, mas o nó de ansiedade em sua barriga começou a se desfazer.

Will sorriu. "Feliz aniversário, meu amor."

Ela fechou os olhos. Não pela primeira vez, sentiu uma onda desagradável de afeto por ele. Tanto que tolerava suas visitas às três da manhã em seu quarto, em silêncio. Mesmo assim, nunca tinha sido capaz de afastar a sensação de que algo estava muito errado. Era como um calafrio que nunca a deixava.

"Você parece cansada", ele disse, a voz cheia de simpatia.

"Estou cansada."

Ele franziu a testa e, sem perguntar, se moveu para levantar a bainha do seu vestido. Ela sabia que ele estava olhando os hematomas roxos brilhantes em sua pele.

"Eu te falei para parar de se beliscar."

Nori deu de ombros novamente. "E eu falei que tentaria."

Will fez uma pausa. "Vou contar para Akira. Já te avisei duas vezes."

Nori sentiu uma onda de irritação e o encarou sem rodeios. "Já que nosso negócio é contar segredos, talvez eu deva falar com ele também."

Ele não vacilou. "Akira me adora", disse de maneira presunçosa. "Ele nunca ouviria uma palavra contra mim, gatinha. Você sabe disso."

Nori hesitou. "Ele... eu... eu também."

Os olhos de Will escureceram. "Tem certeza disso?"

As palavras morreram em sua língua e pôde sentir o gosto de cinzas. Tinha certeza, mas então ele a olhou, muito mais confiante do que ela jamais poderia ser, e foi desnudada. Como o mercúrio, ele deslizou pelas fendas de sua certeza e encontrou a semente venenosa da dúvida.

Will sorriu para ela, e seus olhos brilharam novamente. Era como se um interruptor ligasse e desligasse com ele, o tempo todo. Isso a deixava tonta.

Ele pegou suas mãos e as beijou. "Não se preocupe, amorzinho. Não se preocupe. Eu nunca trairia seus segredos." Ele usou seu trunfo. "Eu te amo, lembra?"

Ela se dobrou sobre si mesma. Simplesmente não tinha mais como lutar. Era muito mais fácil acreditar.

"Ama?"

"Claro que sim", ele a acalmou. "É por isso que você deve confiar em mim. Só em mim. Sempre."

Uma semana se passou antes que Nori pudesse ter um momento para si mesma. Will havia partido para um concurso de piano em Praga, e Alice estava ocupada escrevendo cartas desesperadas para Londres, implorando por perdão. Agora que tinha dezoito anos, precisava retornar e buscar perspectivas de casamento. Do contrário, não teria futuro.

Akira estava em casa, para variar, mas estava trancado em seu quarto. Tudo que lhe dizia era que estava compondo algo. Não dizia o quê, mas o que quer que fosse, o estava consumindo. As bandejas de comida que ela lhe preparava eram devolvidas intactas.

Nori se acomodou em seu novo galho de árvore favorito. Era muito mais alto que o antigo. Ninguém poderia subir ali atrás dela. A casa havia adormecido, e agora ela estava livre. Abriu o diário. Era o último da caixa e, por mais que amasse Alice, precisava ler aquele sozinha.

Nori havia acompanhado a mãe durante quatro anos em Paris, envolvida em um tórrido caso de amor com um homem que nunca teve seu nome mencionado. Testemunhou o desafio de Seiko, a recusa em voltar ao Japão, mesmo depois de ter tido a mesada cortada. Sentiu uma pontada de dor quando o amante de Seiko revelou ser falso, tendo estado secretamente noivo de outra mulher o tempo todo.

E agora, enquanto sua mãe estava sem dinheiro, sem amigos e sem esperança, Nori enfim podia ver o início da transformação dela na mulher que deu à luz dois filhos e abandonou ambos.

Era hora de terminar a história.

15 de dezembro de 1934

Ele não vem me ver. Não responde às minhas cartas, e eu não tenho mais dinheiro para a postagem. Não tenho mais dinheiro para comida. Mamãe não mandará mais nada. Alguém lhe disse o que eu fiz — não sei quem, ela tem espiões por toda parte —, e agora está insistindo para que eu volte para casa. Diz que sou uma solteirona aos vinte e dois anos e que, se demorar muito, ninguém vai me querer. Diz que sou uma mercadoria usada e que devo voltar logo.

Eu não vou.

Contaram-me que ele está casado agora. Recuso-me a acreditar. Ele não faria isso. Ele não faria isso. Sua mãe perversa pode mantê-lo longe de mim, mas ele nunca se casaria com outra mulher. Estava noivo dela, sei disso agora, mas ele nunca a amou. Como pode tê-la amado se nunca a mencionou para mim? Em quatro anos!

Ele prometeu que me amaria para sempre.

Não pode ser. A vida é diferente aqui. O amor é diferente aqui. Pela primeira vez, posso ver como o casamento pode ser uma maravilha, um porto seguro em um mundo perigoso. Não é um açougue, nem uma sentença de morte lenta.

Um casamento de almas verdadeiras está logo abaixo dos anjos. E ele me ensinou isso, ele acredita nisso também. Eu sei que acredita.

Por isso, sei que não se casará com ela apenas para agradar à mãe. Os donos do imóvel dizem que vão me jogar na rua se eu não pagar logo o aluguel.

Eles não vão.

O mundo será como eu digo que é. Eu sou Seiko Kamiza, a única herdeira da minha casa e do nome tradicional. Eu sou abençoada. Sou escolhida por Deus.

Ele nunca me abandonaria desta forma. Ele não faria isso.

1º de janeiro de 1935

Ele se casou com ela. Contaram-me que ela já está grávida.

Minhas cartas foram todas devolvidas lacradas. A mãe dele deixou uma mensagem com os donos do imóvel. Ela disse que se eu tentar vê-lo, mandará a polícia me jogar na prisão antes de me mandar de volta para a minha ilha pagã imunda.

Mamãe me enviou uma passagem de navio só de ida, para voltar para Quioto.

O navio parte na próxima semana.

Não posso ir. Não posso ser enjaulada de novo. Eu juro que vou morrer.

Vou me jogar no lago e me afogar. Então, todos ficarão muito tristes por terem me tratado de forma tão horrível.

Meu amor, meu amor falso e mentiroso, encontrará meu corpo e pensará: "Olha. Olha o que eu fiz".

Papai se arrependerá de nunca ter me amado por eu ser uma menina.

E mamãe não terá remorso, porque pensa que sua vontade é a vontade de Deus e então nunca pode estar errada.

E não terei pena, pois estarei morta e minha dor terá passado. Boa viagem.

10 de janeiro de 1935

Da minha cabine, posso ver o oceano. Não consigo pensar em nada além de me afogar. Imagino que doeria por um tempo. Mas então a dor iria parar para sempre.

Ouvi falar de uma garota que se enforcou, mas não gostaria das marcas no meu pescoço, então não posso fazer isso.

Eu perdi. Mamãe venceu, como sempre.

Enterrei minha inocência em Paris. Volto para o Japão como mulher, com toda a amargura que vem com isso.

Eu não tenho nenhum lugar fora do meu nome. Achei que poderia esculpir um, realmente achei, e por um momento pensei..., mas... aquela mulher riu de minhas esperanças, me chamou de selvagem.

Eu amava seu filho, teria morrido por ele, mas tudo que ela viu foi uma prostituta estrangeira.

Isso é o que sou para a Europa. Na melhor das hipóteses, uma curiosidade, algo a ser bajulado como uma descoberta recente. Mas, por baixo disso, acham que sou inferior. Nunca poderia me casar com um de seus homens. Nunca poderia ter seus filhos.

Eu sou uma idiota

Mamãe me avisou e eu não quis ouvir. Mas ouço agora. O pior é que não foi ela quem me quebrou. Eu me quebrei.

Acho que nunca serei feliz novamente.

1º de fevereiro de 1935

Estou prestes a me casar. Seu nome é Yasuei Todou. Ele tem trinta e três anos e aparentemente ainda é solteiro porque não tem tanto dinheiro para ser notável, então nenhuma das outras garotas nobres o quer. Ele é orgulhoso demais para se contentar com novos ricos.

Isso é bom para mim, pois ele não está em posição de recusar uma prima da realeza. Mamãe vai lhe dar uma fortuna por se casar comigo.

O suficiente para ignorar qualquer boato de que está comprando uma noiva de segunda mão.

Mesmo assim, ele tem um nome tradicional e uma mansão em Tóquio. O boato é que seu pai era um bêbado, que gostava de jogos de azar, e hoje eles não têm mais nada além da casa e do nome.

Mamãe diz que ele tem boas perspectivas e certamente crescerá. O que quer que isso signifique. Ela vai mexer os pauzinhos, como sempre.

Ela me deu uma fotografia em miniatura dele. Ele parece sério. Não é bonito, mas não é feio, então imagino que poderia ser pior.

Fico me perguntando como ele é. Nunca o encontrei, então vou descobrir em breve.

Vamos nos casar amanhã.

Já havia um vestido de noiva estendido na minha cama no dia em que cheguei em casa.

Eu não tenho escolha. Nunca tive.

12 de fevereiro de 1935

Meu marido acabou de sair do meu quarto. Ainda posso sentir o cheiro de seu suor em mim.

Ele é misericordiosamente rápido nisso. Pelo menos isso. Levou uma semana inteira após o casamento para realizar a façanha. Ele me odeia, eu acho, embora seja muito certinho para dizer isso na minha cara.

Tenho todo o tempo do mundo para escrever, ele não me dá nada para fazer. Não tenho permissão para receber amigos. Se tivesse algum em Tóquio, imagino que isso me deixaria angustiada. Quase não há livros, e ainda não tenho mesada, então não posso fazer compras.

Não há nem piano aqui. Eu pedi uma sala de música.

Ele disse que vai considerar se eu lhe der um filho.

Duvido que ele consiga algum filho vivo de mim. Minha avó não conseguiu. Minha mãe não conseguiu. E elas eram penitentes, desesperadamente penitentes a um Deus estrangeiro. Fizeram tudo ao seu alcance para acabar com a maldição sobre nossos meninos.

Eu vivi toda a minha vida como uma pecadora.

Provavelmente darei a ele uma menina de três cabeças. E então não terei minha sala de música.

28 de março de 1935

Minha menstruação não veio.

Eu oro por uma criança morta.

Seria uma misericórdia. Pobre garota. Pobre garota amaldiçoada.

8 de setembro de 1935

Já faz muito tempo que não tenho forças para escrever.

O bebê virá em dezembro ou janeiro. Dizem que já passei dos meses perigosos e que uma criança saudável com certeza nascerá. Sinto-me tão cansada... Deve ser verdade.

*Mamãe me mandou uma quantidade infinita de chás e tônicos
para beber. Ela disse que mandou um padre e uma miko do santuário abençoá-los, para que me dessem um filho saudável.*

*Um deles cheirava a sangue. Fico pensando quantos camponeses
ela sacrificou para fazer isso.*

*Felizmente, meu marido acha que ela está louca e a proíbe de me enviar
qualquer outra coisa. Seu humor melhorou consideravelmente, e agora tenho uma pequena mesada. Ele está instalando uma biblioteca para mim.*

Ele não lê. Tudo que faz é fumar e jogar xadrez sozinho.

*O médico diz, pela forma da minha barriga, que é um menino.
Tenho certeza de que minha mãe ameaçou esfolar sua família viva
se ele dissesse o contrário, portanto, não me permito ter esperança.*

Nunca me permitirei ter esperança novamente.

"Senhorinha!"

Nori se assustou e quase escorregou de seu poleiro. Cravou os calcanhares e
colocou a cabeça para fora por entre as folhas. Ayame estava olhando para ela.

"Faz tempo que estou te chamando, minha senhora."

Sem ser vista, Nori deslizou o diário pela frente de sua blusa. "Desculpe. Eu não ouvi."

Ayame franziu a testa. "Você subiu muito alto. Seu irmão não gostaria disso."

Nori desceu, navegando habilmente pelas ranhuras da madeira, onde poderia colocar seus pés. Ela passara metade da vida naquela árvore;
confiava nisso mais do que qualquer coisa. Exceto Akira.

Assim que seus pés tocaram o chão, deu a Ayame seu melhor sorriso.
"Mas não vamos contar a ele, vamos?"

Ayame suspirou. "Minha senhora... gostaria que não corresse esses riscos."

Quando você começou a se importar tanto comigo?

"Terei cuidado", prometeu ela. "O que você precisava, Ayame?"

A empregada arrastou os pés. "Akira-sama pediu para vê-la."

Nori pestanejou. "O quê? Por quê?"

"Ele não disse. Não vai dizer."

Ela suspirou. Akira nunca mandava chamá-la; simplesmente aparecia. Para ele, enviar Ayame não era um bom presságio. "Por que você
parece tão apavorada?"

O rosto de Ayame estava pálido. "Receio que ele esteja de mau humor."

Nori sentiu o estômago revirar. Akira havia lhe dito três palavras durante todo o mês. Nem se dera ao trabalho de levá-la ao festival no aniversário de dezesseis anos; ela tinha ido sozinha.

Estava óbvio que algo o incomodava, mas Nori tinha receio de perguntar o quê. Pelo que parecia, estava prestes a descobrir.

"Onde ele está?"

"No escritório, minha senhora."

Nori entregou o diário a Ayame e saiu sem dizer uma palavra. Não havia sentido em atrasar uma tempestade. Se tivesse que enfrentar uma, enfrentaria sem rodeios.

Tirou os sapatos e pegou o atalho pela sala, agora sem uso, que outrora fora usada para abrigar o santuário da família.

Mesmo agora podia ver o local onde quase tinha morrido. Os empregados haviam recolocado as esteiras, mas, por baixo, as tábuas do piso estavam descoloridas. O alvejante removera a mancha de seu sangue, mas deixara sua própria marca. Se ela realmente tentasse, poderia sentir o cheiro forte de seu medo. Ainda podia sentir aquele desespero cru enterrado em algum lugar logo abaixo da superfície.

Parecia que acontecera havia muito tempo. Sobretudo agora, que ela não tinha mais ninguém.

Mas não era o caso. Nunca se esqueceria de nada daquilo; cada pessoa que conhecera estava gravada em sua pele como uma marca.

Às vezes se olhava no espelho e pensava que era um milagre ainda respirar.

Ela bateu de leve na porta do escritório e ouviu o som do violino parar. Reconheceu a música. Era "Ave Maria", de Schubert, uma das primeiras que o irmão tocara para ela. Costumava dizer a ela que não gostava.

"Entre", ele disse.

Nori entrou, fechou a porta e esperou. Akira a olhou de cima a baixo daquela maneira irritante de sempre. Seu nariz franziu.

"Por que sempre está com essa cara de que mora no meio do mato?"

Ela não refutou. Estava coberta de sujeira e folhas, com arranhões nos braços e hematomas nos joelhos. A blusa tinha uma mancha de vinho na frente. O cabelo era uma causa perdida; precisaria que Alice cuidasse disso mais tarde.

"*Gomen*."

"E você está fedendo."

Ela estremeceu. "Desculpe."

Akira cruzou os braços. "Nós precisamos conversar."

Nori sentiu o estômago embrulhar. Seus joelhos começaram a ceder. "Sobre?"

Ele respirou fundo. Se Nori não o conhecesse bem, diria que ele estava reunindo coragem.

"Vou ter que me ausentar."

Ela deu um suspiro de alívio tão forte que quase podia chorar. "Ah, Deus. Você me assustou. Só isso, então. Para onde vai desta vez?"

Akira desviou de seu olhar. "Viena."

"Áustria?"

"Sim."

"Por quanto tempo?"

Essa era a questão central. Ele nunca a deixara por mais de dois meses, três no máximo. Havia feito apenas quatro viagens nos últimos dois anos. Nori temia este momento, mas estava preparada.

Akira ainda não a olhava. "Nove meses. Talvez mais."

Ela se curvou como uma boneca de papel. Apenas uma rápida reação a impediu de cair no chão.

"Nori..."

"*Não*."

"Mas é..."

"Não."

"Sente-se", ele pediu, agarrando seu cotovelo. "Sente-se antes que caia e me escute."

O mundo estava girando. Ela sentiu o sangue correr para suas têmporas. "Você não pode ir."

"Nori, apenas ouça."

Ela caiu no chão, e o aperto em seu colarinho significava que ele foi puxado para baixo com ela e forçado a olhar em seu rosto pálido e horrorizado.

"Você não pode me deixar sozinha com ele", ela sussurrou, baixo demais para que o irmão ouvisse.

"O quê?"

Por que você não me vê?

"Você não pode ficar fora por nove meses, porra!"

Ele ofegou. "Onde você aprendeu essa palavra?"

Ela o empurrou com toda a sua escassa força, e ele caiu para trás.

As cordas que haviam resistido por tanto tempo, enquanto ela era passada de um mestre de marionetes para outro, finalmente se rompiam.

"Eu morava em um bordel, Aniki, eu sei xingar", explodiu. "Sei muitas coisas, embora você não me dê crédito por nada."

Ela o olhou fixamente. Nunca o tinha visto sem palavras. Mas não durou. Seu rosto se entristeceu.

"Você não sabe de nada", ele uivou para ela. "Eu recebi um convite do mais importante violinista concertista da Europa. Ele quer me treinar, Nori. Quer que eu seja seu aluno e toque com ele. Este é o auge de minhas ambições, está além delas. Eu tenho que ir."

Ela cerrou os punhos. "E quanto a mim?"

Akira estava incrédulo. Ela nunca havia levantado a voz para ele antes. "Nori..."

"Droga, e quanto a mim?", ela chorou.

Seu irmão se levantou e se limpou, como se fosse remover de sua presença os fiapos e tudo o mais que estava sob ele.

"E você?", disse friamente. "Você tem empregados para cuidar de todas as suas necessidades. Ninguém te bate aqui, nenhum homem vai te colocar a mão. Você é alimentada, está vestida com as melhores sedas, tem aquela garota estúpida como amiga. Tenho permanecido neste país miserável dia após dia por sua causa. Em alguns anos, vou me casar com uma cadela mimada só para impedir que nosso avô te esfole viva e use sua carne como uma camisa. Vou desistir da minha música, das minhas viagens, dos meus sonhos de viajar pela Europa para sempre. Vou assumir as rédeas desta nossa família amaldiçoada e tentar criar um mundo onde filhos bastardos não sejam assassinados enquanto dormem. E agora quero algo para mim — nove meses — e você se enfurece como uma criança."

Os olhos dela se encheram de lágrimas raivosas. "Isso não é justo."

"É muito justo", ele a corrigiu. "Você é uma criança. E uma idiota. E eu não sou seu pai, pois Deus sabe que ele nunca se importaria com você."

Ela sentiu uma pontada de agonia. Levantou-se e estendeu as mãos, como se pudesse impedir o que inevitavelmente viria a seguir.

Os olhos de Akira estavam mais duros do que ela jamais tinha visto. Não havia ternura neles, nenhuma. Seu poço de paciência finalmente secou.

"E, lógico, sabemos que não sou sua mãe", ele zombou. "Vendo como ela correu de você."

Um silêncio caiu sobre a sala. Até os relógios pararam de funcionar.

Ela ficou perfeitamente imóvel. Os olhos de Akira se arregalaram; sua boca se abriu como um peixe ofegante. Ele deu meio passo em sua direção.

Nori pegou o vaso de vidro na mesa ao seu lado. Ela olhou para o vaso, olhou para o irmão. Ele pestanejou.

E então Nori jogou o vaso bem na cabeça dele.

Ele se esquivou, mas por pouco. O vaso quebrou na parede. Ela riu.

"Você perdeu a cabeça?", ele sussurrou. Colocou a mão na têmpora, onde o vaso o havia arranhado.

Nori contemplou por um momento. "Talvez", respondeu, abaixando-se para pegar um dos copos de uísque que Akira mantinha empilhados de forma ordenada em uma prateleira perto da porta. "Pelo que sei de mim, faz muito tempo."

Ela jogou o copo. Akira gritou e se escondeu atrás do sofá.

"*NORI!*"

Ela pegou outro copo. Este era mais pesado do que o primeiro — devia fazer parte da coleção de cristais caros que Akira herdara do pai.

"Pare com isso!", Akira gritou. "Esse não! Pelo amor de Deus, Nori, é uma herança."

Ela encolheu os ombros e sentiu a blusa escorregando pelos braços. Havia perdido tanto peso que quase mais nada lhe servia.

"Minha mãe foi embora porque estava apavorada", vociferou. "E infeliz. E porque tinha uma música para cantar, e nossa avó e seu pai lhe enfiavam tudo goela abaixo até que a sufocaram. Ela não conseguia respirar. Ela nunca conseguiu *respirar*..."

Pela maneira como sua voz soou, deve ter ficado nervosa, mas não conseguia sentir mais nada. Ela nem estava com raiva. Apenas entorpecida.

"E não fui eu", continuou. Ela podia sentir as emoções que havia ignorado por tanto tempo transbordando. "Não foi minha culpa. Todo mundo sempre me culpou, mas não é minha culpa... e agora você... até você, Aniki..."

Os olhos de Akira estavam fixos nela.

Nori sentiu seu punho se fechar no vidro. Vagamente, o ouviu quebrar, sentiu os cacos se cravando em sua palma. Uma onda de calor dizia que estava sangrando, e parecia liberdade, como aquele momento terrível e maravilhoso quando pensou que sua dor havia passado para sempre.

"Você era tudo que eu tinha", ela sussurrou.

É isso que acontece no final, mãe? Todas nós acabamos sozinhas? Bailarinas em uma caixa de música, dançando e se movendo, mas sem sair do lugar?

O rosto de seu irmão mudou. Estava pálido e tremendo, mas assim que seus olhos caíram sobre o sangue dela, sua força pareceu retornar.

"Ayame", ele resmungou. Tentou novamente com uma voz mais forte. "Ayame!"

Nori olhou para a mão. Havia três grandes cacos de vidro saindo de sua palma, e dois menores entre o polegar e o indicador. Os cortes não pareciam profundos, mas ainda assim eram ruins.

Não doía. Sua emoção se esgotara, e ela afundou no chão.

Ela sentiu uma onda de movimento na porta, algumas palavras apressadas. Akira disse algo para Ayame duas vezes antes que ela finalmente saísse.

Nori colocou a mão na blusa.

Akira se ajoelhou em sua frente com o kit de primeiros socorros ao lado. Suas mãos tremiam enquanto tentava abrir a tampa.

"Deixe-me ver sua mão."

Ela não se mexeu.

Akira lhe estendeu a mão. "Nori, sua mão."

Sua cabeça latejava. Ela não tinha mais energia para lutar contra o irmão. Obedeceu.

O rosto de Akira estava com uma cor verde engraçada. Ele pegou uma pinça e começou a tirar o maior caco da palma de sua mão.

Nori estremeceu, mas não gritou. Assistiu com uma espécie de fascinação macabra.

Akira praguejou baixinho. "Olhe o que você fez. O que há de errado com você, Nori?"

"Nada. Desculpe", respondeu desviando o olhar.

Ele tocou o seu rosto, e ela, contra sua vontade, encontrou o olhar do irmão. Algo dentro dela se esticou e quebrou com o toque.

"Você está bem?"

Ela sentiu as lágrimas começando a cair. "Não dói."

"Não foi isso que eu perguntei."

Ela se engasgou com um pequeno soluço. "Aniki..."

Akira hesitou. "Eu sei que você acha que não olho para você", ele sussurrou. "Mas não é verdade. Eu simplesmente não sei o que te dizer. Nunca fui capaz de protegê-la da maneira que queria. E não sou... não fui feito para cuidar de ninguém. Não fui feito para isso."

Nori balançou a cabeça. "Você fez mais do que o suficiente."

Ele suspirou. "Sabe, quando me contaram sobre você, eu queria te odiar. Teria sido muito mais fácil para mim odiar você. Nunca entendi por que mamãe foi embora, então me contaram sobre você e tudo fez sentido. Durante anos culpei meu pai, mas depois ele morreu, e não tive ninguém para sustentar minha raiva. Ninguém para descarregar. E então me mandaram para Quioto e te encontrei."

Ela abaixou a cabeça.

"Mas então te vi, e você parecia... tanto com ela. E era uma coisinha tão frágil, eu simplesmente não conseguia te odiar."

Ele arrancou o próximo caco de vidro da palma da mão dela tão rápido que Nori não teve tempo de gritar.

"Você é muito parecida com ela, sabe", ele continuou.

Nori não se atreveu a respirar. Akira nunca falara muito sobre a mãe.

Ele encontrou seus olhos. "Você me apavora, Nori."

Ela mordeu o lábio inferior. "Mas... como assim?"

Os olhos de Akira estavam brilhando com lágrimas não derramadas. "Eu não acredito que ela tenha tido um dia feliz na vida. Era linda e sorria com frequência, mas sempre parecia triste. Ela costumava me sentar ao piano ao seu lado, sabe, e ela tocava... tocava muito bem. E então, quando terminava, sorria por um momento e era..." Sua voz falhou. "As únicas vezes que os sorrisos eram de verdade."

Akira pigarreou. "Ela me adorava", confessou. "E eu tentei... tentei fazê-la feliz. Comecei a tocar violino para deixá-la feliz. E... então, um dia, ela me beijou na testa, disse que eu era o seu mundo. E apenas foi embora. E meu pai nunca mais falou sobre ela. Pelos próximos onze anos, eu nunca soube..."

Nori sentiu uma lágrima escorrer pela bochecha. Mas a mão ainda não doía.

"Sinto muito", ela murmurou.

Akira balançou a cabeça. "Antes de te conhecer, eu tinha certeza de tudo. Só pensava em mim mesmo, não havia ninguém com quem me importasse, então nada poderia me machucar. E me convenci de que estava feliz."

"E você não estava?"

Ele sorriu. "Eu estava seguro. Estava convencido do meu próprio valor, e isso era tudo de que precisava."

Akira envolveu a mão da irmã, camada por camada, em espessas bandagens brancas. Então pressionou em seu coração.

"Você me ensinou outro modo."

Nori o olhou, atônita. "Eu nunca te ensinei nada."

Ele sorriu de novo, e desta vez, atingiu seu coração como uma flecha.

"Ensinou, Nori. E se for preciso escolher entre nossa família, minha música ou qualquer outra coisa... Eu sempre escolherei você."

Seu corpo inteiro explodiu em calafrios. Ela retirou a mão.

"Porque sou sua responsabilidade? Ou porque sou sua meia-irmã?"

Akira bateu de leve na ponta de seu nariz. "Porque você é você."

Por um longo tempo, nenhum deles falou. Então Akira se levantou.

"Eu disse a Ayame para chamar o médico. Essa mão pode precisar de pontos", disse ele, baixinho, como se também estivesse relutante em quebrar o silêncio. "Eu deveria verificar isso."

Ela o encarou. "Você deveria ir para Viena", disse simplesmente.

Akira balançou a cabeça. "Eu não posso."

"Eu quero que você vá", disse ela, e de alguma forma, parecia verdade. "Acho que você deveria ir e fazer belas músicas, ver belos lugares e ser feliz. E quando terminar, volte. Aprenda com nossa avó, se case, cumpra seu dever."

Akira parecia sério. "Você sabe que tudo vai mudar quando eu me tornar o chefe da família. Tudo será diferente."

Ela alisou a saia. "Tudo sempre é diferente, Aniki. Apenas volte para mim."

Ele balançou a cabeça e saiu.

Nori estava sozinha, mas não mais se sentia assim. O calor em sua barriga irradiava para fora, até que teve certeza de que brilhava como um vaga-lume no escuro.

24 de dezembro de 1935

Eu consegui. Deus trabalha de maneiras misteriosas, pois dei à minha família o que mais precisavam: um menino.

Ele é uma criatura linda, e o médico disse que está perfeitamente saudável. Meu marido está radiante, mamãe está vindo de Quioto para vê-lo. Ela vai dar a maior festa que a cidade já viu.

Tudo que eu quero fazer é descansar. Eles colocam meu filho no meu peito, e eu o vejo dormir.

Ele tem a cabeça repleta de cabelos escuros e os olhos mais adoráveis, os tons de cinza-escuro da minha família. As mãozinhas têm unhas rosadas e seus pés são grandes. Acho que ele vai ser alto.

Parece ter sido feito à mão apenas para mim.

Mamãe quer batizá-lo com o nome de seu pai, e meu marido quer batizá-lo com o nome de seu pai. Querem selá-lo desde o berço com os fantasmas dos mortos. Como se seu fardo não fosse pesado o suficiente.

Mas eu mesma escolherei seu nome. Ele pode até ser seu milagre, seu herdeiro, mas ele é meu filho.

E vou chamá-lo de Akira.

A batida na porta do quarto de Nori a tirou das páginas. Com cuidado, colocou o diário debaixo do travesseiro. Respirou fundo. Ela estava esperando por isso.

Agora, as rachaduras estavam fechadas.

Sem esperar por uma resposta, Will entrou. Ainda estava vestido.

"Sabia que você ainda estaria acordada", disse ele, presunçoso.

Ela encontrou seu olhar. "Acho melhor você sair."

Ele riu. "Que bonitinha. Vem cá. Não temos nada para fazer esta noite, só quero ficar perto de você."

Nori levantou a mão enfaixada. A camisola escorregou pelo ombro e ela sentiu os olhos dele em si.

"Por favor, saia, William."

Ele fez uma careta e cruzou os braços. "O que você está falando?"

Ela respirou fundo outra vez. "Acho que te entendo agora. Levei muito tempo, mas acho que agora te vejo como você realmente é."

Will zombou dela. "É mesmo? E o que você vê, gatinha?"

Nori inclinou a cabeça. "Você brilha tão intensamente que me cegou no começo. De fato, brilha. Quando te vi pela primeira vez, pensei que era ouro."

Os lábios de Will se separaram de seus dentes. "E agora?"

Ela se levantou. "E agora vejo que você é como esmalte. Brilha por fora, mas por dentro não há nada. Na verdade, sinto pena de você. Porque eu posso ser birracial e uma garota bastarda, mas não sou tão triste a ponto de precisar roubar a luz de outras pessoas para preencher o buraco em mim mesma. Você... você tem tudo, e mesmo assim não tem nada."

Will parecia ter sido atingido. Ficou lá, balançando para a frente e para trás. Então se moveu em direção a ela.

"Pare."

Ele congelou. "Você... você está confusa. Você sabe que eu te amo, Norizinha."

"Sei que você tem ciúme do meu irmão", ela disse com leveza. "E de sua prima. Porque eu amo os dois. E nunca poderia te amar. Mesmo quando não sabia o porquê, sabia que era errado."

"Você não sabe nada sobre o amor", ele sussurrou para ela.

"Não", ela confessou. "Mas saberei um dia. E você nunca saberá, porque só é capaz de amar a si mesmo. Eu tenho pena de você."

"Ao inferno com a sua pena", ele fervia. Avançou três passos e a pegou nos braços. "Quem encheu sua cabeça com esse veneno? Foi aquela puta da Alice?"

"Eu posso pensar sozinha."

"Impossível", zombou. "Você não tem mente própria, é por isso que é tão encantadora."

Ela olhou em seus frios olhos azuis sem pestanejar. Surpreendeu-se por um dia ter tido medo dele, por algum dia ter pensado que o amava, algum dia ter pensado que ele era pelo menos um pouco como Akira.

"Eu não sei o que é amor", ela lhe disse. "Mas sei que não é isso."

Ele apertou seus ombros. "Sinto muito se você acha que te machuquei. Nunca quis te machucar."

Ela ofereceu um sorriso pequeno e triste. "Acho que você quis. Realmente acho."

"Então..."

Nori o empurrou para longe dela. "Você vai embora."

Will corou. "Voltaremos a conversar pela manhã."

"Você não está entendendo. Você vai deixar o Japão e voltar para Londres, levando Alice com você. Vai dizer a todos que ela foi uma cidadã modelo e que seria uma ótima esposa. Isso é o que você vai fazer. E fará até o final do mês."

Ele ficou boquiaberto. "E por que diabos eu faria isso?"

Nori gesticulou em direção à porta. "Porque acho que sua afeição por meu irmão é genuína. E eu o pouparia de saber a verdade para sempre. Mas tem que ir embora. Agora, com a sua música, você tem o mundo aos seus pés, não precisa ficar aqui. E você tem que dar a Alice outra chance de ter uma vida."

"Eu não vou!", ele se enfureceu. "Eu não recebo ordens suas. Você não tem poder aqui. Não tem poder em lugar nenhum. Você existe apenas por causa da pena de seus superiores. Ninguém acreditaria em uma palavra saída de sua boca."

"Akira acreditaria", Nori disse calmamente. Ela se manteve firme em sua dignidade e não vacilou. "Alice também. E talvez os jornais de Londres. Parece que eles amam uma história."

Ele desviou os olhos. "Ninguém iria te ouvir."

"Talvez não", ela refletiu. "Mas não podem me impedir de falar. E eu não posso evitar o que acontecerá com você se meu irmão descobrir a verdade. Ou ele não te contou sobre a nossa família?"

A cor sumiu das bochechas dele. Parecia agora um lobo acuado, enfim superado pelas ovelhas. Nori percebeu como deve ter sido fácil para ele manipular suas inseguranças. Elas estavam estampadas na cara dela, e ele era muito perceptivo.

"Eu não quero te deixar", ele suspirou. "Eu..."

Ela balançou a cabeça. "Eu sinto muito, Will. Você... Você era..." Ela hesitou. Mesmo agora, não o odiava. "Obrigada por tudo que me ensinou. Espero que encontre paz."

Ele engoliu em seco. "Não me faça voltar para lá", choramingou. "Eles são todos... Ninguém lá se parece com você."

Nori sorriu. "Isso dificilmente é uma tragédia."

Ele lhe deu o olhar mais desolado. "É mais do que você jamais saberá."

A tragédia era que, se ele não tivesse sido tão mimado, tão assegurado de sua própria superioridade desde o nascimento, talvez nem tivesse se tornado assim. Mas não havia como saber.

Nori estendeu a mão. "Adeus, Will."

"Nós temos... temos mais algum tempo..."

"Depois desta noite, você nunca mais falará comigo. E nem tentará me pegar sozinha. Este é o fim do nosso jogo, William."

Ele parecia ter sido atingido no coração. "Eu não quero que acabe."

"Eu sei", ela disse, suave. "Mas é disso que eu preciso. Então, adeus."

Ele hesitou. Parecia não querer nada mais do que retomar o controle, como se estivesse buscando formas de fazê-la mudar de ideia. A expressão no rosto de Nori lhe dizia que não havia esperança.

"Eu queria mesmo..." Ele se interrompeu. "Ah, Nori."

Ela não disse nada. Não havia mais nada a dizer.

Apenas o observou ir embora e, quando a porta se fechou, sentiu uma pequena pontada de tristeza. Mas muito maior do que isso era a sensação de liberdade crescente.

E ficou lembrando, por muito tempo, de seu poema favorito.

> Eu sinto essa vida
> Dolorosa e insuportável
> Mas não posso fugir
> Já que não sou um pássaro

Nori foi até a janela e a abriu. A lua estava meio escondida pelas nuvens, mas ainda estava lá.

Talvez eu possa ser um pássaro.

Tóquio, Japão
Outubro de 1956

Era uma manhã fria de outubro quando os primos Stafford estavam enfim prontos para partir. Depois de muita súplica e um endosso relutante de Will, Alice conseguir ter permissão para voltar para casa.

Nori e Akira os acompanharam até as docas, onde o transatlântico esperava para levá-los de volta ao Ocidente.

Agarrada a Nori, Alice estava aos prantos, com a maquiagem borrada.

"Gostaria que você pudesse vir comigo", ela soluçou.

"Vou te escrever toda semana", Nori prometeu, acariciando o cabelo loiro prateado da amiga. "E você me conte tudo sobre as festas maravilhosas em que for e os vestidos bonitos que usar. Quando seu pai arranjar seu casamento, vou querer saber tudo a respeito."

Alice enxugou o rosto com a manga da roupa. "Eu te amo muito, minha doce menina."

Nori sorriu e beijou ambas as bochechas da amiga. "Eu também te amo."

A despedida de Will e Akira foi bem mais contida. Apertaram as mãos e murmuraram algumas coisas um para o outro. Com certeza eles se veriam de novo, talvez antes que Nori gostaria.

"A gente se vê por aí, então", disse Akira, tentando em vão esconder a decepção em sua voz. Nori sufocou sua culpa por separá-los.

Will balançou a cabeça. "Termine aquela composição. Vai ser brilhante."

"E você a sua. Acho que deveria tirar algumas daquelas fermatas. Você sabe que eu as odeio."

Will sorriu. Alguém do navio gritou que quem não subisse, ficaria para trás.

Seus olhos caíram em Nori.

"Adeus então", ele disse com firmeza.

Ela inclinou a cabeça. "Boa viagem, sr. Stafford."

Will estremeceu. Se esperava que ela mudasse de ideia no último momento, estava destinado a ficar desapontado.

Nori se virou para Alice. "Não deixe que eles te abalem", disse apenas.

Alice sorriu aquele seu sorriso deslumbrante. "Pode deixar."

Então embarcaram. Akira colocou seu braço sobre o ombro de Nori e assistiram o navio se afastar cada vez mais até sumir no crepúsculo cinza.

"Você vai sentir falta deles?", Nori perguntou receosa.

Akira suspirou. "Um pouco. Mas sempre soube que eles teriam que voltar para a terra deles."

Ela sentiu a culpa a preenchendo. "Bem, você tem Viena pela frente. Partirá em apenas duas semanas."

Ele sorriu, e seus olhos brilharam. "Estou animado", confessou. "E já disse aos empregados para deixarem tudo em ordem para você. Não te faltará nada, prometo."

Ela suprimiu uma risadinha. Estava administrando a casa há anos. Akira nem sabia onde encontrar o saleiro.

"*Hai, Aniki.*"

"Quer ir direto para casa? Ainda tenho algumas horas. Podemos ir para a cidade."

"Isso parece bom."

De repente, ele franziu a testa. "Gostaria que você não saísse sem um casaco. Vai ficar doente."

Ela balançou o nariz para ele. "Você se preocupa demais. Eu sou praticamente indestrutível, Aniki."

Ele tirou o casaco e colocou sobre os ombros dela. "Use."

"Aniki! Você vai ficar com frio."

Ele deu de ombros. "Estou bem. Vamos."

Ela ofereceu o braço ao irmão e o deixou guiar o caminho. Eles nunca vieram para esta parte da cidade; raramente saíam do enclave seguro de cidadãos ricos. Os festivais aconteciam mais perto de onde moravam, mas ainda assim era um ponto de encontro neutro para todos.

Aquela parte da cidade era diferente. Estava cheia de pessoas comuns.

Enquanto abriam caminho através da multidão, Nori observou os meninos mensageiros passarem em suas bicicletas e as crianças passeando com seus cachorros. Em meio a tantas pessoas, ela se deixou mergulhar em um confortável sonho acordado, consciente apenas o bastante para manter os pés em movimento.

Podia sentir o cheiro de carnes cozidas e peixes frescos do oceano. Podia ouvir as mães gritando atrás de seus filhos e homens jogando dados. Havia algumas pessoas brancas também, se misturando sem que ninguém lhes olhasse de lado.

Até Nori parecia se misturar sem ser notada. Talvez o Japão fosse mais do que a Quioto de sua avó. Talvez fosse como uma tapeçaria de muitas cores, e ela pudesse encontrar um lugar para si, afinal.

Akira parou, e Nori saiu de seu transe.

Ela deu por si olhando para um homem baixo e careca que estava encharcado de suor, embora estivesse frio. Ele usava um terno de tweed feio e óculos grandes demais para seu rosto. E olhava para Akira com admiração.

Ele fez uma reverência e quase deixou cair a pilha de pergaminhos que carregava.

"Akira-sama", ele gaguejou. "É uma grande honra. Uma grande honra."

Akira franziu a testa e continuou andando, mas Nori beliscou sua mão. O irmão não gostava de ser bajulado, mas acontecia com bastante frequência.

Ele lhe lançou um olhar rápido que dizia: *Tudo bem, vou agradá-lo*.

"*Konnichiwa*. Sinto muito, nós nos conhecemos?"

O homem riu. "Ah, o senhor não se lembraria de um velho tolo como eu. Era apenas uma criança. Sua honrada mãe o trouxe à minha loja anos e anos atrás. O senhor gostava de brincar com os dragões dourados que mantenho no caixa. E ela — que Deus a tenha — ela tinha um carinho pelos meus leques de seda."

Akira pestanejou. "Ah. O senhor é o vendedor de antiguidades. Hiromoto-san, não é?"

"Sim!", ele disparou. "Ah, sim, você se lembra. Que honra. Que honra. É tão maravilhoso vê-lo novamente depois de todos esses anos. E tão crescido!"

Akira corou. "Sim, bem. Obrigado."

Hiromoto se virou para Nori e fez uma reverência. "E que prazer vê-la novamente, *chibi hime*."

A memória voltou para ela em um relâmpago. Embora tivesse feito o possível para esquecer aquela noite, estava gravada como uma tatuagem.

"Ah... o festival. Eu esbarrei no senhor."

Ele riu. "De fato, de fato a senhorita esbarrou."

Akira olhou para o relógio. "Bem, com a sua licença, Hiromoto-san, temos que ir."

Ele pigarreou. "Na verdade, se me der a honra, tenho uma proposta para fazer. Eu ouvi falar sobre sua música, é lógico. O senhor é muito talentoso. Um grande mérito para esta bela cidade."

Akira balançou a cabeça. "Sim, bem. Obrigado."

"Estou organizando um pequeno evento na véspera de Natal, sabe", disse ele, puxando um lenço do bolso e enxugando a testa suada. "Nada muito especial. Mas haverá algumas pessoas importantes lá. Políticos e tal. E eu ficaria muito honrado se o senhor tocasse. Sua mãe — que Deus a tenha — tocou piano em um evento meu. Ela levou o público às lágrimas. Isso foi antes de..." Ele tossiu. A história oficial divulgada pela família era que Seiko havia morrido, mas quase todos sabiam que ela havia fugido.

"Enfim. Esperava que pudesse tocar no evento. Eu pagaria, é claro."

Akira tentou em vão dar um tom lamentoso à voz. "Temo que isso não seja possível. Tenho um compromisso já marcado e estarei ausente por algum tempo."

O rosto de Hiromoto murchou. "Ah. Entendo. Eu entendo, lógico, eu entendo. Apenas pensei que seria bom honrar a memória de sua mãe." Ele se virou para Nori. "Posso contar com sua presença? Quanto mais pessoas melhor."

Ela esperou que Akira se desculpasse em seu nome. Ele inventaria alguma desculpa, com certeza.

Em vez disso, Akira hesitou, parecendo vagamente sentimental, o que era raro.

"Bem, nesse caso... minha irmã poderia tocar em meu lugar."

Nori olhou para o irmão, pasma. Tinha certeza de que ouvira mal.

Hiromoto sorriu, revelando os dentes podres no fundo da boca. "Ah! Ela poderia? Porque isso seria maravilhoso, simplesmente maravilhoso. Não sabia que tinha uma aluna."

As bochechas de Nori queimaram. "Ele não tem."

"Tenho", Akira a corrigiu. "Eu mesmo a treinei. Ela é muito competente. E não lhe falta tempo livre."

Nori lançou um olhar irritado, que ele ignorou com tato.

"Ela ficaria feliz em tocar no meu lugar."

Hiromoto largou seus pergaminhos no chão e agarrou as mãos de Nori. "A senhorita iria? Ah, iria mesmo, senhorita?"

Nori ficou boquiaberta. "Eu..."

Mas sabia que havia apenas uma resposta, entre os olhos suplicantes de cachorrinho do velho e o olhar severo de Akira.

"Eu vou", respondeu, com voz débil.

Hiromoto deu um beijo molhado em sua mão. "Perfeito. Apenas perfeito."

A festa seria no dia 24 de dezembro, aniversário de vinte e um anos de Akira. Nenhum dos dois falou sobre isso, mas ambos sentiram o peso. Quando chegasse o verão, Akira teria que voltar para Quioto.

Era hora de honrar sua parte no trato. A barganha que ele fizera por causa dela.

Nori não tinha palavras para descrever a dor; era como engolir vidro quebrado. Teria dado qualquer coisa pelo poder de impedir isso, pelo poder de mudar as coisas. Por qualquer poder.

Akira bateu a batuta contra a estante de partitura. "Nori. Preste atenção. Temos mais um dia para acertar essas peças."

Ela revirou os olhos. Akira partiria para Viena no dia seguinte, mas agora, tudo que importava era se certificar de que não o envergonharia.

O que teria sido muito mais fácil se tivesse podido escolher todas as peças. Hiromoto havia escolhido o Concerto para Violino em Mi menor de Mendelssohn, op. 64. Contratara uma pequena orquestra de câmara para acompanhá-la, e ela faria o solo. Nori teria apenas algumas horas antes do evento para ensaiar com os músicos. O pensamento a fez querer vomitar. Agora, além de nunca ter tocado para uma plateia antes, tinha que tocar com uma orquestra. Suas queixas foram recebidas sem surtir efeito. Akira não estava ouvindo nada disso.

Um pianista a acompanharia na segunda peça. Ela tocara diversas peças com Will. Eram os únicos momentos em que se sentia segura perto dele.

Akira escolheu a segunda peça: Chacona em Sol menor de Tomaso Antonio Vitali. Ela ouvira o irmão tocar muitas vezes com Will. Isso sempre a lembrava de uma canção de amor sombria. Era uma peça linda, mas parecia... assombrada.

E então Nori teve que escolher apenas uma peça. E escolheu "Ave Maria", de Schubert, sem pensar duas vezes.

Foi a peça de Vitali que mais a preocupou.

Akira recuou. "Sustenido. Toque essa passagem novamente."
Nori tocou.

"Você sabe o que 'sustenido' significa?", ele perdeu a cabeça. "E curvar o arco. Pelo amor de Deus, você já tem um pouco de noção."

Ela engoliu em seco. "Por que você escolheu *esta*? Esta coisa não foi feita para ser tocada sozinha; o arranjo tem uma parte para piano. Eu deveria estar ensaiando com um pianista."

Ele ignorou a pergunta. "Tenho meus motivos."

"Mas, Aniki..."

"Quieta."

Ele se levantou, foi até o piano e se sentou no banco.

"O que você está fazendo?", ela perguntou.

Akira gesticulou para que ela começasse a tocar. E ela assim o fez.

E então ele a acompanhou. E foi perfeito.

Nori quase deixou cair o arco. "*N-naze*? Desde quando você toca piano?!"

Ele não parava de tocar. "Sempre toquei piano, Nori."

A irmã o olhou como uma idiota, de queixo caído. "O... o quê?"

"Minha mãe me ensinou", respondeu. "Tive aulas de piano de manhã e violino à noite durante anos. Se desconsiderarmos o Will, eu dificilmente poderia ser superado."

Ela começou a se sentir fraca. "Você nunca tocou na minha frente!"

Akira deu de ombros. "Eu não estava pronto para compartilhar com você."

Nori sentiu as palmas das mãos começarem a suar. "E agora está?"

Ele lhe ofereceu um pequeno sorriso. "Parece que sim."

"Você é ruim em alguma coisa?", ela perguntou irritada. "E eu pensei que estava te alcançando."

Ele sorriu. "Talvez no ano que vem."

Nori sentiu um novo entusiasmo se apoderar dela. Enxugou as mãos no vestido. "O pianista que eles têm lá é bom, tenho certeza."

"Certamente. Eu sou apenas um pobre substituto, então você pode aprender a peça."

Nori inclinou seu arco. "Do início, então."

Eles tocaram até as primeiras horas da manhã. Era como ser transportado para outro reino, onde não precisavam de comida nem descanso. A luz do sol começou a entrar e, ainda assim, nenhum dos dois parou.

Quando Ayame entrou para lhes dizer que era hora de Akira ir, Nori finalmente largou o violino.

Sem dizer nada, ela foi se sentar ao seu lado no banco. O feitiço que lançaram fora quebrado.

Seus olhos se encheram de lágrimas. Este era o começo do fim da vida como a conheciam.

Ele se inclinou e roçou os lábios na covinha em sua bochecha esquerda.

"Sei que você consegue. Eu mesmo te ensinei todos esses anos, você deve ter aprendido alguma coisa."

"*Hai, Aniki.*"

"Comporte-se."

"Sim."

"E observe suas vibrações. Está sempre desleixada nelas."

"Ah, Aniki, você não pode ficar? Pelo menos até depois do concerto. Por favor, não me obrigue a fazer isso sozinha."

Akira suspirou. "Sinto muito, Nori. Não vai dar."

Ela enterrou o rosto em seu peito.

Por favor, Deus. Traga-o de volta para mim.

Novembro passou sem novidades. Não chegaram cartas de Akira.

Nori fez o possível para não ficar desapontada.

Ela deixou o último diário de sua mãe de lado, por enquanto. Não havia tempo para isso e, para ser honesta, estava com medo. Mais cedo ou mais tarde, chegaria à parte sobre ela própria. Sobre o seu pai. E Nori não sabia se queria mesmo saber essas coisas, no fim das contas.

Passava os dias ensaiando sem parar. Tinha certeza de que todos os empregados a odiavam, mas não podia se dar ao luxo de se importar.

Passava as noites tricotando uma série de cachecóis para Akira. Estava frio em Viena. Assim que estivessem perfeitos, enviaria todos de uma vez.

Ela tinha o endereço de seu hotel escrito em um pedaço de papel que guardava na caixa do violino.

Oscilava entre dormir de forma interminável ou não pregar os olhos. Sua ansiedade a consumia como se fossem pulgas. Os braços e pernas estavam cobertos de minúsculas marcas vermelhas, de tanto se beliscar

Sentou-se perto do fogo e observou as janelas embaçarem com o gelo. Nunca gostou muito da neve, mas, naquele ano, por algum motivo, teve um sentimento diferente. Achava bonito.

Enrolada em seu casaco e cachecol, ela saía para o jardim todas as noites. Estava muito longe da ruína negligenciada de quando chegara. Akira tinha feito ele voltar aos dias de glória, e, embora nunca tenha dito que era um presente para ela, Nori sabia que era.

Tóquio, Japão
24 de dezembro de 1956

Mandaram um carro buscá-la um pouco depois das sete da manhã. O evento era na propriedade rural de Hiromoto, a cerca de uma hora da cidade. O homem pobre não existia mais. De acordo com Ayame, ele ganhara muito dinheiro com alguns empreendimentos comerciais no exterior recentemente. Esses eventos eram sua maneira de atrair a elite da cidade, de tentar colocar seus pés sujos e mesquinhos em sua porta.

Nori achava que ele era um homenzinho estranho, mas gostava dele.

Ele insistiu em enviar seu próprio motorista para buscá-la. Nori se encolheu no banco de trás e observou a cidade desaparecer lentamente do lado de fora. O mundo estava coberto por uma espessa camada de neve.

Ela pensou em baixar a janela e sentir o frio no rosto, mas desistiu. Não queria que o motorista a repreendesse.

Nori tamborilava os dedos no colo. Memorizara todas as peças até a última fermata.

Ela entendia o que Akira tencionava ao obrigá-la a fazer isso. Entendia mesmo.

Mas ainda não queria.

Akira havia passado sua vida tentando ser extraordinário por seu próprio mérito. Ele nunca seria capaz de compreender o que era querer ficar na retaguarda.

Quando pararam em frente à mansão, o motorista saiu e abriu a porta. "Madame."

Ela agradeceu, pegou a caixa do violino e entrou. A casa parecia ter sido construída recentemente, em um terreno vazio cercado por nada além de árvores e à beira de um lago artificial.

Nori se perguntou por que alguém iria construir uma casa no meio da floresta e então riu de si mesma por tal pensamento. Era exatamente o tipo de coisa que ela faria.

Sem demora, ela foi conduzida ao salão, que parecia ocupar a maior parte da casa. Tinha piso de mármore que parecia novo e janelas de vidro do chão ao teto. Os garçons já estavam montando longas mesas com vistosas toalhas douradas. No canto, havia uma plataforma elevada com um piano de cauda e quinze cadeiras.

Os demais músicos já estavam escalados, com exceção do pianista. Todos eram homens que pareciam ter pelo menos o dobro de sua idade. Não havia sinal de Hiromoto.

Uma empregada veio até ela para pegar a bolsa e a mala com sua roupa.

"Guardarei no armário. Vou buscar para você quando for a hora. Pode se juntar aos outros músicos, por favor, senhorita."

Nori se aproximou dos outros, meio que se escondendo atrás do estojo de seu violino. "Eu... hum... *shitsurei shimasu*..."

O maestro se virou para encará-la. Era o mais jovem do grupo, com um sorriso brilhante e uma cabeça repleta de cabelos longos e escuros.

"Ah, aqui está a solista. Bem-vinda."

"Obrigada por me receber."

Ele apontou para um palco montado um pouco atrás dele. "Foi sugerido que você também tivesse um", explicou. "Já que você é tão baixa."

Ela enrubesceu. "Obrigada."

"Devemos começar agora. Faremos o Mendelssohn primeiro, depois você fará o seu Schubert e pronto. Você e o pianista vão terminar com o... O que é?"

"Vitali. Chacona."

Ele ergueu uma sobrancelha. "Devo dizer que não é uma peça fácil."

Nori pestanejou.

"Não, realmente não é."

"Vamos começar."

Akira a havia alertado sobre seguir a batuta do maestro. Não foi tão difícil quanto temia.

Mas tocar em conjunto de os outros instrumentos, bem, isso foi... Eles passaram três horas só no Mendelssohn. E ainda faltavam dois músicos antes de chegarem ao meio da peça.

Nori podia sentir os olhares voltados para ela. Claramente, eram todos profissionais se perguntando quem era o parente idiota que ela representaria ali.

"Tudo bem", disse o maestro depois de um tempo. "Vamos descansar. Por que você não faz a passagem do Schubert? Você tocará sozinha, certo?"

Nori concordou com a cabeça e mordeu o lábio com tanta força que sentiu o gosto de sangue. "Sim... Não haverá muitas pessoas aqui, certo?"

Ele a olhou perplexo. "Não muitas. Apenas duzentas ou pouco mais."

Nori quase desmaiou. "Ah, tudo bem, então. Só isso. Tudo bem."

Ele gesticulou para que ela começasse.

Isso pelo menos poderia fazer. Aquela música estava gravada profundamente em sua memória muscular, e ela fez a passagem sem problemas. O sussurro atrás dela lhe dizia que havia conseguido se redimir.

Um pouco.

O maestro balançou a cabeça. "Muito bem executado. Você é notadamente uma solista."

Nori teve que conter um arfar. "Tenho mais prática tocando sozinha. Mas... onde está o pianista?"

O homem franziu a testa. "Eu não o vi. Vou ver se o encontro. Nós só temos algumas horas até o concerto."

Ele largou a batuta e desapareceu na sala ao lado.

"Essa é a irmã dele, não é?", alguém sussurrou. "Coisinha esquisita."

"Meia-irmã", alguém o corrigiu. "E não diga isso muito alto. Sua família é..."

O maestro voltou com uma carranca no rosto. "Ele está atrasado", retrucou. "Maravilha. Porque não há o suficiente que pode dar errado esta noite."

Nori engoliu em seco. "O que nós fazemos agora?"

"Continuamos ensaiando o concerto. É tudo que podemos fazer." Seu rosto se suavizou. "Você toca muito bem. Seu irmão ficaria orgulhoso."

"Você conhece Akira?"

O homem riu. "Claro que conheço. Frequentamos o mesmo conservatório. Ele me ligou alguns dias atrás. Falou para eu não esperar que você seja tão boa quanto ele."

Nori sufocou uma bufada. "Bem, ele está certo."

Ele sorriu. "Ele é um gênio único em uma geração. Um *tensai*, sabe? Não há como competir com pessoas assim."

Você não precisa me dizer isso.

"Você, no entanto", continuou, "tem algo que ele não tem."

Ela ergueu os olhos, assustada. "O quê?"

O maestro pestanejou. "Melhor deixá-lo te dizer. Agora, vamos tentar de novo? Do início?"

E ela tentou, com mais confiança dessa vez. Deixou que os outros a levantassem como uma maré crescente. Era a solista, sim, e tinha que voar acima deles — mas não muito longe. Era uma dança delicada de gato e rato.

Nori fechou os olhos e tentou sentir o que sentira quando ouvira Akira tocar pela primeira vez. Era estranho e familiar, extraordinário, mas simples, e embora causasse arrepios em sua espinha, era sempre, sempre caloroso.

Depois de mais três horas, uma empregada saiu para avisar que os convidados chegariam em uma hora e que todos precisavam se vestir.

Todos os outros pareciam saber para onde ir, e se esvaíram, deixando Nori sozinha.

"Por favor, senhorita", disse a empregada. "Há um quarto para você se trocar no andar de cima. Eu tirei seu vestido da mala."

Nori a seguiu pela escada. O andar de cima tinha as paredes pintadas pela metade. Era óbvio que ninguém nunca subira ali. A casa era mais para receber convidados do que para morar.

Nori colocou seu vestido branco cintilante, fazendo o possível para não rasgar o tecido delicado. Era muito longo para ela, tendo pertencido a Alice, de modo que ela tinha que ter cuidado para não tropeçar. Soltou o cabelo do coque em que o enrolara e o deixou cair sobre o ombro esquerdo, prendendo o lado direito com um longo grampo de marfim.

Passou um pouquinho de batom nos lábios e olhou para o espelho.

Poderia ser pior, pensou com tristeza.

Dava para ouvir a porta da frente abrindo e fechando repetidamente no andar de baixo, junto ao som de risadas, daquelas pretensiosas, de gente com muito dinheiro e muito tempo livre.

Ela se sentou na beira da cama e suspirou. Não adiantava orar pedindo forças.

Houve uma batida na porta. "Um momento."

Enfim abriu.

E era Akira.

Estava vestido com seu terno de concerto, com uma rosa vermelha presa na lapela e o cabelo penteado para trás com gel.

Ele ergueu uma sobrancelha para o rosto chocado da irmã.

"Ah, vamos, Nori. Você não achou mesmo que eu iria te deixar me envergonhar, né?"

Ela se jogou em seus braços. "Aniki!"

"Pensei em te fazer uma surpresa", disse calorosamente. "Você não vive reclamando que sou muito sério?"

"Mas... mas era para você estar em Viena!"

"Peguei um voo de volta. Quase não consegui. Cheguei há algumas horas e não posso ficar muito tempo. Voltarei em três dias."

Ela o olhou e teve dificuldade em não chorar de alegria. "Ah! Graças a Deus. Você pode tocar no meu lugar agora."

Ele deu uma risadinha. "Sem chance. Serei seu pianista esta noite, maninha. Mas o resto é com você."

Ela cravou as unhas em seus pulsos. "Ah, por favor, não me obrigue a fazer isso. Você faria um trabalho muito melhor."

Ele ofegou. "Bem, é claro. Mas quero que você faça isso."

"Mas eu não sou ninguém!", ela explodiu. Seu cérebro privado de sono lutava para acompanhar tudo que estava acontecendo, e não pôde deixar de desejar voltar para seu próprio quarto e ficar encolhida na cama com uma caneca de chá quente.

Ele deu um tapinha em seu nariz. "Você é alguém."

O olhar no rosto da irmã lhe dizia que ela não estava convencida. "Olha", ele disse. "Você sabe que nunca faço nada sem uma razão. Então você vai ter que confiar em mim."

Nori conteve as lágrimas. Não havia tempo para isso. O alívio de ter Akira ao seu lado novamente superava tudo. Se ela fosse um fiasco completo, pelo menos ele estaria lá para... bem, pelo menos ele estaria lá.

Ela segurou a mão dele e apertou com força.

"Feliz aniversário."

Ele encolheu os ombros. "Sem cerimônias."

"Eu tenho perguntas", ela o provocou. "Muitas perguntas. Isso que você está fazendo é muito atípico, Aniki."

Akira sorriu. "Talvez mais tarde. Agora vamos."

Não olhe para eles.

Era a única maneira. Depois de procurar Hiromoto na multidão e não conseguir encontrá-lo em meio à massa de ternos pretos, ela desistiu, e agora estava olhando fixamente para o chão.

Akira estava sentado ao piano, depois de ser calorosamente abraçado pelo maestro e metade dos músicos da orquestra.

Era óbvio que ele pertencia àquele lugar, e ela não. Mas ali estava.

Alguém que ela não reconheceu subiu ao palco e disse algumas palavras, agradecendo aos convidados em nome de Hiromoto pela presença aquela noite. Ele apresentou a solista da noite como srta. Noriko Kamiza, e ela pôde ouvir a multidão explodir em murmúrios.

Nori nunca quis tanto estar em outro lugar. E isso dizia muita coisa.

O vestido coçava. As mãos estavam suadas. Deveria ter usado o cabelo de forma diferente. As cordas de seu violino estavam com a tensão muito alta.

O olhar de Akira era a única coisa que a mantinha firme.

Ele acredita em você.

Ela respirou fundo e não soltou o ar até que o maestro lhe acenou que era hora de começar.

Agora.

Ela voou. Com a primeira virtuose de notas ascendentes, reivindicou a peça para si.

Perfeito.

Quase podia sentir as mãos de Akira sobre as dela, a guiando. Acima do som da orquestra, podia ouvir a voz dele em sua cabeça.

Bom. Não muito rápido, agora. Diminua a velocidade para esta parte... é como uma carícia. É quase sensual.

Bem desse jeito.

Agora, mais alto. Não desafina.

Mais rápido. Mais rápido. Mais rápido.

Ela estava sem fôlego. O rosto estava quente, mas suas mãos estavam firmes. Ela não seria humilhada. Não dessa vez.

A orquestra se adiantou, e Nori se apressou em alcançá-los. O som da flauta perfurou seu coração.

É assim que ele se sente?

É assim que Akira sempre se sente?

No meio de tal som?

Ela abriu os olhos. Havia um som diferente agora, totalmente desconhecido.

Eram aplausos. Aplausos estrondosos.

Nori sentiu-se emocionada. Eles continuaram por três minutos completos.

Seu peito arfava para cima e para baixo.

"Bis! Bravo!", alguém gritou.

"Sim, mais!"

Akira olhou para ela com o canto do olho. Era tradicional dar um pequeno intervalo entre as peças.

Nori já estava sem fôlego, mas sinalizou que estava pronta para continuar. A próxima era sua música.

A "Ave Maria" correu perfeitamente, como, no fundo, sempre soube que seria. Era uma extensão de si mesma e, portanto, impossível de esquecer.

Ela ouviu alguém chorando.

E então o rugido recomeçou. A plateia parecia insaciável.

Nori sentiu a mão de Akira em seu ombro quando ele se inclinou para sussurrar em seu ouvido. "Se você precisar de uma pausa..."

"Não."

"Já se passou quase uma hora. Você parece um pouco tonta."

"Quero terminar isso."

Se parasse agora, nunca seria capaz de começar de novo. A adrenalina era a única coisa que a sustentava.

Sem ser visto pelo resto da multidão, ele beijou levemente a nuca da irmã.

"Confiança", ele sussurrou.

Ele voltou para o piano. O murmúrio da multidão cessou. Nori poderia jurar que algum ser celestial realmente os congelara.

Akira deixou cair a primeira nota. Então a segunda. Depois a terceira. Cada uma mais baixa e mais sinistra do que a outra.

Ela sentiu algo se estilhaçar dentro de si.

E então, sem nem mesmo pensar, ela atendeu o chamado.

Não estava atrás dele; não estava à frente dele. Os sons estavam entrelaçados, como duas metades de um todo.

Uma lágrima escorreu por sua bochecha.

Todo o medo, toda a dor, todo o ódio fluíram para fora dela através do som.

A dificuldade fora esquecida; o público fora esquecido.

Havia apenas duas pessoas ali.

Foi acelerando e acelerando, até que eles estavam dançando em uma névoa vermelha delirante.

E então, quando a música desacelerou pela última vez, uma mensagem límpida como o dia:

Fim.

Nori se dobrou como uma boneca de papel e cobriu os olhos. Seu violino caiu no chão.

Ela não ouviu os aplausos.

Tudo que sentiu foi Akira pegando sua mão e a levando pelo corredor, saindo pela porta da frente e pela noite fria de inverno.

Ela sentiu o ar em seu rosto e ofegou.

"Você está bem", disse ele. "Calma, calma."

Ela continuou a respirar em jorros curtos e desesperados.

"Eu consegui", ela chiou.

Akira se sentou, bem ali na neve para que ela pudesse descansar o rosto contra o seu peito.

"Você conseguiu", e havia uma calma, mas uma poderosa sensação de satisfação em sua voz.

"Foi bom?"

Akira bufou. "Desleixada nas vibrações. Como sempre."

Ela sabia que não devia ficar chateada. "Mas e o resto?"

Akira ficou em silêncio por um longo momento. "Eu estou... feliz por ter voltado."

Nori guardou essas palavras em sua caixa de coisas sagradas.

"Vou pegar nossas coisas", disse Akira. "E cumprimentar Hiromoto. A menos que você queira ficar para a festa e se deleitar com seu triunfo?"

Ela balançou a cabeça.

"Vamos para casa."

O motorista era o mesmo homem de antes. Ele sorriu para Nori enquanto abria a porta. Ele deu a Akira um breve olhar perplexo antes de desviar o rosto. O irmão havia pegado um táxi direto do aeroporto e trazia apenas uma pequena mala.

A noite estava perfeitamente quieta sob um céu preto e sem estrelas. Não havia outros carros na estrada sinuosa.

Akira se encostou na janela com os olhos semicerrados. Nori soprou em sua janela e traçou os caracteres de seu nome com o dedo mínimo.

No-

Ri-

Ko...

Uma vez isso fora tudo que ela conseguia escrever. Ela cutucou Akira com o pé.

"Akira."

Ele virou para encará-la. "*Nani*?"

"Você acha que eu poderia ir com você para Viena? E poderíamos tocar de novo? Juntos?"

Ela esperava que o irmão zombasse ou revirasse os olhos, mas o olhar que ele lhe deu foi limpo e honesto.

"Você não está pronta para isso ainda."

Nori baixou a cabeça.

Akira ergueu seu queixo com dois dedos e puxou um de seus cachos. "Mas talvez no ano que vem."

Nori começou a sorrir, mas não teve a chance de terminar.

Tudo aconteceu em um instante.

O carro deu uma guinada tão brusca para a esquerda que a jogou para trás, fazendo-a bater a cabeça contra a janela. Ela pensou, vagamente, que as árvores estavam ficando muito próximas.

O rosto de Akira estava impassível. Ela o viu pronunciar seu nome.

Nori.

Então, um estrondo. Seu corpo voou para a frente. A última coisa que sentiu foram os braços dele se fechando ao seu redor.

Porque, no momento seguinte, não podia sentir nada.

Ela sabia que o chão em que estava deitada devia ser frio, sabia que as chamas ao seu redor deveriam ser quentes, mas não podia sentir nenhum dos dois.

Ela viu o motorista a seis metros de distância. Ele era apenas uma partícula, a cabeça aberta como um ovo. Nunca imaginou que as pessoas tinham tanto sangue dentro delas.

A luz das chamas atingiu o vidro quebrado que estava a sua volta, coberto por uma camada de neve recém-caída.

Seus olhos encontraram um pedaço grande e irregular saindo direto de seu peito.

Ele brilhou como um cometa caído do céu.

AURORA
CAPÍTULO QUINZE

Acho que fiquei surda. E cega. E burra.

Todo dia, o dia todo, as pessoas entram e saem do quarto. Sentam-se ao lado da cama e me fazem perguntas, mas não consigo ouvir uma única palavra. Se tento dormir, me acordam e me fazem mais perguntas.

Acho que algo muito ruim aconteceu. Tenho uma sensação profunda, mesmo neste plano flutuante, de que está faltando um grande pedaço de mim. Preciso encontrar. Preciso encontrar o que quer que seja.

Mas, primeiro, eu preciso lembrar meu nome.

Noriko.

Pronto, eu tenho um nome. Não tenho certeza de quantos dias levei para descobrir isso. Alguém cobriu a janela com papel, então tenho que confiar nos meus ouvidos para me dizer que horas são.

Alguém veio hoje — ou foi ontem? — e eu pensei que sabia quem era, mas depois me escapou. Deslizou para além de mim como a chuva sobre uma asa.

Eles passam no meu peito uma pomada que cheira a enxofre. Dói, e eu grito, mas também não consigo ouvir.

Eu não posso fazer nada além de chorar.

Deixaram que eu saísse do quarto.

Se eu andar entre duas pessoas e me inclinar um pouco, posso me mover pelo corredor.

Agora, acho que conheço este lugar. Não é uma prisão estranha, como pensei a princípio.

Isso é... familiar para mim. Sinto uma pequena centelha de afeto, de esperança, mas não me lembro por quê.

Pego a manga da roupa de uma mulher e olho em seu rosto pálido e manchado de lágrimas.

"Tem alguma coisa errada", digo a ela.

É a primeira vez que tento falar, e minha voz está fraca e inútil. Mas acho que a mulher entende. Ainda não consigo ouvir, mas consigo ler seus lábios.

"Nori..."

A outra mulher a interrompe. "Não lhe diga. Ela não vai se lembrar. Você está apenas a torturando."

"Ela tem o direito..."

"Lembra da última vez? É inútil. E cruel."

Sinto uma pontada profunda no peito, como se alguém estivesse me partindo em duas de dentro para fora.

Eu acordo muitas horas depois. A dor se foi. Mas ainda não consigo parar de chorar.

Há alguém que devo encontrar.

Eu sou Noriko Kamiza e tenho uma mãe que foi embora, um pai que nunca conheci e uma amiga com cabelos prateados que está do outro lado do mar.

E eu tenho outra coisa.

Tenho o calor do sol, e seu peso também.

Por que não consigo lembrar?

Tudo desceu sobre ela em um momento de nitidez surpreendente. Foi poderoso o suficiente para tirá-la do sono.

Nori se levantou. Cada membro de seu corpo gritava, e ela estava seminua, despida da cintura para cima, mas não se importou. Enrolou-se no cobertor e saiu andando.

Tinha a sensação surreal de que nada daquilo estava de fato acontecendo.

Caminhou pelo corredor, parou na terceira porta à direita. Bateu.

Não houve resposta.

Abriu a porta.

O quarto de Akira estava exatamente como ele o deixara. A cama estava feita; as pastas de partituras, empilhadas ordenadamente sobre a mesa. Os muitos cachecóis que ela tricotara para o irmão estavam pendurados em um gancho ao lado do espelho.

E lá, sentada na cama, estava uma figura meio envolta na escuridão.

Ela rastejou para a frente, ignorando o fato de que parecia andar em chamas.

A figura ergueu os olhos.

"Ayame", Nori sussurrou.

Ayame não disse nada. Sua palidez era mortal; o cabelo estava oleoso. O vestido azul parecia sujo.

E ela estava chorando.

Nori sentiu uma onda profunda passar por ela. Algo lhe disse para sair, voltar para o quarto e dormir. Para afundar de volta no delírio.

Porque aquilo era indescritível. Impossível.

Nori fechou os olhos. "Onde ele está?"

Ayame deixou escapar um soluço entrecortado. "Eu não... Eu não deveria..."

Por um breve momento, Nori se permitiu uma esperança cega e estúpida. "Ele está em Viena?", perguntou, em uma vozinha estridente que parecia patética até mesmo para ela.

Ayame a encarou, olhos arregalados e rosto pálido, sem dizer nada.

"Eu sei que ele estava indo para Viena", Nori insistiu. "Mas depois ia voltar."

Sua voz falhou e ela tentou respirar, mas a dor em seu peito era tão grande que quase a derrubou.

"Ele ia voltar", ela respirou. "Ele prometeu que voltaria."

Ayame se levantou da cama. "Ele voltou", ela disse suavemente. "Para o seu concerto. Você não se lembra?"

"Eu..."

O mundo está virando de cabeça para baixo. Vidro quebrado.

Incêndio.

"Eu..."

Ayame deu mais um passo em sua direção, e Nori se viu estendendo as mãos como se pudesse manter a verdade sob controle.

"Não faça isso", ela se enfureceu fracamente. "Não diga isso."

Mas Ayame não parou. "Ele voltou. Vocês estavam voltando para casa. Mas estava escuro e... estava nevando. O carro..."

"NÃO!"

"O carro saiu da estrada."

Nori tentou fugir, mas tropeçou na ponta do cobertor e caiu no chão. Ela baixou a cabeça e ergueu as mãos, implorando.

"Por favor, não", ela sussurrou. "Por favor."

"Ele escorregou pelo barranco, entrando na floresta. Você atingiu as árvores."

Finalmente, Nori olhou para cima. Seus olhos estavam secos. E embora estivesse ajoelhada, seus ombros permaneciam retos.

Ela absorveu o momento, o quarto, até a última partícula de poeira flutuando no ar. Deixou tudo ser absorvido em seus próprios ossos. Esforçou-se para lembrar, com nitidez exata, o momento anterior. Segurou-o com força nas mãos, como um passarinho se contorcendo.

E então o deixou passar.

"Onde está Akira?", Nori perguntou.

E na mais baixa voz, Ayame respondeu.

A boca de Nori se abriu.

Ela se lembrava agora.

Deitada ali, naquele chão congelado, havia alguém ao seu lado, a apenas alguns metros de distância.

Akira.

Seu corpo estava enrolado, quase como se estivesse dormindo. O cabelo ligeiramente despenteado, como sempre.

E o rosto do irmão... o rosto... *foi embora.*

Nori desabou.

E então gritou.

Eles me dão algo para eu dormir.

Mas não durmo, embora seja tudo que quero fazer.

Fico acordada, olhando para o teto e penso sem parar: Deixe-me morrer.

Por favor, Deus.

Apenas me deixe morrer.

Eu não morri.

Embora fique aqui o dia todo, todos os dias, vire meu rosto para a parede e espere pela morte, nada acontece.

Eu vejo o corpo sem rosto de Akira, do mesmo jeito que minha mãe aparecia para mim em meus sonhos, e vomito na tigela ao lado da cama.

Bebo um pouco de água para apaziguar Ayame, que também parece à beira da morte, mas não como nada.

O médico vem verificar meus ferimentos e sinto uma raiva ridícula e desprezível ao vê-lo.

Eu o odeio como a um escorpião.

Onde ele estava quando era necessário? Onde ele estava para ajudar aquele que valia a pena salvar?

Eu digo a ele para me deixar morrer, e ele responde que não pode, que é um médico e que não mereço morrer.

Sim, eu mereço.

Sempre mereci morrer. Mas me recusei.

E agora eu o matei.

Ayame diz que devo me levantar.

Diz que não posso ficar nesta cama para sempre. Ela tomou banho e colocou um vestido novo e engomado. Está recuperada.

Ele morreu há apenas três semanas.

Ouço sons do lado de fora da minha porta, de pessoas se mexendo e falando, de cozinha e limpeza e vida.

Mas o sol se foi.

Eles não sabem? Não sabem que o sol se foi e que tudo acabou? Portanto, não posso me levantar.

Eu nunca mais vou me levantar.

AYAME

Tóquio, Japão
1º de março de 1957

O mensageiro chega no romper da aurora em um dia miserável. A névoa é tão densa que mal consigo ver pela janela. Choveu a noite toda, um terrível *hisame*: chuva fria, do tipo que se infiltra no ar, penetra na casa e nos ossos. Não dá para se aquecer, não importa o que se faça.

Tenho esperado por isso desde o acontecido. Divido meu tempo entre ficar de vigília no quarto dela e dormir perto da porta da entrada com uma faca embaixo do travesseiro.

Enrolo um xale em volta dos ombros e o encontro no portão da frente. Não vou permitir que ele dê um único passo além.

O mensageiro inclina a cabeça e me entrega a carta. É marcada com o selo da família Kamiza: um crisântemo branco com o centro roxo.

"Por favor, esteja avisada, Ayame-san, que este será seu primeiro e único aviso."

Quero ficar com raiva, mas não posso. Não consigo sentir mais nada.

Conheço Akira desde o dia em que ele nasceu. Com apenas cinco anos, eu o pegava no colo e cantava para ele dormir. Eu o observei mudar de um garotinho amoroso e feliz para uma criança reservada que raramente falava.

Quando ele partiu para Quioto, pensei que estava tudo acabado. Até fui trabalhar para outra grande família.

Então ele veio me procurar. Estava bem na minha frente, sorrindo para mim, como um milagre. Pediu que cuidasse de sua casa; disse que não confiaria em mais ninguém.

E todos esses anos, cuidei dele. Como minha mãe cuidou de seu pai.

Todo dia levava o seu café, e todo dia ele me olhava, sorria suavemente e dizia: "Obrigado, Ayame. Você sempre cuida tão bem de mim".

E todo dia eu fingia que não estava desesperadamente, intensamente, completamente apaixonada por ele. Porque sou uma empregada. E ele é... ele era...

Não consigo imaginar um mundo sem ele.

Eu agarro a carta em minhas mãos frias.

"Essa mulher não pode vir aqui", digo em um sussurro furioso. "Está fora de cogitação."

Ele dá um sorriso débil para mim. "Certifique-se de que ela leia. Minha senhora espera uma resposta em breve."

Eu estou tremendo. "Como assim, em breve?"

"Três dias."

Ele se curva novamente, se vira e desaparece de volta na névoa.

Eu volto para a casa.

Demoro muito para encontrar forças para subir. Sei o que está esperando por mim lá. E não quero enfrentar isso.

Finalmente me esforço para me mexer e me surpreendo com como meus membros se tornaram pesados. Envelheci cem anos em semanas.

Eu não bato. Abro a porta e a encontro lá, como sabia que estaria.

Está deitada na cama, com o rosto voltado para o teto, sem piscar. Seu cabelo está emaranhado de suor; provavelmente terá que cortá-lo.

Mas o pior é a sua pele. A pele, que exibia outrora o mais tênue tom de marrom, agora é acinzentada.

Ela está se transformando em uma mulher morta bem diante dos meus olhos e não há nada que eu possa fazer.

"Nori", eu sussurro.

Ela não se mexe. Nem sei se me ouve. Ela não disse uma única palavra desde que lhe contei sobre a morte do irmão.

Vou me sentar no banquinho ao lado da cama e sinto repulsa por seu cheiro. Cheira à morte, à decomposição.

"Nori", digo novamente, com mais força desta vez, "tem uma carta para você."

Seus lábios rachados se abrem. Ela murmura *não* e depois se vira de lado para encarar a parede.

Vejo feridas vermelhas em suas costas.

Quando a polícia a encontrou e a levou para o hospital, eu que fui buscá-la e trazê-la de volta para cá. Assim que retiraram o vidro, o médico disse que ela viveria e se recuperaria totalmente, mas que teria uma cicatriz terrível.

Quase ri na cara dele.

Nunca cheguei a ver Akira. Já estava no necrotério. E, de qualquer maneira, não tinha rosto. Disseram que ele não tinha rosto.

Eu tinha que tirar Nori daquele lugar antes que sua avó chegasse. Tinha que fazer isso, por Akira.

"Tem uma carta da sua avó."

Nori estica o pescoço para olhar para mim. "O quê?", ela respira, e sua voz é a de uma mulher velha e destruída.

"Sua avó enviou um mensageiro com uma carta para você."

Pela primeira vez em dias, ela se senta. Precisa me agarrar para se firmar, mas estende o braço esquelético e pega a carta da minha mão.

Ela remove o selo e abre o envelope, puxando a carta. Vejo seus olhos examinando a página, uma, duas, três vezes.

Seu rosto não revela nenhuma emoção; os olhos vazios como os de uma boneca.

Ela me entrega a carta e vira o rosto de volta para a parede. Acho que minhas mãos estão tremendo enquanto tento ler. A luz da manhã que entra pela janela coberta é cinza e opaca, mas ainda posso entender o que diz.

28 de fevereiro de 1957

Noriko,

Você ficará feliz em saber que alcançou sua ambição. Seu irmão morreu. O futuro da nossa casa está morto. Meu legado, que trabalhei tanto para proteger, terminará com a minha morte.

Talvez agora você acredite em mim quando disser que você é amaldiçoada, uma maldita, uma filha do demônio.

Devem ter te contado que seu belo rosto foi partido em dois. Ele morreu em uma estrada fria no meio da noite, sozinho.

Tinha completado vinte e um anos naquele dia.

Nós, sua família, seu avô e eu, o enterramos com grande honra em Quioto, sua cidade ancestral.

Você tem até o final da primeira semana de março para deixar o Japão e nunca mais voltar.

Esta cortesia é por respeito ao meu neto, pois Deus sabe que você não merece nada.

Você matou seu irmão. Destruiu sua mãe e seu pai também.

Agora, contarei que ele era um trabalhador rural comum de um pequeno estado vulgar chamado Virgínia, nos Estados Unidos. Seu nome era James Ferrier. Morreu em 1941, pouco depois de você nascer.

Conto isso para que você tenha certeza de que não tem ninguém e nem nada. Nem mesmo um nome, pois eu o retiro de você. E não tem família, pois você arruinou a todos.

Deixe o Japão. Veja se consegue encontrar algum canto desprezível do mundo que te queira.

Mas eu tenho minhas dúvidas.

A Honorável Senhora Yuko Kamiza

Eu levo minha mão à boca para me impedir de gritar. Que mulher horrível.

"Nori", suspiro, segurando seus ombros magros e a forçando a olhar para mim. "Você tem que ir embora."

Ela pisca.

"Nori, eles vão te matar! Isso não é uma ameaça leviana, eles não têm mais motivos para não fazer isso, não há nada para detê-los!"

Ela inclina a cabeça. "Ótimo."

Estou pasma. "O quê?"

Ela se mostra indiferente. "Eu mereço morrer. Deixe-a."

Dou um tapa em seu rosto. Faço isso sem nem mesmo pensar. Toda a minha dor, toda a minha raiva guardada em um universo aleatório e cruel, vem à tona.

"Como você ousa. Como se atreve a dizer uma coisa dessas, sua garota estúpida. Akira arriscou tudo por você, para lhe dar uma vida, para lhe dar a chance de um futuro que valha a pena."

Suas bochechas ficam vermelhas. "Sim", ela cospe, "e agora ele está morto."

"E não foi culpa sua. Foi um acidente. Foi um ato de Deus."

Seus olhos se enchem de lágrimas. A máscara quebra.

"Que tipo de Deus permitiria isso?", ela soluça.

Não posso responder. Não sei.

Eu a seguro contra o meu peito, essa coisinha frágil, e a embalo enquanto ela chora.

"Você precisa viver", digo a ela, minha voz tremendo de fervor. "Tem que sair do país, para algum lugar seguro. Vá para a Inglaterra ver sua amiga Alice. Deixe o Japão, deixe tudo isso para trás. Comece uma nova vida."

Ela balança a cabeça. "Eu não *quero* viver de jeito nenhum."

Eu a sacudo com força e sua cabeça balança para a frente e para trás.

"Não importa o que você quer. Não se atreva a insultar a memória de Akira, se permitindo morrer. Agora se levante."

Ela hesita.

"LEVANTE-SE!"

Quase a puxei para fora da cama. Ela tropeça pelo quarto com as pernas trêmulas. Parece uma corça aprendendo a andar.

Ela desaba contra a parede e, por um longo tempo, não fala.

"Você vem comigo?", ela pergunta em voz baixa.

Coitada, doce menina. Queria poder. Nunca conheci outro tipo de vida, nunca sequer sonhei com isso.

Meu lugar é aqui. O resto da família será dissolvido; a propriedade irá para o limbo até que seja determinado para qual parente passará... mas ficarei aqui como zeladora.

Com o fantasma de Akira. Talvez ele me veja agora, como nunca me viu na vida. Eu sou a única que sobrou.

Minha expressão dá a Nori minha resposta.

Ela tenta sorrir, mas seu rosto sofre um espasmo — nitidamente ela se esqueceu de como fazer isso.

"Bem, então", diz ela, baixinho, "é melhor arrumar minhas coisas."

Estou inundada de alívio. Fecho os olhos para conter as lágrimas.

Vou protegê-la, Akira-sama. Sei que ela era o seu bem mais precioso. Como você era o meu.

No dia em que Nori deixou o Japão, o céu chorou.

Shinotsukuame. Chuva implacável. Chuva que nunca iria parar.

Mas ela sabia que as lágrimas não eram por ela.

Ela levou consigo doze vestidos, dois quimonos, as fitas que sua mãe lhe dera, seis blusas, seis saias e todas as suas pérolas. Levou também o último diário de sua mãe, que ainda não havia terminado, e uma pequena fotografia em miniatura que Ayame lhe dera.

Era uma foto de Akira pouco antes de ir para Quioto. Ele não estava sorrindo, olhava para a câmera. Mas havia uma luz em seus olhos.

Ela pegou seu violino. Todo o dinheiro do cofre, uma pequena fortuna, o suficiente para levá-la para longe. Os documentos falsos e o passaporte que o irmão havia feito, caso fossem necessários.

E, por último, pegou o medalhão que Akira havia lhe dado em seu aniversário de dezesseis anos.

Todo o resto não era mais dela. Não era mais Noriko Kamiza, a garota bastarda.

Ela não era ninguém agora.

Era uma perspectiva assustadora: ser livre.

Ficou parada na chuva, com o cabelo emaranhado ao lado do rosto, esperando o navio começar o embarque.

Ayame falava com o capitão. Nori viu o dinheiro sendo trocado. Provavelmente um suborno, para garantir que fosse bem cuidada na longa jornada.

Nori olhou para o céu. Um desespero selvagem se apoderou dela, uma fenda no vazio absoluto que sentia há dias.

Pela última vez, implorou a Deus. *Traga-o de volta para mim.*

Leve-me em seu lugar. Por favor. Eu te imploro. Que seja um sonho, um sonho horrível, e fale que vou acordar.

Fale que a vida não é tão impetuosa, tão cruel quanto esta.

Ele era bom, o que é melhor do que legal, e ele era honesto, o que é melhor do que gentil.

Fale que o Senhor não o deixou morrer.

Traga Akira de volta para mim.

Por favor.

O trovão estalou, e Nori teve certeza, pela primeira vez em sua vida, de que Deus a tinha ouvido.

A resposta foi não.

Ayame veio e a pegou pelos ombros, guiando-a para longe da chuva, para baixo do toldo que cobria a rampa.

"É hora de ir", ela sussurrou entrecortada, "minha doce menina."

Nori queria sentir tristeza por deixar Ayame. Mas não conseguiu. O sol se foi; não conseguia ficar triste com mais nada.

"Obrigada por tudo que você fez por mim", ela disse, e estava sendo sincera. "Lamento que tenha terminado assim."

"Não é sua culpa, minha senhora."

Nori deu um pequeno sorriso. "Você não precisa mais me chamar assim. É apenas Nori."

Ayame a beijou nas duas faces frias.

"Lembre-se de quem você é", ela sussurrou.

Elas compartilharam um último e longo abraço. No fundo de seu coração congelado, Nori sabia que nunca mais se veriam.

Ela subiu a rampa para o navio.

Em vez de descer para sua cabine de primeira classe, onde havia uma cama quente esperando por ela, foi para o lado da grade e ficou olhando.

O oceano parecia não ter fim. Mas, de alguma forma, em algum lugar, acabava.

Talvez fosse o mesmo com sua dor.

Embora não pudesse ver.

Nori se virou para olhar para o seu país de origem, o país pelo qual ela queria tão desesperadamente ser amada, cada vez mais longe.

"Adeus", sussurrou.

A imagem de Akira lhe veio.

Adeus, Aniki.

O vento sussurrava e ela se esforçava para ouvir sua voz, como sempre conseguia fazer, mesmo quando ele estava longe. Quando estava surda para Deus, quando estava surda para a esperança, a voz do vento sempre estivera presente.

Mas agora não. Agora não havia nada.

Akira se fora.

PALAVRAS QUE APRENDI
COM A CHUVA

PELE
CAPÍTULO DEZESSEIS

Paris, França
Março de 1964

Os paralelepípedos estavam escorregadios. Ela não contava com aquilo. Seu plano tinha sido perfeito; não havia saída que não tivesse explorado, nenhuma rota que não tivesse mapeado. Sabia exatamente qual era a última peça, e planejava escapar durante os seis compassos finais, antes que as luzes se acendessem.

Ninguém jamais saberia que ela estivera ali aquela noite.

Mas não havia planejado que o violoncelista desmaiasse no meio do Rachmaninoff. E nem que ele agarrasse seu colarinho engomado e caísse em cima da mulher que gritava ao seu lado.

Não havia planejado o pânico geral, as luzes se acendendo no corredor, o pianista se levantando para vasculhar a multidão em busca de ajuda.

E mesmo assim, as coisas podiam ser salvas. Tentou ficar sentada, com a cabeça baixa. Havia mil pessoas ali, estava usando um vestido preto, não havia motivo para ser vista.

Até que a pessoa ao seu lado saltou, dizendo ser médico, e pedindo, por favor, para que ela lhe desse licença para deixá-lo passar.

Então, enquanto se levantava, quando os olhos azuis safira do pianista encontraram os seus, ela soube que seu plano eram cinzas espalhadas ao vento.

E então correu.

Teve uma vantagem inicial, mas ele foi mais rápido. E ela estava de salto.

Saiu do corredor, passou pelas portas da frente, conseguiu rolar escada abaixo e cair nas pedras molhadas. Caiu com força, mas conseguiu se levantar e entrar em um táxi próximo que, felizmente, estava bem ali, deixando um casal de idosos.

Se não fosse isso, ele teria a alcançado.

Dava para ver seu rosto no espelho retrovisor, chamando o nome que um dia fora seu.

Nori!

Ela não tinha resposta para ele.

Ela não tinha respostas para si mesma.

Sua idiota. Você nunca deveria ter ido.

Nori olhou para seu reflexo na xícara. O chá era bom ali. Essa era uma das coisas de que gostava no quartinho que alugara de uma gentil viúva francesa.

A outra coisa de que gostava era a privacidade.

Sabia que não seria encontrada, mas não importava. Não podia ficar ali. A bolha estourara.

Nos últimos sete anos, ela tinha se mudado de um lugar para outro, nunca ficando em nenhum por muito tempo. Viena primeiro, depois Roma, depois Malta. Passara alguns meses na Suíça antes de ir para Paris. Já estava ali há quase um ano.

Perseguindo fantasmas.

Muitas pessoas que perdera amavam a Cidade Luz.

Esperava que estar ali lhe trouxesse um pouco de paz. Talvez até se sentisse compelida a ficar para construir uma vida nova.

A princípio, não queria se estabelecer em lugar nenhum. Ficava satisfeita em ir para as cidades mais bonitas da Europa, sentar-se sob sol quente e ouvir os músicos de rua tocando.

É o que ele teria feito em seus dias de folga.

Ela havia se tornado como um pássaro migratório, voando de um lugar para outro, nunca pensando no que comer, onde dormir e para onde voar em seguida.

Mas agora estava cansada. Muito, muito cansada. E aos vinte e três anos, não era mais uma garota.

Ele esperava mais dela.

Nori afastou a xícara de chá. Pensamentos como esses eram perigosos. Ao longo dos anos, tivera que tomar um cuidado especial para não cair muito fundo na toca do coelho. Ou nunca conseguiria sair.

Hora de dar um passeio.

Ela enrolou um xale nos ombros e desceu a estreita escada em espiral. Como sempre fazia, parou para acariciar o gato malhado cor de laranja e caolho da dona do prédio antes de sair pela porta.

Gostava de gatos. Pelo que sabia, eram melhores companheiros do que a maioria das pessoas. Casamento, filhos... isso não era para pessoas como ela, nem ela era adequada para nenhuma dessas coisas. Mas gostaria de ter um gato um dia.

Foi um dia pitoresco. Nem tão quente, nem tão frio. O sol estava meio escondido atrás de nuvens fofas, e havia uma brisa que carregava o cheiro do pão da padaria da rua de baixo.

Nori caminhou pela rua, evitando habilmente os ciclistas imprudentes, até que chegou a uma pequena ponte com vista para o Sena.

Perguntou-se se sua mãe havia estado ali.

Talvez Seiko tivesse olhado para a água e visto os pombos corajosos mergulharem para roubar doces das mãos de crianças desavisadas. Talvez tenha ouvido o zumbido das balsas enquanto passavam lá embaixo.

Provavelmente não.

Nori apertou seu xale. Tinha duas dúzias desses, em todas as cores. Tricotara-os ao longo dos anos para manter as mãos ocupadas e aproveitar as noites sem dormir. Ela também se tornara razoável em uma variedade aleatória de coisas — jardinagem, geleias, estofados, pintura. Estava sempre em busca de novos passatempos.

Qualquer coisa para acalmar a voz em sua cabeça que sussurrava *sua culpa* continuamente.

Mas agora tinha xales suficientes. Além de cachecóis, colchas e suéteres. E também havia alugado quartos e chalés suficientes. Queria outra coisa agora, mas era perigosa.

Voltar ao Japão estava fora de cogitação. Não poderia haver um retorno alegre ao lar, porque não existia essa coisa de lar.

Ela era um navio arrancado de seu porto desde o dia em que o irmão morrera.

Um martim-pescador desceu de um galho ao seu lado, trazendo-a de volta para onde estava.

Provavelmente era hora de partir. Melhor seria fazer as malas. Não podia se iludir pensando que Will teria a elegância de fingir que não a tinha visto. Ele contaria a todos que importavam, o que era exatamente... uma pessoa.

Isso a atingiu como um raio de trovão no céu claro.

Não havia nenhum lugar para ela. Mas talvez houvesse *alguém*.

Nori nunca se permitira considerar essa ideia. Ayame havia escrito uma carta para Londres, uma eternidade atrás, mas tinha sido a última.

Alice estaria na casa dos vinte anos agora, provavelmente casada, provavelmente no lugar onde tinha nascido. Talvez tivesse esquecido. Ou talvez não tivesse, e Nori fosse a última pessoa que queria ver.

Talvez fosse tarde demais. Possivelmente era tarde demais.

Mas enquanto Nori estava deitada na cama naquela noite, as brasas não se apagavam.

Sentiu o ardor na barriga se espalhando pelas pontas dos dedos, pelo topo da cabeça e pelas solas dos pés.

Lembrava-se da sensação. Selvagem. Volátil. Traiçoeira.

Esperança.

ALICE

Kensington e Chelsea
Londres, Inglaterra
Abril de 1964

Na hora de acordar, estou feliz.

Saio da cama com cuidado para não acordar meu marido. Não há medo nisso. George dorme como um morto depois de alguns drinques e, na noite passada, ele bebeu mais do que só alguns.

Entro no banheiro principal adjacente sem acender a luz e olho meu rosto no espelho.

Ainda sou bonita. Isso pelo menos me conforta. Minha pele está impecável, meus olhos cinzentos são brilhantes, e meu cabelo é espesso e luminoso, ainda daquele tom raro de loiro prateado que me trouxe tanto prestígio.

Minha silhueta está intacta, mesmo depois de duas filhas. Ainda tenho a habilidade de fazer os homens baterem nas paredes quando passo.

Mas quanto mais envelheço, mais percebo como isso é vazio.

Sou casada com o único filho do duque de Norfolk. Quando meu sogro morrer, o que não vai demorar muito, pela idade avançada, serei a principal duquesa em toda a Inglaterra.

É o melhor casamento com que poderia ter sonhado. Por sorte, quando apareci, George precisava de uma esposa, e meu passado foi deliciosamente esquecido.

Ele nunca me perguntou sobre meu tempo no "internato feminino", e eu nunca perguntei quanto dinheiro meu pai lhe deu para se casar comigo.

Temos duas meninas: Charlotte, que tem cinco anos, e Matilda, que tem dois. Charlotte se parece com o pai. É forte, tem cabelos e olhos castanhos e é inteligente. Mas, Deus me perdoe por pensar isso, nunca vai ganhar nenhum concurso de beleza. Ninguém escreverá poemas louvando sua formosura.

Matilda é minha bonequinha; se parece comigo e, na verdade, acho que será muito mais bela do que eu. Meu marido adora as duas e, embora não tenha paixão por mim, é respeitoso e gentil.

Mas ainda precisamos de um menino. Esse é o mundo.

Ainda sou jovem, amém, com pelo menos uma década de anos férteis pela frente. Mas tenho um medo secreto.

Me visto com pressa e desço para a cozinha, onde uma empregada já está servindo o café da manhã. Sempre tomo café sozinha.

Enquanto meu marido dorme e minhas filhas estão lá em cima no quarto, posso ser a mulher egoísta que sempre fui criada para ser por alguns breves momentos do dia.

A luz entra pelas janelas de sacada que instalei na primavera passada.

É abril novamente.

Ela deveria vir em abril. Estava esperando por ela, recebi uma carta enviada pela empregada avisando, mas nunca veio.

Também não veio no ano seguinte, nem no outro.

E aqui estou eu, sete anos depois e ainda esperando pela garota que amava como uma irmã.

É provável que esteja morta. Por mais que me doa, posso ver minha doce e melancólica menina amarrando pedras na cintura e entrando no oceano.

Ela adorava o irmão com um fervor que não entendi até ter minhas próprias filhas. Se alguma coisa acontecesse com elas, acho que meu coração iria parar no meu peito. Eu simplesmente deixaria de existir.

Percebo as lágrimas chegando e as empurro de volta. Sinto sua falta. Mesmo depois de todos esses anos, embora esteja exatamente onde preciso estar, no lugar para onde nasci, ainda sinto sua falta.

Ela tinha o toque suave e uma fragilidade enganosa. Pensei que precisava de minha proteção, mas foi ela, o tempo todo, quem me protegeu.

Ela me disse uma vez que nasceu sob uma estrela mercurial.

Levei todos esses longos anos para acreditar nela.

A agitação na escada me diz que as crianças estão de pé. Charlotte desce voando escada abaixo com seu novo vestido azul, e a babá desce atrás com Matilda ainda grogue nos braços.

Abraço as duas e respiro o cheiro de sua inocência e alegria.

Meu marido me encontra em nosso jardim. Nunca ligava para esses lugares, mas agora sim. Mais um presente que ela me deu.

Ele se senta no banco ao meu lado e tento não ficar irritada ao vê-lo. É um bom homem, para lhe fazer justiça, mas é tão simples e enfadonho, muito enfadonho. Posso jurar que conheci prataria mais interessante.

"Alguma notícia do médico?"

A esperança em sua voz é como a de uma criança.

Viro-me para ele e tento sorrir. "Sim. Afinal, estou grávida."

Ele fica da cor de um morango e depois me beija na boca, desajeitado como sempre.

Tolero o sexo com ele com a paciência de uma santa, parte de meu dever de esposa. Não espero sentir uma onda da paixão. Não espero ficar febril de desejo como estive há muito tempo, com aquele lindo, lindo traidor.

Mas as últimas sessões que tolerei surtiram efeito. Estou com catorze semanas agora.

"Eu estava pensando em ir às compras hoje. Vou levar as meninas."

Ele balança a cabeça como se quisesse desanuviá-la. "Lógico, lógico. Pegue quanto dinheiro você precisar."

É um bom homem. Não pela primeira vez, gostaria que isso bastasse para mim.

Coloco as meninas no carrinho e vamos embora. Quero manter minha mente longe da criança crescendo em minha barriga. Estou cheia de medo, e não quero que ele envenene o menino — digo, espero que seja um menino.

Eu tenho um segredo. Um pecado. E todos esses anos, evitei a punição por isso. Mas está sempre lá, sob a superfície cintilante de minha vida encantada.

Compro dois ursinhos de pelúcia para as meninas e paro para almoçar em um pequeno café que acaba de ser aberto por um indiano.

Londres está mudando. Agora há todos os tipos de pessoas aqui. Gosto bastante disso. Sempre fiquei perplexa com como uma pessoa pode julgar outra com base apenas na cor de sua pele.

Existem tantas coisas melhores para julgar os outros. Mesmo.

Depois do almoço, compro amendoim com especiarias para as meninas e as levo ao parque para brincar.

Espero que fiquem unidas enquanto crescem. Nunca amei minhas irmãs, e elas nunca me amaram. Encontrei minha irmã verdadeira do outro lado do mundo.

Espero até escurecer para levar as crianças para casa. As duas estão exaustas, entrego-as para a babá e afundo em uma poltrona para descansar.

"Bess", digo, "pode me trazer um pouco de chá, por favor?"

Minha empregada vem do outro cômodo, com o rosto vermelho. "Seu primo está aqui, minha senhora."

Levanto-me e fico olhando para ela sem expressão. "O quê?"

"Seu primo Lorde Stafford está aqui."

"Você quer dizer William?"

"Sim, minha senhora."

Estou com tanta raiva que poderia cuspir. Quem ele pensa que é para vir me visitar a esta hora? Os anos não fizeram nada para apagar a tensão entre nós. Não posso perdoá-lo pela maneira como exerceu sua autoridade sobre mim quando eu estava no meu pior momento. Nós nos vemos apenas quando necessário.

"Mande-o embora", digo pomposamente e sinto uma pontada de prazer.

Will passa por ela e invade a sala. "Um pouco tarde para isso."

Eu me ponho de pé em um salto. "Como você tem coragem?"

Ele sorri. Está bonito como sempre, com toda sua arrogância e charme diabólico.

"Eu sinto muito, querida prima, mas tenho novidades que não podem esperar."

Sinto minhas sobrancelhas arquearem. "O que é?"

"Acho que a vi."

O mundo sob meus pés balança. Afundo na cadeira, sem palavras.

A cada dois anos ou algo assim, ele vai me atormentar com uma aparição. Mas nunca é ela, e sempre fico com a sensação de que alguém fez um buraco em mim.

"Não comece", digo com cansaço.

"Eu juro que a vi em Paris", ele protesta. "Tenho certeza desta vez, enviei alguém para investigar."

"Já chega", eu murmuro. "Já é o suficiente."

Will está obcecado por encontrá-la desde que a notícia da morte de Akira chegou até nós. Foi, até hoje, a única vez que o vi chorar.

Não suporto nem tentar. Eu a conheço melhor do que ele, embora Will nunca fosse aceitar isso. Sei que se ela quisesse, nós a teríamos encontrado.

Nunca lhe contei sobre a carta.

"Mas eu tenho certeza...", ele recomeça.

"Você também tinha certeza em Roma", eu retruco. "E em Viena, onde estava certo de que ela iria perseguir um fantasma. Você tem certeza de que iria encontrá-la em cada cidade aonde a sua música o levou, e ela nunca está lá. Porque ela se *foi*, e estou tão farta da sua busca ridícula para acalmar o seu ego, para resgatá-la e fazê-la finalmente se apaixonar por você. Esquece."

Seu rosto fica com uma tonalidade manchada de roxo. "Você não tem ideia do que está falando."

"Eu sei exatamente do que estou falando. Isso nunca teve nada a ver com ela, e com certeza não tem a ver comigo. Tem a ver com você ser incapaz de aceitar que perdeu."

Ele arranca o paletó. "Ah, cale a boca, Alice."

Eu aponto em direção à porta. "Boa noite, William. Estou ansiosa para sua próxima ilusão."

Na verdade, não. Essas conversas arrancam pedaços de mim. Ele sai furioso, resmungando, e, quando ouço a porta da frente se fechar, coloco a mão na boca.

"Bess", eu sussurro.

Ela está ao meu lado em um instante. "Senhora?"

"Leve-me para cima. Eu preciso descansar. Estou cansada. Estou muito, muito cansada."

Eu durmo horas. De manhã, tomo um longo banho quente e tento aliviar o cansaço em meus ossos.

Eu odeio abril. É o mês mais cruel.

Enrolo-me em uma toalha e me sento ao lado da banheira por uma hora antes de ter forças para me vestir.

As meninas estão brincando do lado de fora com Bess, e George está... em algum lugar. Clube masculino, talvez. Nunca estou a par.

Espio por uma das muitas janelas. As nuvens estão escuras e espessas, ameaçando chuva. Que original.

Desço as escadas e só chego até a metade antes de me encolher no patamar.

Não sei como vou sobreviver nos próximos cinco meses.

A campainha toca.

Suspiro e espero um dos criados atender. Provavelmente é minha irmã Jane que veio invadir meu armário, como se tivesse qualquer coisa que pudesse caber nela.

Ninguém atende. Olho ao redor com irritação, me perguntando quanto pago para essas pessoas.

A campainha toca outra vez.

Levanto-me e desço devagar cada degrau.

A campainha toca pela terceira vez.

Faço meu caminho até a porta, e uma sensação estranha me acompanha. Estou aqui, mas não estou aqui. Estou no passado, no futuro, em algum lugar que nem posso nomear.

De alguma forma, eu sei.

Abro a porta, e lá está ela.

Ela é exatamente a mesma. O rosto ainda é redondo, com uma profunda covinha em cada bochecha. O cabelo preto como a asa de um corvo e tão cacheado como sempre. Está cortado curto, caindo logo abaixo do queixo.

Não parece ter vinte e três anos. Parece muito jovem e muito velha. Não parece nobre, pois está vestida com nada além de um vestido azul simples.

Mas está *viva*.

Nori sorri para mim, tímida. "Desculpe."

Ouço um rugido em meus ouvidos, e então todas as luzes se apagam.

Eu acordo na minha cama.

Nori está sentada na beirada, ao meu lado, parecendo culpada.

Eu pisco para vê-la. "Bess", grito, e ela aparece de imediato.

"Minha senhora?"

"Deixe-nos a sós. E não deixe ninguém entrar no quarto até eu mandar."

Ela acena com a cabeça e sai.

Nori fica inquieta. "Vejo que você tem uma vida grandiosa, minha querida. Exatamente como costumávamos falar."

Fico boquiaberta. "Você... você está aqui."

Ela sorri e acena com a cabeça. "Eu estou."

Sinto uma pulsação profunda de raiva. "Onde você esteve?"

Ela desvia o olhar. Lógico, estava esperando por isso. "É complicado."

"Você poderia ter me escrito", eu me enfureço. "Você desapareceu da face da terra por malditos sete anos. Pensei que estivesse morta. Você me deixou pensar que estivesse morta."

Ela abaixa a cabeça. "Eu sinto muito. Se quiser que eu vá embora..."

Pego sua mão e a seguro com força.

"Bobagem, nunca mais vou te perder de vista."

Ela ri. "Ah, Alice. Eu senti saudade."

"E te contaram que eu tenho filhos?", disparo. "Duas meninas. Charlotte e Matilda."

"Eu as vi", ela responde calorosamente. "São lindas, minha querida. Mal posso esperar para conhecê-las melhor."

"Estou grávida agora também", digo, e acho que pareço tímida.

Ela beija minhas bochechas coradas. "Que maravilha."

Fixo meus olhos nela. Está mais madura. É uma garota adorável, mesmo com os cantos da boca vincados para baixo. Ela parece tão triste.

"E você, Nori?"

Ela hesita. "Não é uma história tão interessante."

"Quero ouvir mesmo assim", insisto.

Nori fica muito quieta.

E então me conta. Ela me conta, e posso ver imediatamente o quanto tem se sentido solitária e o quanto acredita que mereceu passar por tudo. Minha raiva desaparece.

Ela tem se martirizado todo esse tempo. Mas o fato de estar aqui agora significa que está pronta para parar.

"Por que você não veio até mim no começo?", eu lamento. "Eu teria cuidado de você. Teríamos sido como irmãs!"

A cor desaparece de seu rosto. "Eu não queria ficar perto de você. Ou melhor, não queria que você ficasse perto de mim. Eu não era boa para ninguém, Alice. Eu estava convencida de que era..."

Eu olho em seus olhos. "O quê?"

Ela morde o lábio inferior. "Nada. Não importa. Estou aqui agora."

Não estou satisfeita com isso, mas sei que não devo pressioná-la. Ela é como um potro assustado; se forçá-la, vai fugir. Basta observar como se comporta para saber que está a um fio de cabelo de se estilhaçar.

Vou tentar de novo amanhã, quando ela reunir forças. Eu sei que ela vai. Só precisa de tempo.

Sento-me e envolvo meus braços em torno dela. Nós nos agarramos uma à outra como crianças assustadas.

"Você se mudará hoje", digo. "E vai ficar aqui comigo. Será uma tia para minhas filhas e madrinha do meu filho quando ele vier. É assim que vai ser, Nori."

Ela emite aquele pequeno som que sempre faz quando está tentando não chorar. "Não é seguro", diz ela.

Não tenho ideia do que ela está falando. Tudo que sei é que preciso dela desesperadamente, sempre precisei, e agora a tenho de volta.

Não era para eu tê-la conhecido.

Mas faria tudo de novo.

"Seguro ou não, que se dane. Você vai ficar."

Nori se afasta para me olhar. Ela me dá um pequeno sorriso, e pelo menos por enquanto, os olhos estão limpos.

"Vou ficar."

Ela se acomodou muito bem, como sabia que faria. Os últimos sete anos não foram desperdiçados. Ela se tornou uma jovem sofisticada e culta, com o conhecimento dolorosamente adquirido de uma mulher: de que há mais, sempre mais, que pode ser colocado em nossos ombros. E não podemos demonstrar isso.

Meu marido a adora. Ela fala com ele sobre suas viagens, e às vezes jogam xadrez à noite; ela sabe cozinhar seu pato assado favorito, e então ele me diz que Nori pode ficar pelo tempo que quiser.

As duas meninas caem fácil sob seu feitiço, como sabia que aconteceria. Elas exigem que ela as veja brincar, e Nori faz teatrinho de fantoches para elas e lê na hora de dormir.

É gentil com os criados, e todos eles se esforçam para fazer pequenas coisas por ela.

Portanto, no geral, sua apresentação à minha casa foi um grande sucesso. Mas não posso deixar de a querer só para mim. Até contrato uma professora de música para as meninas, só para dar algo para fazerem durante o dia, para que possa ficar sozinha com Nori.

Eu a levo pela cidade — bem, pelas partes boas da cidade — e compro para ela todas as coisas bonitas que consigo pensar. Gosto muito de vesti-la; ainda é minha bonequinha.

Percebo os olhares, é lógico. Tenho certeza de que ela também, mas nunca recua. Às vezes se vira e balança a cabeça suavemente, e o agressor fica vermelho e sai correndo.

Nós duas sabemos que não vai demorar muito até que meu primo perceba que estava certo e que realmente a viu em Paris. Não discutimos isso. Apenas sabemos.

Agora que tenho filhas, posso interpretá-la muito melhor, porque ela se comunica como uma criança. Não fala muito, mas seus olhos e os leves movimentos em seu corpo me dizem o que está sentindo.

Não pergunto, mas sei que está com medo. Ele a acompanha como uma segunda sombra.

Deslizo minha mão na sua enquanto nos sentamos no meu banco de parque favorito e vejo o sol laranja mergulhar abaixo das nuvens. Hoje a ajudei a arrumar a papelada para que ficasse em Londres em definitivo. Sinto uma sensação de calor na barriga e coloco minha outra mão sobre ela, sentindo a curva dura. Sei que meu filho também está feliz.

"Nós realmente devemos fazer uma apresentação formal para você."

Ela ri. "Não seja boba."

"Estou falando sério", digo a ela. "Os abutres não vão se dissipar até que tenham se enchido de fofocas. Metade da cidade sabe que você está morando comigo, os rumores ficam mais ridículos a cada dia. Não seria melhor estar no controle da narrativa? Controle as coisas."

Ela suspira. "Não me importo com o que dizem sobre mim."

"As pessoas ficam olhando", eu aponto, e ela bufa.

"Sim, percebi. Devem me achar muito feia."

Reviro os olhos porque ela acredita mesmo nisso. Eu juro, não sei o que lhe disseram naquele sótão, mas se fixou na medula de seus ossos.

Eu também sou culpada. Sempre fui superficial. Sempre alimentei com alegria uma hierarquia baseada na aparência. Pensava que só poderia ganhar alguma coisa dessa maneira. Mas agora vejo como fere. E tenho vergonha de mim mesma.

"Podemos dar uma festa", eu sugiro. "Algo pequeno. Íntimo."

Nori retira a mão. "Prefiro não."

"Minha querida, é bem normal. Todas as jovens em idade de se casar têm um baile de apresentação à sociedade."

Ela se vira devagar para me olhar. Vejo seu sorriso se contorcer.

"Alice", ela diz com gentileza, "não sou uma dama da sociedade. E não há necessidade disso. Estou contente em viver tranquilamente com você e seus filhos."

Mas é justo esse o problema. Não estou contente, e sinto uma sensação inexplicável de irritação por ela. Nori não entende que é sempre melhor ser o centro das atenções à sua própria maneira. Pois Deus sabe que falarão de nós de um jeito ou de outro. Sei disso e sei que é verdade, porque aprendi que não sou tão estúpida como todos sempre tentaram me fazer acreditar.

E já que ela está na minha casa, vão falar de mim também. Já ouvi dizer que Mary Lambert, minha parceira de tênis, está insinuando que Nori e eu somos amantes secretas. Que a estou escondendo por causa de um ciúme rancoroso e de uma luxúria proibida.

Que ridículo.

Eu me viro para ela e aperto sua mão.

"Vamos, por favor?"

Sua sobrancelha se levanta, mas posso dizer pela inclinação de sua boca que ganhei.

"Mas vai ser pequeno?", ela espreita.

"Ah, muito. E vamos fazer isso na minha casa de campo em Londres. Vai ser lindo."

Ela cede. "Como quiser."

Windsor, Inglaterra
Junho de 1964

Pequeno. Íntimo.
Pequeno... íntimo.

Ou seja, duzentas pessoas amontoadas no grande salão de baile da propriedade rural de Alice a poucos quilômetros do Castelo de Windsor.

Mas a conversa em torno de Nori não era nada mais do que um ruído de fundo.

Foi assim que ela sobreviveu.

Retirou-se para um lugar, bem dentro de si mesma, onde nada poderia tocá-la. Os anos haviam se estendido, um inverno frio sobre o outro, e ela flutuou o melhor que pôde. Era tudo que podia fazer para manter a cabeça acima da água.

Mas havia feito uma promessa. Para Ayame. E para Akira.

Mesmo agora, pensar em seu nome quase a deixou de joelhos.

A solidão e a exaustão finalmente tomaram conta e a levaram para os braços da coisa mais próxima que podia chamar de família. Mas agora desejava ter ficado nos chalés alugados e quartos de hotel, nas cabines, nas viagens marítimas que fazia sem destino específico em mente.

Era uma errante e deveria ficar sozinha.

Era quem era, quem sempre estivera destinada a ser. Negar isso era desastroso.

Mas pela primeira vez desde que seu sol se pusera há tantos anos, estava realmente dividida. Queria, a todo o custo, acreditar que já havia sido punida o bastante.

Houve uma vibração de movimento acima da superfície. Alguém estava falando com ela.

Era uma mulher robusta usando um vestido rosa cintilante, longas luvas brancas e um excesso de joias que feria o bom gosto. Tinha os traços delicados de Alice, mas estavam quase perdidos no rosto largo e branco como a lua.

Jane. Idade: trinta e um. Irmã de Alice, a quem ela odeia. Mas não tanto quanto a irmã lhe odeia.

"E você está aproveitando sua estadia em Londres, srta. Noriko?"

"Ah", ela respondeu. "Sim, obrigada. Alice é tão gentil por me receber."

Jane semicerrou os olhos. "E como você conheceu minha querida irmãzinha?"

Essa mentira já havia sido repetida meia dúzia de vezes.

"Nos conhecemos no internato feminino", ela repetiu. "Foi muito divertido."

Jane concordou. Lógico que sabia que Alice nunca tinha ido para um internato feminino. Mas deixou o comentário passar.

"E você? O que a traz aqui agora?"

Nori alisou a saia de seu vestido lilás. Foi a coisa mais simples que conseguiu encontrar no armário de Alice.

"Apenas minhas viagens", ela respondeu.

Jane assentiu vigorosamente. "Sei, sei, você vai voltar para a China em breve? Ou vai ficar?"

Nori sentiu uma onda de irritação.

"Japão, na verdade. Nunca estive na China."

Jane balançou a mão como se não fizesse diferença se era um país oriental selvagem ou outro.

"Sim, sim. E você está pensando em ficar aqui?"

"Alice pediu que eu ficasse, sim."

Jane esticou os lábios finos sobre os dentes em um sorriso dolorido. "*Sei*. E você não tem família? Ninguém para escrever? Não tem dinheiro? Vai apenas viver com minha irmã e comer a comida dela, então?"

Nori enrubesceu.

"E estou vendo que esse é o vestido dela também", Jane continuou. Seus olhos azuis eram penetrantes. "Para ser justa, ele fica muito melhor em você. Mesmo assim, srta. Noriko, me pergunto o que você espera ganhar com tudo isso."

Nori sentiu algo que não sentia há muito tempo. Era apenas uma faísca, mas estava lá: orgulho.

"Minha família é parente da realeza de meu país", disse com calma. "E, como resultado, tenho muito dinheiro."

Isso era em parte verdade. Ainda tinha a maior parte do dinheiro que herdara. Uma combinação de vida frugal e os ocasionais trabalhos tricotando suéteres ou bordando cortinas, o que significava que ainda era uma mulher rica por seus próprios méritos.

Jane ergueu uma sobrancelha. "Entendo, entendo. Mas você não é casada?"

"Não."

"Então você está no mercado?", Jane sibilou, enfim sem a máscara da boa educação. "É esse o seu plano? Enganar minha irmã para que consiga um homem branco rico para se casar?"

Nori piscou para ela. "Por que eu estaria sequer interessada nisso?"

"Porque é isso que o seu tipo sempre quer", Jane retrucou. "Alpinistas sociais. Dinheiro novo ou velho sem nome vinculado. Você acha que somos todos tão estúpidos quanto Alice? Você vem aqui, com seus encantos exóticos..."

"Não tenho interesse em nenhum homem."

"Então você é anormal? Os rumores são verdadeiros?"

"O quê? Não, eu..."

"É óbvio que você é uma meia-casta", disse ela, a voz reduzida a um sussurro arrepiante. "No *máximo*. Você não engana ninguém com esse seu cabelo crioulo horrível. Vejo quem você é de verdade. Sei que não é uma florzinha oriental bonita. Você é uma *praga*."

Ela se afastou na multidão.

Nori ficou lá, com a taça de champanhe tremendo na mão.

Jane havia encontrado o ponto fraco de sua armadura.

Ela pousou o copo e saiu do salão.

A essa altura da noite, esperava que todos estivessem bêbados demais para notar que a convidada de honra havia partido.

Deslizou pelo corredor e desceu as escadas dos fundos. Havia apenas um lugar onde poderia ir para juntar suas peças rachadas.

O ar estava pegajoso e úmido, mas Nori não se importou. Deslizou para o jardim de estilo inglês e se escondeu atrás de uma sebe bem cuidada para parecer um querubim.

Havia um velho salgueiro em sua frente. Ficou se perguntando se seria possível escalá-lo com um vestido de grife.

Seria necessário um pouco de concentração para apagar essa nova memória. Mas sabia que poderia fazer isso. E então escorregaria de volta para baixo da superfície, para o lugar onde as luzes dançavam acima, mas nunca a tocavam.

Ela percebeu um movimento com o canto do olho. Antes que pudesse piscar, William a puxou para seus braços.

"Eu sabia que era você", ele sussurrou em seu cabelo. "*Sabia* que você voltaria para mim mais cedo ou mais tarde."

Ela suspirou. Previa que era apenas uma questão de tempo antes de ter que enfrentá-lo.

"William. Como é que entrou aqui?", perguntou ela, baixinho. "Alice passou por muitos problemas para manter seu nome fora da lista."

Ele se afastou para fitá-la, os olhos safira brilhando de triunfo.

"Subornei um empregado para me deixar entrar pelo jardim dos fundos. Sabia que você voltaria."

Nori suspirou. De alguma forma, não era chocante ver William de novo. Era como se o tivesse visto no dia anterior.

"Eu sou tão previsível?"

William abriu um largo sorriso, mas então o desfez, olhou para baixo. "Fiquei profundamente triste em saber sobre Akira."

"Eu sei", disse ela, e era verdade.

"Mas você sobreviveu."

Nori desviou o rosto. "É um modo de ver as coisas."

William hesitou pela primeira vez. "Você está... você está bem?"

Ela balançou a cabeça. "Sua prima Jane..."

Seu rosto se fechou. "O que ela te disse?"

Ela balançou a mão. "Não importa."

Will pegou sua mão e a guiou até o salgueiro. "E tem sido muito difícil para você?"

Ela o encarou. Ele ficou escarlate, percebendo tarde demais que tinha feito uma pergunta estúpida.

"Desculpe. Eu não deveria... Quero dizer... Você está ainda mais bonita, Nori. Parece tão bem. Só queria saber se... se você sofreu muito todos esses anos. Ou se conseguiu encontrar alguma paz."

Ela deu de ombros. "Um pouco dos dois."

Will ergueu seu queixo para que fosse forçada a olhar em seus olhos. Seu toque era familiar e, desta vez, não ameaçador. Não era mais o gigante que já fora para ela.

"Eu não vou te machucar", ele sussurrou. "Se você me permitir... Vou te manter segura. Eu amava Akira como a um irmão. Também te amei, mesmo que eu tenha sido..." Ele se interrompeu. "Você estava certa sobre mim. Sentia ciúme, um ciúme mortal. Eu queria sua luz. Queria sua adoração, queria você e não sabia de que outra forma... Sinto muito, Nori."

Contra todas as probabilidades, ela sentia uma crescente simpatia por ele, que era a única pessoa que conhecia Akira como ela, independentemente do que mais Will fosse.

"Não há necessidade disso", ela disse com doçura. "Está tudo bem."

"Então, pode ser como antes", pediu ele. "Mas melhor."

Ela balançou a cabeça, um sorriso triste se formando em seus lábios. "Nunca poderá ser como era, William. Eu não sou a mesma garota."

Will a ergueu e a girou.

"Eu vou te curar. Eu te amo."

Ela sentiu as lágrimas virem. Eram raras agora, e vinham de um lugar lá dentro que pensava já ter morrido há muito tempo.

"Ah, William. Você não pode."

Ele beijou suas bochechas manchadas de lágrimas, então seu nariz, então seus lábios. E, nesse último momento, ela cerrou os dentes.

"Olha para mim."

"Will, pare."

"Case comigo. Seja minha."

E aí estava.

Ela sentiu, como se estivesse fresca, a dor de uma noite em um outro jardim, um mundo distante, uma vida atrás. Afastou-se.

"Eu não posso", ela sussurrou.

"Bobagem", ele zombou. "Claro que você pode. Não me importo com o que digam, minha família que se dane. E sabemos que Alice nos apoiará. Assim que superar o choque."

"Não é por isso."

Ele recuou para olhá-la. "Então por quê, amorzinho?"

"Eu..."

"Você não gosta de mim?"

Ela fechou os olhos. "Já gostei. Um dia. Mas, Will, como já disse..."

"Não fala nada. Só precisamos nos acostumar um com o outro de novo. Então, case comigo."

"Eu nunca vou me casar", ela disse com calma. "Nunca terei filhos."

Ele aceitou sem discutir. "Tudo bem, então. Que se danem as convenções. Apenas fique comigo."

Nori respirou fundo. "Will. Eu não quero ficar com você. Não quero te ver. Nem continuar abrindo esta ferida. Por favor, me deixe sozinha."

Will cambaleou para trás. "Não entendo."

"Estou pedindo com educação. Se você não fizer isso, vou contar a verdade para Alice."

Ele a olhou com raiva. "Contar o quê? Que você se jogou pra cima de mim? Entrando descaradamente na sala de música à noite para me ver? Que se exibiu na minha frente como aquelas prostitutas do seu bordel?"

Ela não se encolheu diante da raiva dele.

"Eu era inocente", respondeu, baixinho. "E queria que alguém como você, alguém como eu pensava que era, me amasse. E você distorceu isso. Você não pode fazer o mesmo agora. Eu não sou mais tão fraca assim."

Ele revirou os olhos para ela. "Não seja tão dramática."

"Não me subestime", sussurrou ela. "Eu abri meus olhos há muito tempo."

Ele mudou de tática. Agora dava para ver o exato momento em que decidiu ser charmoso.

"Ah, amor. Não vamos brigar."

"Não estamos brigando", ela disse, com toda a clareza. "Você vai embora."

Seus olhos ficaram frios, embora ele ainda estivesse sorrindo. "Por que você veio me ver, então? Em Paris? Se não queria nada de mim?"

Ela hesitou, e ele aproveitou a chance.

"Apenas me dê uma chance de te fazer feliz", insistiu. "Você não pode fazer isso? Pelos velhos tempos, por Akira, você não pode fazer isso? Ele gostaria que você fosse feliz."

Ele pegou suas mãos e a puxou para perto. "Nori?"

"Eu quero ser feliz", ela conseguiu dizer, com o coração batendo forte.

"Então, fique comigo."

Ela balançou a cabeça. "Will, não há nada que você possa dizer para mudar minha opinião. Isso não é uma negociação ou um jogo em que você pode encontrar uma maneira de ganhar. Não é não."

Ele parecia estupefato. Deu um passo em sua direção, e ela deu um passo para trás.

"Nori?", repetiu, daquela maneira que a fez saber que em algum lugar havia uma criança mimada que não suportava ser rejeitada. "Nori?"

Ela se pôs de pé de uma vez. "Adeus, Will."

Ele não disse mais nada. Apenas abaixou a cabeça e foi embora.

Bath, Inglaterra
Agosto de 1964

Com a aproximação de seu parto, a barriga de Alice estava curvada como um caldeirão de gordura. Nori ajudava a amiga o tanto quanto podia, já que Alice estava cansada na maior parte do tempo e passava grande parte do dia dormindo.

A propriedade de verão em Bath era grande e bela, quase inalterada desde o século XVI. Ficava em uma extensa área às margens de um lago de águas cristalinas.

Nori se sentia mais em casa ali do que na movimentada Londres.

Fugir da cidade tinha sido uma boa decisão para todas elas. George não pudera vir, mas enviava pequenos presentes e lembranças para a esposa e filhas todas as semanas.

Nori adorava levar as garotas para passeios de barco, e muitas vezes elas atracavam em um local tranquilo e sombreado para fazer piquenique. Ela passou a cuidar de ambas como se fossem suas, e como duvidava que algum dia teria filhos, as meninas eram especialmente queridas.

Agora eram apenas as quatro e alguns poucos empregados: Bess, a dama favorita de Alice; Maud, a babá; e Noah Rowe, o novo professor de música. As meninas eram muito apegadas a ele, e Charlotte, que tinha quase seis anos, jurou que não iria se ele também não pudesse ir.

Embora tentasse ficar longe, às vezes Nori assistia às aulas de música. Charlotte estava aprendendo a tocar piano, e Matilda sacudia uma pequena pandeireta e dava risadinhas.

Elas cantavam também, aprendendo canções sobre rainhas e reis, fadas e heróis.

Noah era um jovem brilhante e sorridente de dezenove anos, com um amontoado de cabelo preto encaracolado e olhos azul-claros deslumbrantes, tão grandes e sonhadores quanto o céu de verão. Ele era de um lugar chamado Cornualha e seu sotaque era muito menos apurado do que o de Alice. Mas falava com clareza, e sua voz era calorosa.

Nori gostara dele à primeira vista.

Mas manteve distância.

Podia sentir olhos dele sobre ela, um pouco no início, mas agora era constante. Cada vez que ela entrava em um cômodo, ele erguia a cabeça e fixava seu olhar nela, ficando da cor de um tomate.

Alice percebeu, lógico, estava entediada naquele cenário rural e faminta por qualquer alusão a escândalo ou fofoca.

As duas estavam esparramadas em um cobertor no jardim. Uma música dos Beatles estava tocando no rádio. Um pouco longe, Noah perseguia as meninas por entre as árvores enquanto elas gritavam e riam.

"Ele é um doce, não é?", Alice disse preguiçosa. Nem tinha se incomodado em trocar a camisola.

Nori fechou os olhos e abriu as palmas das mãos para encarar o sol. "Sim. É."

"Você não acha ele bonito?"

"Ah, Alice, não comece."

"Bem, ele *é*", ela insistiu de forma descarada. "Embora não tenha um sobrenome ilustre e com certeza nenhum dinheiro, pois eu não lhe pago quase nada."

"Ele é quase uma criança."

Alice bufou. "Você tem vinte e quatro anos, não noventa. Como pode chamá-lo de criança?"

"Ele não sabe nada do mundo."

Alice ergueu uma sobrancelha. "Pela maneira como ele te olha, acho que sabe mais do que você em algumas áreas."

"*Alice*."

"Ora, é verdade!", ela protestou. "Não sei como você consegue, é como se tivesse água gelada nas veias. Todos esses homens bonitos te olhando, e você fica como uma estátua. Nunca te vi olhar de volta."

"Não estou interessada."

"E não havia ninguém em suas viagens? Ninguém?"

Nori suspirou. "Não, Alice."

"Como você aguenta? Eu sou casada, então não tenho escolha. Mas você é livre para provar muitas delícias e torce o nariz para todas."

"Por que você tem que ser tão primitiva?", Nori resmungou. "Não é nada elegante."

Alice se apoiou nos cotovelos. O resto de seu corpo era tão magro, apenas a barriga grande, tanto que parecia que estava sempre prestes a tombar.

"Esse é um termo inventado por homens que queriam a liberdade de ter sua hipocrisia não reprimida", disse ela, astuta. "E não há nada de errado com o desejo. É humano. E sinto muito por você que nunca soube disso."

"Eu não sou feita de pedra", disse Nori, cansada. "E não sou cega. Lógico que ele é muito bonito. E é gentil, engraçado e..." Ela sentiu o calor invadir a voz contra sua vontade. "E honesto. Acho que ele é muito autêntico."

Alice gritou e agarrou as mãos de Nori.

"Você *gosta* dele. Eu sabia!"

"Não importa", respondeu com calma, "já que não faz sentido."

Os olhos cinzentos de Alice eram sagazes. "Ah, minha querida menina. Você não pode fugir do amor para sempre. Porque você é o amor encarnado, e ele nunca vai parar de tentar te encontrar."

Naquela noite, apesar de ter tentado evitar, Nori se pegou indo de lá pra cá diante da porta da sala de música. Podia ouvir o som rudimentar de um piano tocando.

Charlotte estava rindo.

Nori entrou sem bater. Como previa, Noah estava sentado no banco ao lado da menina. O rosto dela se iluminou quando viu quem era.

"Tia Nori, olha", ela exclamou. "Eu consigo tocar 'Brilha, brilha estrelinha'!"

Nori sorriu para ela. Essa batida incoerente nas teclas não poderia de forma alguma ser chamada de Mozart.

"Que adorável."

"E Noah disse que vai me ensinar Butthoven."

Nori reprimiu uma risada. "Tenho certeza que sim."

Os olhos de Noah encontraram os dela, trocaram um olhar pesaroso. "Charlotte", disse Nori, sem desviar o olhar, "acho que é hora de dormir."

A garota franziu a testa. "Preciso mesmo?"

"Sim. Mamãe foi para a cama horas atrás, e você também precisa."

Charlotte suspirou, mas se levantou para fazer o que Nori mandou. Ela era equilibrada e bem-comportada, características que Nori presumiu que devia ter puxado do pai.

Ela se abaixou para beijá-la nas bochechas. "Boa noite, doce menina."

Depois que Charlotte foi embora, Nori ficou ciente de sua proximidade com Noah. Nunca tinha estado sozinha com ele antes.

Ele sorriu timidamente para ela. "Você... talvez queira se sentar?"

Parte dela queria. "Não, obrigada. Está na hora de me deitar."

"Estou ensinando as doze variações de Mozart para Charlotte", disse ele.

"Sim, percebi."

Ela se virou para sair. Não queria ser mal-educada, mas julgava mais prudente não enveredar por aquele caminho.

"Você é musicista, não é?"

Nori se deteve. Virou-se para olhar em seu rosto brilhante. "O quê?"

Ele sorriu. "Você não é leiga em nada disso. Eu notei. E você não apenas observa a música que apresento para as meninas, também a lê. Ouço você cantarolando a melodia."

Ela encolheu os ombros, enrubescendo. "Eu me interessei. Anos atrás."

"A sra. Alice disse..."

Alice. Lógico que ela não conseguia parar de se intrometer.

"Eu preciso ir", disse ela, porque aquela conversa levaria apenas a um lugar. E não iria falar sobre o irmão com aquele garoto. Nunca.

Ela saiu antes que ele tivesse a chance de abandonar o sorriso.

Nori acordou no meio da noite com um grito horripilante. Era como uma alma penada.

Levantou-se e jogou um manto sobre sua nudez. Correu pelo corredor até o quarto de Alice, mas Charlotte havia chegado primeiro.

Ela estava segurando o bichinho de pelúcia contra o peito, os olhos do tamanho de pratos de jantar. Com um pressentimento ruim, Nori percebeu que não tinha sido Alice que gritara.

Tinha sido Charlotte.

E quando Nori viu o porquê, um grito subiu em sua própria garganta e congelou de horror.

Alice estava no chão, meio enrolada nos lençóis. Ficou óbvio que ela tentara se levantar, mas tropeçara e caíra.

A camisola branca estava manchada, totalmente manchada, com água ensanguentada. E ali, na confusão de lençóis, estava algo... sólido.

Nori agarrou Charlotte e puxou o rosto da menina para o seu peito. Mas era tarde. Ela já tinha visto.

"Bess!", Nori gritou. "Noah! Alguém, por favor! Ajuda, por favor!"

Alice levantou a cabeça do chão. A pele estava verde e lágrimas escorriam pelo seu lindo rosto.

"É tarde demais", ela sussurrou. "É tarde demais. Ele já se foi."

Ninguém sabia por quê. O médico disse que era raro com a gravidez tão avançada, mas tinha acontecido, não havia respostas.

"Ele não respirava", disse ele, como se isso fosse trazer algum conforto.

Alice era um fantasma, pálida e silenciosa. Ela dormia na cama de Nori porque não suportava ficar em seu próprio quarto. Ficou lá o dia todo, por semanas, até que as folhas de outubro começaram a cair.

Nori conhecia o desespero sombrio e sem fim em que estava presa. Não havia palavras.

Tudo que podia fazer era se sentar ao lado da cama e esperar que Alice estivesse pronta.

George veio assim que recebeu a notícia, mas, no final das contas, não havia nada que pudesse dizer. Eles enterraram o corpo meio formado do bebê no jardim, debaixo de um antigo carvalho, em uma pequena cerimônia presidida por um sacerdote local. Alice se recusou a comparecer.

George levou as meninas de volta para Londres, deixando Alice aos cuidados de Bess e Nori. Charlotte estava com a mesma expressão atônita daquela noite, e os gritos de Matilda pela mãe podiam ser ouvidos enquanto o carro se afastava.

Surpreendentemente, Noah se recusou a partir.

"Eu vou ficar com a sra. Alice", disse apenas. "E com você."

Nori não teve energia para perguntar qual seria a utilidade de um professor de música, e um de segunda categoria, em uma situação como aquela. Era tudo que podia fazer para impedir que sua amada amiga morresse de fome.

Bess trazia água quente e sabonete para o lado da cama todos os dias e, às vezes, as duas conseguiam persuadir Alice a se sentar para que pudessem lavá-la e lhe vestir uma camisola limpa.

Em uma tentativa vã de fazê-la comer mais do que alguns bocados, Nori cozinhava todos os pratos favoritos de Alice.

Noah era quase inútil, mas ficava na porta e cantava em voz baixa e limpa. Era ridículo, mas Nori se sentia melhor com ele ali, embora nunca tivesse admitido isso.

Bess a puxou de lado uma manhã. "Ela não pode continuar assim", disse. "Faz meses."

Nori hesitou. "Não podemos forçá-la."

Bess piscou para ela. Era uma garota bronzeada e robusta, com sardas e cabelo louro de um tom de morango silvestre.

"Eu com certeza não posso", Bess a corrigiu. "Mas, desculpe, senhorita, ela te ouve."

Nori sentiu a boca do estômago desabar. Gemeu. Já tinha estado naquele lugar antes, do outro lado da porta. Atolada na escuridão. Agora era a vez dela de puxar alguém de volta para a luz.

"Vou dizer a ela para se levantar", disse.

Bess assentiu e gesticulou para a porta fechada do quarto. "Vou deixá-la resolver isso."

Nori respirou fundo e abriu a porta do quarto. As venezianas estavam fechadas, e estava tão escuro que quase tropeçou.

Rastejou até a cama devagar.

"Alice", sussurrou.

Não houve resposta. A figura na cama nem se mexeu.

"Alice", tentou de novo, com mais força desta vez.

Nada ainda.

Nori se ajoelhou para que as duas estivessem no mesmo nível. "Alice", repetiu, "é hora de levantar."

Os lábios de Alice se moveram, mas não emitiu som.

Nori tentou mais uma vez. "Temos que voltar para Londres. O verão acabou. Você tem deveres. Seu marido ligou, de novo, para dizer que as meninas estão perguntando por você. É hora de voltar para casa."

O rosto de Alice transbordava ódio. "Vá embora", ela sibilou, com fúria silenciosa.

"Eu não posso ir", disse Nori, com doçura. "Desculpe. Mas hoje é o último dia disso, minha querida. Você tem que se levantar."

Alice olhou em seus olhos. "Vá embora, Nori. Tudo estava bem antes de você vir para cá. Apenas vá embora."

Nori ignorou a pontada de agonia que sentiu. Ela mesma já havia pensado isso, mas agora não havia tempo para autopiedade.

"Não faz diferença agora", disse com calma. "Coisas horríveis acontecem, e nunca saberemos por quê. Você deve suportar a injustiça disso, deve engoli-la como uma pílula amarga e seguir em frente. Você deve se levantar."

"Exijo saber por quê!", Alice gritou e saltou. "Por que levaram o meu filho?", ela se enfureceu. "Eu quero saber por quê, droga. Eu quero saber *por quê*."

"É a vontade de Deus", respondeu Nori, e lhe custou muito dizer isso.

Alice se dobrou e soluçou. "É minha culpa", ela gemeu. "É minha culpa. Eu tenho um pecado, um pecado horrível. Eu tinha dezesseis anos. Em Paris, eu... eu estava com tanto medo. Estava com tanto medo, Nori. Nunca me deixariam voltar para casa se descobrissem que eu engravidei. Teria sido o meu fim. E eu não tinha ninguém. Estava sozinha."

Nori assimilou a última revelação sem piscar. "Isso não é pecado. E mesmo que fosse, é entre você e Ele. Ele não puniria ninguém."

Foi tão estranho dizer essas palavras em voz alta. Nori se perguntou com quem estava realmente falando.

Alice soltou um grito de partir o coração. "Eu deveria ter enfrentado meus problemas."

"Você *enfrentou*, Alice, recuperou-se de tudo que aconteceu. E você é tão jovem e já tem as meninas. E terá outros bebês. Eu prometo."

Nori estendeu as mãos. Após um momento, Alice as pegou, e as duas mulheres se levantaram.

Alice engoliu uma torrente interminável de lágrimas. "Mas eu queria *esse* bebê."

Nori não disse nada. Não havia nada a dizer.

Na manhã seguinte, elas partiram para Londres.

MAS LAR NÃO É LUGAR ALGUM
CAPÍTULO DEZESSETE

Londres, Inglaterra
Dezembro de 1964

No inverno, o clima melhorou. Alice recuperou o bom ânimo habitual e se dedicou de todo o coração ao planejamento das festas de fim de ano. Nori sabia que era uma fachada, mas ela entendia como ninguém como era necessário ter distrações. E deixou as coisas acontecerem.

Nori se reservava o máximo que podia. Não havia dúvida de que não iria a mais festas.

Além disso, estava preocupada. Evitar Noah estava ficando cada vez mais difícil. Seus olhares ficavam mais longos e calorosos. Ela começou a encontrar pequenos presentes de seda ou flores de papel em seu quarto. Havia poemas e doces, fitas e pequenas estatuetas pintadas.

Ela ignorava tudo. Mas sabia que uma hora ou outra teria que encará-lo.

Certa manhã, ele a flagrou na escada dos fundos, antes do café da manhã.

"Licença", disse ela, sem perder a boa educação. "Estão me esperando."

"Recebeu meus presentes?"

Nori desviou o olhar para o lado. "Recebi."

"E? Não te agradam?", ele perguntou, em um tom tão sério que fez seu coração doer.

"Não é isso. São muito bonitos."

"Eu li um livro sobre origami", disse ele, corando. "Achei que você fosse gostar. Que fosse se lembrar de casa."

Meu Deus. Seu pobre e doce idiota.

"Sr. Rowe, não é apropriado você ficar me enviando presentes."

O garoto à sua frente se mexeu parecendo desajeitado, e ela se lembrou de como ele era jovem. Ficou se perguntando se era a primeira garota por quem ele se apaixonava.

"Sei que estou abaixo de sua posição", ele murmurou. "E não quero ofender. Eu apenas, eu... Eu te acho bonita."

Ela sentiu um formigamento quente na espinha.

"Você não é inferior a mim", disse ela. "Ninguém é inferior a mim. Acredite em mim. Mas sou estrangeira e muito mais velha do que você."

Noah sorriu e revelou dentes perfeitamente brancos e retos.

"Quase nada. Só cinco anos."

Ela balançou a cabeça. "Você é um jovem encantador. Tenho certeza de que há muitas garotas inglesas adoráveis que adorariam receber presentes seus."

Ele franziu o cenho para ela. "Mas não quero dar presentes para elas. São para você."

Nori hesitou. Poderia tentar achar maneiras de contornar a situação o dia todo, para não magoá-lo. Mas precisava acabar com aquilo.

"Eu não posso te oferecer o que você quer, Noah."

Ele se aproximou dela, e ela sentiu o cheiro de cedro quente e grama recém-cortada.

"E o que você acha que eu quero?"

"Imagino que queira o que todos os homens desejam."

Ele fez uma pausa.

"É isso que pensa de mim?", ele perguntou, e se não o conhecesse, teria dito que o rapaz parecia desapontado... Mas por ela, não por si mesmo.

No mesmo instante, foi inundada de culpa. "Eu não quis dizer..."

"Você não pensaria isso se me conhecesse."

"Mas não te conheço! E você não me conhece! Quase não nos falamos!"

Noah coçou o queixo. "Bem, isso é verdade."

"Por isso mesmo, viu só?", disse ela, esperançosa. "Isso deve acabar."

Ele sorriu para ela. "Dez minutos."

Ela piscou. "O quê?"

"Dez minutos. Passe dez minutos comigo todas as noites durante o próximo mês. Se quiser que eu te deixe em paz, deixarei."

Naquela situação, quem tinha poder era ela. Uma palavra para Alice e ele seria mandado de volta para a Cornualha.

"Por que eu deveria dizer sim?"

"Você está fazendo a pergunta errada. Por que deveria dizer não? Do que você tem medo?"

De imediato, ela ficou na defensiva. "Eu não estou com medo."

Noah bateu palmas. "Ótimo. Então te vejo hoje à noite."

"Ma... mas..."

"A biblioteca. Ninguém nunca entra lá. Digamos, dez horas?"

Ela o olhou, sem palavras. Ele interpretou isso como uma concordância, piscou para ela e foi embora.

Sua garota estúpida.

Olhe o que você fez.

Ele estava certo sobre a biblioteca. Ainda que estivesse limpa, ainda parecia nova em folha. Não era um local que recebesse visitas.

Como a maioria das coisas na casa de Alice, provavelmente era apenas para exibição.

Noah estava sentado em uma poltrona macia de encosto alto, com as mãos cruzadas no colo. Embora tivesse o rosto de um garoto, dava para ver a ondulação de seus músculos sob a camisa. Ele sabia como usar as mãos, e não havia dúvidas de que estava acostumado a um dia de trabalho honesto.

Ele sorriu para ela. "Você veio."

Nori se sentou em frente a ele e cruzou os tornozelos. "Dez minutos."

Ele concordou. "Melhor começar, então. Onde você nasceu?"

Nori se mexeu um pouco. "Não sei."

Ele franziu a testa, e ela logo ficou irritada por ele ter conseguido tocar, com uma pergunta tão simples, no alto grau de disfuncionalidade da sua vida até então.

"Como é que você não sabe?", ele perguntou com uma voz suave, livre de julgamento.

"Minha mãe me teve em casa. Eu não fui registrada. Moramos em um apartamento... por um tempo. Mas nunca perguntei muito sobre o assunto. E então ela foi embora, e fui criada pela minha avó em Quioto."

Noah balançou a cabeça. "Eu ouvi fofocas, é claro. Que você é... que você é, bem..."

"Bastarda", Nori disse com franqueza. "Sim. Eu sou."

Noah enrubesceu. "Eu não queria te ofender."

"E não ofendeu. É o que eu sou."

Ele não parecia convencido, mas decidiu deixar para lá. "E você gostava de Quioto?"

Nori olhou para as próprias mãos. "Não dava para ver muita coisa lá do sótão."

Ele a olhou, estupefato. "O quê? Eles mantiveram você no sótão?"

"Mantiveram."

"Mas não podem fazer isso!", ele explodiu. "Ninguém pode manter uma criança no sótão."

Ela riu. "Eles podem, e fizeram."

Noah ficou muito pálido. "Mas por quê? Com certeza você não era a única bastarda no Japão."

Ela lhe mostrou os braços. Os olhos dele contemplaram a pele lisa, bronzeada, resultado de muito tempo de exposição ao sol.

"Por causa disso", respondeu ela.

"Sua pele?"

"Sim."

Noah olhou para ela com grandes olhos azuis. "Mas não há nada de errado com ela."

Ela se abraçou. "Minha avó pensava de forma diferente. Ela considerava uma marca de inferioridade, um sinal para o mundo de que eu tinha sangue estrangeiro e traidor."

"Mas você acredita?", ele insistiu. "Você não dá nenhum crédito ao que ela disse, não é?"

Ela se moveu para negar, mas a fração de segundo de hesitação a denunciou. Antes que pudesse reagir, Noah estava fora de sua cadeira e ajoelhado na sua frente.

Passou os dedos pálidos pelo braço dela, até a mão, virou a palma e pressionou contra a dele. Ele irradiava calor, tanto que era quase desconfortável.

"Foi a primeira coisa que notei em você", confessou. "Aveludada como uma pérola, uma cor tão maravilhosa."

Ele olhou para o rosto perplexo dela.

"Eu acho linda."

Seus olhos se encheram de lágrimas, e ela retirou a mão. Ele ergueu o rosto para olhá-la, e ela se afastou, tropeçando para fora da cadeira como se estivesse em chamas.

"E agora seu tempo acabou."

Ela correu para fora da biblioteca, mas mesmo quando estava deitada na cama naquela noite, não podia fazer nada para conter as batidas frenéticas de seu coração.

Nori jurou para si mesma que não contaria mais nada sobre seu passado. Durante os encontros noturnos, ficava em silêncio, com o rosto voltado para a parede, tal como uma criança teimosa. Mas sempre ia. Seus pés a levavam até lá todas as noites por conta própria.

Noah não foi dissuadido pelo seu silêncio. Estava sempre pronto com uma pequena taça de vinho para si e uma caneca fumegante de cidra de maçã para ela. Ele lhe dizia com toda a franqueza que não precisava ficar se não quisesse.

Mas ela sempre ficava.

E ele é que falava. Ela tentava não prestar atenção, mas sua voz era tão charmosa, invocando uma imagem de colinas verdejantes.

E então ela ouvia.

Ele crescera na Cornualha, o caçula de quatro meninos. Sua mãe francesa era uma bêbada que morrera jovem e não deixara nada além de receitas para compotas, que ele tentou mas não conseguiu recriar.

Era sua maneira de tentar conhecê-la e lidar com a raiva por nunca ter tido a chance.

Ele a fazia rir com seu francês terrível.

Seu pai era professor e morrera há quatro anos. O irmão mais velho vendeu a casa da família e todos foram forçados a se virar sozinhos.

"Nunca tivemos muito", confessou com timidez. "E eu, sendo o mais novo, geralmente ficava com as sobras. Mas havia muito amor."

Ele lhe contou como as freiras da escola o ensinaram a tocar piano.

"Não gostei de primeira", disse, rindo. "Era bem difícil. Mas uma vez percebi como isso pode deixar as pessoas felizes... Nunca fui bom o suficiente para ser profissional, lógico, mas adoro crianças, então, sabe, passo a alegria adiante."

Ela se pegou olhando para os seus lábios. Lábios rosados perfeitos. Nori se sentou em suas mãos para se impedir de estendê-las para Noah.

Ela desviou o olhar. "Acho que está na hora."

Ele sorriu para ela. "Já estava na hora uma hora atrás. Estava me perguntando quando você notaria."

Nori enrubesceu. "Não queria te interromper."

Ele assentiu. "Então, Nori. Você vai se casar comigo ou não?"

Ela se irritou. "Não brinque."

"Não estou brincando."

Ela se levantou e alisou a saia. "Não."

Noah balançou a cabeça, imperturbável. Esperava por isso.

"Talvez amanhã, então."

Nori pressionou a mão na boca e se afastou.

Os dias foram passando. Ela parou de contar.

O Natal chegou e passou, com Nori recebendo três vestidos novos de Alice, um colar de pérolas de George e um cartão feito à mão das meninas.

Alice estava ocupada e feliz, dedicando-se à decoração do quarto infantil no andar de cima. Estava confiante de que engravidaria de novo em breve. Desta vez, seria um menino. Desta vez, com certeza, ele viveria.

Nori estava grata pela distração da amiga. O que quer que fosse essa coisa entre ela e Noah, estava ficando cada vez mais difícil de esconder.

Ele lhe deu dois bombons de ameixa e algo chamado pastel, que era muito bom.

Embora não quisesse encorajar seu afeto, fez para ele um cachecol com fios dourados.

Ela sempre tricotava para acalmar os pensamentos.

Os dois davam longas caminhadas na neve, com as cabeças inclinadas contra o vento, sem dizer nada. Ele passava o braço em volta de sua cintura, e ela fazia o possível para não pensar em como ele a fazia se sentir quente.

E a fazia se sentir segura. Um luxo que ela quase não conhecera.

Eles falavam sobre música com frequência, e ela podia ver a idolatria dele se transformando, aos poucos, em algo mais profundo.

Contra sua vontade, ela lhe contou sobre diversas coisas. Até mesmo sobre William. Foi a única vez que ela o viu bem zangado, mas ele concordou, a contragosto, em não contar nada a ninguém.

Toda noite, ao final de suas conversas ao lado da lareira, ele a pedia em casamento.

Ela dizia não, ele acenava com a cabeça e pronto.

Ele nunca tentou beijá-la, embora Nori pudesse dizer que ele desejava isso, pela forma como mantinha seu corpo muito próximo ao dela. Suas mãos descansavam a meia polegada de distância, seus olhos se encontravam, e era como uma carícia. Ela não se sentia envergonhada diante dele, mas cheia de um desejo selvagem que nunca tinha conhecido, nunca tinha sequer contemplado.

Nori sabia que tinha que parar com isso. Era algo que não tinha futuro.

Não seria sua prostituta, e não poderia ser sua esposa — a sociedade não aceitaria isso, mesmo que a lei permitisse — então o que restava? Qual seria o resultado daquilo tudo senão o desastre? O amante traiçoeiro de sua mãe e William não foram avisos o bastante?

Se ela tivesse o juízo que Deus deu a um peixinho dourado, lhe diria com sinceridade que nunca poderiam ficar juntos e que se ele continuasse insistindo, o mandaria de volta para o campo.

Na verdade, quis lhe dizer isso muitas vezes. Mas nunca conseguiu.

Noah havia descoberto seu segredo e sua vergonhosa necessidade de ser desejada. Ela estava inebriada com seu jeito atencioso; deleitava-se com o amor dele por sua pele e cabelo como se fosse um remédio para uma queimadura que persistia ao longo da vida.

Em breves lampejos, ela podia se ver através dos olhos dele. E havia tanta beleza ali que a levava às lágrimas.

Durante toda a sua vida, sentira-se como um elefante se arrastando pesadamente entre coisas delicadas.

Mas diante do olhar honesto de Noah, ela não era mais um elefante. Era um cisne.

Os dias estavam chegando ao fim e, embora eles tivessem abandonado a fachada de "dez minutos", Nori sabia que, um dia, ele lhe diria as palavras que ela vivia no terror perpétuo de ouvir.

Porque ela tinha que dizer não. E isso quebraria o coração dele, e Nori descobriu que realmente não queria fazer isso.

Gostava dele. Por mais que tivesse se camuflado na negação apenas para sobreviver, foi forçada a admitir.

Ele era meigo, honesto, generoso e cheio de risos. Era mais maduro do que aparentava pela sua idade, mas ainda transbordava idealismo. Uma pessoa maravilhosa. E se encaixava perfeitamente dentro da bagunça desordenada da psique dela.

Era alguém que tinha a ver com ela.

Mas Nori tinha certeza de que era incapaz de oferecer o amor que ele merecia. Seu coração havia sido arrancado do peito na curva de uma estrada escura.

Na virada para o ano de 1965, Nori se certificou de que estava fora de vista. Alice encheu a casa com estranhos bem-vestidos, e ela não tinha nenhum desejo de ver pessoas boquiabertas em volta dela como se fosse uma atração de circo.

Escondeu-se no alto dos galhos de uma árvore.

Levantou o vestido preto e deixou os sapatos no chão. Não era elegante, mas funcionava.

Havia árvores no mundo todo. Era grata a elas por sua constância.

Alguém chamou seu nome. Segurou com firmeza um galho robusto antes de olhar para baixo.

Era Noah, vestindo um casaco de inverno grosso e o cachecol que ela lhe dera.

Nori pensou em ficar onde estava.

"Desça, ou subo atrás de você", gritou ele de brincadeira. "E eu não consigo escalar, então é provável que eu quebre meu crânio."

Ela sabia que ele não ia tentar subir, mas desceu de qualquer maneira. Moveu-se com facilidade, balançando de galho em galho até pousar diante dele com um baque surdo.

Ele sorriu para ela. "Nori."

E só a maneira como ele disse seu nome a fez querer correr. "Noah..."

Ele ergueu a mão. "Tenho mais dez minutos."

Noah a olhou, e ela percebeu, pela luz quente em seus olhos, que haviam chegado a isso: a conclusão inevitável. Sabia o que ele diria e o que deveria lhe responder.

O barulho de dentro diminuiu, agora o único som era o vento sussurrando entre as árvores e a batida detestavelmente alta de seu coração. "Não faça isso", ela sussurrou, mas mesmo enquanto falava sabia que não havia como pará-lo.

"Eu estou apaixonado por você." Aí estava. Ele tinha dito.

Não. Por favor, não.

Ele deu a ela um sorriso suave. E parecia triste. "Sei que você gostaria que eu não estivesse", disse ele. "Também gostaria de não estar. Mas estou. Estou apaixonado por você, Nori, e isso não vai mudar. Estava apaixonado ontem. E estarei apaixonado por você amanhã."

Não.

"Não espero que diga nada", continuou. "Sei que você pensa que só te amo porque você é bonita. E você é, Nori. Mas não é por isso. Não sou um moleque. Não te endeuso. Eu te amo por quem você é. E sei que é teimosa, que tem pontos cegos do tamanho de montanhas. Sei que você quer uma coisa em um dia e exatamente o oposto no outro. Que não tem ideia de quem é ou do que deseja ser. Sei que acha que a vida acabou para você porque seu irmão se foi, e está apenas preenchendo o tempo até morrer. E sei que você pensa que sou apenas um garoto cego demais para enxergar tudo isso." Ela não conseguia nem respirar agora. O vento aumentou, e ela se sentiu balançar.

Noah pegou sua mão, e ela estava chocada demais para fazer qualquer coisa a respeito.

"Mas também sei que amo o jeito como você cantarola de manhã", ele continuou, e embora sua mão tremesse, a voz estava firme. "Amo o jeito como seus cachos se recusam a cair de lado em alguns dias. Amo o jeito como você acha que mel é melhor do que diamantes. Amo como você é meiga com todas as criaturas de Deus. Amo sua mente afiada e seu coração resistente. Eu amo... Deus, eu amo tudo em você, Nori. Mesmo as coisas que eu gostaria de não amar, eu amo. Eu te amo mais que... qualquer coisa que poderia ter sonhado. E é assim que sei que é real, o que sinto por você. Porque nunca poderia ter imaginado algo assim. Nunca poderia ter te imaginado." Ele largou sua mão. Seu belo rosto era uma máscara tensa. Ele a beijou, apenas uma vez, e ela sentiu uma pulsação profunda no âmago de seu ser.

"Case-se comigo", disse ele.

A boca de Nori abriu e fechou, e nenhum som saiu.

"Se você não me quer, terei de ir embora", ele disse calmamente. "Não adianta tentar não te ver. Você é tudo para mim."

Ele sorriu para ela uma última vez e voltou para dentro de casa. Nori afundou no chão e enterrou o rosto nas mãos.

Vá atrás dele.

Levante-se. Levante-se.

Mas ela não conseguiu.

Na manhã seguinte, foi Alice quem a encontrou sentada perto da lareira no escritório, olhando para o nada.

"Noah está fazendo as malas", disse ela. "Pode me dizer por quê?"

Nori soltou um pequeno suspiro.

A amiga se sentou ao seu lado. "Ele disse que te ama, não disse?"

Ela concordou com a cabeça.

Alice pegou na mão dela. "Ah, minha querida. Você já sabia, né?"

"Mas por que ele tinha que dizer isso?", ela explodiu. "Porque agora ele tem que ir embora, e eu não *quero* que ele vá."

Alice acariciou seu cabelo. "Mas você também o ama."

Nori não negou. "Você me disse que ele era um zé ninguém", ela zombou. "Que estava abaixo de mim."

"Ah, ele está. Mas acho que é um bom homem. E acho que seu irmão teria gostado dele."

Não havia elogio maior.

Nori fechou os olhos. "Eu não posso lidar com isso", ela disse sem rodeios. "Eu sou incapaz disso, Alice. Mesmo. Eu posso lidar com a injustiça. Posso lidar com a tragédia. Posso lidar com a perda."

"Mas você não consegue lidar com a ideia de que talvez seja a hora de ser feliz?", Alice disse gentilmente. "Isso te apavora tanto que está disposta a perdê-lo?"

Ela mordeu o lábio com tanta força que sentiu o gosto de sangue. "Não sei."

"Bem, é melhor você descobrir. Ele perguntou se meu motorista poderia deixá-lo na estação de trem."

"Diga-me o que fazer", Nori implorou. "Alice, você sabe essas coisas sobre o amor. Você conhece os homens. Diga-me o que devo fazer."

Alice suspirou. "Minha querida, eu não posso te dizer o que fazer. É o seu caminho a percorrer. Eu já tenho o meu. Você está convidada a viver toda a sua vida como parte da minha, se for isso que você deseja. Mas você deve se perguntar, de verdade... se há algum pedaço de você que deseja mais."

Nori balançou a cabeça. "Mas e se eu escolher errado?"

Alice sorriu e beijou sua bochecha. "Não importa o que você escolha", ela sussurrou, "eu sempre vou te amar. E você sempre terá um lar comigo."

Nori esperava por ele ao pé da escada dos fundos.

Ele desceu, vestindo seu casaco e segurando uma pequena mala. Ela percebeu que tudo que ele possuía no mundo estava lá dentro.

Noah a olhou com um semblante calmo. "Licença", disse ele, sem perder a gentileza. "Estão me esperando."

Ela engoliu o nó de ar em sua garganta. "Por favor, não vá."

Ele ergueu uma sobrancelha. "Por quê?"

"Eu não quero que você vá", respondeu, com a voz fraca. Ela sabia o que ele queria ouvir, mas não conseguia dizer.

"Isso ainda não me convence."

"Noah!", ela gritou. "Estou tentando!"

"Tente mais", ele disse. "Não vou aceitar metade de você."

Ela plantou os pés e abriu os braços para que ele não pudesse passar por ela. "Não seja tão teimoso!"

"Olha quem está falando", ele zombou. "Você me manteve à distância em todas as oportunidades, e agora me ordena que fique."

"Estou te pedindo", ela resmungou. "Não tenho ordens para dar. Estou pedindo para você não me deixar."

Ele largou a mala e cruzou os braços. "Por que eu deveria ficar?"

Nori começou a gesticular de forma descontrolada, como se as mãos pudessem transmitir o que suas palavras não podiam. "As meninas te adoram. E não há nada para você na Cornualha agora, você mesmo disse. E você... bem, você..."

Ele suspirou. "Se isso é tudo que você tem a dizer, Nori, eu tenho um trem para pegar."

Suavemente, muito suavemente, ele a empurrou de lado. Ela se virou para olhar para as costas dele e isso a atingiu, com força total. Como aquela visão era familiar! As costas de alguém que ela amava.

Seja corajosa.

Ela se lançou sobre ele, envolvendo os braços em volta de sua cintura.

"Fique", ela sussurrou.

Ela sentiu as lágrimas escorrendo pelo seu rosto.

"Eu te amo, Noah. Eu te amo com tudo que resta do meu coração."

Ele se virou para encará-la e embalou o rosto dela com as mãos.

"Ah, meu amor. Foi tão difícil?"

Nori sufocou um soluço. "Não vá embora. Nunca me deixe."

Ele a beijou. "Eu não vou."

E então a coisa mais estranha do mundo aconteceu: Nori acreditou nele.

"Você vai se casar comigo ou não?"

Ela riu quando ele a ergueu nos braços. "Talvez amanhã."

CRISÂNTEMO
CAPÍTULO DEZOITO

Londres, Inglaterra
Maio de 1965

O vestido estava pronto. Alice havia contratado um exército de costureiras para confeccionar um original na cor marfim, que era como um quimono estilizado, com mangas compridas em forma de sino e gola alta.

O local foi definido — uma pequena capela nas ruínas de um castelo. Charlotte ficou emocionada e exigiu escolher os vestidos das damas de honra, enquanto Matilda, que estava aprendendo a argumentar, insistiu que a função deveria ser dela.

Alice debatia com o marido sobre qual das muitas casas de campo deveriam designar para os recém-casados morarem. Noah seria promovido a secretário particular de George, com um aumento substancial de renda.

Nori estava grata, mas na verdade prestava pouca atenção a tudo isso. Estava constantemente inebriada, era toda nervos exaltados e ossos doloridos. Nas raras ocasiões em que conseguia se arrastar para fora dos braços de Noah, tudo que queria era sonhar.

Sua felicidade era completa.

Bem, quase.

Estava faltando alguma coisa. Sempre faltaria algo. Mas sabia que ele ficaria feliz em resolver isso.

Foi nesses dias ensolarados que ela enfim contou a Noah sobre os diários.

Por alguma razão, estava guardando esse segredo. Isso e outra coisa. Não tinha contado sobre a noite em que Akira morreu. E nem iria. Nunca.

Ela pegou a mão de Noah e o levou para se sentar no banco de pedra sob as bétulas, com os galhos se espalhando sobre suas cabeças como halos protetores.

O último diário de sua mãe, que nunca havia terminado, encontrava-se pesado em seu colo.

Noah a olhou com seus honestos olhos azuis. "Então, por que você não leu?"

Ela balançou a mão como se quisesse dizer que havia milhares de razões. Ele pegou sua mão no ar e a beijou.

"É porque você tem medo de que sua mãe fale sobre seu pai?", ele perguntou. "Ou do que ela vai falar sobre você?"

Nori ficou inquieta. "Eu li os diários porque queria saber quem ela era. Antes de mim. Nunca quis saber quem ela estava procurando. Deve haver um motivo que não consigo lembrar. Talvez eu não deva saber."

"Você acha que ela te odiava?", Noah perguntou, com aquele jeito sem rodeios lá da terra dele que ela tanto odiava e amava. "Você acha que ela vai dizer que te odiava?"

"Não sei."

"Bem, é claro que você deve ler então. Venha, vou me sentar aqui com você."

Ela o olhou com uma expressão de dor. Não teve coragem de dizer que levava horas para ler uma linha, dias para ler uma passagem, meses para ler uma entrada inteira. Esta jornada pelo passado de sua mãe era como uma subida muito íngreme. Sempre tomava muito cuidado.

E agora Noah queria que ela apenas lesse.

Ele riu do beicinho dela. "Venha, venha, amor. Não teria me contado se não quisesse ler. Você sempre quis saber, mas duvidava que pudesse suportar. Depois do seu irmão…"

"Por favor, não", ela sussurrou com os lábios entorpecidos.

"Só quero dizer que sem ele, você não pode arriscar."

"Arriscar o quê?"

Ele apertou sua mão. "Nada."

301

Nori desviou o olhar. "Ah, Noah."

Ele lhe lançou aquele seu sorriso encantador. "Mas estou aqui agora", disse ele radiante. "Assim, você pode colocar seu passado de lado, e o futuro é todo nosso."

Ela balançou a cabeça. "Não posso ler isso com você aqui."

"Lógico que você pode", ele brincou. "Eu vou ser seu marido. Você não pode se esconder de mim, Nori. Você realmente deve parar com isso."

Ele a repreendeu meio otimista, meio cínico, e ela sabia que não havia sentido em discutir. Além disso, não queria desapontá-lo. Ela havia desenvolvido um instinto de proteção daquele espírito alegre dele, como sempre se deve proteger as coisas raras e delicadas.

E ele estava certo: agora estava pronta para enfrentar o que quer que estivesse naquelas páginas.

"Tudo bem", ela admitiu, ignorando as batidas frenéticas de seu coração. "Mas você precisa se virar para o outro lado. Eu não consigo fazer isso com você olhando. E vai ser no meu tempo."

Ele sorriu para ela. "Vou subir na árvore", prometeu. "Eu não irei descer até que você me chame."

"Você não consegue subir em árvores, meu amor", disse ela, gentil.

"Tenho praticado. Logo irei alcançá-la, e aí, onde é que você vai se esconder de mim?"

Ele se levantou e se inclinou para beijá-la ternamente na boca. "Eu te amo", disse ele.

Suas bochechas queimaram; ela podia sentir o calor da clavícula até a testa.

"Também te amo", sussurrou.

Ela pegou o diário e se retirou para um pequeno canto do jardim, afundando na grama úmida.

E então ela leu.

13 de abril de 1939

Meu Akira é uma maravilha.

Todo dia olho para ele, para sua mãe tonta e seu pai enfadonho, e não posso acreditar que o criamos.

Ele vai ser um prodígio, apostaria a minha fortuna nisso. Já consegue ler música, embora tenha apenas três anos, e já pode tocar piano melhor do que eu quando tinha o dobro de sua idade.

Ele tem mãos perfeitas. Perfeitas.

E também toca violino, e acho que gosta até mais. Mas espero que continue tocando piano.

Também estou lhe ensinando francês, e ele consegue se lembrar de frases inteiras. Esta manhã, recitou um poema que ensinei na semana passada.

E é um menino tão bonito! Parece comigo, não se parece em nada com o pai. Graças a Deus.

Mas é tão sério, muito sério. Sorri pouco e, quando ri, cobre a boca como se estivesse com vergonha. Fala suavemente e é atencioso e, embora seja apenas uma criança, pensa com muito cuidado antes de agir.

Nisso ele não se parece comigo.

Devo ter muito cuidado, ou seu pai o arruinará. Yasuei diz que vou amolecê-lo, que ele deve ser moldado desde o berço para sua vocação.

Mas quero um filho feliz. Deus sabe que existe pouca alegria na vida, quero que ele tenha seus anos ensolarados.

Quero tudo para ele, na verdade, e nunca conheci uma dor como a que sinto quando penso que realmente não tenho nada para lhe oferecer.

Vou levá-lo para o campo neste verão e mergulhar seus preciosos dedos do pé na água salgada do oceano. Vou dar doces para ele e ensiná-lo a tocar Beethoven.

Vou alisar as rugas entre suas sobrancelhas e beijar suas bochechas até fazê-lo rir.

E vou rezar para que ele se lembre.

Acho que será a pior coisa do mundo vê-lo crescer. Ao contrário de outras mães, não posso ter esperanças por meu filho, não posso sonhar com o que ele se tornará.

Eu sei o que ele vai se tornar. E não consigo encontrar alegria nisso.

2 de maio de 1939

Minha mãe está aqui.

Ela se convidou, é óbvio, e não avisou a ninguém que viria. Disse que vai ficar um mês inteiro. Yasuei assumiu uma missão no exterior apenas para evitá-la, então agora estou sozinha.

Ela trouxe seus próprios empregados porque diz que os meus vão fazer tudo errado. Eles também devem ter seus próprios quartos.

Não consigo imaginar como vou suportar isso. A única misericórdia é que ela não trouxe meu pai.

Não preciso dele olhando para mim como se eu fosse uma prostituta.

Ele teria me espancado quase até à morte quando voltei de Paris, mas mamãe não deixou, disse que não poderia deixar marcas em mim antes do casamento.

Na verdade, minha mãe tem isso de engraçado. Ela é implacável, mas não, não é sádica. Não gosta de crueldade, não inflige dor pela dor, como papai faz. E às vezes, quando ela parece ser horrível, está realmente me protegendo de algo pior.

Se ela puder me manter segura, vai fazer isso. Contanto que eu sirva à família. Ou, mais exatamente, que eu sirva a ela.

5 de julho de 1939

Ela ainda está aqui.

Deus me ajude.

Posso tolerar suas críticas constantes a tudo que faço, desde a maneira como administro minha casa até como me visto, mas não posso tolerar que ela roube meu filho de mim.

Sua paixão por ele está oprimindo o pobre menino. Acho que ela quer mergulhá-lo em ouro e exibi-lo como um ícone sagrado.

Ele é respeitoso com ela, é um menino muito bem-educado, mas parece desesperado para que alguém venha e o tire do colo dela.

Ela fala com ele como se fosse um homem adulto, não uma criança, e o enche de presentes como se essa fosse a maneira de ganhar seu amor.

Não posso fazer nada. Não consigo enfrentá-la, como sempre.

Fica me perguntando quando darei outro neto para ela, mas não pergunta como uma avó amorosa.

Ela pergunta como guardiã de uma dinastia. Se eu tiver uma menina, duvido que se dê ao trabalho de voltar aqui.

Só precisa de meninos.

Não vou lhe contar que não durmo com meu marido há meses. Ele não vem ao meu quarto. Suponho que tenha amantes. Não posso me dar ao luxo de perguntar.

Em algum momento, precisaremos de outro filho, mas por enquanto estou livre.

Mas apenas se a minha mãe voltar para casa em Quioto.

É um milagre a cidade não ter se reduzido a pó em sua ausência.

1º de agosto de 1939

Minha mãe levou meu filho.

Ela o levou embora, assim como um falcão pega um objeto brilhante e o leva de volta ao ninho.

Eu mal consigo escrever para lamentar.

Insistiu que ele passasse todo o mês de agosto com ela em Quioto, e eu não fui convidada. Embora eu seja uma mulher casada e mãe do herdeiro de nossa família, aparentemente ainda estou muito contaminada e posso sujar o limiar de sua amada cidade.

Yasuei ainda não voltou. Escrevo para ele e digo que deve voltar para casa imediatamente e assumir o comando de sua família. Minha mãe está atropelando a todos nós.

Dispenso todos os empregados, cada um, e digo que mandarei chamá-los quando quiser que voltem.

Estou sozinha nesta grande casa. Posso ouvir meus passos ecoando enquanto caminho.

Mas não suporto estar aqui, presa dentro das paredes da casa do meu marido, em uma cidade em que ainda não me sinto em casa.

Eu tenho que sair.

Preciso sair.

Irei para onde sempre vou quando não posso tolerar minha vida.

Eu vou para a música.

20 de agosto de 1939

Conheci um norte-americano.

Conheci um norte-americano na sinfonia.

Ele tocou meu ombro quando eu estava saindo, bem de leve, sorriu para mim e disse que deixei cair meu leque. Falava em inglês, não conseguia falar uma palavra em japonês e ficou encantado quando percebeu que eu o entendia. Contou que tem se sentido solitário e que não tem muitas pessoas com quem conversar.

Ele está no Exército, na Marinha ou algo assim. Usa uniforme. Mas como é tempo de paz em seu país, está de licença e veio aqui para pintar as flores de cerejeira.

Ele tem a pele escura, diferente de tudo que já vi antes, e olhos como âmbar. São peculiares, mas tão lindos.

Meu Deus, são lindos.

E é alto, muito alto, com braços fortes que diz ter conseguido em um arado. Não sei o que é um arado. Acho que é um tipo de ferramenta dos camponeses. Ele tem lindos lábios carnudos.

É o homem mais bonito que já vi.

Mas já caí nessa antes. Sei bem como é.

Anulei o desejo, pois não sonho com o amor desde que meu marido colocou um anel em meu dedo e um cabresto em meu pescoço.

Eu sou propriedade dele, sua égua para procriar, sua esposa leal e obediente, e serei até morrer.

Isso é o que minha mãe diria. Isso é o que devo dizer.

Mas já vi o norte-americano cinco vezes, todas as noites desta semana. Ele está alugando um quartinho horrível na pior parte da cidade, mas não me importo. Jogo um lenço na cabeça, coloco óculos escuros e entro no gueto como se não fosse prima da realeza, como se não costumassem me chamar de "princesinha".

Ele é um cavalheiro. Nunca tenta me tocar, embora eu não possa deixar de perceber a maneira como seus olhos percorrem a pele da minha clavícula, como se ele não pensasse em nada além de me beijar ali.

E nós conversamos. É surpreendente, falamos sobre tudo. Não temos quase nada em comum, mas nos entendemos perfeitamente.

Nunca consegui conversar com ninguém desse jeito.

Meu filho logo voltará para casa, e, embora eu esteja muito feliz, sei que isso também trará meu marido de volta. Apesar de todos os seus defeitos, ele ama o nosso filho.

Ele não me vê mais do que vê os móveis, mas temo que sinta o cheiro do desejo em mim. Eu sou uma cadela no cio, com certeza ele vai saber.

Esta é uma estrada perigosa que estou trilhando. Eu deveria voltar.

Mas eu não posso.

Ah, eu não posso.

7 de setembro de 1939

Algo está acontecendo na Europa, todo mundo está falando sobre isso. A Alemanha está criando confusão, como sempre, e meu marido diz que tudo acabará mal e que espera que o Japão tenha o bom senso de ficar fora de mais uma guerra. Já estamos em uma com a China, e houve perdas terríveis de vidas, em ambos os lados. Mas o imperador declarou que o Japão deve se expandir, e meu marido diz que outra Grande Guerra está se aproximando.

Mas não me importo com nada disso porque estou apaixonada pela primeira vez. Verdadeiramente apaixonada.

Encontrei alguém que transforma meu próprio mundo. E nunca pensei que seria um norte-americano, já que mamãe diz que são pessoas vulgares, mas é isso.

Passo os dias com meu filho, ensinando canções, fazendo cócegas nele e vendo como ele tenta não rir, e o levando ao antiquário de que tanto gosto.

Sou sua de coração e alma durante os dias. Ninguém poderia duvidar de meu amor de mãe, certamente não. Toda noite, antes de dormir, ele pega meu rosto nas mãos e me beija nas covinhas. Ele diz: "Te amo, mamãe" em um francês perfeito, tão solene como se estivesse fazendo um discurso.

Eu o coloco na cama, meu anjinho, e então apago a luz e o deixo sonhar.

E à noite, estou livre. Tal como um melro, invisível contra o céu escuro.

E então vou até ele. Meu norte-americano. Meu amor.

Não sinto que estou pecando. Sei que parece estranho, já que sou uma adúltera e talvez uma prostituta, mas isso parece... puro. É a coisa mais pura que já conheci.

Fazemos amor até de madrugada e depois cochilo em seus braços até o sol nascer. A luz é tão indesejável que, quando a vejo se insinuando pela janela, tenho vontade de segurá-la e jogá-la de volta.

Nestes últimos e preciosos momentos, sussurramos sobre nossos planos para um futuro que nunca, jamais poderá existir.

Ele diz que devo me separar de meu marido, que me levará para os Estados Unidos com ele. Diz que vamos morar em uma fazenda no meio do nada, longe dos brancos que não gostariam e dos negros que não entenderiam.

Diz que teremos filhos lindos e que não se importará se serão meninos ou meninas. Diz que amaria uma filha tanto quanto um filho, e talvez mais, porque ela seria tão bonita quanto eu.

E acho que eu faria isso. Acho que desistiria de meus empregados, minhas sedas e minha perigosa herança Kamiza. Acho que iria bater manteiga, ordenhar vacas e contar os tostões se isso significasse que poderia me deitar em seus braços fortes todas as noites e ouvi-lo dizer meu nome.

Eu o amo tanto que sinto quase uma dor física ao ter que sair de seus braços.

Mas preciso voltar para o meu filho.

Não importa o que aconteça, nunca poderei deixá-lo. Jamais poderei abandoná-lo com um pai que o transformaria em um bloco de pedra e uma avó que o destruiria com o fervor de sua ambição.

Mas as paredes da minha grande casa nunca foram tão sufocantes. Acho que não consigo mais respirar aqui. Estou asfixiando como um peixe em terra firme.

Estou tão dividida e tão perturbada que às vezes não consigo fazer nada além de chorar.

Sento-me no banco do meu piano e estou doente de tristeza. Tento pensar em como poderia roubar Akira. Ele é meu filho, pertence a mim. E seria bem-vindo, meu amor me disse que seria muito bem-vindo.

Mas sei que isso é impossível.

Nós nunca conseguiríamos sair do país. Tirariam Akira de mim, e eu nunca o veria novamente.

Nada pode ser feito. Terei que ficar aqui, como filha, como esposa, como mãe. Não há saída para mim. Nunca houve.

Qualquer liberdade que tive sempre foi uma ilusão. Qualquer movimento para a frente sempre foi temporário.

Eu sou uma Kamiza.

E no final, todos os caminhos levam ao lar.

16 de outubro de 1939

Akira ganhou seu primeiro concurso. Ele está tão orgulhoso de si, mas não diz nada; pelo contrário, diz que deve tudo ao que eu ensinei a ele.

Abençoada e doce criança.

Seu pai olhou para o troféu nos braços de Akira, mas não disse nada além de "bom". Sei que meu filho ficou sentido. Mas — e é assim que sei que já está destruído — não demonstrou. Recompôs o rosto e subiu para o quarto sem dizer uma palavra.

Não posso mais esperar as noites para ver meu norte-americano, e muitas vezes saio furtivamente durante o dia. Não podemos nos encontrar em particular, é lógico, mas digo onde estarei e ele sempre aparece.

Eu invento alguma coisa, então vou ao mercado e sinto seu olhar em meu pescoço.

Desisti de tentar resistir ao poder que ele tem sobre mim. Sei que fiquei imprudente. Chego em casa cheirando a suor, sexo e fumaça de cigarro, sendo que eu não fumo. Às vezes, não volto para casa até o meio-dia, entro pela entrada de serviço e subo para o meu quarto.

Se eu tivesse um marido que me amasse, ele já teria notado. Mas, felizmente, não tenho.

Minhas empregadas inventam desculpas para mim, todas me adoram, e meu marido não é um homem que inspira amor.

Akira é muito jovem para saber o que está acontecendo, mas é um menino inteligente, então devo tomar cuidado.

Eu não suportaria machucá-lo.

Ele nunca deve duvidar que é o motivo de meu coração bater.

22 de novembro de 1939

Yasuei diz que é hora de ter outro filho, agora que Akira tem quase quatro anos. Diz que os filhos devem ter idade próxima para que possam confortar uns aos outros. Não sei como pode saber disso; ele tem apenas um irmão, e os dois se odeiam.

Digo-lhe que não estou bem, que tenho tido problemas femininos ultimamente e que não posso me deitar com ele. Estou ganhando tempo.

Na verdade, não suporto deixá-lo me tocar.

E de fato há algo de errado comigo. Estou sempre cansada e tenho um calor estranho nos ossos.

Akira está feliz por fazer quatro anos. Disse que quer crescer para poder me ajudar até com meus menores problemas e fazer com que eu nunca fique triste outra vez.

Digo-lhe que ele é a cura para todas as minhas tristezas e beijo seu rosto até que me mostre seu sorriso raro e esquivo.

3 de dezembro de 1939

Este é o pior dia da minha vida.

Fui ao médico, e ele confirmou meu maior medo.

Estou grávida.

9 de janeiro de 1940

Apego-me à esperança. Ou, sendo mais honesta, à negação.

Digo a mim mesma que o médico estava errado. Pois não era meu médico habitual, mas um idiota lá do outro lado da cidade, que nunca me reconheceria. Pelo que sei, deve ter estudado medicina em algum fundo de quintal. Pode estar errado.

Mas não menstruo desde outubro. Meus seios estão inchados e doloridos. Minha barriga se avolumou e fico enjoada a cada manhã.

Não sou uma donzela inocente. Sou uma mulher casada e já tenho um filho.

Sei o que isso significa.

O que devo decidir agora é o que farei a respeito.

Sei de coisas pecaminosas. Era um segredo aberto em Paris, entre os artistas e músicos. Todos sabiam aonde ir, onde encontrar médicos — ou pessoas que se diziam médicas — que resolveriam esse tipo de problema. Mulheres bonitas eram avisadas sobre onde poderiam ir para evitar a vergonha para sempre.

Mas todos também sabiam que algumas daquelas garotas nunca mais voltavam.

Eu não consigo fazer isso.

Não porque temo por minha vida, mas porque essa criança é parte do homem que amo. E não posso prejudicar nenhuma parte dele.

Esta criança terá sua pele. Não há como esconder isso. Não posso passá-la por legítima, como vadias têm feito desde o início dos tempos. E acho que faria isso se pudesse, por mais vergonhoso que seja, se isso me mantivesse com meu filho.

Mas esse caminho está fechado para mim.

E então, se eu devo ter esse bebê, só há realmente uma opção. Estou com três meses agora, e logo minha barriga vai aparecer, para todo mundo ver. Meu marido sabe que há meses não compartilho sua cama. Meu pai me mataria por isso.

A escolha é óbvia. Indizível, insuportável, mas óbvia.

Eu tenho que partir.

11 de fevereiro de 1940

Meu coração foi arrancado de mim.

Dei um beijo de despedida em Akira e não o verei novamente por anos. Talvez nunca. Se ele chegar à idade adulta e não me perdoar por essa traição, nunca mais verei meu filho.

Estou tomada de ódio pela criança que cresce em minha barriga. Acho que meu ódio vai matá-la, então espero que sim, e depois me odeio por meus próprios pensamentos e não posso fazer nada além de chorar.

James — pois posso dizer seu nome, agora que saí de debaixo do teto do meu marido —, James é meu único conforto. Ele diz que não pensa em voltar para o Exército agora. Que prefere ser marcado como traidor e covarde do que me deixar. Digo-lhe que ele nunca poderia ser um covarde e que também sou uma traidora, então ele está em boa companhia.

Finalmente vivemos juntos, como se fôssemos um casal pobre e não um de adúlteros pecadores.

Trouxe toda a riqueza que pude carregar e todas as minhas joias, de modo que não faltará nada quando o bebê nascer.

Estamos alugando uma pequena cabana à beira-mar no meio do nada, longe de Tóquio. Em uma das menores ilhas do Japão e na menor aldeia da ilha. Eu mal consegui encontrar no mapa quando estava procurando um lugar para nos escondermos.

Certamente estão procurando por mim.

Será melhor para todos nós se nunca me encontrarem.

James é carinhoso comigo. Ele acaricia minha barriga firme e diz para eu me animar, que esta criança é uma bênção e que, em breve, terei meu filho de volta. Ele realmente acredita nisso. Ainda acha que podemos pegar Akira e ir para os Estados Unidos viver uma vida feliz assim que as coisas acalmarem.

Ele não conhece minha família.

Melhor assim, se conhecesse, estaria morto.

13 de julho de 1940

Eu dei à luz uma menina.

Foi um parto longo e complicado, que quase me levou à morte.

Akira foi muito mais fácil. A menina já está se mostrando difícil.

James está apaixonado por ela. Quer chamá-la de Norine, em homenagem à sua avó, o que acho bastante terrível.

Além disso, essa bebê é uma Kamiza. Embora ela seja apenas uma bastarda, também terá um papel a desempenhar. Também terá um destino que está vinculado ao meu, que está vinculado a toda a minha maldita família. Eu sei isso.

Ela terá um nome apropriado.

Vou chamá-la de Noriko, e nós a chamaremos de Nori.

2 de setembro de 1940

James não está bem. Está ficando magro demais e tem acessos de tosse que lhe causam muita dor. Às vezes, tosse escarrando sangue e fico apavorada que tenha contraído alguma doença naquele barraco imundo em que morava.

Ele ri de mim e insiste que não precisa de um médico. Pede-me para trazer nossa filha, a ergue bem alto e diz que é a garotinha mais linda que já nasceu.

Ela chora mais do que Akira, e é difícil de alimentar. Ela é pequena, não é grande e forte como o pai, e seu rosto está sempre vermelho.

Tem uma quantidade absurda de cabelo que não tenho ideia de como vou ajeitar.

Mas tem olhos lindos. Os olhos do pai.

Não é culpa dela o que aconteceu com o Akira. Isso é o que preciso dizer a mim mesma, é o que direi a mim mesma para sempre.

Coitadinha, não é culpa dela.

Farei o meu melhor por ela. Embora duvide que seja o suficiente.

Mas ela tem o pai. Ele a ama, me ama e é o melhor dos homens. Não tenho a mesma necessidade desse diário como antes. Não preciso guardar segredos dele. Nosso casamento pode não ser oficial, mas é um casamento de almas, e eu sou a mulher mais sortuda do mundo por tê-lo.

Talvez tudo dê certo, no final das contas.

28 de janeiro de 1941

Não deu certo. Ele morreu.

James morreu.

Ele parou de respirar durante o sono, sem me incomodar, sem acordar nossa filha, que dorme no berço ao lado da nossa cama.

Ele morreu aqui, longe de sua casa, longe de sua família.

O médico disse que o pulmão entrou em colapso. Não havia nada a ser feito. Não há cura para a doença debilitante de que ele sofria. Alguns vivem, alguns morrem e ninguém sabe por quê.

Mas eu sei por quê. Este é o preço pelo meu pecado. Esta é a maldição sobre minha família fazendo seu trabalho fatal.

Enterro o amor da minha vida em silêncio, com um padre e só.

É muito menos do que ele merece. Ele não era um príncipe, não era herdeiro de nenhuma dinastia, mas era um homem notável. Ele foi gentil. Foi paciente. E era melhor do que eu jamais serei.

E agora morreu.

É estranho. Eu ainda o amo. Acho que sempre vou amá-lo, embora ele esteja morto e não esteja mais aqui para me amar de volta.

Eu poderia voltar para o meu filho. É um pensamento horrível, mas poderia fazer isso. Ele ainda é muito jovem para me odiar.

Não sei se meu marido me aceitaria, mas minha mãe pode insistir para que aceite. Ela pode estar desesperada para salvar a própria pele. Ela pode manipulá-lo, como faz a todos, e tudo pode ser como era antes de eu me apaixonar.

Eu poderia voltar.

Se não fosse por Nori.

Filha de James, nossa filha, a única coisa que me resta dele. A última filha que terei, a que sempre me lembrará de seu irmão, o filho que está perdido para mim. Olho em seu rosto e acho que ela se parece muito comigo.

Mas estou determinada a fazer com que ela não seja nem um pouco como eu. Lutei contra o meu destino, lutei contra o meu lugar no mundo, e agora estou destruída.

Esta menina, esta pobre menina, será mais sensata.

Vou ensiná-la a obedecer.

Vou mantê-la segura.

E, se puder, tentarei amá-la.

Esta será minha penitência. Passar uma vida na obscuridade com esta criança. Eu, que desci tão baixo depois de ter nascido tão bem.

Deus me perdoe. Deus me perdoe pelo meu pecado.

Porque eu, eu nunca vou me perdoar.

Enquanto viver, nunca vou me perdoar.

Nori apertou o diário contra o coração.

Já estava escuro no jardim, e os grilos cantavam. Soluçou baixinho, deixando as lágrimas rolarem livres.

Queria que sua mãe fosse um monstro.

Era fácil odiar monstros.

E o ódio era fácil de sentir.

Isso, tudo isso, era muito mais difícil.

Sem dizer nada, Noah veio se sentar ao seu lado. Ele a envolveu em seus braços, e ela se permitiu deitar-se em seu calor.

Por um longo tempo, nenhum deles falou nada.

Enfim, Noah quebrou o silêncio.

"Você sente que a conhece agora?", perguntou ele, baixinho. "Sua mãe?"

Nori fechou os olhos. "Sim."

"E você a odeia?"

Imediatamente, estava de volta ao sótão, perguntando a mesma coisa a Akira. Ela agarrou o tecido da camisa de Noah para espantar aquela lembrança.

"Não", disse ela, com honestidade. "Eu não a odeio."

"Você a perdoa?", perguntou Noah.

Nori tentou falar, mas sua voz falhou. Tudo que saiu foi um soluço ofegante.

Noah estava aprendendo, pois não voltou a perguntar.

Depois de alguns dias, Nori começou a retornar ao seu estado de alegria fácil. O tempo estava bom, e era impossível não sorrir. Brincava com Alice e as crianças e passava as noites nos braços de Noah, rindo até chorar.

Um grande peso fora tirado de seus ombros, um que havia se acostumado a esquecer que estava carregando.

O passado tinha sido escrito.

Já o futuro estava apenas começando e, pela primeira vez em anos, parecia misericordioso.

Perambulou pelo jardim, aquecendo-se à luz do sol e respirando o cheiro de madressilva recém-desabrochada. Noah voltaria à Cornualha durante a semana, na tentativa de descobrir o paradeiro dos irmãos.

"Não demorarei muito, meu amor", prometeu, piscando para ela. "E, na volta, vou trazer aquele anel de noivado."

"Não preciso de anel, querido."

"Que absurdo. Foi da minha mãe e quero que fique com você. Não há outra mulher no mundo que deveria tê-lo. Estarei em casa em breve."

Nori não duvidou. O medo que havia batido em seus calcanhares por todos esses anos fora finalmente vencido.

Era uma sensação estranha estar tão maravilhosamente livre.

Bess a encontrou tomando sol sob um grande carvalho.

"Minha senhora", disse ela, com o sotaque cadenciado do interior, "chegou uma carta."

Nori se apoiou nos cotovelos. Ninguém escrevia cartas para ela.

"Obrigada, Bess."

A empregada assentiu e voltou para a casa. Nori podia ouvi-la gritando para Charlotte sair da mesa.

Nori se apoiou na árvore e inspecionou a carta em seu colo.

Parecia bastante inofensiva do lado de fora. Não havia nada além do seu nome e endereço. Sem remetente.

Ela deslizou o dedo mínimo sob o lacre e a abriu. Imediatamente sentiu o sangue jorrar de seu corpo, como se alguém tivesse cortado seus pulsos.

A carta estava escrita em japonês.

Sua visão turvou. Sentiu uma vontade tão forte de vomitar que mal conseguiu engolir.

Demorou muito até que pudesse ler a carta em suas mãos trêmulas.

Senhorita Noriko,

Informamos que sua ilustre avó, Senhora Yuko Kamiza, faleceu. Seu avô, Kohei Kamiza, também faleceu, tendo morrido em 1959.

A sra. Kamiza lhe deixou em testamento todos os seus bens materiais, bem como aqueles que antes pertenciam a seu meio-irmão. A senhorita deve retornar a Quioto imediatamente após o recebimento desta carta para recebê-los.

Caso não retorne, enviaremos uma escolta.

Seria melhor que viesse de forma pacífica.

Depois de fazer o que é necessário, estará livre de nós. Damos nossa palavra, sobre as almas dos ancestrais, de que nenhum mal lhe acontecerá.

Esperamos vê-la em breve, na propriedade em Quioto.

A senhorita se lembra.

Atenciosamente,

Kamiza Fundo Imobiliário

Sua avó estava morta.

Uma profunda tristeza a invadiu, não porque houvesse algum amor entre elas, mas porque a última pessoa no mundo que compartilhava seu sangue havia morrido.

Ela amassou a carta.

Cada parte de seu ser queria ignorá-la. Não tinha nenhum desejo de retornar ao Japão, o país que tinha sido tão cruel com ela. Queria acreditar que, se apenas fingisse que nunca tinha recebido a carta, tudo aquilo não iria existir. Queria acreditar que tinha escolha.

Mas ela conhecia bem as coisas. Teria que ir.

Em apenas um instante, o medo voltou, envolvendo-a em seus braços escuros.

Ah, minha querida, ela ouviu o medo sussurrar. *Estava com saudades de mim?*

"Mas por que você tem que ir?", Alice fez beicinho. "O casamento é em três semanas!"

"Estarei de volta antes disso", Nori garantiu. Colocou algumas roupas em uma pilha desorganizada em sua mala. "Vou voar para lá, pegar meu dinheiro e voltar direto."

Se ela se apressasse, poderia pegar o último voo do dia. A primeira classe nunca ficava cheia. Queria acabar logo com aquilo.

"Eu poderia te dar dinheiro", Alice resmungou, "se você aceitar."

"Uma viagem, e nunca vou precisar de um centavo seu novamente", Nori garantiu. "Serei rica além da minha imaginação. E o mais importante, estarei livre de minha família para sempre."

Mas Alice não estava convencida. "E esse é o único motivo pelo qual você está indo?"

"Lógico", Nori disse, seca, prendendo o cabelo em um coque. O cabelo tinha crescido novamente, e ela não sabia o que fazer com ele. "Por que mais seria?"

Alice hesitou. "Você não está esperando por algum tipo de... aceitação?"

Ela zombou. "Não seja ridícula. E, de qualquer forma, a última pessoa que poderia me dar isso está morta. Não espero nada a não ser receber meu dinheiro sujo de sangue e acabar com isso."

Sua amiga cedeu. "Bem, você certamente mereceu." Elas compartilharam um longo abraço.

"Tenha cuidado", ela disse com fervor. "Não gosto que você vá para a cova dos leões."

Nori esboçou um sorriso que irradiava uma confiança que não sentia.

"Mas olhe agora, Alice", disse radiante. "Eu também me tornei uma leoa. A última, pelo que parece. E agora estarei segura."

Junho de 1965

Só depois de ser forçada a ficar sentada por tantas horas é que o pânico realmente se instalou. Era estranho ouvir as pessoas falando em sua língua nativa depois de tanto tempo. Pelo visto, ninguém a reconhecia como japonesa, com sua pele bronzeada e cabelos crespos; todos falavam com ela em inglês.

Depois de tanto tempo longe, talvez tivesse mesmo se tornado uma estrangeira. Levou mais tempo do que deveria para ler em japonês e, embora pudesse entender, às vezes hesitava em encontrar as palavras certas.

Nori olhou em volta para os ricos empresários e suas esposas, muitos deles felizes casais brancos de férias.

A guerra, ao que parecia, finalmente havia sido esquecida. Todos os países do mundo tinham mudado a ponto de se tornarem irreconhecíveis.

Se fosse uma mulher que apostava, apostaria que o Japão ao qual sua avó se apegara tão ferozmente, no fim das contas, havia sumido.

Em suas viagens, viu em primeira mão a guerra cultural entre o velho e o novo. Os jovens circulavam com cabelos compridos e vestidos curtos acima do joelho, de mãos dadas e se beijando em público, enquanto os velhos os olhavam horrorizados. Embora alguns a tenham olhado com desconfiança, a maioria das pessoas aceitava seu dinheiro com um sorriso.

Parecia que aquele era o grande equalizador, afinal.

Perguntou-se o que teria acontecido com Quioto, a cidade da tradição, a antiga capital.

E se perguntou se seria mais gentil com ela do que antes.

Seu estômago embrulhou, e ela engoliu um pouco de água com gás. Isso a incomodava há semanas, mas não era incomum. Alguma coisa sempre doía.

No assento vazio ao seu lado estava o violino de Akira, seguro em seu estojo. Carregava-o há anos, e nunca ficava longe dele, embora nunca tivesse sonhado em tocá-lo. Não iria sujá-lo. Isso também não. Já tinha feito o suficiente.

Aninhado ordenadamente dentro de sua bolsa estava o último diário de sua mãe, amarrado com sua fita branca. Estava usando as pérolas de sua avó, frias e pesadas contra o pescoço. E, embora nunca tivesse conhecido o pai, havia um raminho de corniso branco enfiado em seu chapéu. Era a flor do estado da Virgínia, o lugar que ele deixara para vir para o Japão, onde ela nasceu, e ele morreu.

Isso era o que restava da família que poderia ter existido em um mundo mais amável do que este. Era assim que mantinha seus fantasmas perto de si.

Nori caiu em um sono inquieto.

Sonhou com a mulher sem rosto chamando seu nome, com vidros cintilantes quebrados e manchados com sangue inocente, com fogo, neve e luz.

Quando acordou, havia lágrimas em seu rosto. O avião pousou. Do lado de fora de sua janela, podia ver a bandeira japonesa voando alto.

E então esperou sentir aquela doce familiaridade que só poderia vir do retorno ao ninho. A onda de calor.

Mas não sentiu nada.

Quando colocou seus pertences no táxi e deu o endereço ao motorista, ele a olhou espantado pelo retrovisor.

"Mas essa é a propriedade Kamiza."

Ela jogou o cabelo para trás para revelar o formato de seu rosto, o rosto de sua mãe.

"*Hai. Shitteimasu.* Por favor, leve-me até lá."

"Não é aberto a turistas", disse ele, sem ser grosseiro. "Se quiser ver um dos antigos palácios, posso levá-la para outro lugar, senhorita."

Ela encontrou seu olhar. "Senhor, sei muito bem o que é. Vim a convite."

Ele a olhou, realmente a olhou pela primeira vez. Uma faísca de reconhecimento iluminou seu rosto.

"A senhorita é daqui?" Parecia mais uma afirmação do que uma pergunta.

"Sim, sou", ela respondeu com calma.

Ele sorriu e não disse mais nada. Aí estava uma coisa que sempre amara em seu povo. Sabiam quando ficar quietos.

Nori olhou pela janela e viu Quioto passar por ela. Ocorreu-lhe que nunca tinha visto a cidade antes, não de verdade. Muito tinha sido escondido dela.

E então a observou, com um fascínio agudo que não sentia há muito tempo.

Viu as encantadoras ruas de paralelepípedos, os grandes templos, as árvores do mais profundo verde e de nobre roxo e vermelho escarlate. Viu donzelas *miko* do santuário em seus trajes distintos e crianças correndo de macacão, todas lado a lado.

Viu luzes brilhantes em outdoors e velas mal-iluminadas em altares improvisados com orações de papel penduradas acima deles. Viu carrinhos de comida de rua e restaurantes gourmet, cães de rua e cavalos passando uns pelos outros.

E viu a água.

Abaixou a janela, e o cheiro salgado tomou conta dela.

Nori percebeu agora que não havia necessidade de se perguntar qual lado da guerra cultural havia conquistado a vitória em sua cidade.

Quioto era Quioto.

O carro seguiu para o acostamento e parou.

Antes que pudesse perder a coragem, Nori saiu.

A casa era exatamente a mesma. Não parecia certo. Após tudo que tinha acontecido, não parecia certo que pudesse permanecer tão intocada.

O medo bateu em seus calcanhares. Só havia uma coisa a fazer.

Pagou o motorista e pegou seus poucos pertences.

"*Arigatou.*"

Ele se curvou muito para ela. "Você está longe há muito tempo, minha senhora?"

Minha senhora.

Nori deu um sorrisinho, mas sabia que seus olhos estavam tristes. "Sim. Estou."

Ele se curvou de novo. "Bem então. *Okaerinasaimase*. Bem-vinda ao lar."

Este foi o seu começo.

Nori ficou na sombra da grande casa com os pés enraizados no chão.

Nada naquele lugar havia mudado. Mas ela sim. Não olhou por cima do ombro; não havia luz impiedosa que pudesse mantê-la no lugar.

Seja corajosa.

Havia apenas fantasmas ali.

Os portões foram todos deixados abertos. Foi marchando pela passarela, a cabeça erguida como a de um soldado.

Só quando levantou a mão para bater na porta da frente foi que a onda de náusea a atingiu, tão forte que não pôde ser ignorada. Virou-se para o lado, dobrou o corpo e vomitou.

Seus olhos se encheram de lágrimas, mas as conteve. Tirou o lenço do bolso e enxugou a boca. A cabeça girou, mas se forçou a se endireitar.

Como havia aprendido a fazer muito tempo antes, reuniu até a última gota de sua força ao redor de si como uma capa.

E então Nori bateu.

Em um instante, a porta se abriu. Parada ali estava uma mulher rechonchuda de quarenta e poucos anos, com mechas grisalhas no cabelo escuro. Seu uniforme de empregada tinha uma mancha de geleia no avental.

"Meu Deus", ela inspirou.

Não havia como confundi-la.

"É bom te ver, Akiko."

Akiko abriu os braços e Nori caiu neles. Elas ficaram assim, ambas tremendo, por um longo tempo.

"Eu sinto muito", soluçou a empregada. "*Sinto muito*, senhorinha."

Nori balançou a cabeça. Não havia nada que Akiko pudesse ter feito. Neste mundo, havia aqueles com poder e aqueles sem.

"Eu não te culpo", disse ela.

Akiko a puxou para dentro com as duas mãos, gritando com alguém para buscar os cavalheiros e algo para comer.

Antes que Nori pudesse piscar, alguém pegou suas coisas e as levou escada acima.

Akiko a conduziu até uma cadeira e se ajoelhou a seus pés.

"Meu Deus!", ela exclamou de novo. "Deixe-me te olhar. A senhorita é uma jovem tão bonita. E olha se não está a cara de sua mãe."

Nori inclinou a cabeça. "Você é muito gentil."

O rosto de Akiko estava coberto de lágrimas. "É tão bom te ver. Viva, segura e bem. Graças a Deus."

Nori sorriu e não disse nada.

Akiko agarrou suas mãos. "Eu gostaria de poder ter..."

"Eu sei, Akiko."

"Eu orei por você", ela sussurrou. "Todas as noites eu orava... e então soube que o jovem senhor tinha..."

"Sim", Nori a cortou bruscamente. Não conseguia ouvir o nome dele. Essa era a única coisa que não conseguia suportar.

Akiko ficou em silêncio. Sabia disso.

"E agora tenho uma filha", disse ela, enxugando o rosto com o avental manchado. "Ela tem doze anos. Chama-se Midori."

Verde.

Nori deu uma risadinha. "Isso é adorável. Estou tão feliz por você."

Akiko estendeu a mão para pressionar a palma contra a bochecha de Nori. "Sempre falo de você para ela", sussurrou. "Falo o tempo todo."

Nori mordeu o lábio. Depois de todos esses anos, na frente de Akiko se sentia de novo como uma garotinha perdida.

"Obrigada."

Houve algum barulho na outra sala, e Akiko ficou de pé.

"E estes são seus primos de terceiro grau", ela disse rápido, em voz baixa. "Eles vão te explicar tudo. Eu estarei lá fora."

O olhar no rosto de Nori deve tê-la traído, então Akiko recuou para o canto, silenciosa, mas à disposição.

Nori se levantou. Dois homens, ambos em ternos escuros, entraram na sala e fizeram uma reverência.

Havia um ar de zombaria que ela não gostou.

"Noriko-sama", o primeiro disse. Ele tinha uma cicatriz em forma de L em sua mão direita. "É um grande prazer recebê-la de volta à sua cidade ancestral. Sou Hideki. E este é Hideo."

Ele gesticulou para o homem ao seu lado, que sorriu, mas não falou nada.

"Você que me escreveu a carta", disse Nori, ignorando as gentilezas. "Não foi?"

"De fato, fui eu", disse Hideki suavemente. "E posso dizer que estamos satisfeitos por ter optado por vir tão logo."

Nori cerrou os punhos atrás das costas. "Não havia necessidade de ameaças veladas", ela disse, sem rodeios. "Agora, por favor, me dê tudo que precisa que eu assine. Tenho que voltar logo."

Hideki baixou a cabeça. "Não tive a intenção de ameaçar, minha senhora, é lógico. Sua avó deu instruções claras de que você deveria ser tratada com todo o respeito."

"Então me dê o que eu pedi, por favor."

Ele trocou um olhar perplexo com seu grupo.

"Disseram que você era uma coitadinha tímida e gaguejante."

Nori se ergueu em toda a sua altura. "Eu era. Agora, os documentos, por favor."

Ambos se curvaram ao mesmo tempo. "A senhorita deve nos perdoar mais uma vez, princesinha."

Ela sentiu um vento frio soprar. "Por quê?", perguntou, com os lábios dormentes.

"Sua avó deu instruções estritas. Não era nossa intenção enganá-la. Saiba que não temos nenhum prazer nisso."

Havia um zumbido agudo em seus ouvidos. O teto e o chão trocaram de lugar por sólidos cinco segundos.

"Do que você está falando?"

"Sua avó vai explicar tudo."

Os rostos ao seu redor começam a se confundir como uma aquarela grotesca.

"Minha avó morreu", ela sussurrou.

"Infelizmente, não, minha senhora. Está te esperando lá em cima."

Nori sentiu que ele estava ali. O medo doentio que lhe dizia que ela estava, de fato, de volta a sua terra. Aquele era seu verdadeiro retorno ao lar. Mais uma vez, tinha sido capturada na teia de aranha.

AKIKO

Ela está horrorizada, como eu sabia que ficaria. Fui veementemente contra o plano de enganá-la, mas lógico, o que eu penso nunca fez diferença.

Mostro-lhe um dos quartos de hóspedes e me sento ao seu lado enquanto ela se recompõe. Quando começa a se acalmar, parece mais irritada do que qualquer coisa, e então sorrio para seu espírito desafiador.

Ela começa a me perguntar alguma coisa, mas então sua boca se contorce e ela se inclina para o lado e vomita na lata de lixo.

Pego uma toalha úmida para ela se limpar e faço uma careta. "Deixe-me chamar um médico."

"Estou bem. O maldito avião me deixou com náuseas."

Eu a observo. Seu rosto está vermelho e as mãos estão tremendo. Algo dentro de mim me diz que ela não está bem.

"Já estou chamando um médico", declaro.

Ela começa a protestar de novo, mas então sorri com tristeza e suspira.

Quando o médico chega, ela responde às suas perguntas com o mínimo de agitação. Quando ele termina, aponta o dedo para mim e nos retiramos para a porta.

"Ela vai ficar bem", diz ele, enxugando o rosto suado. "Mas devo desaconselhar qualquer estresse indevido. Não é sensato em seu estado."

Olho para ele sem entender. "Estado?"

Ele franze a testa para mim. "Bem, sim. A senhora está grávida."

Eu coaxo como um sapo, cobrindo minha boca com a manga da roupa um pouco tarde demais. "Isso é impossível", digo com firmeza.

Mas então me lembro de que ela não é mais uma criança, mas uma mulher de vinte e quatro anos que está longe de mim há mais de uma década. Não sei nada sobre sua vida agora.

Ele me olha como se eu fosse uma caipira.

"Posso dizer de várias maneiras", ele diz com segurança. "Estimo que ela esteja com cerca de três ou quatro meses. Preciso fazer um exame de sangue para ter certeza da progressão. Mas bastou olhar para saber que está grávida. Apostaria minha casa nisso."

Olho para a senhorinha, afastando outra empregada que está tentando fazê-la beber um pouco de chá. Uma olhada em seu rosto me diz que ela não sabe.

Ele segue meu olhar. "Ah", ele diz. "Ela é solteira?"

Sua voz exala condescendência e, no mesmo instante, estou na defesa da garota que nunca pude proteger.

"Não é da sua conta e cuidado com sua língua nesta casa", resmungo, "ou terei uma palavra com minha senhora sobre o senhor."

Ele inclina a cabeça. "Não quis ofender. Posso dar a notícia para ela, se quiser."

Eu nem considero isso.

"Deixe que eu cuido dela. O senhor pode ir. Nem uma palavra sobre isso."

Ele sai. Dispenso todos os outros da sala e do corredor, incluindo aquele abutre Hideki com seus olhos redondos e sem alma.

Afasto o cabelo de seu rosto cansado.

"Agora, minha querida, vamos levá-la para um banho quente."

Eu a guio até o banheiro e encho a grande banheira com água fumegante, assim como costumava fazer. Deixo-a nua e escovo seu cabelo, como também fazíamos.

Noto a plenitude de seus seios e a leve curva de seu estômago, e sei que o que o médico disse é verdade. Meus olhos são atraídos para uma cicatriz irregular, logo acima de seu coração. Sei que não devo perguntar como ela a conseguiu.

Lavo suas costas e fico agoniada pensando no que lhe dizer, como dar a notícia a esta criatura gentil que já sofreu tanto.

"Conte-me sobre sua vida", digo, e ela sorri.

Ela fala por horas, até que a água esfria. Fala da desumanidade com graça; desdenha o insuportável com um sorriso sombrio. A voz falha quando me fala de Akira, mas não chora. Acho que ela só sobreviveu a essa perda porque extirpou um pedaço do coração.

Ele era tudo para ela.

Quando chega à parte sobre sua vida de agora, vejo seu rosto se iluminar de alegria.

"E seu amor, este garoto... ele vai ser seu marido?"

"Assim que eu voltar para Londres."

Sinto-me muito mal com o que tenho a lhe dizer.

"E se a senhorinha não voltar?"

Ela me lança um olhar perplexo. "Por que eu não voltaria?"

"Sua avó..."

"Está morrendo", ela me interrompe. "Sim, eles mencionaram. Ela me chamou do outro lado do mundo para absolver sua velha alma."

Mordo minha língua como já fiz tantas vezes antes. Não cabe a mim.

Só há uma coisa que preciso lhe dizer agora. "Senhorinha... você tem se sentido mal?"

Ela encolhe os ombros.

"Já me senti pior."

"Sim. Mas você já esteve..." *Você já esteve grávida?* Eu sou uma idiota.

Ela se vira para mim, seus olhos âmbar cheios de alarme. "O que há de errado?"

"Minha querida menina..."

"Diga-me logo", ela exige, e me lembro de que está acostumada com más notícias. Não vale a pena prolongar isto.

"A senhorinha está grávida", digo, o mais gentilmente que posso.

Ela pisca para mim. "Não estou."

"Está, minha querida. Ouça seu corpo e saberá que sim. Você não sangra há algum tempo, não é?"

Nori sai da banheira, deixando cair água para todos os lados. Vai até a porta, se cobrindo apressadamente com uma toalha.

"Você está bastante enganada. Eu não quero ter filhos. Nunca."

Por que isso não me surpreende? Depois da vida que teve, este deve ser seu maior pesadelo.

Ela se senta na cama e consigo persuadi-la a vestir um robe de seda. Seus olhos estão vazios; e o cabelo gruda em mechas molhadas em seu rosto.

Faço um carinho em suas bochechas frias.

"Vai dar tudo certo", prometo a ela.

Nori fecha os olhos. "Eu não posso lidar com isso, Akiko. Agora não. Não quando tenho que enfrentá-la."

Ela aparenta ser muito jovem, mas parece tão cansada.

Percebo que está reunindo cada pedaço de determinação que tem em si apenas para se manter em pé. Este fardo é pesado demais. Vai aceitar mais tarde, mas agora sua negação é uma necessidade.

E quando ela decidir sentir, estarei aqui.

"Então você vai vê-la? Pelo dinheiro?"

Ela ri e está cheia de amargura. "Não. Não pelo dinheiro." Ela olha para mim como se eu pudesse ajudá-la. "Você vai me vestir?", ela pergunta tímida, e penso em como ela é querida, essa garota.

Isso, pelo menos, posso fazer. Posso arrumar seu cabelo e vesti-la em um quimono de seda caro; posso colocar joias em suas orelhas e maquiagem em seu rosto.

Posso fazê-la brilhar como prata polida.

"Sim, senhorinha. Posso fazer isso."

Ela se senta como uma boneca enquanto escovo e tranço seus longos cabelos. Pego três quimonos, e ela escolhe um azul-escuro com estrelas douradas bordadas.

Passo um pouco de rouge em suas bochechas, para tentar disfarçar a palidez de sua pele.

Em seu cabelo, prendo um grampo de diamante simples.

"Pronto", digo, baixinho. "Você está adorável."

Ela sorri como se não acreditasse em mim e dá um tapinha na minha mão.

"Onde está Obasama?"

"Está na cama, senhorinha. Ela está muito doente. Os médicos acham que ela não vai sobreviver nem até o final do mês."

Nori se levanta da cadeira. "Sei. Irei vê-la, então."

"Ela disse que mandaria chamá-la."

Ela encolhe os ombros. "Vou vê-la agora ou não vou vê-la de jeito nenhum."

"Posso acompanhar você..."

"Não precisa, Akiko."

E então ela vai embora sem olhar para trás. Lembro-me da garota que costumava se agarrar à minha mão e esconder o rosto na minha saia. Ela tinha um sorriso que implorava por amor.

Acho que aquela garotinha se foi para sempre, cruelmente desmembrada pelas pessoas que deveriam cuidar dela.

Incluindo eu.

Foi fácil encontrar o quarto principal.

Nori caminhou até as portas duplas com a figura de um dragão dourado gravado, no final do corredor.

Você nunca conheceu uma derrota da qual não tivesse se erguido, disse a si mesma. *Não tenha medo de uma velha moribunda. Agora ela está fraca, e você é forte.*

Nori abriu e entrou.

A primeira coisa que a atingiu foi o cheiro. O quarto tinha um cheiro adocicado, como pétalas de rosa secas e óleo de hortelã-pimenta. Aquilo fez suas narinas queimarem e, por baixo da doçura, pôde detectar outra coisa: o fedor de carne perdida, de algo rançoso. Cheirava a carne podre.

Cheirava a morte lenta.

O quarto estava escuro; alguém havia fechado as grossas cortinas de veludo das janelas, e a única luz vinha de uma pequena lâmpada de cabeceira. Ainda assim, mesmo na escuridão, Nori observou as pinturas a óleo nas paredes, o vaso de crisântemos na mesa de mogno repleta de papéis, a costura lançada casualmente na manta no final da cama. Dragões pintados sobre duas espadas embainhadas cruzadas na parede acima dela.

Nori deu um passo hesitante em direção à grande cama que estava coberta com pesados cortinados brancos. Por um momento ridículo, pensou que tudo aquilo era uma piada; que a cama estaria vazia, e ela sairia para encontrar Akiko rindo, com uma mala cheia de dinheiro, e então poderia voltar para Londres e sua nova vida simples e feliz.

Mas então deu outro passo à frente. Houve um farfalhar suave, e então Nori a viu: Yuko Kamiza. A sua avó.

Estava meio escondida pelas sombras, e Nori percebeu de imediato que aquilo não era uma brincadeira, ela estava mesmo vivendo suas últimas horas. A mulher de que se lembrava era incomumente alta para a média feminina, com cabelos tão longos que quase roçavam o chão e olhos cinza brilhantes que não perdiam nada. Não era mais aquela mulher. Ela parecia tão... miúda.

Yuko tinha o edredom felpudo puxado até o esterno; Nori mal conseguia distinguir o quimono verde-escuro que usava por baixo. Estava apoiada em uma pilha de travesseiros de seda, e seu outrora glorioso cabelo era branco e quebradiço como giz. Mas estava trançado com esmero e caía para a frente sobre o ombro direito.

Nori deu mais um passo à frente, e os olhos de Yuko se abriram, como um dragão alertado para um intruso em seu covil.

Nori abaixou a cabeça e, antes que pudesse se conter, fez uma reverência. Quando percebeu o que tinha feito, era tarde demais. Podia sentir o rosto queimando.

Lentamente, levantou o rosto para encontrar o olhar pensativo da avó.

"Obasama", ela disse com calma.

Ali dentro. Ela tinha falado. Não podia mais fingir que tudo aquilo era apenas um sonho delirante, um dos incontáveis que tivera antes.

O fantasma se inclinou para a frente na cama.

"Nori", ela murmurou, em uma voz que era desconhecida.

Nori inclinou a cabeça em reconhecimento, mas não disse nada.

Yuko semicerrou os olhos para ela e acenou com um dedo longo para que avançasse. "Venha aqui", disse ela. "Deixe-me vê-la."

Foi de má vontade, mantendo os ombros eretos. Parou um pouco longe da cama, e Nori pôde ver os lábios de sua avó se curvando em um sorriso irônico.

Ela chamou com o dedo de novo. "Mais perto. Eu sou uma velha, neta."

Nori não reconheceu a familiaridade, mas se aproximou da cabeceira da cama, e agora podia distinguir perfeitamente o rosto dela.

Sua pele era como papel-machê puxado sobre um crânio, tão fina que todas as veias eram visíveis. Mas os olhos eram os mesmos, e Nori sentiu um calafrio.

Aqueles olhos cinzentos a olharam de cima a baixo várias vezes. E então Yuko falou.

"Você é realmente bela", disse por fim. "De verdade. Eu sempre soube que seria."

Nori ficou pasma.

Yuko disse isso sem a menor ironia, como se tivessem se visto ontem e se separado na melhor das condições.

Como se ela não tivesse batido na minha bunda nua com uma colher de pau por alguma infração imaginária; como se ela não tivesse jogado cloro na minha pele e menosprezado meu cabelo; como se ela não tivesse feito eu me sentir como um ogro terrível, incapaz de ver a luz do dia. Como se ela não tivesse me vendido como prostituta e depois tentado me mandar embora. Como se ela não tivesse roubado o corpo do meu irmão antes que eu pudesse...

Nori mordeu o lábio com tanta força que sentiu o gosto de sangue.

"Foi por isso que você me chamou do outro lado do mundo?", ela disse amargamente. "Para provar que está certa?"

O fantasma sorriu de forma irônica. "Não. Eu te chamei aqui porque estou morrendo."

Ela fez uma pausa, obviamente esperando que Nori dissesse algo. Como não obteve resposta, sorriu, dissolvendo o sorriso em uma tosse. Então pressionou um lenço contra a boca, e ele saiu manchado com sangue preto.

"Você mudou", disse ela, e Nori podia jurar que ela parecia entretida. "Perdeu a timidez."

Nori fechou os olhos por um breve momento. Sabia que eles ainda eram muito honestos.

"Eu perdi muitas coisas."

"E sobre o exílio... você vai entender, é claro. Eu estava chateada. Estava compreensivelmente chateada."

Nori a olhou sem expressão. Não havia nada a dizer a respeito. Nunca poderia haver perdão, nem um pouco, porque Yuko nem mesmo se desculpara de verdade. Nem ela. Naquela família parecia existir uma regra não escrita, a de que Nori era a única pessoa que tinha que se arrepender.

Ela deixou passar.

Yuko ficou sombria e enxugou a boca com o lado limpo do lenço. "Lamento muito", disse ela. "Sinto muito pela perda de Akira."

Nori cerrou os dentes. "Não se atreva", ela sussurrou, sentindo sua raiva aumentar como os ventos de uma tempestade. "Não se atreva a dizer seu nome."

"Eu o amava", protestou Yuko. "Ele era meu garoto especial."

"Você não sabia nada sobre ele. Você nunca o viu, ele era apenas uma coisa para você!"

"Eu o conhecia", Yuko fervia de raiva. "Eu o conhecia, sua menina insolente. Afinal, ele era meu."

Nori se jogou na cabeceira da cama, segurando a avó com as duas mãos trêmulas. "ELE NÃO ERA SEU!"

Sua avó se engasgou. "Como você ousa..."

Nori pouco se importava. Por anos, pensar em Akira tinha sido traiçoeiro. Ela evitou pensar nele com cada grama de seu ser. Mas agora permitiu que a barreira caísse. A inundação a atingiu com força total e mal conseguia ficar de pé.

"Sua cor favorita era azul. Seu compositor favorito era Beethoven. Ele não comia nada sem wasabi. Gostava mais do calor que do frio. Sua orquestra favorita era a Filarmônica de Berlim. Ele tomava seu café preto. Nunca gostou de jardins até me conhecer. E ele odiava, odiava você."

Yuko ficou em silêncio diante desse ataque, seus lábios se mexendo sem rumo.

"Você seria tão cruel com uma mulher moribunda?", ela ofegou. "Você me contaria mentiras tão venenosas!"

Nori não disse mais nada porque não conseguia mais falar. Seu coração se alojou na garganta e ela tremia de indignação.

Sua idiota. Ela não mudou. Nunca vai mudar. A maneira como vê o mundo está gravada em pedra.

"Bem, ele está morto", Nori disse friamente, e as palavras a penetraram. "Então não importa. Ele morreu, e o que ele era e o que teria sido estão mortos com ele."

Sua avó estreitou os olhos. "Você o amava", ela disse, e ficou nítido que ela estava percebendo isso pela primeira vez. "Você realmente o amava."

Nori nem se dignou a responder.

Yuko fez um som ofegante terrível. "Eu pensei que se o deixasse se divertir com você por um tempo, tocar sua música, mais tarde ele voltaria para casa. Eu pensei..."

Nori a interrompeu. "Diga-me por que você me chamou aqui", perguntou bruscamente. "Chega de jogos. Se for para me matar, faça isso já."

Yuko se recostou nos travesseiros, a raiva esgotada.

"Eu tenho uma proposta para você."

"Sim. Você deseja deixar a propriedade para mim. Imagino que seja um pouco melhor do que vê-la entregue ao Estado e dividida."

Sua avó começou a falar, mas se interrompeu. Tossiu e, desta vez, se dobrou e começou a tremer como uma mulher possuída.

Nori olhou ao redor do quarto em busca de água e então se virou para a porta, pensando em chamar alguém, mas a mão de Yuko disparou e agarrou a manga do quimono de Nori.

Ela olhou para a avó, estarrecida.

"Não faça isso", a velha mulher se engasgou de modo a dar pena. "Não vá." Nori se voltou para ela e esperou até que a tosse diminuísse. Assim que terminou, ela deu um passo para trás.

"Você deveria descansar", ela disse com doçura, e odiou a maneira como seu tom estava tingido de compaixão.

"Tenho um longo descanso pela frente", Yuko disse com tristeza. "Tempo suficiente para isso. Eu preciso te preparar."

As orelhas de Nori se ergueram. "O quê?"

Sua avó parecia surpresa por não ser óbvio. "Você é minha herdeira."

O coração de Nori estava batendo sem controle. "Tudo que tenho que fazer é assinar alguns papéis para o dinheiro."

Yuko revirou os olhos. "Eu não estou falando sobre o dinheiro, garota", ela retrucou. "Estou deixando tudo para você, não entende? Os títulos, os negócios familiares, a terra. Isso significa que você deve ficar aqui. Deve viver aqui, assim como eu vivi."

"O quê?", Nori perguntou, estúpida como uma vaca leiteira. "O quê?"

"E você deve se casar. Imediatamente, o mais rápido possível. Quantos anos você tem? Vinte e quatro, quase vinte e cinco? Precisa se casar. Você tem alguns primos distantes que serão adequados. Vou te mostrar algumas fotos. Pode escolher o que mais gostar." Ela balançou a cabeça, como se estivesse satisfeita com sua própria generosidade. "Eu nunca permiti à sua mãe essa liberdade."

Nori olhou para ela em um silêncio atordoado. Seus pensamentos giravam como as engrenagens pesadas de um relógio muito antigo. Então, por fim, o relógio soou. "É claro que não", disse ela.

Yuko estalou a língua fazendo um barulho de degola. "Claro que vai."

"Não."

O fantasma estreitou os olhos. "Você sempre foi uma criança tão obediente."

Nori sentiu suas têmporas começarem a latejar. "Não sou mais criança. E você não manda em mim."

Yuko parecia realmente perplexa. Ela não estava preparada para uma luta, era óbvio.

"Estou te oferecendo", ela acenou, apontando o dedo na direção de Nori. "Mais do que jamais poderia ter ousado esperar. Nunca sentirá falta de nada enquanto viver. Você terá tudo de que precisa, para sempre."

Nori se ergueu como uma víbora prestes a atacar. "Eu não preciso de nada de você. É você quem precisa de alguma coisa de mim."

"Mas..."

"Eu tenho minha vida", ela retrucou. "Não que você tenha se preocupado em perguntar. Eu tenho um homem que me ama."

Nori se sentiu infantil, insistindo que alguém a amava. Mas era algo de que sua avó nunca a considerara digna.

"Um menino, você quer dizer", Yuko zombou. "Eu sei sobre o professor de música. Estou envergonhada por você, pois é claro que você não tem o bom senso de ter vergonha por si mesma. Eu sei de tudo, garota. Não pense que você escapou desses meus olhos. Nem por um momento. Aonde quer que você fosse, meus olhos estavam em você."

Os joelhos de Nori bateram de raiva, mas ela segurou a língua. Isso já havia durado tempo suficiente.

"Minha resposta é não", disse ela, com toda a dignidade que conseguiu reunir. "Está acabado."

"Eu estou lhe oferecendo um destino."

"Eu não quero."

Yuko suspirou. "Então, novamente, não era para ser seu, era? Era para Akira. E agora devo ir para o meu túmulo, sabendo o que aconteceu com ele. Sabendo que descobri tarde demais para impedir."

Nori congelou. O mundo ao seu redor parou bruscamente.

"Do que você está falando?"

Yuko sorriu, e estava cheia de presunção. "Ah, para com isso. Você deve ter suspeitado."

Não. Ela não tinha.

"Foi um acidente", disse Nori, e sua voz falhou. Sua compostura se foi, voou para longe naquele instante. "Você não poderia ter impedido. Foi um ato de Deus."

"Ah, minha querida menina. Você tem prestado alguma atenção?" O quarto ficou frio.

"Você nunca o teria machucado", Nori disse desafiando-a, firmando-se na única coisa de que tinha certeza. "Nunca."

Os olhos de Yuko estavam frios. "Não era essa a intenção. Ele deveria estar em Viena. Os espiões nos asseguraram..."

Nori agarrou a coluna da cama para se impedir de desabar. "Espiões?"

"Sim, espiões", a velha respondeu. "Não seja idiota, garota. Metade da sua cozinha estava ao meu serviço. O jardineiro também. Você achou mesmo que íamos deixar vocês andarem por aí sem supervisão? Crianças encarregadas da creche?"

Nori perdeu o poder de falar. Só conseguia ficar parada e assistir com horror enquanto os fios de seu mundo se desfaziam.

"Ele deveria ter partido, seguro para o exterior", sua avó continuou, em uma voz desprovida de sentimento. "Você não entende, garota? Foi tudo uma armadilha, desde o início. Hiromoto era nosso homem. Foi fácil comprá-lo. Você não acha estranho que ele tenha te escolhido para pedir um favor? Para reconhecimento? Ele estava seguindo ordens. Os espiões da casa nos prometeram que Akira estaria em segurança, longe. O trabalho de Hiromoto era esperar o momento perfeito para te pegar sozinha. Você não vê? E o motorista também, é claro. Ele nos devia uma fortuna. Mais do que poderia pagar. Foi-lhe prometido que suas dívidas seriam saldadas e sua família estaria ilesa e bem provida. Ele estava disposto a morrer para cumprir seu dever. Ah, pense, garota! Lembre-se! Não foi nenhum acidente, foi tudo armado."

Ela se inclinou para a frente, suando e ofegando com o esforço. Sua voz era baixa e fraca, mas Nori sabia que cada palavra era verdadeira.

"Desde o início, a única pessoa que deveria estar naquele carro era *você*."

Nori se dobrou.

Tudo fez sentido. A horrível verdade agarrou seu coração, e ele se comprimiu até que Nori não conseguia sentir nada além de uma dor lancinante.

"Você o matou", ela sussurrou.

"Não me insulte", rebateu Yuko. "Eu nunca faria algo tão desleixado. Foi obra do seu avô, tudo isso. Eu não tive nenhuma participação. Eu teria impedido. Tentei impedir quando descobri, mas era tarde demais, e agora irei para o inferno com esse pecado tenebroso em minha alma."

Ela apontou um dedo ossudo para o coração de Nori.

"*Você* o tirou do sério. Ele não suportava ver Akira chegar à vida adulta ainda preso à sua pessoinha bastarda. Ele queria libertá-lo."

"Ele o *matou*", Nori soluçou. Sua determinação foi despedaçada. Seu coração foi partido. Sua mente foi fragmentada. "Tudo isso. Tudo isso por causa de seu ódio por mim. E veja o que isso trouxe. Você destruiu sua própria linhagem, selou seu destino. Minha mãe, Akira. Eu. Você acabou com tudo."

"Mas é por isso que você precisa assumir o seu lugar!", sua avó chorou. "Para que possa haver significado. Para que tudo isso não tenha sido em vão!"

"Sempre foi em vão", ela ofegou. O punho em torno de seu coração estava apertando com tanta força que ela sabia que não teria muito tempo de vida. Ela estava se esvaindo de seu corpo.

Mas não ligava.

"Não pode acabar assim!", Yuko gemeu, e seus olhos se encheram de lágrimas pela primeira vez. "Pelo amor de Deus, não pode acabar! Você precisa assumir o seu lugar. Você é tudo que resta. Não deixe que tudo seja em vão, não deixe que sua morte seja em vão. Esta é a sua chance de fazer algo bom. Pelo amor de Deus! Nori!"

Pelo amor de Deus.

Nori correu. Correu às cegas, sem pensar. Mas não precisava.

Havia apenas um lugar aonde ir.

O sótão era o mesmo.

Quando caiu de quatro, como um cachorro, Nori percebeu que este era o único lugar que parecia seu de verdade.

Era um lugar adequado para morrer.

E sem dúvida estava morrendo naquele momento.

Qualquer que fosse seu limite, qualquer que fosse a capacidade de sofrimento embutida nela, ela já tinha ultrapassado.

Puxou os cabelos, observando os odiados cachos caírem no chão em tufos. Passou as unhas ao longo da pele e viu a carne se abrir. E soluçou sem parar até vomitar bile verde. E então, quando acabou, vomitou nada além de ar.

Através da névoa ardente de lágrimas, podia ver seu reflexo no espelho.

Eu te odeio, ela pensou. *Te odeio. Te odeio.*

E então estava gritando.

"Eu te odeio!"

Você deveria ter percebido.

Sua garota estúpida.

Ela desabou no chão e sentiu uma rachadura na lateral do crânio. Não havia mais ar no quarto, e agora sua respiração ficava cada vez mais lenta enquanto sua visão nadava. Abriu os braços e olhou para o teto.

Um sentimento entre a dor e a liberação a envolveu.

Liberte-me da minha promessa, implorou para o nada.

Deixe-me ir agora.

Já chega. Eu tentei. Eu tentei tanto.

Deixe-me ir.

Houve uma luz branca surpreendente, mais brilhante do que qualquer sol, e então, pela primeira vez em sua vida, alguém lhe respondeu.

NORI

Eu acordo em um jardim.

Alguém deve ter me carregado para cá. Posso sentir o cheiro das flores antes mesmo de abrir os olhos. O cheiro de cada flor exótica que existe preenche todo o meu corpo. Estou cercada por elas.

Este não é o meu jardim.

Abro os meus olhos e vejo que é infinito; se estende além do horizonte até o nada. O céu é de um azul prussiano perfeito, e as nuvens são grossas e fofas, como se um chef confeiteiro tivesse feito à mão. O sol suave, banhando tudo com uma luz branca amena.

Eu sei que este não é um jardim comum. Também sei que estou destinada a estar aqui.

Levanto-me e coloco uma das mãos sobre os olhos para protegê-los da luz. Os cortes nelas sumiram, como se nunca tivessem existido. Eu me curvo um pouco e puxo a bainha do meu quimono, que é branca como alabastro e feita da mais delicada seda. Ele é decorado com pequenas pérolas e bordado com *kiku no hana*, crisântemos. Eu o puxo até a cintura e corro meus dedos ao longo da carne macia da minha coxa. A cicatriz também sumiu.

Eu largo o tecido e começo a andar, para onde eu não sei, mas sigo em frente. Ando debaixo de árvores com galhos baixos e pesados de frutas maduras, romãs e maçãs, bananas e limas, ameixas e damascos e cerejas e frutas que nem consigo nomear. Tem cachos de flores vermelhas por toda a grama alta, espalhados como fogos de artifício caídos. Abaixo-me para pegar uma rosa corada.

O caule não tem espinhos.

Então ouço algo, um som suave e perfeito. Não hesito antes de segui-lo. É como o canto de uma sereia. Nunca pude resistir a isso. Nunca quis resistir.

Não me pergunto para onde estou indo ou por que estou neste lugar, que obviamente não é para olhos mortais. Talvez eu esteja morta. Pressiono minhas mãos contra minha barriga esguia e continuo andando. Se estou morta, não posso dizer que me importo. Esse lugar é... o paraíso. E nada dói aqui. Por toda a minha vida, carreguei uma dor surda dentro de mim, tão constante que mal notei.

Mas noto agora, porque ela se foi.

Ouço o murmúrio constante de um riacho balbuciante em algum lugar próximo, sob a música. Está começando a soar familiar. Me vejo caminhando um pouco mais rápido na tentativa de alcançá-lo. *Eu conheço essa música. Onde?* Pego a barra do quimono para andar mais rápido. O chão quente sob meus pés descalços. *Onde eu ouvi essa música?*

Está ficando mais alto, e o som, mais rico, passando por mim e me purgando de toda dor que já senti. Agora estou correndo. Corro por um bosque de árvores cujos galhos se arqueiam para formar um halo acima da minha cabeça. Corro ao lado de um lago de águas cristalinas com patinhos espirrando água. Corro até chegar a uma campina com delfínios roxos escuros, que chegam até minha cintura, e papoulas vermelhas que parecem sorrir para mim. Eu paro, meu coração batendo forte no peito, meus olhos vagando freneticamente para encontrar a fonte da música. Tem uma árvore um pouco adiante. Estico o pescoço para ver melhor e percebo que é um pessegueiro.

Então reconheço.

É a "Ave Maria" de Schubert. É minha primeira e única canção de ninar.

Não corro desta vez. Ando como uma criança aprendendo a engatinhar. Não me atrevo a andar mais rápido. Não me atrevo a respirar. E muito menos me atrevo a fazer algo que possa afetar o equilíbrio de qualquer linha em que esteja caminhando, qualquer plano de existência em que esteja que permita que tudo isso seja possível. Empurro a grama alta para o lado e fico tremendo ao pé da árvore.

E lá, sentado no chão, com seu violino apoiado casualmente ao seu lado, está Akira.

Aniki.

Ele está do mesmo jeito de quando o vi pela última vez. A pele clara e macia, o cabelo escuro cuidadosamente penteado para trás, ele sorri da minha expressão congelada. Está usando um yukata azul largo.

Aniki.

"*Imouto*", ele diz. "Faz algum tempo. *Ne?*"

Estou chorando. As lágrimas escorrem pelo meu rosto, embora eu não esteja triste. Tento falar, mas não sai nada além de ar.

Akira.

E então estou voando para seus braços. Ele me envolve em um abraço apertado, encostando sua cabeça no meu cabelo. Meu rosto está enterrado em seu pescoço, e eu soluço desesperada, ouvindo as batidas do seu coração e sentindo seu calor ardente. Ele não tenta me aquietar. Apenas me segura até os soluços cessarem, e então se afasta, segurando meus ombros para que possa olhar para o meu rosto manchado de lágrimas.

"Nada disso", ele diz, enxugando uma lágrima da minha bochecha com o polegar. "Você está bem agora. Você está bem."

Eu fungo e fito seus olhos pretos acinzentados. "Você morreu", sussurro.

Ele ri. "Morri."

"Mas... você está aqui." Posso sentir o calor saindo de sua carne. Está muito vivo. "Você é real."

Ele concorda. "Sou sim."

Não tenho mais perguntas. Não me importo se isso é o paraíso, o inferno ou o purgatório. Akira está aqui. Aqui comigo. Eu me encosto em seu peito como se pudéssemos nos fundir por meio de pura força de vontade.

"Sinto muito", eu digo. "Aniki, sinto muito. É tudo por minha causa. Você morreu por minha causa."

Ele balança a cabeça. "Eu morri por causa do medo e do ódio. Não por sua causa."

"Era para ser eu", eu soluço. "Você deveria viver. Não consigo suportar isso. Eu fiz tudo errado. Não fiz nada importante, não sou como você. Eu falhei. Eu sinto muito."

Akira suspira.

"*Aho*", ele diz enfim. "Todo esse tempo, e você ainda não entendeu."

Olho para cima para vê-lo através dos meus cílios. "O quê?"

"Sou dono das minhas escolhas. Não me arrependo de nada."

"Mas se você nunca tivesse me conhecido..."

Ele levanta meu queixo com um dedo e olha nos meus olhos. "Nori", ele diz, baixinho. "Eu preferia ter morrido jovem do que viver cem anos sem te conhecer."

Não tenho palavras. Tudo que consigo pensar é...

"Por quê?"

Ele encolhe os ombros. "Você é minha irmã."

"Diga-me o que fazer, Aniki", eu imploro. "Diga-me o que escolher. Por favor."

Ele suspira. "Ah, Nori. Você sabe que não posso fazer isso. Você deve escolher seu próprio caminho."

"Não consigo", sussurro. Os caminhos colocados diante de mim são todos sinuosos, não consigo ver aonde vão levar. Não há escolha que não exija sacrifício; não há como escapar da dor. "E se eu escolher errado?"

Akira enrola as mãos em meus cachos. "Não importa o que você escolha", diz ele paciente, "siga em frente."

"Não posso fazer isso, Akira. Eu não quero voltar pra cá. Por favor, não me faça voltar."

Ele apoia minha mão em seu braço. "Isso não depende de mim", diz ele suavemente. "Se não for a sua hora, você não pode ficar aqui. Terá que voltar."

"Mas eu estou morta?" É meia pergunta e meia afirmação. Mas a esperança em minha voz é inegável. "Isso é o céu."

Akira dá de ombros de novo. "Você sabe que não acredito no céu, Nori. Isto é apenas um jardim."

"Eu não me importo onde está", lamento. "Só quero ficar com você. Por favor."

Enrolo minhas mãos no tecido de seu yukata, como costumava fazer quando era uma garotinha e lhe implorava por mais alguns minutos, mais alguns segundos de seu tempo.

"Por favor, não me faça viver em um mundo sem você."

Seus olhos estão cheios de calor, e ele se inclina para dar um beijo na minha testa. "Ah, Nori. Você é mais forte do que imagina. Você não precisa mais de mim."

"Não me deixe", eu sussurro, me inclinando para a frente, para que nossas testas se toquem.

Logo sei que ele tem razão quando diz que não posso ficar. Quase posso ouvir a areia deslizando pela ampulheta.

Não temos muito tempo. Se existe um para sempre para nós dois, ele não começa agora.

Akira me envolve em seus braços, segurando com toda a força.

"Nunca", ele diz. "Eu nunca te deixarei."

Não dizemos mais nada. Nem precisamos. Não vou perder o tempo que me resta com ele com palavras. Não há nada que possa dizer a Akira que ele já não saiba, e não há nada que possa fazer para impedir que a areia escorregue. Tudo que posso fazer é segurá-lo, bem aqui, agora.

Eu não sei quanto tempo é. Em todo caso, nunca será o suficiente. Fecho meus olhos para não ter que ver o céu escurecendo e o jardim caindo.

É hora de voltar.

A maneira como Akira me dá um abraço apertado, um último beijo, leve como uma pena, no topo da minha cabeça, mostra que ele também sabe disso. Mas não vou dizer adeus.

Eu vou vê-lo de novo.

Abro meus olhos e o encaro, esperando que eles digam todas as coisas que não tenho tempo para dizer. De alguma forma, sei que tudo que eu disser agora serão as últimas palavras que me concederão. Este é o fim do meu milagre. Pego sua mão na minha, mesmo quando alguma força invisível me puxa para longe.

"Você é meu sol."

Ele puxa a minha mão até seus lábios e a beija. E então sorri para mim. Mesmo quando a escuridão surge atrás dele para engolir tudo, posso ver a memória de seu lindo sorriso. Mas ainda posso ouvir. É fraco por causa do súbito zumbido em meus ouvidos, mas está lá. Eu ouço sua resposta.

E você é o meu.

No dia seguinte, Nori encarou a avó novamente. As marcas em seus braços estavam escondidas debaixo das mangas extensas do quimono branco. Seu cabelo estava repartido ao meio e alisado, caindo até a cintura. Ela permaneceu ereta e orgulhosa.

O medo se fora.

Yuko estava com o semblante tenso e azedo. "Achei que você já tivesse ido embora."

"Eu vim para lhe dar minha resposta."

Sua avó zombou. "Que bom, então. Não faça suspense."

Nori respirou fundo. "Minha resposta é sim."

Os olhos de Yuko se arregalaram. "Você... você irá fazer isto?"

"Eu vou."

"Louvado seja", sua avó respirou. Por um breve momento, ela pareceu voltar à vida. "Deus falou com você, não falou? Ele te mostrou que seu destino é servir nossa família? Você viu o que sempre tentei te mostrar?"

Nori cruzou as mãos no peito. "Tenho meus motivos."

> Vou mudar essa família, Aniki. Vou livrá-la do medo e do ódio e preenchê-la com humanidade e amor. Usarei meu poder para ajudar os impotentes, como sempre fiz. Restaurarei a verdadeira honra ao nosso nome.
>
> Exatamente como você queria, assim como faria em meu lugar. Eu juro.
>
> E quando meu trabalho na terra estiver concluído, irei até você. Por favor, espere por mim.
>
> No Jardim.

Quioto, Japão
Dezembro de 1965

A criança nasceu na propriedade Kamiza, no quinto dia de dezembro.

Os caminhos de Deus eram misteriosos, pois era saudável, com pele clara, a cabeça cheia de cabelos cacheados castanho-claros e os olhos âmbar de sua mãe. Todos comentaram que era um lindo bebê.

E ainda mais importante, a criança era um menino.

Yuko declarou que era um sinal de Deus de que a casa fora abençoada. Ela estava tão encantada com o nascimento de uma criança saudável do sexo masculino que mal se importou que o pai fosse um nada, um estrangeiro, e a mãe sua neta birracial outrora desprezada.

A necessidade frenética de ver sua casa restaurada era a única coisa que a mantinha viva, pois, segundo todos os prognósticos médicos, já não deveria estar.

"Se você pode ter um filho bastardo", disse ela, por meio de um mensageiro, "também pode ter um filho legítimo com seu marido. Estou satisfeita com você, neta. Peça qualquer favor, e é seu."

A enfermeira lhe entregou o bebê assim que foi limpo e enrolado na manta, mas Nori balançou a cabeça negativamente.

"Entregue ele para Akiko", disse com calma.

Ela se virou para o mensageiro. "E diga à minha avó que pedirei meu favor."

"Sim, minha senhora?", ele perguntou.

"Envie alguém para encontrar minha mãe", ela disse. "E se ela estiver viva, traga-a para casa."

O homem assentiu e saiu correndo do quarto.

Akiko avançou com pressa e pegou a pequena criança dos braços da enfermeira.

"Ele é um menino lindo. Vou amá-lo muito. Tomarei todos os cuidados, senhorinha. Prometo."

"Eu sei", Nori disse calorosamente. Ainda estava confusa com os remédios que lhe deram para a dor. "Eu não confiaria em mais ninguém para ficar com ele."

Foi Akiko quem preparou o quarto do bebê, as roupinhas, pensou em nomes. Mas os nomes em que pensou eram apenas para meninas.

Akiko hesitou. "Tem certeza de que não quer segurá-lo?"

Nori desviou o rosto.

Na verdade, não suportava tocá-lo. Sua escolha fizera dele um bastardo. O tornara órfão de pai. Sua escolha fizera dele o primeiro filho, mas aquele que nunca poderia herdar nada, que estaria para sempre na sombra do irmão mais novo. Seu meio-irmão. O filho que ela teria com seu futuro marido cuidadosamente selecionado.

Um dia, esse menino teria idade suficiente para entender. E iria querer uma explicação, e ela não teria nenhuma para dar.

Noah não recebera nada além de uma carta curta, cheia de mentiras de que Nori não o amava mais e um apelo para que a esquecesse. Ela esperava, de verdade, que ele não notasse as manchas de lágrimas na página.

E que ele a odiasse, que a humilhação e a raiva o sustentassem por um tempo até que ela se tornasse nada mais do que uma memória distante.

Ele era jovem, mal tinha vinte anos, e Nori disse a si mesma que ele se recuperaria disso.

Ela não se permitiu pensar em outra alternativa.

Porque ela a tornava um monstro.

Alice recebeu um vislumbre mais profundo da verdade, mas provavelmente nunca mais se veriam.

Nori havia quebrado sua promessa de ficar. Era uma Judas para aqueles que mais a amavam.

Esses foram apenas os primeiros sacrifícios que fez em busca do caminho que escolheu.

E sabia que haveria outros.

"Leve-o para o quarto e alimente-o", disse ela, e fez o possível para não demonstrar toda a sua frieza.

Os olhos de Akiko se encheram de lágrimas. "Ah, senhorinha. Ele é seu filho. Você não quer pegá-lo?"

Nori deu um pequeno sorriso. "Talvez amanhã."

Com Akiko ocupada cuidando do bebê, foi sua filha, Midori, quem cuidou de Nori durante a maior parte de seu resguardo.

Era uma garota agradável que gostava de conversar sobre moda e filmes. Ela olhava para Nori com uma expressão vidrada, as bochechas coradas com a adoração à heroína.

"Você é tão bonita", disse um dia enquanto escovava o cabelo de Nori na penteadeira.

Ela sorriu. "Você também."

Midori encolheu os ombros. "Os garotos da escola não pensam assim."

"Os garotos da escola são estúpidos."

Midori deu uma risadinha. "Pode ser. Mas eu nunca vou conseguir um namorado desse jeito." Ela hesitou e desviou o rosto. Uma pergunta estava escrita em seu olhar cabisbaixo.

Nori inclinou a cabeça. "O que foi?"

A menina corou. "Nada. Não é da minha conta. Mamãe diz que falo demais."

"Está tudo bem", disse Nori suavemente. "Pode perguntar."

Midori mudou de um pé para o outro. "Você... você tinha um namorado. Um noivo, quero dizer. Você ia se casar com ele?"

Nori sentiu o estômago revirar. Tentou não estremecer. "Sim."

"E ele é... o pai do bebê?"

A dor se intensificou. "Sim."

"Mas você não pode ficar com ele", concluiu Midori, "porque tem que se casar com alguém respeitável e ter um filho legítimo. Isso é o que mamãe disse."

Nori afastou a irritação. "Sim, ela está certa."

"Mas por quê?", Midori deixou escapar. "Por que você não pode fazer o que quer? Depois que a Senhora Madame Yuko morrer, você não ficará no comando?"

Nori respirou fundo e olhou para seu rosto tenso no espelho. Teve que se lembrar que as maquinações sombrias de sua dinâmica familiar estavam além da compreensão daquela menina ingênua.

Assim como um dia a desorientaram.

"Isso não é possível", respondeu sem rodeios. "Em primeiro lugar, terei dificuldade em ser aceita assim. O marido certo, com o nome certo, é minha única chance. Não posso casar onde meu coração está e manter o poder. Se me casasse com um estrangeiro, nós dois seríamos expulsos em um piscar de olhos."

Midori torceu o nariz. "Mas você não consegue manter um amante? Se isso te faz feliz?"

Nori ergueu uma sobrancelha. "Não. Eu não sou homem. Não posso fazer isso, falariam que sou uma prostituta, se é que já não estão me chamando disso. E ninguém me daria ouvidos. E além..." Sua voz falhou. "Podem machucá-lo."

Midori ofegou. "Fariam uma coisa dessas?"

Lógico que sim. Cortariam sua garganta antes do café da manhã e continuariam com suas vidas. E então, depois do jantar, cortariam a minha.

"Melhor não arriscar", respondeu Nori, forçando um sorriso. "Além disso, meu Noah nunca concordaria em ficar nas sombras e me ver casar com outro homem, me ver ter filhos com outro homem. Nunca seria capaz de assistir à minha herança passar por cima do nosso filho, e qualquer homem com quem eu me casar fará questão disso. Caso contrário, não há razão para se casar comigo."

Nori fechou os olhos. "E Noah merece coisa melhor. Se você apenas o conhecesse, saberia que ele merece..."

Tudo.

O lábio inferior de Midori estremeceu. "Isso não é justo. Se você tem poder, não precisa perder o que ama. Isso é o mais importante."

Nori cravou as unhas na palma da mão. "Eu gostaria que fosse assim. Mas não tenho poder se não for respeitada. E não posso ser respeitada se não seguir as regras. Algumas delas, pelo menos."

"E o resto?", perguntou Midori, baixinho.

Nori encontrou seu olhar. "Vou fazer minhas próprias regras."

"Mas você pode fazer isso?", Midori perguntou em dúvida. "Vão te deixar fazer isso?"

"Eu tenho que fazer", disse Nori. "Fiz uma promessa."

Midori parecia prestes a chorar. "Mas você ainda o ama?"

Nori ficou muito quieta. Por um momento estava em outro lugar. Uma pequena igreja, com flores de madressilva perfumadas ao redor e mãos quentes nas dela. "Amo."

Midori piscou, nitidamente tentando parecer alegre. "Mas você ama mais sua família?"

Nori podia sentir o cheiro de outra coisa agora. Breu fresco. Limões. E wasabi. Sempre muito wasabi.

"Sim", respondeu com doçura. "Eu amo mais a minha família."

A roda girou com força. Nori se levantou do resguardo algumas semanas depois para descobrir que o mundo não tinha esperado que se recuperasse.

Sem perder tempo, Yuko se pôs a organizar banquetes e festas para todos em Quioto, talvez até mesmo todo o Japão, conhecerem a nova e misteriosa herdeira da família.

A história contada dizia que ela era a filha perdida de Seiko Kamiza e Yaseui Todou, o pai de Akira.

Ninguém acreditou, mas ninguém se importava. A amizade da família era algo que todos desejavam. Com o marido adequado ao seu lado, nenhuma pergunta seria feita.

No final das contas, eles pouco se importavam com quem usava a coroa. Estavam preocupados apenas consigo mesmos.

Pilhas de documentos catalogados foram entregues em seu quarto, e ela se debruçou sobre a papelada. O dinheiro que logo seria seu era deveras impressionante. Pelos seus cálculos, poderia comprar várias ilhas e ainda sobraria uma boa quantia. Havia dezenas de outras casas, algumas no Japão, outras no exterior. E dinheiro investido em vários negócios de propriedade Kamiza, legais ou não. Entre eles estava o bordel para o qual havia sido mandada em uma vida passada.

Puxou uma caneta vermelha e o riscou da lista. Outros arranjos teriam de ser feitos para as garotas, mas não havia dúvida de que não lucraria com o desespero de moças pobres e a depravação de homens egoístas.

Sua avó a convocava todos os dias.

Embora Nori temesse as idas para o quarto sombrio que cheirava à morte, uma parte secreta sua estava fascinada pelo mundo que se desenrolava à sua frente. Era mais do que poderia ter sonhado. Como um cavalo com os antolhos e cabrestos removidos, de repente podia ver o mundo em que havia nascido.

Sentou-se em um banquinho perto da cama e ouviu. Yuko certamente tinha muito a dizer.

"E quando você falar com seus conselheiros, deve deixar claro que tem a palavra final. Deve manter o calcanhar em seus pescoços. Você é mulher, não vão gostar, mas não precisam gostar de você. Nem você deles."

"Mas então eu não quero que as pessoas gostem de mim?", Nori se aventurou.

"Não", rebateu Yuko. "Você pode ser charmosa, pode brilhar diante deles como um ícone sagrado, mas não precisam gostar de você. É mais importante que te respeitem."

Nori se mexeu em seu banquinho. Mesmo agora, não tinha certeza se uma garota que nasceu e foi criada para obedecer poderia comandar.

"E você não pode mostrar esse seu coração gentil", Yuko continuou. "Não vai te ajudar em nada. Vai acabar estrangulada em uma vala. Há muitos que vão querer o seu lugar e que vão ficar ressentidos com você, por ser uma mulher, por ter nascido tão baixo e ter subido tão alto."

"Mas a senhora governou", disse Nori, "embora seja uma mulher."
Impiedosamente, ela pensou, mas não disse.

Yuko sorriu. Sua pele era mortalmente pálida, mas os olhos brilhavam.

"Você acha que sou um monstro", disse ela. "E imagino que, para você, eu seja. Mas quando estiver no meu lugar, você vai entender. Eu era uma menina quando cheguei ao poder, mais jovem do que você, com um marido de mau temperamento, mas não fiquei quieta, deixando que ele me governasse. Não me submeti aos incontáveis homens que tentaram me submeter à sua vontade. Era mais inteligente do que todos eles e, lentamente, abri caminho para que me respeitassem. Eu era uma flor linda, mas tinha espinhos. Você vai aprender. Vai me entender melhor depois que eu morrer. Você é mãe agora, para uma criança e para uma dinastia. Você saberá o que fazer para proteger as coisas que ama. E ficará horrorizada com as coisas que terá que fazer. Mas fará mesmo assim."

Nori balançou a cabeça. "Eu nunca serei como você."

"Então você vai cair", Yuko disse de forma direta.

Nori se levantou. "Eu não vou cair", ela replicou, calma. "Porque você não é o único exemplo que tenho diante de mim. Eu aprendo com você. Você está certa. Mas conheci alguém que era firme, mas gentil. Que foi honesto, mas manteve sua própria conduta. Que era inteligente e muito sábio. Que entendeu que é para o futuro, não para o passado, que devemos olhar se quisermos sobreviver. Então, como vê, Obasama, quase por acaso, fui moldada para este meu novo destino."

Mas não por você.

Yuko estreitou os olhos. "Você vai ter que ser forte. É preciso força para liderar."

"É preciso força para sobreviver", Nori a corrigiu, calma. "E se a senhora não me ensinou mais nada, avó, ensinou isso."

A avó sorriu, com ar de ironia. Seu fogo estava apagando. Ela se recostou nos travesseiros e fechou os olhos.

"Só pode haver um governante", disse ela. "Se não for você, será alguém planejando te destruir. Lembre-se disso."

Nori assentiu.

"Agora me deixe", sua avó ofegou. "Preciso dormir. Eu sinto um longo sono chegando."

Nori se curvou. "Tenho uma última pergunta, Obasama."

Yuko fez um ruído chiado para indicar que estava ouvindo.

"A senhora tem algum arrependimento?"

A pergunta pairou no ar por um longo momento.

Sua avó desviou o rosto. "Muitos", ela disse com calma. "E nenhum."

Nori sentiu a frustração se apoderar dela. Havia uma vida inteira de coisas para dizer, mas quase não havia tempo suficiente.

"Não entendo."

"Você vai entender", sua avó disse, em um tom que soou como uma maldição. "Você vai, Nori."

Nori não contou a ninguém sobre seus planos de fechar o bordel. Ninguém precisava saber deles. Muito menos a avó.

Em pouco tempo, estaria livre para fazer o que desejasse. Não havia necessidade de insultar uma mulher moribunda.

Não havia honra nisso.

E, curiosamente, descobriu que Yuko Kamiza lhe inspirava mais pena do que ódio. Quando sua avó morresse, a morte deixaria um buraco negro no mundo. Não haveria ninguém para guiá-la neste novo caminho. Estaria sozinha.

Passaram-se muitos anos desde a última vez que alguém tivera notícias de sua mãe. Embora todos a considerassem morta, Yuko ainda concordou em enviar três grupos de busca atrás dela. Não havia pistas, e as chances eram mínimas, mas Nori tinha que tentar.

E não tinha mais paz durante o dia. Todo mundo precisava de algo dela. Supôs que seria assim pelo resto da vida.

Akiko a estava ajudando a experimentar um vestido novo para um banquete de Estado. A empregada cantarolou enquanto cortava um ponto de linha.

"E devemos tirar as joias do cofre para ver o que combina com o vestido. Sua avó deixou bem claro que quer que você brilhe." Akiko baixou a voz. "Acredito que haverá um cavalheiro lá a quem ela fez propostas para sua mão em casamento. Acho que ela espera que ele te ache agradável."

Nori fechou a cara e não fez comentários.

"Acho que tenho joias suficientes."

Akiko deu uma risadinha. "Não, senhora. Essas são as melhores de todas. Espere até vê-las, dá para dominar um rapaz com os rubis."

"Mas o banquete é só daqui algumas semanas."

"E você está cheia de coisas até lá", Akiko lhe lembrou. "Não tem tempo nem para cuspir, senhorinha. Sua avó está ansiosa para fazer a transição de tudo enquanto ainda respira. As pessoas precisam saber que esta é a vontade dela."

Nori olhou mal-humorada para os pés descalços. "Será sempre assim?"

Akiko fez um carinho em suas bochechas. "Vai ficar mais fácil", ela prometeu. "E você tem a mim para cuidar da criança, então não precisa se preocupar."

Nori se encolheu. "E ele está bem?"

"Muito", Akiko disse, com um sorriso brilhante, e olhou para o rosto tenso de Nori. "Ah, minha querida, não há necessidade dessa culpa. Ele é muito bem cuidado. Sua avó também nunca se deu ao trabalho de visitar o berçário. É para isso que servem as empregadas."

Nori ficou muito quieta. Algo mudou dentro dela, como uma pedra que estava parada, mas certamente começava a rolar colina abaixo.

Eu não serei como você.

Havia proclamado essas palavras tão alto, mas agora soavam vazias, e se sentia envergonhada do fundo de sua alma.

"Estou com medo", confessou, sentindo-se fraca. "Tenho medo até de tocá-lo."

"Você tem medo porque ama", disse Akiko. "Amar uma criança é a coisa mais aterrorizante. É uma vida inteira de preocupação com cada movimento que eles fazem. Uma tortura e uma alegria imensa ao mesmo tempo."

"Eu nunca quis isso", ela sussurrou. "Sempre soube que iria falhar."

"Você apenas começou, minha doce menina. E como pode ver, a vida é cheia de surpresas."

Os dias estavam perdidos para ela agora.

Mas quando a noite chegou, Nori se viu sozinha. Moveu-se em silêncio pela casa como se ainda fosse uma criança com muito a esconder.

O quarto do bebê ficava do outro lado da ala oeste.

Deslizou para dentro. A enfermeira da noite estava lá, dormindo profundamente na cadeira de balanço.

Alguém pintara as paredes de um azul profundo, como o oceano à meia-noite. Havia bichinhos de pelúcia nas prateleiras e um móbile charmoso acima do berço de mogno.

Sem respirar, Nori deu uma espiada no berço.

O bebê piscou para ela. Os olhos pensativos, como se pudesse entender o significado daquele momento. Ele fechou a mãozinha em um punho gordo e ofereceu a ela. Então ele sorriu.

Ela fez uma carícia em seu punho com o dedo indicador.

"Olá", ela sussurrou. "Eu sou sua mãe. Acho que isso não é muito bom para você."

Ele riu e estendeu os braços para ela.

Sem nem mesmo pensar, ela o pegou no colo, envolvendo-o em sua grossa manta azul.

"Eu não sei o que te dizer", disse, com pena.

Ele fez bolhinhas de saliva com a boca e se acomodou nos braços dela. Era a coisa mais leve e pesada que ela já tinha segurado.

"Vai ser diferente para você", ela jurou para ele, roçando seus cachos finos com a palma da mão. "Vou assegurar que seja diferente."

Ele agarrou o dedo mindinho de Nori e sacudiu para cima e para baixo.

"E vou te contar tudo sobre o seu nome. Algum dia, vou te contar tudo sobre todas as coisas."

Ele sorriu, esticando os dedos dos pés, e então seus olhos âmbar se fecharam e ele ficou imóvel, exceto pelo pequeno peito subindo e descendo.

Ela o deitou de volta no berço e saiu do quarto, sabendo que só havia um lugar para ir.

Agora, as noites eram preciosas para ela.

E naquela noite, se viu no jardim, olhando para um céu roxo.

Embora estivesse usando apenas um quimono simples, não estava com frio.

Ergueu-se nos galhos baixos de sua árvore favorita e olhou para a lua. Naquele instante, sentiu-se grande o suficiente para arrebatá-la de onde pairava e usá-la em volta do pescoço como uma pérola.

Ela guardou esse sentimento em sua caixa de lembranças felizes. Mais tarde, quando estivesse se sentindo fraca, iria buscá-lo para se fortalecer.

Seu galho estava úmido de orvalho, pois tinha chovido antes. E, no dia seguinte ou depois, provavelmente aconteceria de novo. Sabia que isso, o *amaai* — o tempo entre as chuvas — não duraria muito. Não sabia que tipo de chuva viria, mas sabia que viria. E sabia que iria sobreviver.

O vento sussurrou, e ela ficou com a impressão de ter ouvido uma risada astuta. Embora fosse uma madrugada de dezembro, sua pele estava ferozmente quente, como se beijada por um fogo invisível.

E era nesses raros momentos que ela sentia a luz ardente de seu sol de Quioto.

APRENDA

Palavras para falar sobre a chuva

CHUVA

雨 あめ
ame: chuva

白雨 はくう
hakuu: chuva rápida de fim de tarde

急雨 きゅうう
kyuu'u: chuva repentina

俄雨 にわかあめ
niwakaame: chuva passageira

降雨 こうう
kouu: precipitação

CHUVA FRIA

涼雨 りょうう
ryouu: chuva fresca

冷雨 れいう
reiu: chuva gelada

寒雨 かんう
kan'u: chuva fria de inverno

氷雨 ひさめ
hisame: chuva muito fria ou granizo

INTENSIDADE DE CHUVA

弱雨 よわあめ
yowaame: chuva fraca

小雨 こさめ
kosame: chuvisco

小降り こぶり
koburi: chuvisco

微雨 びう
biu: sereno

小糠雨 こぬかあめ
konukaame: chuva fina

煙雨 えんう
en'u: chuva miúda

細雨 さいう
sai'u: garoa

多雨 たう
tau: chuva volumosa

大雨 おおあめ
ooame: chuva forte

強雨 きょうう
kyouu: chuva torrencial

横降り よこぶり
yokoburi: chuva lateral

吹き降り ふきぶり
fukiburi: chuva pesada
acompanhada de vento

篠突く雨 しのつくあめ
shinotsukuame: chuva intensa

集中豪雨 しゅうちゅうごうう
shuuchuugouu: aguaceiro localizado

COMBINAÇÕES DE CHUVA

風雨 ふうう
fuu'u: vento e chuva

雨氷 うひょう
uhyou: chuva que congela ao tocar uma superfície

雪交じり ゆきまじり
yukimajiri: neve e chuva

みぞれ混じりの雨 みぞれまじりのあめ
mizoremajirinoame: neve e chuva

晴後雨 はれのちあめ
harenochiame: céu limpo, seguido de chuva

雨露 うろ
uro: chuva e orvalho

TIPOS DE CHUVA

夜雨 やう
yau: chuva noturna

梅雨前線 ばいうぜんせん
baiuzensen: frente de precipitação das chuvas no começo de verão

春霖 しゅんりん
shunrin: chuva duradoura de primavera

春雨 はるさめ

harusame: chuva suave de primavera

緑雨 りょくう

ryokuu: chuva do início do verão

五月雨 さみだれ

samidare: chuva do início do verão

秋雨 あきさめ

akisame: chuva de outono

秋霖 しゅうりん

shuurin: chuva duradoura de outono

凍雨 とうう

touu: chuva gélida de inverno

十雨 じゅうう

juu'u: chuva refrescante que cai
uma vez em dez dias

恵雨 けいう

keiu: chuva benéfica
após a estiagem

人工雨 じんこうう

jinkouu: chuva artificial

放射能雨 ほうしゃのうう

houshanouu: chuva radioativa

天泣 てんきゅう

tenkyuu: chuva de céu sem nuvens

TEMPO E CHUVA

雨模様 あまもよう
amamoyou: sinais de chuva

雨催い あまもよい
amamoyoi: ameaça de chuva

雨上り あめあがり
ameagari: depois da chuva

雨後 うご
ugo: depois da chuva

雨間 あまあい
amaai: pausa na chuva

晴一時小雨 はれいちじこさめ
hareichijikosame: céu limpo,
seguido de breve chuva leve

霖 ながめ
nagame: chuva longa

霖雨 りんう
rin'u: chuva longa

長雨 ながあめ
nagaame: chuva longa

陰霖 いんりん
inrin: chuva longa

夕立 ゆうだち
yuudachi: chuva repentina do fim de tarde

AGRADECIMENTOS

Agradeço à minha fantástica editora, Stephanie Kelly, por tornar este livro o melhor que poderia ser. Obrigada por ser uma defensora tão maravilhosa de uma história que significa muito para mim. Seu talento é igualado apenas à sua paciência. Você é incrível, e eu não poderia pedir mais. A todos na *Dutton*: muito obrigada por todo o trabalho árduo, experiência e fé.

Minha maior gratidão à minha agente, a única Rebecca Scherer, por ser minha defensora e fã número um. Você fez meus sonhos se tornarem realidade e acreditou em mim quando eu mesma duvidei. A você e a todos na JRA: devo a vocês o mundo e agradeço do fundo do meu coração.

Papai, muito obrigada por me apoiar em tudo isso. Sei que não foi fácil para você criar uma sonhadora. Este livro é apenas uma pequena parte do meu labirinto de sonhos, mas espero ter te deixado orgulhoso. Eu nunca paro de tentar.

Mãe e tia, obrigada por serem as primeiras a acreditarem em mim. Mãe, obrigada pelos verões em que você me levou para ter aulas de redação no CTY com meus colegas nerds, as primeiras pessoas que me fizeram sentir como se eu não fosse uma ilha. Obrigada por passar seus sábados me deixando ler tudo na livraria e fingir que não me via com a lanterna debaixo das cobertas à noite.

Aos meus avós: obrigada por me ensinarem o valor da dignidade e da força para ser gentil em um mundo muitas vezes cruel.

Hannah, minha querida, eu te amo e sempre amarei. Liz, obrigada por ficar ao meu lado na escuridão. Nunca esquecerei. Obrigada por ler os primeiros rascunhos deste romance e por reconhecer o que poderia ser.

Oliver, Austin, Aslan, Momo, Cleo: obrigada por toda a terapia gratuita. Minha doce pequena Lux, estou com saudades.

Professor O'Har, muito obrigada por aguentar a minha verborragia e me convencer de que tinha o talento e a coragem para fazer isso. Repito suas palavras como um mantra nos dias ruins: eu não sou um fracasso. Ponto final.

Eu seria negligente em não agradecer à minha incrível madrasta, Antonella. Foi você quem primeiro me mostrou que é o amor, não o sangue, que cria os laços que nos acalentam. Obrigada por me ouvir reclamar sobre as sementes dessas personagens no caminho para o colégio. Sinto muito por ter matado o cara. Tenho muito mais de cinquenta coisas para lhe agradecer, então isso terá que ser suficiente: obrigada por tudo. *Ti voglio bene*.

Ao meu querido Justin: eu te adoro além do que as palavras podem dizer. Obrigada por me manter firme, cheia de bebidas açucaradas, e por sempre acreditar em mim. Você me faz sentir como um cisne.

Obrigada a todos que leem este livro: aos perdidos, aos que se encontraram e aos que estão na travessia.

E, por último, obrigada ao meu antigo eu: por sobreviver à chuva.

Asha Lemmie nasceu na Virgínia e foi criada em Maryland, nos Estados Unidos. Apaixonou-se pela leitura aos dois anos de idade e escreve histórias desde os cinco. Depois de se formar em Literatura Inglesa e Escrita Criativa na Boston College, mudou-se para Nova York, onde trabalhou como editora de livros. Além de escrever, gosta de ler sobre história, aprender idiomas, assistir a desenhos animados, ouvir música clássica, brincar com gatos e cozinhar. *Palavras que Aprendi com a Chuva* é seu primeiro romance.

DARKLOVE.

*Não importa o que aconteça ou quão
tenebroso o dia de hoje pareça ser.
A vida segue em frente,
e amanhã tudo vai melhorar.*
— MAYA ANGELOU —

DARKSIDEBOOKS.COM